Konrad K.L. Rippmann ist Arzt und Autor. Sein literarisches Werk umfasst Kurzgeschichten und Romane, dabei zieht ihn das Genre des klassischen Krimis besonders an.

KONRAD K. L. RIPPMANN

Erstausgabe März 2024

Copyright © 2024 dp Verlag, ein Imprint der
dp DIGITAL PUBLISHERS GmbH
Made in Stuttgart with ♥
Alle Rechte vorbehalten

Poppy Dayton und das Schweigen von Hellstone Hollow

ISBN 978-3-98998-074-7
E-Book-ISBN 978-3-98637-153-1

Covergestaltung: Grit Bomhauer
Umschlaggestaltung: ARTC.ore Design
Unter Verwendung von Abbildungen von
shutterstock.com: © VikaSuh, © Helen Hotson, © ivangal,
© U-Design, © vitek3ds, © SaGa Studio, © Patryk Kosmider,
© Creative Travel Projects, © kaiwut niponkaew
Lektorat: Katrin Gönnewig
Satz: dp DIGITAL PUBLISHERS GmbH
Druck und Bindung: Books on Demand GmbH, Norderstedt

Prolog

Keuchend stemmte Poppy die Hände in die Seiten und sog die warme Sommerluft ein.

Sie richtete sich auf. *Ich bin noch keine vierzig, und trotzdem schafft mich dieser Hügel.*

Kurz blitzte der kritische Gedanke über ihre Kondition auf, um sofort vom 360-Grad-Rundblick der Landschaft verdrängt zu werden. *Das ist es, was mir den Atem raubt.*

Unter der senkrechten Mittagssonne schob sich die Halbinsel, auf halbem Weg zwischen Falmouth und Truro, wie die Kante einer grün schimmernden Pyramide in den River Fal hinein. Poppy blickte von der baumlosen, in blühende Wiesen gehüllten Kuppe auf den Waldgürtel, der zum dunkelblauen Wasser hinab ausfranste.

In den wenigen Lichtungen reflektierten schiefergedeckte Häuser das Licht. Am imposantesten waren die Landsitze von Trelissick und Hellstone Hall mit ihren ausgedehnten Formal Gardens; deutlich bescheidener schmiegten sich die Strohdächer der Cottages von Hellstone Hollow in ihre Gemüsegärten, das Dorf lag am Rand eines fjordartigen Einschnitts und reichte bis zum Fluss hinunter.

Poppy strahlte. Der geballte Charme Cornwalls lag zu ihren Füßen. Die Mischung aus Land und Wasser, aus geometrisch angelegten Parks und wilder Natur, war nach ihrem Geschmack. Sie kniff die Augen zusammen. *Nur die Ruinen der alten Kupfermine stören das harmonische Bild, sie ragen wie hohle Zähne aus einem hübschen Mund.*

Poppy zog den Kopf ein, als eine Schwalbe dicht an ihrem Ohr vorbeizischte, dann einen Haken schlug und sich wieder dem Schwarm anschloss, der die über den Wiesen wabernde Luftschicht durcheinanderwirbelte und Insekten aufscheuchte.

Sie dachte an London, an ihren Mann Barney und daran, dass sie nicht hier wäre, hätte die Nachricht eines Freundes sie nicht ebenfalls aufgescheucht. Dass sie heute auf diesem Hügel stand, war nicht selbstverständlich. Obwohl die Ereignisse inzwischen mehr als ein Jahr zurücklagen, hatte sie lange Abstand zu Cornwall gesucht und mit der Rückkehr in ihre Herzenslandschaft gehadert. Zwar hatte sie verstohlen die einschlägigen Immobilienanzeigen studiert, doch sie genoss auch das Leben in London mit Barney und mit ihrer Kunst, die sie immer bekannter und erfolgreicher machte.

Als Dr. Trelawneys Anruf sie erreichte, wurden ihre Sehnsüchte schlagartig wiedererweckt, und sie reiste am nächsten Tag an die Küste. Jetzt schaute Poppy auf das Dorf hinunter und schüttelte den Kopf. *Über diesem zauberhaften Ort soll ein Fluch liegen?*

Sie beschloss, die Schauergeschichten, denen sie am Pub-Tresen des Fox & Hounds gelauscht hatte, auszublenden und sie dem wild-romantischen Flair der Region zuzuordnen.

Der Landstrich hatte eine wechselvolle Geschichte hinter sich: über den Aufstieg vom ärmlichen Hinterland zu sagenhaftem Reichtum bis zum Absturz ins Elend nach Schließung der Bergwerke. Heute lebten die Gemeinden am Fluss vom Tourismus, auch wenn es hier, ein Stück vom offenen Meer entfernt, selbst in der Hochsaison deutlich ruhiger zuging als in den trubeligen Küstenstädten.

Vielleicht ein bisschen zu ruhig, schien Torry zu denken. Dem Terrier-Mischling war langweilig. Da weit und breit kein Kaninchen auszumachen war, legte er Poppy ein Stöckchen vor die Füße und blickte schwanzwedelnd zu ihr auf. Sie folgte der Aufforderung, griff danach und warf es in die Wiese. Torry stürzte hinterher und verschwand für kurze Zeit zwischen den gelb leuchtenden Ginsterbüschen. Als er zwei Heckenbraunellen aufscheuchte, die wütend zwitschernd ihr Nest verteidigten, pfiff Poppy ihn zurück.

„Komm, wir gehen ins Dorf. Es ist heiß hier oben. Ich könnte einen Sprung ins Wasser vertragen." Wasser verstand Torry, hechelnd leckte er sich über die Schnauze, aber gleichzeitig zog er bei dem Wort den Kopf ein. Er verabscheute die offene See, die ihn verschlungen hätte, wäre Poppy nicht in letzter Minute aufgetaucht. Seit sie ihn aus einem Gezeitenstrudel an der Mündung des Helford River gezogen hatte, waren sie unzertrennlich.

Kaum hatten sie das Hochplateau hinter sich gelassen, schloss sie dichter Wald ein. Erst säumten Kiefern in sandigen Mulden den Weg, dann haushohe Kastanien, Ahorn und Buchen.

Jetzt, im August, waren die Brombeeren reif und die von den Früchten schweren Zweige ragten weit in den Pfad hinein. Poppy pflückte eine Handvoll und war überrascht, dass sogar Torry ein paar von den prallen schwarzen Geschmacksbomben annahm.

Sie blieb stehen und lauschte. Nach Vogelgezwitscher und dem Schwirren der Schwalbenflügel über den Wiesen war es hier auffallend ruhig.

Liegt es an der Mittagshitze? Trotz der hohen Temperaturen fröstelte Poppy plötzlich.

Torry trottet gleichmütig neben dir her und wartet auf die nächste Brombeere. Sie tätschelte seinen Kopf, hinterließ einen dunkelblauen Fleck auf seiner Stirn und musste grinsen.

Alles in Ordnung, oder? Sie sah sich um. *Bewegt sich da etwas zwischen den Bäumen? Nein, es ist bloß deine Fantasie, angeregt von der gruseligen Kneipengeschichte um spurlos verschwundene Dorfbewohner.*

Die Gedanken ließen sich nicht verscheuchen und klebten in ihrem Kopf wie die kastanienbraunen Strähnen auf der verschwitzten Stirn. Sie raffte ihre Locken zusammen und bändigte sie mit einem Haargummi, als sich das Verhalten des Hundes, der ein Stück vorausgerannt war, änderte.

Er wurde langsamer und knurrte.

Poppy schloss zu ihm auf. „Was hast du, mein Freund? Bist du nervös, weil ich es bin?“

Ohne auf sie zu achten, lief er hoch aufgerichtet weiter.

„Nein, mit mir scheint das nichts zu tun zu haben.“ Poppy stöhnte. „Mach mich nicht verrückt!“

In Habachtstellung positionierte sich Torry am Wegrand und starrte zwischen Bäumen und Unterholz hindurch talwärts. Auf das Knurren folgte ein kurzes, heiseres Bellen, und die Nackenhaare sträubten sich.

„Was hast du? Ist uns ein Wildschwein auf den Fersen?“ Das war durchaus eine reale Gefahr, aber nach wie vor herrschte absolute Stille um sie herum, nicht das leiseste Knacken war zu hören. Als eine Stechmücke an ihrem Ohr surrte, schlug Poppy zu, zu heftig, wie sie fand, und rieb sich bedauernd die Wange.

Torry hob witternd die Nase, dann lief er los und sprang über den sandigen Wall am Wegrand. Sofort verschluckte ihn das dichte Grün.

„Torry!“, rief Poppy energisch und ein wenig atemlos. „Hiiierher! Komm zurück!“

Es nützte nichts. Etwas hatte seinen Jagdinstinkt geweckt, und obwohl er für einen Terrier relativ gehorsam war, kam keine Reaktion.

Minutenlang war nichts mehr von ihm zu sehen oder zu hören.

Poppy versuchte das aufkommende Gefühl von Panik zu verdrängen. Sie neigte nicht dazu, aber die Erlebnisse im letzten Jahr waren alles andere als verarbeitet und drohten unangenehme Bilder wachzurufen. Wie es ihrem optimistischen Naturell entsprach, wollte sie es nicht so weit kommen lassen, und sie beschloss, aktiv zu werden.

Leise fluchend kämpfte sie sich zwischen den Brombeerranken hindurch und rutschte die steile Böschung hinab. Nach kurzer Zeit waren ihre Arme und Beine von Dornen zerkratzt, die weißen Shorts und die hellgrüne Bluse, die so gut zu ihren Augen passte, nahmen die Farben des Waldbodens an.

Poppy richtete sich auf und rief nach Torry, doch es kam nur ein Flüstern aus ihrem Mund. Sie atmete tief ein und aus. Ihr Herzschlag beruhigte sich. Dann rief sie ein weiteres Mal nach Torry, und diesmal brüllte sie fast.

Die Reaktion kam sofort, ein Bellen, nicht weit entfernt.

„Was machst du da? Komm her!"

Er tauchte zwischen den Heidelbeerbüschen auf. Seine Augen glitzerten, und Poppy wusste sofort, dass die Aktion noch nicht zu Ende war. Tatsächlich lief er nur kurz zu ihr, stupste mit seiner feuchten Nase an ihren Unterschenkel und verschwand erneut. Widerstrebend folgte sie ihm.

Erleichtert stellte sie fest, dass der Wald lichter wurde, kniehohe Heidelbeerbüsche waren weniger hemmend als die Dornenranken.

Ein Stück weiter sah es so aus, als ob etwas die Vegetation breitflächig zu Boden gedrückt hatte. *Etwas Großes,* dachte Poppy bang und blieb stehen.

Surren erfüllte die Luft. Es roch süßlich, wild, aber nicht unangenehm. Wieder hörte sie Torry bellen, jetzt viel näher. Sie ging um eine große entwurzelte Eiche herum.

Poppy erstarrte, dann machte sie zwei Schritte zurück. Sie musste sich zwingen, dem spontanen Fluchtreflex zu widerstehen und noch mal hinzusehen.

In der Nische zwischen Stamm und Waldboden lag ein riesiger Körper.

Der Schreck, der Poppy in den Gliedern saß, wurde nur wenig von der Erkenntnis gemildert, dass er nicht menschlich war.

Torry baute sich schwanzwedelnd zwischen ihr und dem Tier auf, das sich in seiner Exotik dramatisch von der südenglischen Waldlichtung abhob.

„Was hat dich denn hierhergeführt?" Poppy flüsterte, noch im Schock, aber auch aus Respekt vor dem Wesen, das offenbar erst vor kurzer Zeit gestorben war. Die weit geöffneten, bernsteinfarbenen Augen zeigten noch einen Abglanz von Leben. Es waren keine Verwesungsspuren erkennbar, nur der Fliegenschwarm, der über dem Kadaver kreiste, kündigte sie an.

Spontan berührte Poppy den kurzen, goldfarbenen Kranz um den kantigen Schädel. Selbst im Tod wirkte er noch erhaben. Sie machte einen Schritt zurück und betrachtete ehrfürchtig den drahtigen, muskulösen Körper mit dem matt glänzenden Fell.

„Wie schön du bist", sagte sie leise, und spürte, wie ihr die Tränen kamen.

Es war eine ausgewachsene Löwin, die ihren Kopf auf beide Pranken gebettet hielt, als ob sie ruhte.

Ein Knacken wie von trockenen Ästen ließ Poppy zusammenzucken.

Torry, der sich stolz neben dem Kadaver aufgebaut hatte, nahm Habachtstellung ein und fiepte. Rasch bückte sich Poppy zu ihm hinunter und nahm ihn an die Leine. „Noch mal zischst du mir nicht ab." Doch der Terrier machte keinerlei Anstalten, sich selbstständig zu machen, er blieb dicht bei Fuß. Als das Knurren nachließ und in ein ängstliches Jaulen überging, kroch Poppy eine Gänsehaut über den Rücken.

„So habe ich dich ja noch nie erlebt", flüsterte sie.

Wieder ein Knacken. Beide starrten in die Richtung, aus der das Geräusch gekommen war. Poppys Herz klopfte wie rasend, mühsam atmete sie gegen die warme, stickige Luft an.

„Hallo?" Ihr Ruf endete in einem Krächzen. Sie schluckte den Kloß in ihrem Hals hinunter und nahm einen neuen Anlauf. „Wer ist da? Kommen Sie heraus!" Die eigene, überraschend starke Stimme zu hören, tat ihr gut.

Bis auf das unablässige Summen der Fliegen blieb alles still, und Poppy tat ein paar Schritte vorwärts. Sie beobachtete, wie Torry erst dicht bei ihr blieb, um dann in die entgegengesetzte Richtung zu ziehen. Als Poppy den Stamm der umgestürzten Eiche umrundet hatte, krallte sie sich im letzten Moment an einem Ast fest und sank zu Boden.

Ihre Beine baumelten über dem Rand einer Öffnung, die sich am Abhang unter ihr auftat. Panisch zog sie die Füße an und trat ein paar Kiesel los. Ohne einen Laut verschwanden sie im abgrundtiefen Schwarz der gigantischen Höhle, aus der ein schwefliger Geruch aufstieg.

1

London, eine Woche zuvor.

Poppy ließ den rechten Daumen für einen kurzen Moment über dem Smartphone schweben, dann scrollte sie auf den Seiten von *Cornwall Homeseekers* ein paar Angebote zurück.

Da war es. Elektrisiert hielt sie inne und las:

St Ives, Kapitänshaus aus dem 18. Jahrhundert, Schindeldach, 120 qm Wohnfläche, renovierungsbedürftig, nahe Porthmeor Beach, nur ...

„Ich nehme es."

Poppy drehte ihren Kopf abrupt in die Richtung, aus der die Stimme kam.

„Nein, ich nehme es!", rief sie empört zurück.

„Aber Ihnen gehört es doch schon." Das Erstaunen im Gesicht des dunkelhaarigen Mannes im schwarzen Leinenanzug mündete in ein Schmunzeln. „Man sagte mir, Sie seien die Künstlerin, oder?"

Die Frage brachte Poppy zurück in „Flexers Fine Art Gallery" in der Londoner City. Wie ein ertapptes Schulkind sprang sie auf, steckte mit der einen Hand das Smartphone ein, die andere streckte sie dem Mann entgegen. „Entschuldigen Sie, Sir. Ich bin Poppy Dayton.

Ich war mit meinen Gedanken bei der Immobiliensuche in Cornwall." Sie lächelte verlegen. „Seit einer Weile ist das eine fixe Idee von mir."

„Das muss ja nicht so bleiben." Er grinste zurück. „Ich bin Allistair Stevens und interessiere mich sehr für Ihre Arbeit *Broken Surface*. Mr Flexer meinte, Sie könnten mir etwas dazu sagen."

Poppy strahlte. „Und wenn Sie es kaufen, würde ich meinem Häuschen ein beträchtliches Stück näher kommen, wollten Sie sagen?"

„Warum nicht? Aber erst einmal möchte ich mehr über Ihre Arbeit erfahren."

„Selbstverständlich." Sie nickte dem Galeristen, der ihrem seltsamen Dialog mit einem Ohr zu folgen schien, beruhigend zu, worauf der seine Unterhaltung mit einem anderen Kunden fortsetzte.

Allistair strebte bereits mit langen Schritten in Richtung eines der breiten Schaufenster zur New Bond Street hin, wo die raumgreifende Installation von allen Seiten betrachtet werden konnte. Poppy lief ihm hinterher, schwanzwedelnd von Torry verfolgt, der froh zu sein schien, dass Bewegung in den allzu ruhigen Galerie-Nachmittag kam.

„Ist das eine Landschaft oder ein Körper?"

Es war nicht das erste Mal, dass man Poppy diese Frage stellte. Sie redete nicht gern über ihre Kunst und wollte die Installationen lieber für sich selbst sprechen lassen. Der Mann mit den vielen Lachfältchen an den Augenwinkeln war ihr sympathisch, aber sie wollte ihn noch ein wenig hinhalten und zu eigenen Schlüssen kommen lassen. „Interessante Frage. Was würden Sie sagen?" *Klang das ausweichend oder arrogant?*

Allistair nahm ihr den Zweifel. „Eine Menge." Die Augen wurden groß und die Fältchen verschwanden. „Haben Sie den ganzen Abend Zeit?"

Poppy behielt die freundliche Miene bei. Obwohl ihre ganze Liebe seit elf Jahren ihrem Mann Barney galt, dem ehemaligen Kunstgeschichte-Professor an der Hochschule, ging sie flirtiven Situationen selten aus dem Weg. Trotzdem trat sie einen winzigen Schritt zurück.

„Idealerweise innerhalb der Öffnungszeiten der Galerie." Allistair schien den Hinweis zu verstehen, denn auch er blieb auf Distanz, nur mit den braunen Augen unter den schön geschwungenen Brauen hielt er Kontakt. Er breitete seine Arme aus und näherte sich dem Objekt, als ob er es umschlingen wollte.

„Die Form gleicht einer Kreuzung aus menschlichem Torso und topografischem Modell. Ich finde es sehr körperlich. Als ob es ruht und darauf wartet, dass man es weckt."

Der Mann hat eine gute Auffassungsgabe, dachte Poppy. „Dann sind Sie seinem Geheimnis dicht auf der Spur, Sir", sagte sie laut. „Es entstand nach mehreren Reisen nach Cornwall. Die Begegnung mit der Landschaft und Menschen, die ..."

Allistair unterbrach sie. „Das war aber keine einfache Urlaubsreise, oder?"

„Woher wissen Sie das?" *Jetzt wird es spannend.* Fasziniert betrachtete Poppy die Hände des Mannes, mit denen er die Konturen des Objekts nachzeichnete. Obwohl sie Abstand hielten, spürte sie eine Berührung, die sie erschauern ließ.

„An einigen Stellen bricht die Struktur auf und gewährt Einblicke ins Innere, auf verschlungene Pfade und Figuren, die das grelle Licht des Ausstellungsraums scheuen.“

„Sie beeindrucken mich wirklich.“ Poppy hielt seinem durchdringenden Blick stand und lächelte. „Cornwall hatte in der Tat überraschende Begegnungen für mich parat, auf die ich nicht gefasst war.“ *Darunter waren drei Menschen, die auf grausame Weise ums Leben gekommen waren.*

„Ist es nicht großartig, dass Sie als Künstlerin über die Mittel verfügen, aus diesen Erlebnissen ein spannungsreiches Kunstwerk zu gestalten?“

Poppy nickte und war erleichtert, dass Allistair zu den ästhetischen Aspekten der Arbeit zurückkehrte. Obwohl die „Überraschungen“ inzwischen mehr als ein Jahr zurücklagen, beschäftigten sie die drei Morde immer noch und das weit über die künstlerische Verarbeitung hinaus. „Absolut, umso mehr freue ich mich, wenn Sie Spaß daran haben, unter die Oberfläche zu blicken.“

„Es ist zumindest ein Ersatz dafür, dass ich keinen Zugang bekomme zu dem, was hinter der Künstlerinnenstirn und den wunderschönen grünen Augen wirklich vorgeht.“

Poppy musste über sein altherrenhaftes Geplänkel grinsen, machte aber mit. „Das wäre vermutlich langweiliger, als Sie denken. Lassen Sie sich überraschen und kaufen Sie nicht nur dieses, sondern auch kommende Werke von mir, die von neuen Erlebnissen inspiriert sein werden.“

Der Dialog verlor seinen Charme, als der Gedanke unangenehme Erinnerungen in ihr wachrief.

Allistair griff nach ihrer Hand. „Frieren Sie, Mrs Dayton?"

Sie zog sie hastig zurück. „Nein ... vielleicht die Klimaanlage."

„Dann hoffe ich, dass Ihre Körperkerntemperatur deutlich ansteigt, wenn ich Ihnen sage, dass ich *Broken Surface* kaufe." Er sah sich um. „Wo ist Flexer? Das Geschäftliche bespreche ich wohl eher mit ihm."

„Unbedingt." Poppy lächelte. „Ich bin glücklich, dass meine Arbeit in Ihre Hände kommt, wirklich."

„Ich danke Ihnen, Mrs Dayton und wünsche Ihnen viel Glück mit Ihrem Häuschen in Cornwall."

„Das ist noch ein weiter Weg."

„Das würde mich wundern." Allistair lief in Flexers Richtung, und Poppy blickte ihm verdattert hinterher.

Zwei Stunden später kam sie zu Hause an. *Flexers stylische Galerie und unser verstaubter, altmodischer Laden.* Poppy blickte an der viktorianischen Fassade des Hauses in der Marylebone High Street hoch. *Seit einem Jahr pendle ich zwischen den beiden Welten hin und her und staune immer noch über den Kontrast.*

Bevor sie die abgewetzte Klinke an der Tür von Bromley Books and Art drückte, musterte sie kritisch die Auslagen: antiquarische Bücher, antike Landkarten und dazwischen ihre eigenen Skulpturen und filigranen Objekte aus Bronze, Holz und Pappmaché. *Wie ein Guckkasten in eine eigene Miniaturwelt, die Dinge spielen miteinander,* dachte sie. Barney und sie hatten die befriedigende Erfahrung gemacht, dass den Kunden das gefiel. *Trotzdem hält sich der kommerzielle Erfolg in Grenzen,* dachte Poppy. *Hier werden leise Minnelieder gesungen, das ganz große Orchester spielt bei Flexer.*

Sie legte beide Hände an den Kopf, um besser durch die staubigen Scheiben hindurchschauen zu können. Sie sah ihren Mann Barnabas hinter dem Tresen stehen, vertieft ins Gespräch mit einer Kundin.

Poppy klapperte mit der Champagnerflasche gegen die Scheibe. Bei dem Geräusch blickte Barney hoch und zwinkerte ihr zu, ohne das konzentrierte Gespräch mit der Kundin zu unterbrechen, die zu dem zwei Köpfe größeren Eins-neunzig-Mann aufblickte. Mit einer für ihn typischen Geste fuhr er sich durch sein dunkelblondes, grau meliertes Haar.

Poppy unterdrückte einen Seufzer, setzte ihr strahlendstes Lächeln auf und betrat den Laden, wo sich die Kundin gerade verabschiedete, ein in braunes Packpapier eingeschlagenes Buch unter dem Arm.

Poppy gab Barney einen Kuss, und Torry sprang an ihm hoch. „Na, hast du gut verkauft?", fragte sie.

„Zweihundert Pfund für den Dorian Gray, erste Auflage." Sein Blick wanderte zwischen ihr und der Champagnerflasche hin und her. „Nicht schlecht, aber kann es sein, dass ich dabei mit dir nicht mithalten kann, Darling?"

Erst hatte Poppy den Plan, Barney auf die Folter zu spannen, aber die Worte platzten zu schnell heraus. „Zwanzigtausend, Barnabas!" Sie konnte die Spannung nicht länger aufrechterhalten. „An einen Arzt aus der Harley Street, mit Röntgenblick!" Sie freute sich über seine verwunderte Miene. „Er ist tatsächlich Radiologe. Ich war selbst erstaunt darüber, was er alles unter der Oberfläche meiner Arbeit ausmachte! Seine Einladung zum Dinner konnte ich gerade so ausschlagen, ohne ihn zu verschrecken." Sie stellte den Champagner auf den Tresen. „Hatten wir nicht noch ein Stück Foie Gras im Kühlschrank?"

„Das uns Jim und Lilly von ihrer Frankreichreise mitgebracht haben? Neulich sagtest du, es wird nicht angerührt, die armen gestopften Gänse und überhaupt. Dabei hatten die beiden versichert, dass es sich um den neuen Standard handelt, die ungestopfte Alternative, sozusagen."

Poppy ließ den Korken knallen. „Egal, heute vergesse ich alle *correctness,* das Zeug passt einfach zu gut zu meiner Stimmung."

Barney ging zur Tür, drehte das „Closed"-Schild um und schloss ab. Gemeinsam stiegen sie die Treppe hinauf in die Wohnung, die über dem Laden lag.

Poppy runzelte die Stirn, als sie das Durcheinander in der Küche sah.

Barney entschuldigte sich. „Ich wollte aufräumen, aber dann kam das Zoom-Meeting mit dem Sammler aus Dubai ..."

„Wir machen einfach da weiter, wo wir beim Frühstück aufgehört haben. Das Baguette sieht noch prima aus." Poppy ging zum Kühlschrank und holte die ovale, beige glasierte Keramikschale mit der Gänseleber heraus. Barney ließ den Korken knallen und füllte zwei Kristallkelche mit Champagner. Sie setzten sich auf die alte Chesterfield-Küchenbank und stießen an.

Poppy schnitt das Baguette in dünne Scheiben und toastete sie. Dann belegte sie den ersten warmen Brot-Chip mit Foie Gras, kostete davon und nippte am Champagner. „Mhm, die Kombination aus knusprigem Brot und dem Geschmack geschmolzener Butter mit Karamell, Nuss und Mandelnote auf der Zunge, unvergleichlich."

„Kann es sein, dass der Erfolg deine Neigung zu Jet-Set-Allüren verstärkt?"

Poppy ließ das nächste Häppchen sinken, schmiegte sich an Barneys Seite und biss ihn sanft ins Ohr. „Wahrscheinlich. Allerdings ziehe ich dich und deine Aromen allen mondänen Genüssen vor."

Er schmunzelte. „Bei deinen Umsätzen kannst du dir beides leisten."

„Stimmt. Mit dem letzten Verkauf hat mir das Jahr bei Flexer über hundertfünfzigtausend Pfund eingebracht."

„Dann werden deine Immobilienpläne ja bald ebenso realistisch wie deine Gespenster."

Poppy verschluckte sich und sah Barney böse an. „Du reibst mir gleich zwei meiner Schwächen unter die Nase? Das ist gemein von dir."

„Entschuldige." Hastig ruderte er zurück. „Du weißt, ich unterstütze deine Pläne, und wenn du etwas findest …"

„Im Moment ziehe ich unser trautes Heim den spukverseuchten Gemäuern Cornwalls vor."

„Da habe ich ja Glück." Barney schob ihr eine kastanienbraune Locke zur Seite, um ihre Augen besser sehen zu können. Sie hielt seinem Blick stand, und er wechselte das Thema. „Apropos verseucht, unseren

Freunden in Wythcombe Manor scheint es nicht besonders gut zu gehen."

„Das ist doch chronisch." Poppy schüttelte traurig den Kopf. „Obwohl Pat und Bruce seit einem halben Jahr Eltern sind! Pat liebt ihre Georgina abgöttisch, aber Bruce scheint enttäuscht darüber zu sein, dass es kein männlicher Stammhalter geworden ist, das hat mir Pat zumindest gesagt. Weißt du was Neues?"

„Bruce hat mich vorhin angerufen. Er jammerte, dass Pat kurz davor sei, ihn aus seinem eigenen Schloss zu werfen. Außerdem schlägt er sich vor Gericht jetzt schon mit zwei Prozessen rum, und die Anwälte kosten Unsummen. Nun muss er an einem Plan B arbeiten und fragte mich, ob ich im Notfall bereit wäre, ihm Geld zu leihen."

„Untersteh dich! Was für ein Plan B? Du weißt, dass er seine Finger in zwei Mordfällen hat." Poppy schüttelte sich angewidert. „Positiv ist nur, dass der neue Staatsanwalt weniger Respekt vor dem lokalen Hochadel zu haben scheint als der alte. Bruce kann sich glücklich schätzen, dass der ihn nicht gleich wieder in Untersuchungshaft genommen hat."

„Meinst du, Pat schmeißt ihn wirklich raus?"

„Ich glaube, die Hemmschwelle wird immer niedriger. Im Hintergrund wartet Cary auf seine Chance, und ich weiß, dass Pat mehr als nur Freundschaft empfindet für den handfesten und warmherzigen Sailor." Poppy trank einen Schluck Champagner. Das Kondenswasser tropfte von den kalten Gläsern auf den Tisch und bildete kleine Pfützen. Sie tauchte den Zeigefinger hinein und malte eine Krone auf das polierte Holz. „Aber selbst wenn die Beziehung zwischen Pat und

Bruce im Eimer ist, stehen die beiden immer noch als Marke für ihr Hotel. Pat mit ihrem Gespür für Stil und Design. Und der hübsche Lord mit den schwarzen Locken ist sehr beliebt bei seinen Gästen, besonders den weiblichen; ganz abgesehen davon, dass er hervorragend kocht."

„Wie auch immer, Poppy, ich denke überhaupt nicht daran, ihm etwas zu leihen. Das habe ich ihm klargemacht, wenn auch auf freundschaftliche Weise." Barney sah sie an. „Und was das Essen angeht: Mein Appetit verlagert sich gerade sehr", sagte er mit rauer Stimme.

Der Abend setzte sich kurz darauf im Schlafzimmer fort.

Als das Telefon im Flur klingelte, versuchten sie erst, es zu ignorieren, bis die Sprachbox ansprang.

„Mrs Dayton? Trelawney hier. Leider muss ich unsere Verabredung morgen in London absagen, es ist etwas dazwischengekommen. Rufen Sie mich bitte zurück? Ich habe etwas Wichtiges mit Ihnen zu besprechen. "

Die Nachricht war zu Ende und der Apparat ging mit einem leisen „Beep" wieder in Ruhestellung.

Sachte löste sich Poppy aus Barneys Umarmung. Sie pustete eine Haarsträhne aus der Stirn und setzte sich an den Bettrand. „Der Doktor sagt ab? Das wäre das erste Mal."

Barney stöhnte. „Wehe, er versucht dich nach Cornwall zu locken."

„Bestimmt nicht. Wir hatten fest vereinbart, dass wir die Sitzungen hier in London durchführen. Seit über einem Jahr war ich nicht mehr da unten."

„Und beides hat dir gutgetan, die Therapie und der Abstand zu deinem traumatischen Traumland."

„Höre ich da Spott heraus?" Poppy sank in Barneys Arme zurück.

„Im Gegenteil, Dankbarkeit. Ich finde, hier in London geht es dir gut, du bist geradezu unverschämt produktiv und erfolgreich, und dein Schlaf verläuft bis auf die Begegnungen mit deiner Schwester ruhig und ereignislos."

Gedankenverloren zupfte Poppy an den Härchen auf Barneys Brust. *Es ist Wochen her, seit Gwen mich das letzte Mal besucht hat.*

Ein „Besuch" ihrer Schwester fand allerdings nicht auf übliche Weise statt, denn Gwen war seit fünfzehn Jahren tot, gestorben, zusammen mit den Eltern, auf dem Weg zum „Girls' Day", bei einem tragischen Autounfall. Seitdem tauchte sie in Poppys Träumen auf, doch nicht nur sie trieb sich dort herum. Dr. Trelawney hatte bei Poppy eine seltene psychische Begabung diagnostiziert, das Shining. Dabei begegnete sie in ihren Träumen Personen, die meist unter gewaltsamen Umständen zu Tode gekommen waren. Während ihrer Aufenthalte in Cornwall hatten diese Erscheinungen regelmäßig dazu geführt, dass aus harmlosen Ferien unberechenbare Abenteuer wurden. Zwar war der Lohn die Entlarvung von Mördern gewesen, aber Poppy zahlte einen hohen Preis dafür: Ihre hypersensible Psyche geriet mehr als einmal an ihre Grenze, und erst Dr. Trelawneys Interventionen halfen ihr dabei, mit dem Phänomen fertig zu werden und die aufdringlichen Chimären auf Distanz zu halten. Der pensionierte Arzt aus Falmouth nutzte seine häufigen Reisen nach London, um mit Poppy einmal im Monat eine entsprechende Sitzung abzuhalten.

Mir geht's schon viel besser, dachte sie. *Warum irritiert mich dann seine Absage nur so sehr?*

Erneut rutschte Poppy an den Bettrand. Diesmal stand sie auf und sah auf Barney hinunter, der das dünne Leinentuch über den Kopf zog und mit den Armen fuchtelte. „Huh-Huh!", heulte er.

Sie prustete los. „Jaul nicht, geliebtes Gespenst, ich komm ja wieder. Ich rufe ihn nur kurz an und frage, was los ist."

„Das kann ich dir jetzt schon sagen. Die grässlichen Geister versuchen vergeblich ihre Spinnenfinger nach London auszustrecken und fordern deine Rückkehr nach Cornwall."

„Mrs Dayton!" Trelawney war sofort dran, und Poppy stellte auf laut. *Barney soll nicht denken, dass ich etwas zu verbergen habe.* „Ich freue mich über Ihren schnellen Rückruf." Die Stimme des Arztes klang seltsam kontrolliert. *Wie jemand, der sich beherrschen muss, nicht herauszuplatzen,* dachte Poppy und sprach ihn direkt darauf an: „Was gibt es so Dringendes?"

„Können Sie sprechen, Mrs Dayton?"

Diese Frage! Poppy biss sich auf die Unterlippe. *Das kann eine Menge bedeuten.* Sie bereute, dass sie auf laut gestellt hatte. *Das kann ich jetzt nicht rückgängig machen, also Flucht nach vorne.*

„Natürlich. Mein Mann hört mit." Sie sagte das in so neutralem Ton wie möglich und schaute dabei zu Barney hinüber, der dem Gespräch mit verschränkten Armen folgte. Sie zwinkerte ihm über den Flur zu. „Ich soll Sie von ihm grüßen."

„Ich grüße Sie auch, Professor!", rief Trelawney.

Eine Pause trat ein.

„Sind Sie noch da, Doktor?"

„Natürlich, Mrs Dayton." Er räusperte sich.

„Dann legen Sie los! Barney hat gesagt, wir dürfen über alles sprechen, nur nicht über eine Rückkehr nach Cornwall."

Ein Stöhnen, das allerdings so leise war, dass es Barney nicht bis ins Schlafzimmer hinüber hören konnte, verriet Poppy, dass es genau darum ging. Sie hielt die Luft an. *Jetzt bin ich gespannt, wie der gute Doktor das einfädelt.*

„Es tut mir sehr leid, dass ich nicht nach London kommen kann, Mrs Dayton. Ein Kollege der forensischen Medizin in Cardiff bat mich um ein psychologisches Gutachten. Der Fall drängt, und ich konnte ihm das nicht abschlagen. Ich muss sofort dorthin."

„Kein Problem, dann treffen wir uns danach in London. Auf einen Tag früher oder später kommt es nicht an."

„Das ist es ja, Mrs Dayton." Wieder der gepresste Klang. „Ich fahre übermorgen Abend nach Irland, zu einem Freund, für einen Monat."

„Ein Monat? Das ist lang. Aber das halte ich schon aus. Ich fühle mich schon viel stabiler nach unseren Sitzungen, und das Shining verschont mich seit einigen Wochen."

„Das freut mich zu hören. Doch gerade deshalb ist es so wichtig, im Rhythmus zu bleiben. Ich weiß, das Thema Cornwall wird bei Ihnen zurzeit sehr kritisch gesehen. Es wäre ja nur für einen kurzen Besuch. Wir machen unsere Sitzung, danach springen Sie am Gyllyngvase Beach einmal ins Meer und fahren wieder zurück. Das Ganze ist kurz, ungefährlich, ohne Leichenfund und vor allem sichert es Ihren Therapieerfolg." Er hüstelte. „Letzteres garantiere ich Ihnen sogar!"

Poppy sah, wie Barney die Finger in beide Ohren steckte und in gespielter Verzweiflung den Kopf schüttelte. „Das passt zwar nicht so gut, aber vermutlich haben Sie recht", sagte sie betont gelassen.

„Sie werden es nicht bereuen."

Geheimnisse ich da zu viel hinein, oder klingt das verschwörerisch? Poppy hoffte, dass nur sie es mitbekam und stellte erleichtert fest, dass Barney immer noch die Finger in den Ohren hatte.

„Also gut. Übermorgen um vierzehn Uhr? Vor Ihrer Abreise nach Irland?"

„Großartig! Noch einen schönen Abend Ihnen beiden!" Trelawney legte auf.

Auf dem Weg zurück ins Schlafzimmer geriet Poppy in den gezielten Beschuss schwerer Daunenkissen, Torry, der sich erst kläffend dazwischengeworfen hatte, zog sich mit angelegten Ohren zurück.

2

Der grüne Morris hielt auf dem kleinen Besucherparkplatz vor dem Haus des Doktors.

Als Erstes stieg Torry aus, der nach der langen Fahrt sofort hinter den sorgfältig gestutzten Buchsbaumhecken verschwand.

Durch die Windschutzscheibe schaute Poppy auf Falmouth und die Mündung des Flusses hinunter und blieb noch einen Moment sitzen.

Eine Flut von Gefühlen drang auf sie ein: Dankbarkeit für Barney, der nicht nur die Größe hatte, sie ziehen zu lassen, sondern ihr auch noch seinen Oldtimer, das grüne Morris Minor Cabriolet, geliehen hatte. In die Freude, wieder in Cornwall zu sein, mischte sich die Angst vor dem unberechenbaren Schicksal, das sie in dieser idyllischen Landschaft regelmäßig heimsuchte.

Ich muss endlich herausfinden, warum es ausgerechnet hier passiert. Wie ein Ingwer-Limetten-Shot, erfrischend und gleichzeitig kaum runterzukriegen, dachte Poppy und schüttelte sich. *Der Doktor hat recht, ich bin noch nicht so weit, um es unbefangen genießen zu können. Gut, dass er auf dem Treffen bestanden hat.*

Sie ließ ihr kleines Gepäck im Auto und steuerte mit Torry auf das Portal aus grauem Granit zu. Die dunkelgrün gestrichene Tür stand offen und gab den Blick durch das Haus hindurch auf die Hortensienbüsche frei, deren pinkfarbene Blüten mit dem Blau des River Fal konkurrierten.

Ein kantig gebauter Mann tauchte mitten in dem Stillleben auf und beendete Poppys Grübelei. „Mrs Dayton! Toll, dass Sie es einrichten konnten." Er schüttelte ihr die Hand, und Torry begrüßte ihn wie einen alten Freund.

Obwohl er sie ernst, beinahe streng musterte, entging Poppy das Blitzen in Trelawneys Augen nicht. *Das ist nicht typisch für ihn. Was führt er im Schilde?*, fragte sie sich. „Mein Mann sieht das anders", sagte sie. „Doch die Liebe und die Sorge um meine Gesundheit haben ihn einlenken lassen."

Trelawney schmunzelte. „Sie vergessen Ihre Durchsetzungsfähigkeit und den Augenaufschlag."

Obwohl Poppy um den Einfluss ihrer meergrünen Augen wusste, schüttelte sie den Kopf. „Beides verliert nach zehn Jahren Ehe einen beträchtlichen Teil seiner Macht. Nein, Barney vertraut meinem Versprechen, mich auf keine gefährlichen Abenteuer einzulassen, und außerdem ist es ja nur für zwei Tage."

Trelawney nickte hastig und trat zurück in den Schatten des Eingangs. „Gehen Sie schon mal vor, Sie kennen ja den Weg. Ich muss noch ein kurzes Telefonat führen." Er lächelte. „Nach unserer Sitzung bekommen wir Besuch."

Poppy wollte nachfragen, beherrschte sich aber und ging in Richtung Sprechzimmer.

Ein paar Minuten später lag sie entspannt auf der roten Chaiselongue, Torry hatte sich auf dem Teppich davor eingekringelt.

Trelawney saß am Kopfende, sodass sie ihn nicht sehen, sondern nur seine Stimme hören konnte. In einem Augenblick betrachtete Poppy noch versonnen ihre rot lackierten Zehen, um im nächsten die schweren Augenlider zu schließen.

Die Trance, in die der Doktor sie mit rhythmisch pulsierenden Worten und langsam gesprochenen, sich wiederholenden Sätzen führte, war gerade so tief, dass sie auf Gedankenreise gehen konnte, ohne die Kontrolle über das Geschehen zu verlieren.

Poppy kehrte zurück an die Orte, an denen sie das Shining besonders heftig erlebt hatte, nach Wythcombe Manor, Arwen Island und Scarcliffe Castle. Die dramatischen Begegnungen, denen sie dort ausgesetzt war, wurden während der therapeutischen Sitzungen aus dem Blickwinkel einer Beobachterin, nicht einer Beteiligten oder gar eines der drei Mordopfer betrachtet und verloren von Mal zu Mal ihre traumatisierende Wirkung. Sie nahmen den Charakter eines Spielfelds ein, auf dem sich Poppy gezielt und nach ihren eigenen Regeln bewegen konnte. Und heute war Gwen da.

„Schwesterherz!"

Poppy hatte gerade den sonnenüberfluteten Strand verlassen, an dem die Tote vom Helford River gefunden worden war, als Gwen hinter einer Erle hervortrat. Sie war wie immer in einen schwarzen Rollkragenpullover und schwarze Jeans gekleidet, die Sachen, die sie am Girls' Day, dem Tag ihres Todes, getragen hatte.

„Gwen!" Wie immer musste sich Poppy zurückhalten, eine vergebliche Umarmung zu versuchen.

„Was machst du hier?" Die Frage klang eher besorgt als neugierig.

Poppy schaute über die Schulter auf den Strand zurück. „Ich sehe mir ein paar Plätze an, die mir früher Angst gemacht haben."

„Warum bist du zurückgekehrt?"

„Ich habe eine Therapiesitzung bei Dr. Trelawney."

„Kommt der sonst nicht zu dir nach London?"

Poppy zog die Augenbrauen hoch „Ich freue mich auch, dich zu sehen, Gwen." Sie schüttelte den Kopf. „Warum stellst du mir diese Fragen? Du hast dich lange nicht blicken lassen."

Gwen zog einen Schmollmund. „Ich hatte den Eindruck, dass du darauf keinen besonderen Wert legst. Du hast ja Barney und deinen Doktor." Gwen stellte sich mit verschränkten Armen vor ihr auf. „Der hat es mir mit seinen therapeutischen Tricks schwer gemacht, dich in London zu besuchen, weißt du das eigentlich?"

„Ich weiß nur, dass ich dich sehr vermisst habe."

„In Cornwall scheinst du jedenfalls offener zu sein für das Shining, wie ihr es nennt."

„In Cornwall ist alles besser."

„Wirklich, Poppy?" Gwen umkreiste sie und sah dabei abwechselnd Poppy an und auf den Helford River hinaus, als ob sie auf etwas wartete.

Poppy versuchte, ihrer Drehung zu folgen.

„Gwen, stopp, mir wird ganz schwindelig."

„Schwindelig und schwindeln, das liegt dicht beieinander, oder?"

„Warum redest du die ganze Zeit in Rätseln?"

„Ich darf das." Gwen kicherte. „Nein, ich muss das." Sie hielt an, auch Poppy blieb stehen, auf unsicheren Beinen schwankte sie der Drehung hinterher. „Versteh mich nicht falsch, es ist schön, dass du wieder in Cornwall bist. Hier waren wir immer am glücklichsten, in den Ferien, zusammen mit Mum und Dad." Gwens Ausdruck hatte sich verändert. Die Augen, die halb hinter dem dunklen Pony versteckt lagen, blickten traurig. „Poppy, sei ehrlich, wo willst du sein, in London oder in Cornwall?"

Poppy schluckte. „Die Frage ist gut, Schwesterchen." Sie versuchte, ihrer Stimme einen nonchalanten Ton zu geben, aber es gelang ihr nicht. „Ich habe Barney versprochen, mich auf London zu konzentrieren. Trotzdem schaue ich mir jeden Tag die Immobilienanzeigen an. Doch es ist sinnlos, es wird nichts werden."

„Du wirst noch staunen!" Wieder verschränkte Gwen die Arme. „Ich bin mir nur nicht sicher, ob ich dir das wünschen soll."

„Oh my! Gwen, hör auf, das Orakel zu spielen, du machst mich ganz verrückt."

Silberne Tränen quollen aus Gwens verschleierten Augen.

Poppy erschrak. „Warum weinst du?"

„Keine Ahnung. Ich weiß nur, wenn du hierbleibst, wird wieder etwas passieren."

Poppy winkte ab. „Das Risiko ist nicht besonders groß, ganz einfach, weil ich schon morgen nach London zurückfahre. Beruhigt dich das?"

Gwen schüttelte den Kopf, sagte aber nichts.

Aus weiter Ferne hörte Poppy, wie sich Trelawneys Stimme veränderte.

Gwens Gestalt verblasste.

Obwohl sich Poppy dagegenstemmte, wurde sie aus der Tiefe der Trance an die Oberfläche zurückgespült. *Wie ein Korken, der in die Höhe schießt.*

Sie hob den rechten Arm und klopfte mit der flachen Hand auf die Stelle neben sich am Rand der Couch. *Gwen, bleib noch ...*

Widerwillig schlug sie die Augen auf und blinzelte in den Lichtstrahl, der durch den Spalt zwischen den zugezogenen Vorhängen drang. Sie stöhnte, stützte sich auf beide Ellenbogen, schwang ihre Füße von der Chaiselongue und schlüpfte in ihre Sandalen.

„Langsam, Mrs Dayton. Bleiben Sie noch einen Moment liegen, Ihnen könnte schwindelig werden."

Poppy rieb sich die Augen. „Ich weiß. Es geht mir gut, danke. Wenn ich herumlaufe, weiß ich, dass ich wieder zurück bin von der anderen Seite."

„Ich verstehe." Trelawney machte eine Notiz. „Nur noch eine Frage: Wie waren Ihre Träume in letzter Zeit?"

„Bunt und voller Ereignisse. Zum Glück habe ich meine Kunst, damit kann ich eine Menge dieser verrückten Bilder bannen. Aber wenn Sie nach dem Shining fragen, nein, nichts davon, seit Monaten nicht mehr."

„Auch Ihre Schwester kommt Sie nicht besuchen?"

Sie drehte sich zu ihm um. „Interessant, dass Sie das fragen. Monatelang ließ sie sich nicht blicken, doch gerade eben war sie da. Sie meinte, in Cornwall fiele es ihr leichter, zu mir durchzukommen. Leider war dann die Trance zu Ende."

„Es tut mir leid, dass ich Ihr Treffen unterbrochen habe."

Poppy zog ihre Augenbrauen zusammen. „Ich vermisse sie unglaublich, auch nach all den Jahren. Aber ich erinnere mich lieber bewusst an sie, als dass sie mir im Traum erscheint."

Trelawney nickte, klappte das Moleskine-Heft zu und ließ das schwarze Gummiband darüber schnappen. „Das hört sich gut an, Mrs Dayton, Sie machen wirklich Fortschritte." Er lächelte. „Es freut mich umso mehr, als dass Sie dadurch auch den üblen Beigeschmack verlieren könnten, den Cornwall bei den letzten Malen hinterlassen hat."

„Doktor, warum so umständlich?" Poppy grinste. „Seit dem Anruf in London habe ich das Gefühl, dass Sie mir etwas sagen wollen. Raus mit der Sprache!"

Trelawney grinste verschämt. „Sie haben recht, ich suchte nur nach dem rechten Augenblick."

„Machen Sie es nicht so spannend. Sagen Sie bloß nicht, Sie haben einen rätselhaften Fall zu lösen. Ich habe Gwen eben versprochen, so schnell wie möglich wieder nach London zurückzufahren, von Barney ganz abgesehen!"

Energisch schüttelte er den Kopf. „Nein, nein, um Himmels willen, kein Fall." Er räusperte sich, und Poppy spürte, dass er einen Übergang suchte. „Erst mal soll ich Sie von Peter Hammett grüßen."

„Danke! Wie geht es ihm? Gibt es eine neue Inszenierung seiner Volksbühne? *The Lady Vanishes* war sensationell, fand ich, abgesehen davon, dass es mich auf die richtige Idee brachte ..."

„... und Sie mal wieder einen Mörder zur Strecke brachten! Nein, nichts dergleichen. Allerdings weiß Peter auch, dass Sie neben ihren kriminalistischen Neigungen noch eine ganz andere Sehnsucht hegen." Trelawney senkte die Stimme. „Er hat einen Tipp bekommen. Ein Cottage, nicht weit von hier, mit Blick auf den Fluss."

Poppy sprang auf, lief zum Fenster und riss die Vorhänge auf, dass die Ringe auf der Stange klirrten.

Jenseits der pinkfarbenen Hortensien senkte sich der perfekte gepflegte Rasen ab. Weiter unten, auf der anderen Seite der North Parade lag die kleinen Marina. Die Boote waren fast alle draußen, nutzten die Brise, pflügten durch die gerippelten Wellen der Bucht oder nahmen Kurs aufs offene Meer.

„So einen Blick?", fragte sie atemlos.

„Vielleicht sogar noch schöner. Peter kommt gleich vorbei, er hat Bilder. Und das Beste daran ist: Der Preis ist mehr als vernünftig."

Poppy drehte sich zu Trelawney um, der jetzt direkt vor ihr stand.

Er betrachtete sie eingehend. „Ihre Pupillen waren eben noch winzig vom vielen Licht, und jetzt sind sie schlagartig weit."

„Naturwissenschaftler sind immer so analytisch." Poppy blinzelte. „Diese Nachricht wirkt auf mich wie eine Droge, das sage ich Ihnen. Wo ist es?" Sie reckte den Hals wie ein Kind vorm Eintritt ins Weihnachtszimmer.

Es läutete an der Tür.

„Das wird Peter sein. Fragen Sie ihn selbst!"

Er ging hinaus. Eine Minute verstrich, und Poppy hörte durch die angelehnte Tür, dass sich die beiden

Männer leise auf dem Gang unterhielten. *Mich so auf die Folter zu spannen ...*

Trelawney steckte den Kopf durch den Spalt. „Kommen Sie ins Wohnzimmer, Mrs Dayton, da ist es gemütlicher."

3

Peter Hammett war wie gewöhnlich korrekt gekleidet in ein pfeffer-und-salz-farbenes Tweed-Ensemble inklusive Weste. *Nur der offene Kragen des weißen Leinenhemds ist ein Tribut an die Augusthitze,* dachte Poppy. Der kräftige Mann mit dem großen Schädel und den buschigen Augenbrauen war noch ein Stück größer als der Arzt. Er breitete die Arme aus, die braunen Knopfaugen glitzerten.

„Mrs Dayton! Wie schön! Sie und Ihr Mann fehlen mir in meinen Aufführungen. Das Küstenvolk hier und die Touristen sind allesamt Banausen."

„Man hört, dass Sie immer ausverkauft sind."

„Das schon, die lachen bloß immer an den falschen Stellen." Jetzt war er es, der lachte, aber als er sah, wie Poppy den Umschlag aus dunkelgrünem Manila in seiner Hand anstarrte, klappte er den Mund zu.

„Hat der Doktor geplaudert?", fragte er und schielte zu Trelawney hinüber.

„Irgendetwas musste ich schon sagen, sonst wäre Mrs Dayton bereits wieder auf dem Rückweg. Die Aufenthaltsgenehmigung für hier ist beschränkt."

Hammett schmunzelte. „Ich rate zu einer kleinen Verlängerung." Er streckte Poppy den Umschlag entgegen, begierig griff sie danach.

„Setzt euch an den Tisch", sagte Trelawney. „Ich lasse uns Tee bringen. Meine Haushälterin hat frische Scones gebacken."

Poppy nickte nur. Andächtig klappte sie die Mappe auf und war überrascht.

„Sie haben ein prächtiges Exposé erwartet?" Hammett stieß Trelawney in die Seite, und die beiden grinsten sich an. „Seien Sie nicht enttäuscht, das ist sogar der entscheidende Vorteil. Das Objekt wird nicht über einen Makler angeboten, es kommt von privat. Ich hatte allen möglichen Leuten von Ihrer Suche erzählt, in meinem Volksbühnenverein sitzen ein paar echte Großgrundbesitzer. Einer davon kam letzte Woche auf mich zu. Aber sehen Sie selbst."

Unter einem schmucklosen Datenblatt mit wenigen technischen Details zur Lage und Größe von Grundstück und Haus lagen zwei Fotografien. Das eine zeigte ein reetgedecktes Cottage in einem schön angelegten, leicht verwilderten Garten.

Das andere raubte Poppy den Atem. Es war von einer Terrasse aus aufgenommen worden. Der Blick ging über eine weite Flusslandschaft, und ein mit wilden Rosen und Rhododendren bewachsener Hang fiel steil zum Wasser hin ab.

„Wo ist das?", fragte sie heiser.

„In Hellstone Hollow, einem kleinen Dorf ein Stück flussaufwärts, auf halbem Weg zwischen hier und Malpas."

„Ist das die ehemalige Bergbauregion?"

„Genau. Da oben geht es weit weniger touristisch zu als bei uns. Das Dorf war halb verlassen, bis vor zehn Jahren allmählich wieder junge Familien hingezogen sind und Leute mit viel Zeit, um die maroden Steinhäuser zu sanieren."

„Das hier sieht alles andere als marode aus."

„Es gehört dem Besitzer von Hellstone Hall, Richard Tornycroft. Sein Landsitz konkurriert mit Trelissick um den Titel des schönsten Herrensitzes nördlich von Falmouth."

Poppy horchte auf. „Tornycroft? Irgendetwas sagt mir der Name."

„Er ist ein steinreicher Industrieller, ein komischer Kauz, eine Art verrückter Wissenschaftler, heißt es, der ziemlich zurückgezogen lebt. Er sagte mir, seit dem Tod seiner Mutter vor zwei Jahren steht das Haus leer. Sie hatte es vor allem im Winter genutzt, wenn ihr der Palast zu kalt war. Almas Cottage, so heißt es nach der Mutter, scheint sehr gemütlich zu sein, und der Blick ... Das Haus steht an einem der wenigen Punkte, wo man nach Süden das Flusstal entlang bis zum Meer schauen kann."

„Es müssen fast vier Meilen bis zur Mündung sein, unglaublich." Andächtig nahm Poppy das Foto erneut in die Hand. Erst als der Tee gebracht wurde, legte sie es zögernd zur Seite.

Ein paar Minuten lang ließ sich Poppy vom Aroma des Earl Grey ablenken, und auch bei den Scones griff sie zu. Sie teilte das noch warme Gebäck, bestrich es mit Erdbeerkonfitüre und häufte darauf einen Klecks Clotted Cream. Etwas blieb an ihren Fingern hängen, worüber sich Torry freute. Leidenschaftlich leckte er den Rest ab, dann wandte er sich wieder der Schüssel mit frischem Wasser zu, die der Doktor neben dem Esstisch platziert hatte.

Nach den ersten Bissen und einer halben Tasse Tee brach Poppy das Schweigen am Tisch.

„Was will der Herr von Hellstone Hall dafür haben?" Die Frage kam entschlossen. Poppy hatte in den spärlichen Unterlagen keine Preisangabe gefunden, aber die Bemerkung des Doktors kam ihr in den Sinn.

Hammett zuckte die Achseln. „Nach dem Brexit haben die Preise nachgelassen, sogar in Cornwall. Und wie gesagt, Hellstone Hollow liegt etwas abseits. Es gibt ein paar Bergwerkmonumente in der Umgebung, aber die sind nicht so berühmt wie Perran und Devoran. Außerdem sind manche Gebiete gesperrt, weil Einsturzgefahr besteht."

Poppy ignorierte die Erläuterung. „Wie viel?" Sie wappnete sich. Zu oft war ihr Plan an dieser entscheidenden Schwelle ins Stolpern geraten und musste verworfen werden.

Hammett ließ sich Zeit. Er trank einen Schluck Tee, tupfte sich die Lippen mit der Serviette aus gestärktem Leinen ab und lehnte sich genüsslich zurück.

„Zweihundertfünfzigtausend Pfund."

Poppy ließ ihr Scone fallen; es klatschte mit der Cream-Seite auf das blank polierte Eichenparkett, ohne Spuren zu hinterlassen, denn Torry hatte es im nächsten Moment restlos vertilgt.

Sie starrte Hammett an. „Das kann nicht sein. So etwas kostet sonst das Vierfache, mindestens."

„Stimmt." Der Theatermann schien die Wirkung des Angebots zu genießen und schmunzelte. „Aber nicht für Sie." „Warum?"

„Weil ich dem Besitzer die schöne Geschichte von einer armen Künstlerin mit viel Potenzial und unstillbarer

Cornwall-Sehnsucht erzählt habe. Der Mann ist schwerreich. Es schien ihm zu gefallen, als Förderer dazustehen."

„Nichts dagegen!" Poppy schob Teller und Tasse zur Seite und nahm sich die Unterlagen noch mal vor. Sie betrachtete sie von allen Seiten, als ob sie einen Fehler entdecken könnte. Dann stapelte sie alles sorgfältig aufeinander.

„Eigentlich wollte ich nach meinem Besuch hier nur kurz an den Strand fahren."

„Sie können auch in Hellstone Hollow schwimmen gehen. Der Ort hat Zugang zum River Fal."

„Sie sind ein guter Verkäufer, Peter."

„Ich glaube eher, das verkauft sich von selbst."

Poppy rieb sich die Augen. „Das muss ich erst mal verarbeiten, dann rufe ich Barney an, und danach fahre ich zum Baden an den River Fal!" Sie stand auf, ging um den Tisch herum, umarmte Hammett und drückte ihm einen Kuss auf die glatt rasierte Wange. „Danke, Peter, das vergesse ich Ihnen nie!"

„Gern geschehen." Er spitzte die Lippen und sagte betont förmlich: „Falls es Sie tatsächlich zu uns an die Küste verschlagen sollte, darf ich dann die Hoffnung hegen, Sie und Ihren Mann in den Kreis unseres Theatervereins aufzunehmen?"

„Dürfen Sie! Vielleicht spielen wir sogar mit."

Hammett klatschte in die Hände. „Oh ja, bitte! Ihr Mann auch?" Poppy grinste, sie wusste, dass er ein heimlicher Verehrer von Barney war. „Als Nächstes will ich *A Room with a View* auf die Bühne bringen."

„Wenn das nicht passt …"

4

Nachdem sich Poppy von den beiden Männern verabschiedet hatte, überfiel sie vor der Tür die ganze Pracht des Augustnachmittags. Das Polster des Cabriolets war so heiß, dass sie sich in ihren weißen Shorts die Oberschenkel verbrannte. Rasch deponierte sie die Unterlagen im Handschuhfach und stieg wieder aus.

„Ich brauche einen klaren Kopf. Torry, lass uns zum Hafen runterlaufen."

Er rannte voraus, froh darüber, nicht wieder ins Auto klettern zu müssen.

Nach hundert Metern überquerten sie die Uferstraße North Parade und erreichten den *Falmouth Yacht Haven*. Poppy liebte den Bootsanleger in der Mündung des River Fal, mit der Stadt im Rücken und den grünen Hügeln von Flushing gegenüber am Nordufer.

Hier war es deutlich kühler als in den engen Straßen, auch an heißen Tagen sorgte die Thermik vom Meer herauf für Erfrischung.

Poppy schlenderte an den Stegen entlang, betrachtete die prächtigen Jachten und lauschte dem vielstimmigen Klicken der Wanten und dem Quietschen der Poller. Es war auflaufendes Wasser, und die Boote zerrten an ihren Leinen.

Als ob sie darauf warteten, losgemacht zu werden und in See zu stechen, dachte Poppy. *Gerade fühle ich mich wie eins von ihnen. Ich möchte, dass etwas passiert, aber allein kann ich es nicht und will es auch nicht.*

Sie griff nach dem Smartphone und wollte Barneys Nummer wählen, als im Augenwinkel zwei vertraute Gesichter auftauchten.

Rasch drehte sie sich um und stand vor Pat und Cary.

Cary grinste sie freundlich an, Pat drückte ihm den Griff des Kinderwagens in die Hand, umrundete das voluminöse Gefährt und umarmte Poppy. Kläffend rannte Torry um die Gruppe herum.

„Anschleichen leider missglückt!", rief Pat. „Wir hatten dich schon eine Weile beobachtet." Sie deutete nach oben, wo auf der Terrasse der Upperdeck-Bar reger Betrieb herrschte.

„Was machst du …?" – „Wie kommt ihr …?" Die Frauen redeten gleichzeitig drauflos und lachten. Pat betrachtete Poppy. „Du siehst gut aus, etwas blass vielleicht. Ich glaube, dir fehlen Sonne und Meer."

„Sehr sogar. Und du, Pat? Dir scheint überhaupt nichts zu fehlen. So ein süßes Baby und dazu ein attraktiver Mann an deiner Seite." Poppy lächelte Cary an, und der grinste zurück. Pat blieb ernst. „Heute Morgen ist Bruce ausgezogen. Er will sich weiter um das Hotel kümmern, aber ich weiß nicht, ob ich es aushalte, ihn jeden Tag zu sehen."

„Was ist denn passiert?"

„Eigentlich nichts Besonderes, die gleiche Lieblosigkeit wie immer. Allerdings weiß ich jetzt, dass er eine Freundin hat, in St Ives, er ist ständig weg." Sie seufzte. „Auch in der Hotelküche lässt er sich immer seltener blicken." Sie schmiegte sich an den breitschultrigen Mann neben ihr. „Zum Glück habe ich Cary."

Der legte den Arm um sie. „Pat muss sich keine Sorgen machen. Ich habe nicht nur meine Fischerboote, sondern auch zwei Restaurants hier in Falmouth und eins drüben in Flushing", sagte er stolz. „Da trete ich gerne einen meiner Köche ab. Die zaubern dir ein mindestens so tolles Menü hin wie Bruce."

Aus dem Kinderwagen reckten sich zwei Ärmchen, begleitet von einem energischen Krähen.

„Georgina, mein Schatz! Keiner beachtet dich, das darf nicht wahr sein!" Pat hob das Baby hoch. Als es Torry entdeckte, wurde es still und ließ ihn nicht mehr aus den Augen.

„Sie sieht aus wie Bruce", sagte Poppy spontan, und biss sich erschrocken auf die Lippen.

Pat schien nicht beleidigt zu sein und schmunzelte. „Das sagen alle. Die schwarzen Löckchen und das fliehende Kinn. Mal sehen, was draus wird." Sie küsste das Baby und legte es wieder in den Wagen, womit es nicht einverstanden zu sein schien. Die heitere Miene verdüsterte sich. „Georgina hat immer Hunger, ich glaube ..."

Poppy sah auf die Uhr. „Ich will euch nicht aufhalten. Ich muss mit Barney telefonieren, und dann steht noch ein Ausflug ins Hinterland auf dem Programm."

Pat betrachtete Poppy mit zusammengekniffenen Augen.

„Was machst du eigentlich hier? Hattest du dir nicht ein Cornwall-Verbot auferlegt?"

„Das gilt auch noch. Aber ich war heute in meiner Therapiestunde bei Dr. Trelawney."

„Wegen deiner Träume?", fragte Pat besorgt.

Poppy nickte. „Ja, es geht mir inzwischen besser damit. Es ist nur ... Heute ist etwas passiert."

„Nicht schon wieder ein Kriminalfall?"

Poppy grinste schief. „Dass alle immer das Gleiche denken, kaum setze ich einen Fuß auf diesen gesegneten Boden. Nein, mir wurde heute ein Haus angeboten."

Pat griff nach ihrer Hand, sie kannte Poppys Sehnsucht. „Das ist ja wundervoll! Wo ist es?"

„Nur ein paar Meilen von hier." Poppy blieb vage. Sie spürte, dass es noch viel zu früh war und sich das Projekt noch reichlich unkonkret anfühlte.

„Bitte halt mich auf dem Laufenden, auf jeden Fall drücke ich dir die Daumen." Pat senkte die Stimme ein wenig. „Was meint Barney dazu?"

„Er weiß noch nichts davon." Poppy seufzte.

Pat zwinkerte ihrem Begleiter zu. „Nimmst du Georgina und lässt uns einen Moment allein?" Der nickte verständnisvoll, übernahm das Baby, das sich sofort an ihn schmiegte, und ging mit ihm in den Schatten des Clubhauses.

Poppy sah ihm hinterher. „Dein Cary ist wirklich ein Schatz, und ein Händchen für Kinder scheint er auch zu haben. Und wenn ich das so sagen darf, schaut ihr beide euch ziemlich verliebt an."

Pat nickte versonnen. „Wenn das alles nicht so verwickelt wäre ... Aber reden wir von dir. Wir sind Freundinnen, auch wenn wir in letzter Zeit nicht viel voneinander hatten."

Poppy zuckte die Achseln. „Barney bestand darauf, dass ich die Cornwall-Pause einlege."

„Und du?"

„Ich weiß nicht. Es hat uns beiden gutgetan, wieder mehr Zeit füreinander zu haben. Wir bringen unser Geschäft voran, teilen die meisten unserer Ansichten und haben viele gemeinsame Freunde. Trotzdem beschäftigt mich da etwas." Andächtig betrachtete sie Cary, wie er Georgina in seinen Armen wiegte. Pat schien den Blick zu bemerken. „Und das ist nicht nur ein hübsches Häuschen in Cornwall, liege ich da richtig?", fragte sie leise. Poppy seufzte. „Es fing mit deiner Schwangerschaft an, Pat. Ich freute mich für dich, und gleichzeitig versetzte es mir einen Stich. Ich hielt es für eine vorübergehende Laune, aber ..."

„Poppy, wie alt bist du? Sechsunddreißig? Es ist das Normalste auf der Welt. Was meint Barney dazu? Sprecht ihr darüber? Er ist fast fünfzig, soweit ich mich erinnere. Da könnte so ein Thema mal akut werden."

„Wurde es aber nicht. Bis vor ein paar Monaten war das auch für mich keine Frage, und es hat mich eher genervt, wenn meine kinderwagenschiebenden Freundinnen mich darauf ansprachen. Ich liebe unser Leben, wie es ist. Ich bin dauernd unterwegs, in Flexers Galerie, bei Vernissagen und Exkursionen; Barney bleibt lieber zu Hause, liest die *Times* und sieht sich alte Filme an."

„Ihr seid fast eine halbe Generation auseinander."

Das Argument hatte Poppy von ihren Freundinnen oft gehört. „Klar, Pat, doch das hat mich von Anfang an gereizt. Ich liebe nun mal graue Schläfen. Und ich kann dir sagen, dass es uns nicht davon abhält, fast jede Nacht leidenschaftlich übereinander herzufallen."

„Und wenn du einfach mal die Pille vergisst?"

„Nein, das würde ich Barney nicht antun", antwortete
sie, obwohl der Gedanke ihr ein leichtes Prickeln versetzte. „Es muss einen anderen Weg geben."

„Ganz einfach, sprich ihn an."

„Das sagst du so."

„Ein bisschen kenne ich euch beide, Poppy. Ich kann
mich nicht erinnern, dass Barney sich jemals geäußert
hätte, er habe etwas gegen Kinder."

Poppy nickte. „Ich glaube, es liegt daran, dass ich mir
selbst nicht hundert Prozent sicher bin."

„Hundert Prozent? Was erwartest du von dir?"

„Keine Ahnung. Im Moment weiß ich noch nicht einmal, wo ich leben möchte, in London oder in Cornwall."

„Auch das ist eine Frage, die ihr besser zusammen lösen solltet."

„Du hast ja recht, Pat, wie kommt es, dass du plötzlich
so weise bist?"

„Vielleicht liegt das an meinem eigenen Chaos. Da
versuche ich, wenigstens ein paar vernünftige Gedanken zu fassen." Sie schaute zu Cary hinüber, der uner-
müdlich Georgina herzte. „Wenn er nicht wäre, ich
hätte keine Ahnung, wie ich das alles bewältigen soll."
Sie blinzelte und wischte sich eine Träne weg.

„Weinst du?"

„Es ist nur die Sonne. Ich habe Bruce wirklich geliebt
und trauere unserem gemeinsamen Traum hinterher.
Doch der ist definitiv zu Ende, ich habe die Schnauze
gestrichen voll von dem Kerl."

Poppy drückte Pat an sich. „Du bist eine großartige
Frau, und ich beneide dich um deine Entschlusskraft.
Es ist gut, dass wir gesprochen haben."

Georgina strampelte und quietschte lauthals. Cary warf Pat einen Hilfe suchenden Blick zu und kam näher. „Ich fürchte, die Kleine lässt sich durch mein seemännisches Geschaukel nicht mehr beruhigen."

Poppy schmunzelte. „Kommt her. Wir haben unseren Mädelsplausch beendet." Sie sah auf die Uhr. „Entschuldigt mich. Ich wollte Barney in dem Moment anrufen, als ihr aufgetaucht seid."

„Dann lass uns mal schnell wieder abtauchen." Pat warf Poppy eine Kusshand zu. „Ich wünsche euch Glück, euch beiden!"

Poppy hatte schon das Smartphone gezückt.

Barney war sofort dran.

„Darling! Bist — noch am Strand oder schon — Hotel?" Poppy nahm das Handy vom Ohr und warf einen Blick auf die verschwindend geringe Signalstärke.

„Weder noch. Der Empfang hier ist nicht besonders gut."

„Wie? Ich — dich kaum verstehen."

„Ich hoffe, das wirst du gleich", sagte sie. „Ich geh ein paar Schritte Richtung Zentrum."

Sie überlegte, wie sie das Gespräch am besten anfangen sollte.

„Barney? Hörst du mich jetzt besser?"

„Ja, du klingst nur so komisch. Sag nicht, du bist wieder über eine Leiche gestolpert."

„Ganz und gar nicht. Obwohl … stolpern ist nicht ganz falsch. Ich brauche dich hier. Ich habe heute ein Angebot bekommen, das große Entscheidungen mit sich bringen könnte."

Sie atmete tief ein und aus. „Es geht um ein Cottage."

Poppy wappnete sich auf die Antwort, doch bei den nächsten Worten lockerten sich ihre verspannten Schultern.

„Ein Haus? DAS Haus? Wahnsinn. Wo ist es?"

Was kann ich da heraushören? Freude? Oder Bestürzung, dass es jetzt ernst wird?

Poppy versuchte, so ruhig wie möglich zu bleiben.

„Es ist in Hellstone Hollow, eine halbe Stunde nördlich von Falmouth."

„Sag nicht, dass das ein abgekartetes Spiel zwischen dir und Trelawney war."

Poppy entging der misstrauische Unterton nicht, und sie wollte verhindern, dass negative Gefühle die positive erste Reaktion beeinträchtigten.

„Ich schwöre dir, ich wusste nichts davon. Er rückte erst nach der Therapie damit raus. Genauer gesagt war es Peter Hammett, der plötzlich auftauchte und das Angebot auf den Tisch legte."

„Die Cornwall Brothers, diese miesen alten Trickster! Ich werde sie eigenhändig erdrosseln."

„Lass sie am Leben, Barney. Sie waren fleißig und haben meine Suchanfrage gestreut. Ein Großgrundbesitzer hat angebissen und sich bei unserem Volksschauspieler gemeldet."

„Und? Wie ist es?"

„Ich wollte erst mit dir sprechen und mich dann auf den Weg machen. Den Fotos nach ist es ein hübsches Cottage, mit Blick bis zum Meer und eigenem Strand am Fluss unten."

„Und der Preis?"

„Halt dich fest. Zweihundertfünfzigtausend."

„Unmöglich. Wo ist der Haken?"

Poppy seufzte. „Gute Frage. Ich kann es selbst kaum glauben, es ist alles zu verrückt, um wahr zu sein." Sie schluckte. „Barney?"

„Ja?"

„Ich bin keine zwölf Stunden von dir weg, und schon vermisse ich dich wahnsinnig. Wie war dein Tag?"

„Du machst dir Gedanken über deinen alten Ehemann, obwohl du gerade das Haus deines Lebens gefunden hast?"

„Sei nicht so zynisch. Vielleicht gerade deshalb? Das Cottage in Cornwall war bisher mehr oder weniger eine fixe Idee." Sie schluckte. „Doch jetzt, wo es in erreichbare Nähe rückt ..."

„ ... macht es dir Angst." Barney vervollständigte ihren Satz, aber er tat es sanft, die Schärfe in seinem Ton war verschwunden. „Poppy, du weißt, wie sehr ich dich liebe, und nicht nur deshalb stehe ich zu meinem Versprechen, dich zu unterstützen."

Poppy presste das Handy an ihre Wange. Sie sagte nichts, legte den Kopf nach hinten und verschluckte eine Träne.

„Ich habe nur eine Bedingung."

Sie schluckte. „Und die wäre?", fragte sie betont sachlich und versuchte das Zittern in ihrer Stimme zu unterdrücken.

„Ich würde daraus gerne ein gemeinsames Projekt machen."

„Wegen des Geldes musst du dir keine Gedanken machen, ich habe ..."

„Davon spreche ich nicht. Wenn wir in Zukunft dort unten leben wollen, dann darf es nicht nur deine, sondern auch meine Wahl sein."

Dort leben ...

„Ich will dir keinen Druck machen, Barney.“

„Genau. Auch wenn es dir seltsam vorkommt und dich für einen Tag auf die Folter spannt: Ich fände es schön, wenn du auf mich wartest und wir uns das Haus zusammen ansehen, es gemeinsam betreten, von Anfang an.“

„Das ist überhaupt nicht seltsam, es hört sich wundervoll an. Ich kann es kaum glauben. Obwohl du erst seit zwei Minuten davon weißt, scheinst du dir der Sache sicherer zu sein als ich.“

Barney lachte. „Also doch seltsam. Ich weiß nicht warum, aber ich habe das Gefühl, dass da etwas Interessantes auf uns zukommt.“

„Das klingt reichlich zweideutig, my Love.“

Poppy beugte sich zu Torry hinunter und wuschelte seinen Kopf. Er freute sich über die spontane Zuwendung und leckte ihre Hand.

„Ich meine es positiv, wirklich. Wir werden sehen.“ Barney stöhnte leise. „Verdammtes Cornwall, es lässt dich nicht los. Als der Doktor mit seiner fadenscheinigen Ausrede anrief, habe ich gleich die Falle gerochen, doch dass sie so schnell zuschnappen würde ...“

„Wenigstens liegt diesmal keine modrige Leiche drin.“

„Beschwöre es nicht herauf! Schon deshalb möchte ich so schnell wie möglich bei dir sein. Ich habe morgen früh noch einen Kunden im Laden. Dann nehme ich den Zug und bin um vier in Truro. Du holst mich ab, und wir fahren zu deinem Haus.“

„Unserem! Ich liebe dich, Barney! Bis morgen.“

Jauchzend reckte Poppy die Faust in die Höhe. Eine Crew, die mit Segeltaschen über den Schultern von ihrem Boot kam, musterte sie erstaunt.

Torry hechelte aufgeregt. Poppy ging in die Knie, gab ihm einen Kuss auf die Nase und betrachtete ihn liebevoll. „Du spürst immer genau, in welcher Stimmung ich bin, nicht wahr? Let's go!"

5

Nachdem Poppy den Morris vollgetankt hatte, verließen sie Falmouth in nordwestliche Richtung. Die Landstraße verlief im weiten Bogen um die Täler des Kennall und Carnon Rivers, die oberhalb der Hafenstadt in den Fal mündeten.

Diesmal hatte Poppy keine Augen für die rollenden grünen Hügel mit ihren Schafherden, die Getreidefelder und die malerischen Dörfer. Bei der Durchfahrt von Penryn hupte sie ungeduldig, als ein Wohnmobil nicht sofort auf Grün reagierte.

Obwohl sie für die Strecke von zwanzig Kilometern keine halbe Stunde benötigte, kam es ihr länger vor.

Sie dachte an Barneys Reaktion auf ihre Nachricht. Schon zuvor hatte er ihr ausdrücklich versichert, dass er sie unterstützen würde, wenn es so weit sei. Sie hatte ihn für sein vorbehaltloses Bekenntnis noch mehr geliebt, aber auch den Hintergedanken registriert, dass es am Ende doch nicht dazu käme, angesichts der astronomischen Immobilienpreise.

Aber jetzt?

Wieder und wieder hielt Poppy die Nase hoch in den Fahrtwind, in der Erwartung, zu erwachen, und das Ganze als Teil einer therapeutischen Trance-Reise abhaken zu müssen. Außerdem ging ihr der Name des Verkäufers, Tornycroft, im Kopf herum, doch es gelang ihr nicht, ihn unterzubringen. Vor der Abfahrt hatte sie den Namen gegoogelt, aber auf den ersten Blick gab es zu viele davon, mal mit und mal ohne h hinter dem T geschrieben.

Hinter Carnon Downs führte die Straße nach Osten und näherte sich erneut dem tief eingeschnittenen Flusstal. Poppy folgte einem verwitterten Hinweisschild und bog auf die Trevilla Road ein. Hier gab es weniger Felder, die Hügel wurden steiler und bewaldeter. Die Qualität der Straße ließ deutlich nach, und als sie das Ortsschild von Hellstone Hollow erreichte, bestand der Belag fast nur noch aus Schlaglöchern. Außerdem wies ein Schild mit der Aufschrift „Sackgasse, keine Durchfahrt nach Trelissick Garden" eindeutig darauf hin, dass sie sich auf keinem Touristenpfad befanden.

Konzentriert lenkte Poppy den Oldtimer über die holprige Main Road. Die ersten Häuser waren teilweise verlassen, manche nur noch Ruinen, aber in Richtung der kleinen Kirche aus Granitquadern verbesserte sich das Bild. Die typischen Bergarbeiter-Cottages waren restauriert, dazwischen lagen die ebenfalls renovierten Villen der Ingenieure und Verwalter. In den umliegenden Gärten blühten Hortensien, Oleander, Lavendel und Rosen in allen Farben. *Ein Geheimtipp ist das nicht mehr,* dachte Poppy.

Die Straße verbreiterte sich zu einem Platz. Hohe Buchen rahmten die Kirche ein, Stufen führten hinauf zum örtlichen Pub.

Kein Mensch war zu sehen, nur eine schwarze Katze lag auf der ersten Treppenstufe. Sie verschwand maulend, als Torry aus dem Wagen sprang. Poppy nahm ihn an die Leine, und beide steuerten das Fox & Hounds an.

Am späten Nachmittag saßen nur zwei Gäste im Schankraum, vertieft in ihr Getränk. Poppy schenkten sie nur einen kurzen Blick.

Sie ging direkt an den Tresen und gab beim Wirt die Bestellung auf. „Eine Flasche Wasser und davor einen Single Malt. Ich brauche jetzt etwas Starkes."

„Ich habe einen zehn Jahre alten Lagavullin."

„Passt."

„Dann wollen Sie bleiben?"

„Wie kommen Sie darauf?"

„Die Straßen hier sind kurvig und mit dem Whisky im Blut …"

Der bärtige Wirt grinste und zeigte zwei Reihen makellos weißer Zähne. Die Knollennase in der Mitte verlieh dem Gesicht eine clowneske Note. Er streckte eine Hand über den Tresen. „Kirk Myrow. Alle nennen mich hier Captain Kirk."

„Ich bin Poppy Dayton. Dann sind Sie unterwegs auf Entdeckung unendlicher Weiten?"

„Meine Tage bei der Navy sind schon eine Weile her. Aber wenn Sie damit unser bescheidenes Hellstone meinen, dann bin ich am Ziel, seit zehn Jahren schon." Er stellte ein hohes, bauchiges Glas vor ihr ab und füllte es zwei Fingerbreit mit der goldfarbenen Flüssigkeit. Der aromatische Alkohol lief langsam am Rand herunter und hinterließ breite, fast ölig schimmernde Streifen.

„*Nice legs.*" Poppy nickte anerkennend.

„Und Sie? Wonach suchen Sie?"

„Ich bin auf der Durchreise. Erst mal brauche ich nur eine Bleibe für die Nacht.“

„Durchreise ist nicht, Lady, Hellstone Hollow ist eine Sackgasse.“

Als Poppy darauf nicht reagierte, musterte er sie noch eingehender. Die Frage, die ihm auf der Zunge zu liegen schien, verschluckte er und zuckte mit den Schultern. „Kein Problem, die drei Zimmer oben sind alle frei. Nichts Besonderes, dafür sauber und mit einem hübschen Blick auf die Kirche.“

„Das hört sich gut an. Ich genieße erst diesen wunderbaren Malt, dann bringe ich meine Tasche hoch, und anschließend frage ich Sie nach dem Weg zu Almas Cottage.“

Nicht nur der Wirt blickte sie überrascht an. Auch die zwei Gäste, ein Mann und eine Frau mittleren Alters sahen zum ersten Mal von ihren Biergläsern hoch.

„Almas Cottage? Da ist keiner. Die alte Lady ist schon zwei Jahre tot.“

„Davon hörte ich. Ich interessiere mich für das Haus.“

„Das tun viele. Vergessen Sie's.“ Barsch winkte Kirk ab. „Der Besitzer will nicht verkaufen, obwohl er schon die unglaublichsten Angebote für die Hütte erhalten hat.“

Poppy verschluckte sich und hustete. *Diese Auskunft passt nicht zum Angebot und noch weniger zum Preis. Was meint er damit?*

Sie leerte das Glas mit Mineralwasser, und ohne auf den ersten Teil seiner Bemerkung einzugehen, fragte sie so beiläufig wie möglich: „Ist die Hütte denn in einem schlechten Zustand?“

„Keine Ahnung, aber das Haus steht leer, da wird schon einiges instand zu setzen sein."

„Das sind wir hier in Hellstone Hollow gewohnt." Die Frau am Tisch stand auf, trat an den Tresen und prostete Poppy zu. „Ich bin Jane Parson. Willkommen in unserer aufblühenden Gemeinde." Poppy gefielen ihre blauen Augen und die kurz geschnittenen blonden Haare.

Der schwielige Händedruck fühlt sich warm und nach Arbeit an.

Kirk grinste. „Bei der sind Sie richtig, Mrs ..."

„Dayton."

„Richtig, Dayton. Jane ist die Vorsitzende des Bürgervereins und Pionierin der Wiederbelebung dieses toten Minen-Dorfs." Poppy fiel auf, dass Kirk und Jane intensive Blicke austauschten. „Sie war es auch, die meine Frau und mich hergeholt hat, um den Pub zu betreiben. Wir haben es nicht bereut und inzwischen leben wieder ein paar Hundert Seelen im Hollow." Er griff nach dem Lagavullin und füllte Poppys Glas nach. „Der geht aufs Haus. Almas Cottage können Sie sich aus dem Kopf schlagen, aber es gibt noch genug Ruinen, die auf romantisch veranlagte Investoren warten."

„Romantisch?" Das verächtliche Prusten des zweiten Gastes war nicht zu überhören. Auch er stand auf und kam auf wackeligen Beinen näher. Der Mann war groß und spindeldürr, auf dem Kopf trug er eine braune Cordkappe über strähnigen grauen Haaren, die Hände steckten in den Taschen eines Monteur-Overalls. „Zum Teufel mit Romantik! Bloß weil ihr reichen Städter ein paar Dächer repariert habt und gut im Rasenmähen seid, wird hier noch lange keine glückliche Gemeinde draus."

Kirk langte über den Tresen und klopfte dem Mann begütigend auf die Schulter. „Lass gut sein, Archie, du verschreckst unseren Besuch."

Archie ließ sich nicht beirren und trat so nahe an Poppy heran, dass sie dem scharfen Schweißgeruch nicht entgehen konnte. Rasch nahm sie einen Schluck Whisky, und das torfige Aroma besetzte erfolgreich ihre Nase. Torry sah von seiner Schale mit Wasser hoch und knurrte vernehmlich.

„Sie sind eine intelligente Lady, wie mir scheint." Archie versuchte erst Poppy zu fixieren, als es ihm nicht gelang und er zu dem Hund hinunterschielte, schwankte er bedenklich. „Wenn ich Ihnen einen Rat geben darf: Fahren Sie dorthin zurück, wo Sie hergekommen sind."

„Warum? Leben Sie nicht gerne hier?"

„Ich bin der letzte Ureinwohner. Wo soll ich hin? Ich habe kein Geld. Wenn ich könnte, würde ich sofort meine Sachen packen."

„Archie, es reicht."

„Ist schon gut, Captain." Er zog sich an seinen Tisch zurück. Als er saß, stützte er den Kopf auf beide Hände. „Dieses Nest ist verflucht, und das nicht erst, seit die Bergbaufirma pleite ist. Der feine Herr von Hellstone Hall bringt uns nur Unglück. Habt ihr nicht die Schreie letzte Nacht gehört? Er holt unsere armen Seelen, eine nach der anderen." Seine Augen blickten trübe, in einem Rundumschlag warf er sein Getränk um. Bier schwappte über den Tisch, das Glas rollte auf den Boden und zersplitterte. Rasch kam Kirk hinter dem Tresen hervor und packte ihn am Arm. „Du hast genug für heute, geh nach Hause." Von einem Augenblick zum anderen schien Archie alle Kraft zu verlassen, mit hängenden Schultern ließ er sich hinausführen.

Jane schüttelte den Kopf. „Der arme Kerl. Eigentlich ist Mr Peachum nett und ein patenter Handwerker, aber wenn er etwas getrunken hat …"

„Hat er verflucht gesagt?", fragte Poppy. „Was meinte er damit?"

„Keine Ahnung. Um die alten Dörfer in Cornwall ranken sich tausend Geschichten, und hier in Hellstone sind es halt noch ein paar mehr. Beim Bergbau kam es zu vielen Unfällen, auch Kinder verschwanden spurlos in den Minen. Doch das ist eine Ewigkeit her."

„Und die Schreie?"

„Ich habe nichts gehört. Aber auf Hellstone Hall gibt es eine Art Privatzoo. Kann gut sein, dass sie von dort kamen." Sie legte ihre Hand auf Poppys Arm. „Ich bin Jane. Darf ich Poppy zu dir sagen?" Poppy nickte. „Sieh dich bei uns um und mach dir ein eigenes Bild." Jane leerte ihr Glas, legte eine Fünf-Pfund-Note auf den Tresen und platzierte ihre Visitenkarte vor Poppy. „Das ist meine Adresse, es ist nur hundert Meter die Main Street runter. Komm einfach vorbei. Ich stell dir ein paar von uns vor. Wir kämpfen gegen den Aberglauben und für die Renaissance dieser wundervollen Gemeinde."

Nach dem zweiten Whisky überfiel Poppy ein Bärenhunger, und Kirk versorgte sie mit einem voluminösen Club-Sandwich. „Das ist für zwischendurch", erklärte er. „Heute Abend gibt es eine Fischsuppe mit Cod und

Hummer. Kommen Sie um acht wieder. Dann ist es hier voll, und Sie lernen ein paar mehr von uns kennen. Für Ihren Hund habe ich einen Lammknochen, wenn er so was verträgt."

Mit dem Sandwich in der einen und ihrer Tasche in der anderen Hand kletterte Poppy leicht schwankend die schmale Stiege hinauf. Torry folgte ihr zögernd. „Komm mit, oder hast du noch das Wort Lammknochen im Ohr?"

Das Zimmer war winzig und spärlich möbliert. *Der Wirt hat weder zu wenig noch zu viel versprochen, für ein oder zwei Nächte ist es prima.* Poppy zog die zerschlissenen Spitzenvorhänge zur Seite, und es staubte. Hustend öffnete sie das Fenster, beugte sich weit hinaus und überraschte ein Schwalbenpaar, das im löcherigen Reet der Dachgaube nistete. Die Vögel ließen ihre zeternde Brut allein, stoben davon und umkreisten den Kirchturm.

Poppy betrachte den gedrungenen Bau mit der gotischen Spitze und schaute über das Tal. Zwischen den hohen Bäumen waren die Stroh- und Schieferdächer kaum zu sehen, Richtung Norden, den Abhang hinauf, ragten die Ruinen der ehemaligen Industriebauten aus dem dichten Laubwald.

Wie könnte ich das hier gruselig finden? Poppy kam Archies Aufforderung, den Ort zu verlassen, in den Sinn. *Ich denke gar nicht daran.* Sie setzte sich aufs Bett. Brummend rückte Torry, der bisher die fadenscheinige Tagesdecke zentral besetzt hielt, zur Seite.

Mit einem Seufzer ließ sich Poppy nach hinten fallen. Weder störte sie das Quietschen noch spürte sie den Widerstand der Sprungfedern in der durchgelegenen

Matratze. Sie starrte an die Decke. Das Licht der tief stehenden Sonne projizierte die jagenden Schwalben wie einen Zeichentrickfilm auf den rissigen Putz.

Poppys Nasenflügel weiteten sich, sie sog die warme Luft ein. *Es riecht nach Mottenkugeln und alten Polstern, aber darüber liegt der Duft nach Muscheln und Tang. Bestimmt ist unten gerade Ebbe. Almas Cottage liegt nah am Fluss ...*

Sie richtete sich auf und beobachtete, wie das Schwalbenpaar mit frischer Insektenbeute im Schnabel auf dem Nest landete.

Ich kann es nicht erwarten, das Haus zu sehen. Die Konsequenzen machten Poppy zugleich euphorisch und nachdenklich. *Jetzt wird es ernst. Zwei Londoner Stadtpflanzen bauen sich ein neues Nest, wühlen in ihrem Bauerngarten herum und gründen gar eine Familie. Wie wird das ausgehen?*

6

Der Pub war bis zum letzten Platz gefüllt. Kirk sah Poppy auf dem Treppenabsatz stehen und winkte. „Kommen Sie zu mir an den Tresen, von hier aus können Sie unsere Dörfler betrachten – und umgekehrt." Er grinste. „Es hat sich rumgesprochen, dass Sie da sind. Und bevor die sich vor lauter Neugier ihre Hälse ausrenken, stelle ich Sie einfach mal vor."

Bevor Poppy etwas einwenden konnte, erhob er die Stimme. „Leute, hört mal her! Das sind Poppy Dayton und ihr Hund Torry. Mehr weiß ich auch nicht von ihr, außer, dass sie unser beschauliches Dorf interessant zu finden scheint. Sprecht selbst mit ihr." Er hob die Hand. „Aber erst nach dem Essen. Jetzt kommt die Suppe auf den Tisch."

Die Schwingtür zur Küche flog auf, und eine attraktive, kräftige Frau mit roten Locken schob den Servierwagen mit zwei riesigen emaillierten Kochtöpfen herein.

„Das ist Mona, meine Frau."

Poppy hörte den Stolz in seiner Stimme und nickte ihr freundlich zu, worauf Mona einen eher abschätzigen Blick zurückwarf. Kirk hatte es bemerkt. „Sie ist schrecklich eifersüchtig. Aber ein Wirt muss doch mit der Kundschaft kommunizieren, oder?"

Poppy vermied einen Kommentar, auch, weil Mona sie gerade bediente und mit der Kelle die Suppe so schwungvoll in den Teller schüttete, dass eine Miesmuschel heraussprang und auf ihrem Schoß landete.

„Sorry", murmelte Mona ohne Überzeugung und schob den Wagen weiter in Richtung der Tische. Die zwanzig Personen wurden bedient, und bis auf ein paar genüssliche Mmhs und Ahs gehorchten alle dem Schweigebefehl des Wirts. Nur Poppy konnte sich nicht beherrschen. „Fantastisch! Wie eine Bouillabaisse, nur cremiger. Was ist da drin? Cod, Hummer, Muscheln, und das sieht aus wie Zander."

„Stimmt, es sind Salz- und Süßwasserfische. Und ein paar kornische Kartoffeln."

„Eine geniale Kombination."

Kirk nickte, wartete, bis Mona wieder in der Küche verschwunden war. „Danke", sagte er schließlich, „das ist lieb von Ihnen. Ich war mal Schiffskoch. Tatsächlich stammt das Grundrezept aus Toulon, in der Marine-Zeit war ich dort mit meiner Fregatte stationiert." Er schielte zur Tür, die langsam auspendelte und kam nah an Poppys Ohr. „Die französischen Köche denken gar nicht daran, ihre Rezepte zu verraten, aber die Mademoiselles schon." Er bekam einen verträumten Blick. „Das war lange vor Mona", murmelte er, als die Tür wieder aufschwang.

Zum Nachtisch gab es einen soliden Schokoladenpudding. Jetzt wurde es lauter, und die Gäste hielten sich nicht mehr zurück. Ein Paar um die dreißig mit zwei Kindern im Grundschulalter stand auf und kam zu Poppy.

„Wir sind die Gouldings, Tracy und Richard, und das sind unsere Kinder Pete und Patty.“

„Wir sind Zwillinge“, erklärten die beiden im Chor.

„Das ist nicht zu übersehen.“ Poppy zwinkerte ihnen zu. „Gibt es denn hier eine Schule?“

Tracy schüttelte den Kopf. „Leider nicht mehr. Der Schulbus bringt die Jungs nach Penryn. Aber wenn immer mehr Familien hierherziehen … Haben Sie Kinder?“

„Nein. Noch nicht“, sagte Poppy nach kurzem Zögern. Sie schüttelte den Gedanken ab und stieg vom Barhocker herunter.

In der mit dunklen Eichenpaneelen getäfelten Schankstube beschienen nur ein paar Messingleuchter die Gesichter, die ausnahmslos auf Poppy gerichtet waren.

Sie lernte die Nichols kennen, ein Paar mittleren Alters. „Wir sind vor zehn Jahren mit den Kindern hergezogen. Jetzt sind sie im Internat in Bristol, nur am Wochenende besuchen sie uns.“

„Ich bin Claire Latour.“ Die Frau saß allein am Tisch. Poppy schätzte ihr Alter auf etwa vierzig, obwohl die roten, gelockten Haare, die grünen Augen und ihre sehr helle Haut sie jünger erscheinen ließen. „Ich komme aus London, ich war Redakteurin bei der *Times*. Jetzt bin ich als freiberufliche Journalistin unterwegs.“

„Und dann sind Sie in Hellstone? Sehr viel ist hier ja nicht los.“

„Täuschen Sie sich nicht“, sagte Claire leise. „Es kursieren hier die seltsamsten Geschichten und Gerüchte.“

Poppy lächelte. „Solange sie im Reich der Märchen und Sagen bleiben.“ Sie nickte freundlich und wollte weitergehen, da hielt Claire sie fest. „Schön wär's, ist aber nicht so. Wenn Sie mal Zeit haben, erzähle ich Ihnen ..."

„Danke, ich komme bestimmt darauf zurück."

Am nächsten Tisch saß wieder ein Paar. Beide über achtzig, schätzte Poppy, er mit einem weißen Haarkranz und gutmütigen braunen Teddyaugen, sie mit wachem Blick unter dichten, grauen Locken mit Stich ins Lila. Sie wollte Poppys Hand nicht loslassen. „Wir sind Hope und John McCabe. Uns gehört das Haus neben der alten Schule. Die wollen wir wiederbeleben, für die Goulding-Twins und die anderen Kinder im Dorf." Plötzlich drehte sie sich zur Seite und ihre Stimme bekam einen scharfen Unterton. „Leider stehen bei unserer Obrigkeit Tiere höher im Kurs als Menschen, nicht wahr?"

Die scharfe Bemerkung beendete das Gemurmel im Saal, und alle Blicke wandten sich in Richtung der dunkelsten Ecke im Raum.

An dem Tisch dort saßen zwei Männer. Sie beendeten ihr Gespräch, einer von ihnen, ein Hüne mit großen Händen und Glatze, stand auf und verließ grußlos den Pub.

Der andere löffelte in Ruhe seinen Pudding aus. Poppy schätzte ihn auf über siebzig. Die weichen Gesichtszüge, die hohe Stirn und der straßenköterfarbene Haarschopf ließen ihn jünger erscheinen, aber die müden Augen unter schlaffen Lidern, und die gelbliche Haut verrieten sein wahres Alter. Er tupfte sich die schmalen Lippen mit der rot-weiß karierten Serviette ab, faltete sie sorgfältig und legte sie neben den Teller.

„Mrs McCabe, warum stören Sie mich beim Essen?“ Obwohl er spürbar genervt war, klang er gerade noch freundlich, fand Poppy „Wir können gerne noch mal über Ihr Projekt sprechen.“ Er schaute in die Runde, aber die meisten vermieden seinen Blick. „Nur nicht hier und heute.“ Er winkte zu Kirk hinüber. „Captain, einen Kaffee nach Navy-Art und die Rechnung, bitte.“

Poppy verabschiedete sich von den McCabes und setzte ihre Runde fort, das Gemurmel wurde wieder lauter. Auch am nächsten Tisch saß eine einzelne Person, ein hagerer Mann um die fünfzig mit schütterem Haar und Nickelbrille. „Jim Phelps“, sagte er. „Ich bin Historiker.“

„Das passt doch perfekt. Vielleicht können Sie Mrs Latour helfen, die bösen Gerüchte hier auf ihren Wahrheitsgehalt zu überprüfen?“ Poppys Bemerkung war gut gemeint, schien jedoch einen empfindlichen Punkt zu treffen. Phelps warf dem Mann in der Ecke einen flüchtigen Blick zu, dann zog er seinen langen Hals ein. „Ich arbeite eher im PR-Bereich“, sagte er, es klang wichtigtuerisch und unterwürfig zugleich.

Als Poppy sich dem letzten Tisch näherte und der Mann aufstand, entging ihr nicht, dass alle anderen sie genau beobachteten.

„Mrs Dayton? – Richard Tornycroft.“ Der Händedruck fiel flüchtig aus. *Zitterten seine Finger?* „Bitte, nehmen Sie Platz.“

Der Wirt kam und brachte den Kaffee. „Mit einem Schuss Rum, wie gewünscht.“

Tornycroft nickte ihm zu. Poppy fiel auf, dass eines seiner Augen blau, das andere grau war. Bewegungslos ruhte sein Blick auf ihr, saugte sich fest und ließ nicht los, auch nicht, nachdem sie Platz genommen hatte. *Als ob er etwas suchte und auf keinen Fall verpassen wollte*, dachte Poppy irritiert. Sie ließ sich nichts anmerken. „Der Besitzer von Almas Cottage! Was für ein netter Zufall." Bei Poppy riefen Name und Gesicht immer noch keine Erinnerung hervor.

„Nicht ganz." Er lächelte, was seine Anspannung nicht zu mildern schien. „Mr Hammett hat uns zusammengebracht. Er rief mich an, und sagte, dass Sie heute nach Hellstone Hollow fahren wollten, und da das Fox & Hounds hier die einzige Möglichkeit ist, ein anständiges Bett zu bekommen ..."

„... und ein noch anständigeres Essen!"

„Sie sagen es, Mrs Dayton. Da kam ich einfach vorbei, um Ihnen den Schlüssel zu bringen. Waren Sie schon am Haus?"

„Nein, mein Mann bat mich, mit ihm zusammen hinzugehen. Er kommt morgen aus London."

„Das ist schön. Es ist fünf Minuten zu Fuß von hier. Hinter dem Friedhof die Treppe hinunter, und dann nach links bis zum Ende der Cliff Road."

„Gibt es viel zu renovieren? Der Preis ist sehr fair, und wir haben uns gefragt, wo ..."

„... der Haken ist? Es gibt keinen. Wissen Sie was? Unser gemeinsamer Freund Peter Hammett hat mir von Ihnen erzählt, und dass Sie eine große Cornwall-Verehrerin sind. Außerdem sind Sie drüben in Falmouth fast schon so etwas wie eine Berühmtheit, Sie und Ihr Hund waren sogar schon in der Zeitung und im Fernsehen."

„Danke, ein zweifelhaftes Vergnügen, ich hatte mir die Umstände nicht ausgesucht."

„Umso mehr freue ich mich, dass Sie das nicht abgeschreckt hat, und Sie unserem schönen Landstrich die Treue halten." Er machte eine Pause, faltete die Serviette auseinander und legte sie wieder zusammen. „Als mir Peter noch sagte, dass Sie Künstlerin sind, und über keine Reichtümer verfügen …"

„Das hat er nett auf den Punkt gebracht."

„… habe ich mich dazu entschlossen, den Preis entsprechend anzupassen. Ich bin vermögend, Mrs Dayton, mehr als das." Er vollführte eine große Geste mit der Hand. „Die halbe Gegend gehört mir. Da freue ich mich, wenn das Cottage meiner Mutter Alma in gute Hände kommt. Sie war auch eine Künstlerin, obwohl sie sich selbst nie so bezeichnet hätte. Sie war eine bodenständige Frau, aber sie hat wunderschöne Keramiken geschaffen. Ein paar davon stehen noch im Schuppen neben dem Cottage. Dort war ihr Brennofen. Vielleicht können Sie die Räume als Atelier verwenden?"

Poppy folgte seiner Erklärung mit zunehmender Begeisterung. „Was für eine schöne Geschichte! Und ein sehr großzügiges Angebot! Ich war ernsthaft auf der Suche nach dem Haken, und dann hörte ich heute Nachmittag noch ein paar Schauergeschichten."

Tornycroft sah auf die Uhr, legte die Schlüssel vor Poppy auf den Tisch und stand abrupt auf. „Entschuldigen Sie mich, ich muss nach meinen Tieren sehen." Er starrte in das Zwielicht der Abenddämmerung hinaus. „Sehen Sie sich alles in Ruhe an. Bei Interesse werden meine Anwälte den Verkauf mit Ihnen regeln." Auf dem Weg zur Tür drehte er sich noch mal um. „Ein paar Gespenster gibt es hier noch", sagte er leise und langsam, wie mit schwerer Zunge. Dann klarte seine Miene auf. „Aber das muss Sie nicht kümmern, im Gegenteil. Jetzt, wo Sie hier sind, werden die letzten von ihnen verschwinden, da habe ich ein gutes Gefühl. Bis bald, Mrs Par... pardon, Dayton." Er verschwand mit einer angedeuteten Verbeugung.

Poppy sah ihm mit gerunzelter Stirn hinterher. *Komischer Kauz.*

Erst jetzt fiel ihr auf, dass es im Pub vollkommen still war. Sie blickte in die Runde; in den lauernden Augen glitzerte das Kerzenlicht. *Als ob ich in ein Schlangennest schaue,* dachte sie und schauderte.

Hope McCabe brach das Schweigen als Erste.

„Sie scheinen den Herrn zu kennen, Mrs Dayton."

„Nein, überhaupt nicht, ich bin ihm eben zum ersten Mal begegnet."

Hope blickte skeptisch. „Wie dem auch sei. Bestimmt haben Sie gemerkt, dass er nicht unser Freund ist."

„Das ist mir nicht entgangen."

John legte seine Hand auf Hopes Unterarm. „Lassen wir die Lady in Ruhe, sie weiß nichts von all den Dingen."

„Du hast recht, Johnny." Die alte Dame ließ Poppy nicht aus den Augen. „Dann dürfen wir hoffen, dass Sie unsere Freundin werden, nicht wahr?"

Eine unangenehme Pause trat ein, bis Kirk die Schiffsglocke über dem Tresen läutete und rief: „Darauf trinken wir! Die nächste Runde geht aufs Haus!"

7

Hinter ihr die tote Löwin und vor ihr der Abgrund.

Poppy stockte der Atem, mit beiden Händen klammerte sie sich an den Wurzelsträngen fest, die am Höhlenrand wucherten. *Der Erkundungsgang rund ums Dorf hätte böse enden können.*

Sie stieß die Luft aus und brachte damit ihren Puls unter Kontrolle. Dabei vermied sie, ein weiteres Mal in die schweflig stinkende, schwarze Tiefe zu blicken.

Sie konzentrierte sich auf ihre unmittelbare Umgebung. Um nicht noch weiter abzurutschen und mehr Geröll vom Höhlenrand loszutreten, winkelte sie die Knie an und dreht sich auf ihrem Hosenboden Stück für Stück um hundertachtzig Grad. Torry half ihr dabei, indem er unablässig an der Leine zog. Poppy holte Luft und stieß sich mit wohldosiertem Schwung vom Boden ab. Als sie stand, tastete sie sich an der borkigen Rinde der Eiche entlang und umrundete sie. Schnell lief sie zurück zu der Stelle, an der die tote Löwin lag. „Seltsam, bei dir fühle ich mich sicher." Sie verschnaufte einen Moment und wartete, bis der Schreck abklang. Fast hatte sie erwartet, dass das Tier verschwunden war und ihre überbordende Fantasie ihr einen Streich gespielt hatte, aber der Kadaver lag immer noch da, in derselben majestätischen Position.

Poppy zückte ihr Smartphone und machte Fotos; wieder war sie von der Anmut und Würde des riesigen Tiers beeindruckt.

„Hier sollst du nicht liegen bleiben", sagte sie leise, „darum kümmere ich mich."

Diesmal gehorchte sie dem Zerren an der Leine, folgte Torry und kämpfte sich durch die Brombeerranken die Böschung hinauf.

Zurück auf dem Weg überlegte sie, wie eine Bergung des Tiers vonstattengehen könnte.

Mit einem Landrover wäre es möglich, bis hier raufzukommen.

Als sie zwei Serpentinen weiter unten auf einen breiten, mit alten Pflastersteinen belegten Pfad traf, wuchs ihre Zuversicht. *Hier sind wahrscheinlich schon die Laster aus den Minen gefahren, dann wird das auch klappen.*

Sie sah auf die Uhr und erschrak. „Gleich drei!", rief sie und Torry spitzte die Ohren. „Wir müssen nach Truro, Barney wartet auf uns!"

Sie kamen fünf Minuten zu spät, und Barney stand bereits am Ausgang des kleinen Bahnhofs. Poppy bemerkte sofort den großen Lederkoffer. „Dein Gepäck ist üppig für eine Stippvisite."

„Visite?" Er schaute sie gespielt überrascht an. „Es ist der erste Teil meines Umzugs!"

Poppy fiel ihm um den Hals.

Nach einem langen Kuss schob Barney sie ein Stück von sich weg und musterte sie mit gerunzelter Stirn. „Gib es zu, du hast es dir schon angesehen."

Poppy schüttelte energisch den Kopf. „Nein, ich schwör es! Um mich abzulenken, und weil die Gegend wirklich wunderschön ist, habe ich einen langen Spaziergang in die Hügel hinter dem Dorf gemacht." Sie rieb sich die Nase. „Leider hat das nicht zur Beruhigung meiner Nerven beigetragen, im Gegenteil."

„Was ist passiert?" Barney blickte besorgt.

„Eine Leiche."

Barney, der so stabil schien, dass ihn nichts umhauen kann, wurde blass. Er schwankte und hielt sich am Rahmen der Windschutzscheibe fest.

„Das kann nicht wahr sein! Bist du noch zu retten? Du hast mir versprochen ..."

„Beruhige dich, du kippst mir noch um." Obwohl sie wusste, wie ernst es ihm war, musste sie kichern. „Es ist keine menschliche Leiche, und es ist auch kein Kriminalfall."

Poppy spürte, dass Barney sich immer noch nicht gefangen hatte. „Ich werde fahren, krieg dich erst mal wieder ein, Darling!" Sanft schob sie ihn auf den Beifahrersitz. „Dann kannst du dich auf meine Geschichte konzentrieren, es gibt eine Menge zu erzählen"

Poppy startete den Wagen, ließ den Motor des Morris kurz aufheulen, und war froh, dass sie damit Barney ein Lächeln aufs Gesicht zauberte. Nur Torry schien mit der neuen Position auf dem Rücksitz unzufrieden zu sein und steckte die Nase zwischen den Sitzen nach vorne.

Nachdem Poppy den Wagen durch die engen und überfüllten Straßen von Truro gesteuert hatte, erreichte sie die freie Landstraße und begann mit ihrem Bericht. Vom Abend im Pub bis zum Waldspaziergang, bei dem sie auf die tote Löwin gestoßen war, ließ sie nichts aus. Nur dass sie danach beinahe in einen schweflig stinkenden Abgrund gefallen wäre, verschwieg sie.

„Wie kommt so ein Tier ins kornische Hinterland?", fragte Barney.

Poppy merkte, dass er einen kritischen Blick auf das Tachometer warf und reduzierte das Tempo ein wenig. „Am Klimawandel liegt es nicht."

Barney grinste über ihre Antwort.

„Ich glaube eher, dass es aus einem Privatzoo stammt", sprach sie ernst weiter.

„Wer hält sich denn Löwen?"

„Der Verkäufer des Cottage."

„Ach du lieber Himmel."

„Solche Stoßgebete scheinen die guten Bürger von Hellstone Hollow auch gen Himmel zu schicken, wenn Mr Tornycroft auftaucht."

Barney blickte in das unendliche Blau über ihm. „Was hat er denn Schlimmes getan?"

„So viel konnte selbst eine Meisterdetektivin an einem einzigen Pub-Abend nicht herausbekommen. Es schien eine kollektive Abneigung zu sein. Das, in Verbindung mit den lokalen Mythen und Schauergeschichten ..."

„... und der Tatsache, dass nicht nur Fuchs und Hase, sondern auch gefährliche exotische Tiere in deiner Nachbarschaft leben ..."

„Genau." Poppy beschleunigte, um einen Heutransporter zu überholen. „Aber das alles ist hoffentlich nichts gegen den Moment, wenn wir vor unserem Cottage stehen."

Barneys buschige Augenbrauen schnellten nach oben. „Hast du es schon gekauft?"

„Wenn wir wollen, gehen wir morgen zum Notar."

„Du bist verrückt." Barney legte den Arm um ihre Schulter. „Und ich liebe dich."

Die Cliff Road bildete die südliche Grenze von Hellstone Hollow. Die Häuser lagen hier weiter auseinander als im Dorfkern um die Kirche herum. Bei den meisten endeten die Gärten nach nur wenigen Metern an der Kante einer Klippe, die fast senkrecht zum Fluss abfiel. Erst zum Ende der Straße hin verlor das Terrain seine Steilheit, und der Boden fiel wie die Stufen einer grünen Kaskade zum Ufer hin ab.

Poppy fuhr langsam an das letzte Grundstück heran. Hinter der wuchernden Haselnusshecke war das Haus nicht zu sehen.

„Es gibt keine Auffahrt und keine Garage." Vor einer winzigen Lücke im Grün hielt Poppy an. „Die Gentrifizierung ist hier noch nicht angekommen." Sie zog den Zündschlüssel ab und drückte ihn Barney in die Hand. „Steck du ihn lieber ein, ich verliere ihn, wenn ich gleich einen Luftsprung mache."

Sie stiegen aus. Torry fand den Eingang als Erster. Poppy folgte ihm, teilte die langen Haselnusspeitschen und entdeckte das Gartentor.

„Schau mal, die Farbe sieht erstaunlich frisch aus." Sie drückte auf die gusseiserne Klinke. „Und das Schloss ist geölt."

Auf der anderen Seite der Hecke stand das Gras in dichten Büscheln, gelb und ausgetrocknet von der Augustsonne. Rhododendren und Hortensien bildeten eine Allee, die vor einer taubenblauen Tür endete. Sie war der Mittelpunkt des Cottage, rechts und links unterbrachen jeweils zwei Fenster die weiß getünchte Fassade, die Läden waren in der gleichen Farbe gestrichen wie die Tür. Darüber stülpte sich wie der Hut eines Zauberers das steile Reetdach, zwei Gauben mit Sprossenfenstern lagen in der ersten Etage, die Ranken des wilden Weins wucherten bis hinauf zum gemauerten Schornstein.

Poppy blieb stehen und suchte Barneys Hand. „Es ist wunderschön", sagte sie andächtig.

„Etwas verwunschen, aber – ja!" Er zog sie an sich. „Wollen wir reingehen?"

„Noch nicht. Einmal drum herum."

Ein mit Muschelkalk-Platten ausgelegter Weg führte dicht am Haus entlang zu einem Nebengebäude, das ebenfalls mit Reet gedeckt war. Durch große Fenster war der Innenraum zu sehen. Poppy wischte über die staubige Scheibe. „Ich sehe Regale mit Tonvasen. Das dahinten scheint der Brennofen zu sein, Tornycrofts Mutter war Keramikerin."

Sie nahmen den bogenförmigen Durchgang zwischen Haus und Atelier, bogen um die Ecke und blieben stehen.

„Jay!" Es war mehr ein Flüstern als ein Jauchzen. Poppy packte Barneys Arm. Sie standen auf einer Terrasse, die ohne Geländer fünf Meter vor ihnen im Bodenlosen zu enden schien.

Langsam, beinahe ehrfürchtig, näherten sie sich der Kante, selbst Torry, der sonst immer ein paar Schritte voraus war, zögerte. Poppys Puls wurde ruhiger, als sie statt in einen Abgrund auf einen verwilderten Steingarten blickte. Ein Weg führte von der Terrasse in Serpentinen hinunter bis zum River Fal.

Poppy blinzelte gegen das flirrende Licht. „Das ist noch viel schöner als auf dem Foto."

Der Blick ging genau nach Süden, den Fluss hinunter, in der Ferne waren am rechten Ufer die ersten Häuser von Falmouth zu sehen, und dahinter, im Dunst, öffnete sich die Mündung zum Meer.

„Bitte kneif mich, Barney."

Stattdessen nahm er sie in seine Arme und hob sie hoch. „Nein, ich trage dich über die Schwelle."

„Was?" Überrascht klammerte sie sich an seiner Schulter fest.

Barney stieß die beiden Türflügel weit auf, trat ein und setzte Poppy auf dem Boden ab. Torry beschnüffelte die roten Fliesen intensiv.

„Die Tür stand offen." Er sah sich um. „Wahrscheinlich schon eine ganze Weile."

Bis auf ein altes Rattansofa mit blauen Leinenpolstern war der große Wohnraum leer, in den Ecken hatte sich trockenes Laub angesammelt. „Das hat wahrscheinlich der Wind hereingeweht."

Poppy hatte dafür keine Augen. Mit großen Schritten durchquerte sie das Zimmer und betrat die Diele. Von ihr gingen drei weitere Räume ab. „Das wird dir gefallen, Darling, hier ist eine Bibliothek." Barney war ihr gefolgt und schaute ihr über die Schultern. „Regale – und sogar ein Kamin!"

Sie nahm ihn an die Hand und zog ihn weiter. „Das ist die Gästetoilette – und hier geht's zur Küche."

Ein Herd, ein antikes Bauernbuffet und ein massiver Eichentisch standen auf dem schwarz-weiß gekachelten Boden.

„Der Herd ist etwas altmodisch."

„Altmodisch? Sieh mal genau hin, Poppy. Das ist ein La Cornue, ein sehr feiner französischer Gasherd."

Sie liefen in die Diele zurück und nahmen die Treppe in den ersten Stock. Von dem schmalen Gang gingen zwei Räume auf jeder Seite ab, sie betraten den ersten links.

„Das Schlafzimmer."

Es war leer, bis auf ein großes, antikes Doppelbett aus Mahagoni. Poppy strich über die Tagesdecke. „Ein schönes Plaid aus Patchwork, sehr traditionell." Sie hob einen Zipfel an. „Seltsam. Das Haus ist seit zwei Jahren nicht bewohnt, aber das hier sieht nach halbwegs frischem Bettzeug aus."

Sie ging zu Barney. Er hatte die Tür mit den bodentiefen Sprossenfenstern geöffnet; sie führte auf einen kleinen, in das Reetdach eingelassenen Balkon.

Auch von hier war der Blick spektakulär. Der Westwind wurde stärker und schob ein paar Wolken heran, was den Eindruck erweckte, als setzte bald die Dämmerung ein. Im Zwielicht bogen sich die Erlen und Weiden entlang des Flussufers unter der Brise. Zwei Segel-Katamarane lieferten sich ein knappes Rennen und zogen hoch am Wind dem Hafen von Falmouth entgegen.

Poppy und Barney setzten den Rundgang fort. Sie entdeckten noch das Bad und zwei weitere Zimmer, den Dachboden und ein geräumiges Kellergewölbe, wo Barney die Gasheizung begutachtete. „Scheint relativ neu zu sein. Aber mit den Kaminen in allen Räumen und dem vielen Holz, das draußen gelagert ist, sind wir fast unabhängig davon."

Sie gingen ins Erdgeschoss zurück, und Poppy schritt das Wohnzimmer ab. „Mindestens dreißig Quadratmeter. Platz genug für eine ganze Familie." Poppy hatte den Satz kaum ausgesprochen, als ihre Wangen heiß wurden.

Barney, der nach dem Schloss der Terrassentür schaute, drehte sich zu ihr um.

„Familie?" Er ging zu Poppy, nahm sie bei der Hand und führte sie zum Sofa.

Sie setzten sich, und Torry sprang zu ihnen aufs Polster. Poppy ignorierte die Staubwolken, die aus den alten Kissen aufstiegen.

„Ein Cottage – und ein Kind?", fragte Barney leise. „Ist das nicht ein bisschen viel auf einmal?"

„Das war nur eine Feststellung. Ich habe nicht gesagt ..." Sie musterte ihn ungläubig. „Wow, Barney, das war dein Gedanke!"

Er grinste wie ein Schuljunge. „Ich gebe es zu. Keine Ahnung, was hier gerade mit uns passiert. Almas Cottage ist jedenfalls das schönste, das ich jemals gesehen habe. Poppy, ruf an und mach den Notartermin!"

8

Sie verließen das Haus, und Poppy schloss ab. „Es fällt mir jetzt schon schwer, mich zu trennen." Sie steckte den Schlüssel ein. „Aber bevor ich mich bei Tornycroft melde, habe ich noch etwas anderes zu erledigen."

„Die tote Löwin?"

„Genau, Barney."

„Läuft das nicht aufs Gleiche hinaus? Angeblich stammt das Tier doch aus seinem Privatzoo."

„Du hast recht." Sie sah im Exposé nach und wählte die Telefonnummer, die dort vermerkt war.

„The Tornycroft Estate", meldete sich, der Stimme nach zu urteilen, eine junge Frau. „Sie sprechen mit Julia Eastman."

„Mrs Eastman, hier ist Poppy Dayton. Können Sie mich mit Mr Tornycroft verbinden?"

„Leider nicht, Mrs Dayton, er ist den ganzen Tag in Terminen. Allerdings hat er mich auf Ihren Anruf vorbereitet. Hatten Sie schon die Gelegenheit für eine Besichtigung?"

„Ja, und wir haben uns zum Kauf entschlossen." Poppys Herz machte einen Sprung, als sie den entscheidenden Satz ausgesprochen hatte.

„Das wird Mr Tornycroft freuen. Welchen Zeitpunkt haben Sie sich vorgestellt?"

„So bald wie möglich." Poppy sah Barney fragend an, der lächelnd nickte.

„Dann benachrichtige ich den Notar. Er hat immer Termine für uns frei, aber ein, zwei Tage wird es dauern."

„Danke, Mrs Eastman. Noch etwas: Ich habe heute einen Waldspaziergang oberhalb von Hellstone Hollow gemacht. In der Nähe eines alten Bergbauzugangs habe ich ein totes Tier gefunden. Eine Löwin."

Poppy hörte ein Rascheln, gefolgt von einem Murmeln, dann war Mrs Eastman wieder dran.

„Eine Löwin? Sind Sie sicher?"

„Absolut. Ich habe gehört, dass Mr Tornycroft einen Privatzoo ..."

„Ich kann Ihnen dazu nichts sagen." Mrs Eastmans Stimme verlor ihre Wärme. „Bezüglich des Notartermins kommen wir wieder auf Sie zurück. Bye, Mrs Dayton." Die Verbindung brach ab.

Mit gerunzelter Stirn betrachtete Poppy das dunkle Display. „Was war das denn? Sie wirkte erst so freundlich."

„Vielleicht ist das mit dem Zoo ein Gerücht, und die Löwin stammt aus einem Wanderzirkus oder so etwas."

„Wohl kaum, das ist schon lange nicht mehr erlaubt, Barney. Aber irgendetwas muss passieren. Weißt du was? Ich rufe einfach die Polizei an." Kurzerhand wählte sie die Nummer, die sie immer noch gespeichert hatte.

„Polizei Falmouth, Frances Burleigh." Die ebenfalls weibliche Stimme klang noch barscher als Mrs Eastmans.

„Hier ist Poppy Dayton. Ich möchte eine Anzeige machen."

Die darauffolgende Pause endete mit einem Schnaufen.

„Dayton? Nicht etwa DIE Mrs Dayton?" Nach dem Moment der Überraschung wurde aus barsch eindeutig unfreundlich. „Ich dachte, Sie sind in London. Beehren Sie uns schon wieder? Sagen Sie nicht, Sie wollen einen Mord melden."

„Mein Ruf hat sich offenbar tief ins Bewusstsein der Bevölkerung eingenistet."

„Ich bin nicht die Bevölkerung, Mrs Dayton. Ich bin die Nachfolgerin Ihres Freundes, Inspektor Edwards."

„Wie geht es ihm?"

„Gut, glaube ich. Wir haben nicht viel Kontakt."

„Frau Inspektor – Burleigh, richtig? Tatsächlich handelt es sich um einen Tierkadaver, allerdings einen sehr großen. Eine Löwin, um genau zu sein."

„Na, wenigstens kein Mensch." Der Seufzer der Erleichterung war deutlich zu hören. „Dafür ist die Polizei nicht zuständig. Melden Sie es am besten dem Veterinärdienst. Und dann wünsche ich Ihnen eine gute Reise zurück nach London, Mrs Dayton." Sie legte auf, und zum zweiten Mal hintereinander starrte Poppy auf den leeren Bildschirm.

Barney prustete los. „Entschuldige, wenn ich lache. *Ich bin nicht die Bevölkerung.* Zumindest diese Inspektorin scheint keinen Wert auf deine Assistenz zu legen."

„Blöde Zicke, was habe ich ihr denn getan?"

„Nichts, und sie wünscht sich eindeutig, dass das so bleibt."

„Willst du mich jetzt auch noch veräppeln?"

„Auf keinen Fall, Poppy. Ruf doch einfach Inspektor Edwards an, deinen Freund, wie die Beamtin netterweise sagte."

„Netterweise ist gut, deinen trockenen Humor in allen Ehren. Aber genau das werde ich machen."

Es läutete eine Weile, bis jemand dranging.

„Halò? Good afternoon" Der schottische Akzent war unverkennbar.

„Good afternoon, Glenna!" Poppy erkannte die Stimme der so sympathischen wie resoluten Ehefrau des Inspektors. Vor einem Jahr hatte die erfahrene Sozialarbeiterin mit einem wichtigen Hinweis dazu beigetragen, den Fall der toten Frau vom Helford-River zu lösen.

„Poppy! Lange nichts gehört! Seid ihr in der Gegend?"

„Ja, nicht weit von euch. Wie geht es?"

„Danke, prima. Ich musste mich allerdings erst daran gewöhnen, dass Steven mir die ganze Zeit auf der Pelle sitzt."

„Du bist doch immer deiner Wege gegangen."

„Das tu ich auch noch. Den Job als Streetworkerin habe ich nie aufgegeben. Willst du Stephen sprechen? Er wird sich freuen. Besucht uns bald mal!"

Offenbar hatte Edwards neben ihr gestanden, denn er war sofort dran. „Mrs Dayton! Das ist ja eine Überraschung."

„In der Tat, Inspektor." Poppy duzte seine Frau, aber aus gegenseitigem Respekt waren sie und Edwards immer bei der förmlichen Anrede geblieben. „Es gibt überraschende Entwicklungen, wir überlegen uns, ein Haus zu kaufen."

Barney grinste. „Überlegen ist gut“, sagte er so laut, dass der Inspektor es hören konnte.

„Professor Dayton! Sie hier? Ich dachte, Sie beide wollten einen weiten Bogen um Cornwall machen.“

„Bis gestern dachte ich das auch.“

„Wo liegt denn das Haus?“

„Direkt am Fluss, in Hellstone Hollow“, sagte Poppy stolz und gravitätisch. *Wie schön das klingt.*

„In der Nähe von Feock?“

„Genau. Aber das wollte ich Ihnen gar nicht erzählen. Es geht um eine Leiche.“

„Bitte nicht ...“

Poppy kicherte. „Das ist inzwischen ein *Running Gag.*“ Sie wurde wieder ernst. „Keine Angst, nicht, was Sie denken. Es ist ein Tierkadaver. Erst hieß es, die Löwin könnte aus einem Privatzoo stammen, doch bisher bin ich auf taube Ohren gestoßen, übrigens eben auch bei Ihrer Nachfolgerin.“

„Sie haben mit Frances Burleigh gesprochen?“

„So kann man es nicht nennen, es war eher einseitig. Es dauerte keine fünf Sekunden, da teilte sie mir mit, dass sie im Gegensatz zu Ihnen an keiner Zusammenarbeit interessiert sei.“

„Frances ist speziell. Ein kalter Fisch, aber tüchtig. Ich war einfach nur froh, als sie mich endlich abgelöst hatte.“

„Sie empfahl mir den Veterinärdienst.“

„Wissen Sie was? Ich nehme Ihnen das ab. Ich kenne die Leute dort. Meist reagieren die schnell. Wie sind Sie zu erreichen?“

„Immer noch unter derselben Nummer. Ich freue mich, Sie bald zu sehen, und diesmal unter weniger dramatischen Umständen."

„Das stimmt. Obwohl, eine tote Löwin, das ist seltsam …"

„Meldet sich da wieder der Kriminalist in Ihnen?"

„Berufskrankheit. Wetten, dass Sie das auch wieder anstecken wird?"

„Die Wette schlage ich aus." Poppy schielte zu Barney, dessen Miene sich verfinstert hatte. „Wir haben einen Umzug zu planen."

„Viel Glück, das ist eine großartige Nachricht!"

Sie fuhren zum Fox & Hounds.

Der Pub war leer, Kirk stand allein hinter dem Tresen. Als er Barney sah, stellte er das Glas, das er gerade poliert hatte, ins Regal.

„Mr Dayton, nehme ich an? Ich mache Ihnen beiden das größere Zimmer fertig. Wie lange werden Sie bleiben?"

„Im Idealfall nur noch eine Nacht."

„Das heißt, Sie fahren morgen zurück, oder …" Er schüttelte ungläubig den Kopf. „Sagen Sie nicht, Tornycroft hat Ihnen das Haus verkauft."

„Noch waren wir nicht beim Notar."

„Unglaublich. Was haben Sie ihm geboten?"

Poppy wich aus. „Wir waren uns wohl sympathisch."

Kirk griff nach dem nächsten Glas, polierte es wieder und wieder und schien trotzdem mit dem Ergebnis nicht zufrieden zu sein. „Bei Ihnen kann ich das ohne Weiteres nachvollziehen, Lady, aber Tornycroft ist alles andere als ein Sympathieträger." Plötzlich trennte er sich von dem Glas und grinste. „Das geht mich wohl nichts an, oder? Was darf ich Ihnen anbieten? Geht aufs Haus. Im Moment ist nichts los. Doch wenn sich das rumspricht, sind Sie es, die einen ausgeben müssen. Das ist so Brauch bei unseren Neubürgern.“

„Es wäre uns eine Ehre. Aber jetzt brauchen wir etwas zum Essen.“

„Ich habe noch Lamb-Pie von heute Mittag.“

„Klingt prima. Und ein schönes dunkles Ale dazu.“

„Kommt sofort.“

Nach dem Essen machten sie einen Spaziergang. Es war sieben Uhr, und die Sonne stand knapp über der Hügelkette im Westen, das Licht und die Abendbrise brachten die Blätter der Linden zum Flirren. Poppy hakte sich bei Barney unter.

Unterhalb der Kirche, rechts und links der Main Road, bewunderten sie die gepflegten Vorgärten. Einige der Bewohner, die Poppy am Vorabend im Pub getroffen hatte, winkten über die Zäune. Es duftete nach Rosen und dem Harz der sommerwarmen Koniferen. Mitten auf der Straße spielten die Goulding-Twins mit einem Seifenkisten-Auto. Sie stoppten, als Torry bellend hinter ihnen herrannte.

„Habt ihr das selbst gebaut?“, fragte Poppy.

„Nein, Miss, das war unser Vater“, kam die Antwort, wie immer perfekt synchron.

Barney schmunzelte. „Das hier ist viel zu schön, um wahr zu sein.“ Als sie ein Stück weiter waren, sagte er leise: „Wie in einem amerikanischen Film, kurz bevor der Horror losbricht.“

„Rede nicht so, man könnte dich hören.“ Tatsächlich war außer den Goulding-Twins nur der Abendgesang einer Lerche zu vernehmen. Doch als ob man sie erwartet hätte, tauchte plötzlich ein zartlila dauergewellter Kopf über einem hellblau gestrichenen Zaun auf.

„Mrs Dayton! Schön, Sie wiederzusehen. Wie konnten Sie uns gestern Abend nur diesen stattlichen Herrn vorenthalten?“ Sie musterte Barney von oben bis unten und rief über ihre Schulter zurück zum Haus. „John, komm her und sieh mal, die Kleine von gestern ist nicht allein!“

Poppy lachte. „Darf ich vorstellen: Mrs McCabe, wenn ich mich recht erinnere, – mein Mann Barnabas.“

John lief mit einer für seine Größe und seinen Leibesumfang erstaunlichen Geschwindigkeit über den exakt gestutzten Rasen. „Na, was habe ich dir gesagt, Lovey? Die Lady ist nur die Vorhut. Dürfen wir Ihnen ein Gläschen anbieten?“

„Danke, das ist nett, gerne ein andermal.“

Hope wedelte mit ihrer kleinen rosigen Hand. „Unsere Tür steht jederzeit offen.“

Barney zog sie weiter. Mit einem diskreten Kopfnicken wies er zum letzten Haus in der Straße. „Diese Tür eher nicht.“ Ein Mann in fleckigem Overall, mit wirren Haaren und Cordkappe hatte die Unterhaltung von der Schwelle seines Hauses verfolgt, dann verschwand er und schlug die Tür krachend hinter sich zu. Barney schüttelte den Kopf. „Was war das für ein komischer Vogel?“

„Das ist Archie Peachum.“

„Dafür, dass du erst einen Tag hier bist, kennst du erstaunlich viele Menschen.“

„Der Mann gehört zum Urgestein dieser Gegend. Angeblich ein guter Handwerker, vielleicht können wir den noch brauchen."

Poppys Smartphone klingelte. „Inspektor!"

„Mrs Dayton? Der Veterinärdienst ist informiert. Wir kommen morgen um neun nach Hellstone Hollow und holen Sie ab."

„Danke! Wir erwarten Sie vor dem Fox & Hounds."

Von Südwesten zogen Wolken auf, begleitet von Wetterleuchten und leisem Grummeln. Poppy griff nach Barneys Hand und zog ihn zurück in Richtung Pub. „Bevor hier die Stimmung und das Wetter kippen, Darling ... Lass uns früh zu Bett gehen. Du auch, Torry, komm, ab in die Koje!"

9

Der Land Rover des Veterinärdienstes schraubte sich die Serpentinen des alten Minenwegs hoch. In der Nacht hatte ein Sommergewitter viel Regen gebracht, sodass tiefe Spülrinnen die Passage erschwerten. Souverän wechselte der Fahrer, den Edwards als Dr. Nichols vorgestellt hatte, die Gänge. „Wie weit noch, Mrs Dayton?", fragte er.

„Etwa zwanzig Meter hinter der nächsten Kurve müssen wir anhalten, dann geht es mit dem Auto nicht weiter. Das Tier liegt ein paar Meter den Abhang hinunter."

„Kein Problem. Wir haben ein Netz und eine Winde. So bergen wir auch Pferde, die in einen Graben gerutscht sind."

„Das Gelände ist ziemlich unübersichtlich. Deshalb habe ich meinen Hund mitgenommen. Immerhin hat er die Löwin schon einmal gefunden." Torry saß erwartungsvoll hechelnd im Fußraum des Rovers.

Unmittelbar hinter der Biegung wurden sie angehalten.

„Ist das nicht dein Handwerker?", fragte Barney, der auf der Bank hinter Poppy saß.

„Peachum. Was macht der denn hier?"

Der Mann kam näher. Zum gewohnten Overall trug er Gummistiefel und eine zerschlissene Wachsjacke.

Dr. Nichols ließ die Scheibe hinunter und zeigte seinen Ausweis.

„Veterinärdienst. Wir führen eine Kadaverbergung durch.“

Der Blick aus Peachums wässrig-grauen Augen wanderte zwischen ihm und Poppy hin und her.

„Nicht nötig, es ist alles erledigt.“

„Tatsächlich? Das ist ja schön“, sagte der Tierarzt unbeeindruckt. „Aber bei einem toten Tier von entsprechender Größe sind wir verpflichtet, eine Untersuchung durchzuführen.“

„Keine Untersuchung.“ Die Reaktion kam scharf und schnell.

„Das müssen Sie schon mir überlassen.“ Dr. Nichols legte den ersten Gang ein. Peachum schlug mit der Faust gegen die Tür. Das ungedämmte Blech des Rovers schepperte, Poppy zuckte zusammen, und Torry knurrte. Sie fuhren los, verfolgt von Peachum, der fluchend mit den Armen fuchtelte.

Zehn Meter weiter tauchte hinter tief hängenden Tannenästen ein weiterer Transporter auf. Ein hochgewachsener Mann mit Glatze verschloss die Heckklappe und drehte sich zu ihnen um.

„Auch den habe ich schon mal gesehen.“ Poppy beugte sich vor, um durch die niedrige Scheibe besser sehen zu können. „Er saß mit Tornycroft zusammen am Tisch.“

Dr. Nichols hielt an, stellte den Motor ab und zog die Handbremse an. „Tornycroft sagen Sie? Das könnte schwierig werden. Steigen wir erst mal aus.“

Mit Poppy, Barney und Edwards im Schlepptau ging der Tierarzt voran, er präsentierte den Ausweis wie eine Monstranz. Obwohl Poppy Torry an der kurzen Leine hielt, kläffte er wütend.

Der Mann verschwendete keinen Blick auf das Dokument. „Halten Sie Ihren Hund unter Kontrolle. Sie befinden sich auf Privatbesitz. Was suchen Sie hier?"

„Diese Lady hier hat einen Kadaverfund gemeldet, und deshalb müssen wir ..."

„Nicht hier. Wie gesagt, Privatbesitz. Tatsächlich haben Mr Peachum und ich das Tier bereits geborgen, Ihre Aktion war ganz unnötig."

„Okay, aber dann werden Sie nichts dagegen haben, wenn wir den Kadaver untersuchen."

„Tut mir leid. Ich habe strikte Order, das Tier nach Hellstone Hall zurückzubringen. Sie können sich an die Zentrale von Tornycroft Estate wenden, wenn Sie Fragen haben."

„Sie machen sich strafbar, Mister, wenn Sie meinen Anweisungen nicht Folge leisten. Wie heißen Sie?"

„Mein Name ist Alan Harkoff", antwortete er ungerührt. „Wie gesagt, Doktor, schicken Sie Ihre Fragen an die Zentrale. Das Gelände hier ist zwar öffentlich zugänglich, aber ein Befahren ohne Erlaubnis ist verboten."

„Meine Behörde ..."

„Dr. Nichols, nehmen Sie Ihre Truppe hier mit, setzen Sie ein Stück zurück, wenden Sie und verlassen Sie den Wald." Harkoffs schwarze Augen ruhten auf dem Tierarzt, Peachum stand feixend daneben.

Sie gingen zum Land Rover zurück und stiegen ein. Schaudernd blickte Poppy die Schneise hinunter, die quer durch das Brombeerdickicht bis hinauf zum Weg führte. „Da haben sie das arme Tier heraufgezerrt." Sie knirschte mit den Zähnen, als Nichols wendete. „Was für ein arroganter Typ.“

„Mrs Dayton, das war ein nötiger Rückzug, trotzdem ist noch nichts verloren“, sagte der Arzt, als sie auf dem holprigen Rückweg waren. „Allein die Tatsache, dass man mich in dieser Weise behindert, ist auffällig. Jetzt werden wir ganz offiziell eine Untersuchung einleiten.“

„Kennen Sie Tornycroft?“

„Nicht persönlich. Er hat eine Lizenz für einen Zoo. Meine Kollegen führen dort routinemäßig veterinärmedizinische Kontrollen durch, und soweit ich weiß, gab es bisher nichts zu beanstanden.“

„Aber Löwen? Darf man die denn einfach so halten?“

„Mit einer Sondergenehmigung, und wenn Sie die Auflagen erfüllen, ja.“ Sie erreichten das Dorf. „Trotzdem vielen Dank für den Hinweis, Sie haben alles richtig gemacht. Mrs Dayton. Wären Sie so freundlich und schicken mir Ihre Handybilder? Ich halte Sie auf dem Laufenden.“ Nichols stoppte vor dem Pub. „Darf ich Sie hier absetzen?“

Poppy gab ihm die Hand. „Danke für Ihren schnellen Einsatz, Doktor. Und Sie, Inspektor? Dürfen wir Sie zu einem zweiten Frühstück einladen? Wir nehmen Sie nachher auch mit nach Falmouth, um zwei haben wir unseren Notartermin.“

„Das nehme ich gerne an.“

Torry schien sich als Erster von seiner Frustration zu erholen, als der Lammknochen im Pub auf ihn wartete.

Poppy, Barney und Edwards servierte der Wirt ein üppiges Omelett. „Mit Pilzen und Kräutern aus unserem Wald.“

„Unser Wald?" Poppy stöhnte. „Dass ich nicht lache." Sie berichtete von ihrer Begegnung, und Kirk hörte aufmerksam zu. „Peachum arbeitet für alle, die ihm Geld geben, und er kennt sich hier gut aus. Der andere, Harkoff, ist Tornycrofts Mann fürs Grobe. Ein Typ der unangenehmen Sorte. Woher wussten die denn von dem Tier?"

„Wenn es aus dem Zoo von Tornycroft stammt, sind sie vielleicht schon länger auf der Suche. Außerdem informierte ich die Sekretärin, gestern am Telefon."

„Wie so oft, kam der entscheidende Hinweis von dir, Poppy."

„Hör ich da Ironie heraus, Barney?"

„Ihr Mann hat recht, Mrs Dayton." Edwards senkte seine Gabel und schmunzelte. „Zur richtigen Zeit am richtigen Ort, das lässt sich nicht bestreiten."

„Aber anders als sonst ist der Fall abgeschlossen, für uns jedenfalls."

„Das kann ich nur hoffen, Darling", sagte Barney trocken, und seine missmutige Miene erhellte sich erst, als Kirk eine Platte mit kornischem Schinken und eingelegtem Gemüse brachte. „Jetzt wird ein Brunch draus."

„Wundervoll!" Poppy gabelte ein Stückchen Blumenkohl auf. „Wir bekommen die nötige Grundlage für den Termin beim Notar." Den Schinken ließ sie liegen. „Trotzdem geht mir die arme Löwin nicht aus dem Kopf. Sie war so schön, obwohl sie etwas mager wirkte."

Kirk kam mit einem Becher Kaffee an den Tisch. „Vielleicht hat ihr die heimische Kost aus Hasen und Wildschweinen nicht geschmeckt? Oder es gab nicht genug davon? Obwohl sich der hiesige Wildbestand erholt hat, nachdem die Behörden die meisten der adeligen Jagdpartien untersagt haben."

Die Tür ging auf, und Archie Peachum trat ein. Als er die drei am Tisch sitzen sah und Torry ihn wieder anknurrte, zögerte er kurz, als ob er kehrt machen wollte, setzte dann aber den Gang zum Tresen fort.

„Ein Pint." Er ließ Poppy nicht aus den Augen. „Miss, Sie bekommen ja jeden Tag mehr Verstärkung." Archie präsentierte seine Zahnlücken. „Bloß hat Ihnen das oben im Wald nichts genützt, das haben wir schon erledigt." Das hämische Grinsen wurde breiter.

Poppy hatte das Gefühl, dass sie noch mehr aus dem Wichtigtuer herausholen könnte und blieb freundlich. „Wie wunderbar, Mr Peachum! Ich wollte nur, dass das arme Tier geborgen wird. Wissen Sie, woran es gestorben sein könnte? Es sah krank aus."

„Keine Ahnung. Alan, ich meine Mr Harkoff, sagte, die Biester im Zoo würden durchdrehen, und andauernd müsste er seinem Chef hinterherputzen. Er ..." Archie stockte, hob seine Hand und machte eine brüske Bewegung. *Als ob er sich selbst eine runterhauen wollte,* dachte Poppy. Dann griff er nach dem Bierglas, setzte es an und leerte es bis zur Hälfte. „Ich rede zu viel, sagt Mr Harkoff, und er hat recht." Archie trank den Rest, legte zwei Zwei-Pfund-Münzen auf den Tresen und ging hinaus.

Kirk warf die Münzen in die Kasse. „Der alte Knabe wird immer wunderlicher."

„Warum?", fragte Poppy, „das war doch nicht uninteressant, oder?" Argwöhnisch betrachtete Barney sie. *Hoffentlich verraten meine Augen nicht, dass mich das neugierig macht.* Sie winkte schnell ab und tat unbeteiligt. „Aber das geht uns nichts an, und wir haben gleich einen wichtigen Termin.“

Edwards kaute auf einem Stück Schinken herum und schluckte. „Hört, hört. Eine Poppy Dayton lässt so etwas einfach auf sich beruhen?“

„Warum nicht? Dieser Tierarzt macht einen kompetenten Eindruck, der Fall scheint bei ihm in den besten Händen zu sein.“ Poppy sah auf die Uhr. „Lasst uns losfahren. Ich hole nur noch schnell die Badesachen. Wenn das über die Bühne gegangen ist, möchte ich mit dir an den Strand, Barney, zusammen mit einer Flasche Champagner.“

„Ich habe noch eine oder zwei im Keller.“ Kirk verschwand und kam kurz darauf mit einer Kühltasche zurück. „Pommard mit zwei Gläsern, handlich verpackt.“

Poppy überzeugte sich davon, dass seine Frau nicht in der Nähe war und drückte ihm einen Kuss auf die Wange. „Captain, du verstehst deine Kundschaft.“

10

Sie verabschiedeten sich von Kirk und fuhren nach Falmouth. Barney steuerte das Zentrum an, obwohl sie in den engen, mit Touristen und Autos überfüllten Straßen nur im Schritttempo vorankamen. „An der Bibliothek muss ich raus." Der Inspektor bedankte sich. „Lieb von Ihnen, dass sie mich hier absetzen. Ich muss noch ein paar Dinge erledigen." Er gab Poppy die Hand. „Danach mache ich einen Besuch bei meiner Nachfolgerin und versichere ihr, dass Sie ihre Kreise nicht stören werden, Mrs Dayton."

„Im Ernst? So wichtig bin ich nun auch wieder nicht. Aber wenn Sie sie sehen, richten Sie ihr bitte aus, dass ich es toll finde, dass eine Frau hier Polizeichefin ist."

„Sehr gerne. Und versprechen Sie mir, uns so bald wie möglich zu besuchen."

„Wir laden Sie zu unserer Einweihungsparty ein."

„Ich drücke die Daumen, dass alles klappt. Viel Glück im neuen Haus."

Bis zur No. 12, Berkeley Vale waren es keine fünf Minuten. Die Kanzlei von Hill Mathews Solicitors war in einem Haus aus roten Ziegeln und Schieferdach untergebracht. Barney parkte direkt vor der Tür, und sie stiegen aus.

Poppy setzte ihre Sonnenbrille auf. „Schau mal, wir sind direkt gegenüber vom Phoenix Theater. Hammetts nächstes Projekt ist *A Room with a View*. Er möchte, dass wir mitspielen, besonders du, Barney.“

„Das fehlt mir gerade noch.“

Trotz seiner indigniert hochgezogenen rechten Augenbraue spürte Poppy, wie er sich darüber freute.

Sie drückten auf den blank polierten Messingknopf der Klingel, und die dunkelblau gestrichene Tür, die von zwei weißen Säulen umrahmt war, sprang auf.

Eine junge Frau im schwarzen Hosenanzug empfing sie.

„Mr und Mrs Dayton? Nehmen Sie kurz Platz, es geht gleich los. Darf ich Ihnen etwas anbieten? Kaffee oder Tee? Und Wasser für den süßen kleinen Hund?“

Poppy nickte. „Das ist lieb. Für uns bitte ebenfalls Wasser, das Mittagessen war etwas salzig.“

Sie bekamen das Gewünschte und die Sekretärin ließ sie allein.

Poppy blätterte durch eine Zeitschrift, als sie glaubte, ihren Namen gehört zu haben. Torry spitzte die Ohren. Poppy blickte hoch und stellte fest, dass die Tür zum Raum gegenüber einen Spaltbreit offen stand. Auch Barney hob den Kopf. Poppy legte den Zeigefinger an ihre Lippen.

Zwei Männerstimmen.

„... diese notorische Schnüfflerin? Sie stand sogar in der Zeitung.“

„Das ist sie. Du weißt, sogar der Staatsanwalt ist über sie gestolpert.“

„Warum verkauft Tornycroft ausgerechnet an die?“
„Er hat seine Gründe.“

„Kennt er sie?“

„Ich denke nicht. Obwohl, als er erfuhr, wie sie mit Mädchennamen heißt ... Ich musste das für ihn herausfinden.“

Irritiert runzelte Poppy die Stirn, und Barney sah sie fragend an. Sie zuckte mit den Schultern und wollte etwas sagen, da kam die Sekretärin und bat sie, ihr in den Sitzungsraum zu folgen.

Eine gute Stunde später fuhren sie den Castle Drive hinunter und parkten oberhalb des Strands. Poppy nahm Torry an die Leine und hob die Badetasche vom Rücksitz, Barney griff nach der Kühltasche.

Sie schauten sich um. Links thronte das trutzige Pendennis Castle auf seinem Hügel hoch über der Stadt, und vor ihnen lag die malerische Bucht von Gyllyngvase Beach.

Der Strand im Süden von Falmouth war ideal für ein Bad am Nachmittag. Die Bucht war vor Westwind geschützt, der weiße Sand schimmerte makellos, in den flachen Prielen jagten Kinder nach Fischen und Krebsen.

Sie entschieden sich für den westlichen Abschnitt, wo einzelne Felsen für Schatten und Privatsphäre sorgten. In einer sandigen Kuhle breitete Poppy die grün und rot karierte Picknickdecke aus. Barney öffnete die Kühltasche.

„Halt!“, rief Poppy. „Erst Schwimmen, dann Champagner. Ich brauche die Abkühlung. Vielleicht weckt mich das kalte Wasser auf, und alles war nur ein Traum.“

Sie zogen sich um und liefen los. Argwöhnisch wie bei allen Badeausflügen beobachtete Torry das Manöver der beiden von seiner erhöhten Position aus.

Poppy tauchte unter dem ersten Wellenkamm durch, dann unter dem zweiten.

Prustend kam sie an die Oberfläche, suchte Barney und klammerte sich an ihm fest.

Er fand ihre Lippen und küsste sie.

Sie schwammen fast eine halbe Stunde lang; die Flut half ihnen beim Rückweg.

Erschöpft stapften sie den weichen Sand hinauf und wurden von Torry begrüßt, der unruhig am Ufer auf und ab getigert war. Mit einem glücklichen Seufzer warf sich Poppy auf die Decke, und Torry leckte ihr hingebungsvoll das Salzwasser von den Beinen. Den Rest trocknete die Sonne, die ungefiltert vom dunkelblauen Himmel herunterbrannte. Nur weit im Westen kündigten Wolkentürme ein abendliches Gewitter an.

„Jetzt!" Poppy stemmte sich hoch. Barney nickte, holte den Champagner heraus und reichte die Flasche an Poppy weiter. „Die Ehre gebührt der frischgebackenen Landlady."

Sie ließ den Korken knallen, worauf Torry losraste und ihn schwanzwedelnd zurückbrachte. Poppy lachte und wuschelte sein widerspenstiges Nackenfell. „Du hast recht, den behalten wir als Souvenir." Sie füllte die Gläser.

„Auf Almas Cottage." Sie stießen an. „Und auf unser neues Leben, Barney."

Poppy entging die winzige Falte nicht, die sich zwischen seinen Augen bildete. Sie sah ihn an. „Wie geht es dir damit?" Poppy wartete einen Moment. „Darling?", fragte sie nach, als er nicht reagierte. „Die Landlady erkundigt sich nach dem Befinden ihres lieben Mannes.“

„Ernsthaft?“ Barney blinzelte in die Sonne. „Na gut.“ Er leerte sein Glas, und Poppy goss nach und der Champagner schäumte über den Rand. „Ich muss mir Mühe geben, mit den Ereignissen Schritt zu halten. Das geht jetzt alles rasend schnell.“ Poppy runzelte die Stirn, und er sprach schnell weiter. „Trotzdem fühlt es sich gut an.“

„Wirklich? Du hast ja recht. Irgendwie überholen gerade die Hinterräder die Vorderräder in unserem Leben, und alles nur, weil meine fixe Idee von einem Tag zum anderen Wirklichkeit geworden ist, buchstäblich!“

„Das Schicksal kann es manchmal richtig gut meinen.“

„Ich hoffe es.“

„Wenigstens hat das Hin und Her zwischen London und hier ein Ende. Hauptsache, wir sind zusammen.“

„Das hast du schön gesagt.“ Poppy stellte ihr Glas auf einen glatt geschliffenen Felsen, nahm Barney seines aus der Hand und küsste ihn.

Schneller als erwartet, lösten sich die ersten Wolken aus der Front und verdeckten die Sonne. Der Wind frischte auf, und Poppy fröstelte. Sie verteilte den Rest des Champagners. „Eben in der Kanzlei, fandest du unseren Termin nicht auch sehr geschäftsmäßig?“

„Na, es war ja auch ein Geschäft, vielleicht das beste deines Lebens, Poppy. Aber ich weiß, was du meinst. Die beiden Herren haben das recht seelenlos abgespult. Weil unsere Bankbürgschaften die kurzfristige Barzahlung garantieren, gab es nicht viel zu besprechen. Zu verdienen auch nicht, bei dem Kaufpreis.“

„Ich fand es schade, dass Tornycroft nicht gekommen
ist."

„Du hast gehört, was der Anwalt sagte: Er sei verhindert, würde uns aber gerne so bald wie möglich auf unserem Anwesen besuchen und die offizielle Übergabe
durchführen."

Poppy strahlte. „Unser Anwesen ... Wie das klingt!"

Barney blieb nüchterner. „Erst mal müssen wir nach
London zurück, es gibt eine Menge zu organisieren."
Die Falte zwischen seinen Augen wurde tiefer. „Nicht
nur der Umzug. Wir müssen überlegen, was aus dem
Laden wird."

„Das findet sich. Es gibt da eine Idee, von der mir Flexer einmal erzählt hat. Er wollte dich selbst darauf ansprechen." Poppy legte sich neben Barney in den Sand
und blinzelte ihm zu. „Weißt du was? Wir verbringen
heute die erste Nacht in unserem Haus. Das Bett sah ja
nicht schlecht aus!" Erfreut registrierte sie das Blitzen
in seinen Augen.

„Das ist eine schöne Idee. Immerhin hat uns der Notar
die Schlüssel übergeben und uns ab sofort die Nutzung
erlaubt."

„Sehr dienstleistungsorientiert. Apropos, Barney: In
der Aufregung hatte ich vergessen, zu fragen, warum
der Notar meinen Mädchennamen ermitteln sollte."

„Dann wäre herausgekommen, dass wir gelauscht haben."

„Stimmt. Ich werde Tornycroft das am besten selbst
fragen."

Nach dem Abendessen im Pub verabschiedeten sie sich von Kirk und fuhren zum Cottage. Den elektrischen Strom brachten sie nicht in Gang, aber das störte sie nicht. Das kalte Wasser funktionierte, und so stellte Poppy eine Schale für Torry hin, zusammen mit dem Rest des Lammknochens.

Wortlos nahm sie Barney an die Hand und führte ihn ins Schlafzimmer hinauf.

Der Plaid flog zur Seite, gefolgt von ihren Kleidern, und sie liebten sich in einer Intensität, wie seit Langem nicht mehr.

Barney schlief schnell ein, aber Poppy war hellwach. Durch die offene Balkontür schien der fast volle Mond. Behutsam, um ihn nicht zu wecken, löste sie sich von Barney, stand auf und bahnte sich einen Weg durch die im Zimmer verstreuten Kleidungsstücke nach draußen.

Der Fluss lag wie eine schlafende, silbrig glänzende Riesenschlange zwischen den dunklen Hügeln. Poppy biss sich auf die Fingerknöchel, immer noch in dem Gefühl, dass das alles nicht real war. Die grandiose Szenerie blieb unverändert.

Eine Fledermaus flatterte so knapp an ihr vorbei, dass sie den Luftzug an ihrer Wange spürte. Der Ruf eines Käuzchens und das Rauschen des Windes in den Erlen waren die einzigen Geräusche. Das Gewitter hatte sich bereits am späten Nachmittag über dem Meer ausgetobt, jetzt war der Himmel klar.

Das Glücksgefühl, das Poppy überkam, war so intensiv, dass sie ein Stoßgebet aussandte. *An das Schicksal, an das Leben oder an die höhere Kraft, der ich das zu verdanken habe.*

Poppy war kein besonders gläubiger Mensch und ging selten in die Kirche. *Das letzte Mal vor fünfzehn Jahren, zur Trauerfeier für meine Familie,* dachte sie.

Das regelmäßige Blinken von St. Anthony Lighthouse, an der östlichen Seite der Hafeneinfahrt von Falmouth, beruhigte sie. *Ich muss versuchen, runterzukommen.*

Poppy ging zum Bett zurück und kuschelte sich an Barneys Seite.

Ob die Erinnerung an ihre Familie die Begegnung getriggert hatte? Kurz, nachdem sie eingeschlafen war, sah sie Gwen.

Sie erschien als Silhouette gegen das Mondlicht.

Rasch kam sie näher und setzte sich zu Poppy an den Bettrand.

Die beiden tauschten ein berührungsloses High Five aus.

„Gwen! Ich freue mich, dich zu sehen. Du warst neulich so schnell verschwunden."

„Willst du mir etwa die Schuld geben? Dein Doktor hat gerufen und weg warst du!" Gwen rückte ein Stück ab.

„In der letzten Zeit hatte ich das Gefühl, du könntest auf meine Nähe verzichten."

„Wie kommst du darauf?"

„Dein Doktor bringt dir alle möglichen Tricks bei, die Treffen zu vermeiden."

„Gwen, glaub mir, das ist nicht deinetwegen. Dr. Trelawney hilft mir nur, mit dem Shining besser umzugehen. Ich konnte es schlicht nicht mehr ertragen, wie die anderen mich heimsuchten mit ihren Dramen."

„Du bist selbst schuld, dass du an sie geraten bist."

„Ich weiß. Und ich hoffe sehr, es hat ihnen am Ende geholfen, dass wir herausfinden konnten, wer ihnen das angetan hat."

„Die armen Seelen. Mir geht's nicht besser. Es gibt immer etwas, das uns umtreibt."

„Was ist es bei dir?"

Gwen schien zu zögern. Ihre Gestalt verlor kurz an Schärfe, dann war sie wieder da. Die langen schwarzen Haare rutschten über ihre Schultern nach vorn, nur das ovale, weiße Gesicht war zu sehen, mit den großen dunklen Augen und den vollen Lippen.

„Ich gratuliere dir zu deinem Haus."

„Danke, das ist ..."

Gwen unterbrach sie. „Ich will dir deine Freude nicht verderben, Schwesterherz ..."

„Was meinst du damit?"

„Ich kann es dir nicht sagen. Noch nicht. Es gibt da etwas. Mit dem Haus hat es nichts zu tun."

„Da bin ich ja beruhigt."

„Aber mit dem, der es verkauft hat."

Poppy wollte nachfragen, als das Bild erneut verblasste und ihre Schwester sich nicht mehr zeigte.

Am nächsten Morgen erzählte Poppy Barney von Gwen, doch die Umzugsplanung und eine Menge anderer Projekte drängten die Begegnung in den Hintergrund.

11

Zwei Wochen später.

Poppy und Barney saßen am Kamin in der kleinen Bibliothek von Almas Cottage.

Mitte September wurden die Tage kürzer, und die Sonne war längst untergegangen. Das lodernde Feuer, die einzige Lichtquelle im Raum, beschien ihre Gesichter.

„Du siehst müde aus, Darling.“

„Ist das ein Wunder, Poppy?“ Barney legte Birkenscheite nach, und die ätherischen Öle des Holzes verbreiteten einen harzigen Duft. „Der Möbelwagen ist erst seit einer Stunde weg, wir waren in den letzten vierzehn Tagen fünfmal zwischen London und hier unterwegs, und ich habe nicht nur ein neues Zuhause, sondern auch noch einen neuen Arbeitsplatz.“ Vergeblich versuchte Poppy seine Miene im flackernden Licht zu deuten. Er setzte sich, griff nach dem Whiskyglas, das auf der Armlehne gefährlich schaukelte und betrachtete das verschwommene Bild der Flammen durch den bernsteinfarbenen Alkohol. „Aber ehrlich gesagt, hat mir das Tempo dabei geholfen, mich von London zu verabschieden.“

„London ist ja nicht aus dem Sinn. Unsere Wohnung ist untervermietet, und wir haben immer noch ein Zimmer dort.“

„Stimmt. Doch als die Umzugsleute die Kisten füllten …“

„… hättest du am liebsten alles wieder ausgepackt.“ Poppy betrachtete ihn zärtlich. „Denk nicht, dass ich das nicht gemerkt hätte. Ich weiß schon, was ich dir da zumute, auch geschäftlich.“

„Lass nur, ich finde es nach wie vor eine tolle Idee von Flexer, mir die Leitung seiner Dependance in St Ives zu übertragen.“

„Es ist mehr als das, Barney. *Flexer & Dayton* ist eine Partnerschaft.“

„Daran muss ich mich noch gewöhnen. Dayton & Dayton war mir lieber.“

Poppy stand auf, nahm Barney das Glas aus der Hand und setzte sich auf seinen Schoß.

„Dayton und Dayton gibt's jetzt sogar zweimal. Ich werde oft bei dir sein in St Ives, meine Arbeiten werden dort genauso gut präsentiert wie in London, und gleichzeitig können wir Bromley Books & Art behalten. Dass dein Freund den Laden von uns pachtet, ist doch ein Glücksfall.“

„Jonathan wird das hinkriegen, aber die Kunden sind sehr auf mich fixiert.“

Poppy kicherte. „Du meinst deine Kundinnen?“ Sie trank einen Schluck aus seinem Glas. „Wenn es sich herumspricht, dass du im schönen Cornwall residierst, werden sie dir in Scharen bis zum Land's End folgen.“

Barney zuckte die Achseln. „Meinst du?“ Er klang wenig überzeugt.

„Sei nicht so kleinmütig, Lovey. Dein Ruf ist herausragend, du bist als Marke auf der ganzen Welt bekannt, und die meisten Verkäufe laufen schon seit Jahren übers Internet.“

„Du hast recht. Nur …“

„… geht es zu schnell für einen Stier, der gerne an seinen Gewohnheiten festhält“, sagte Poppy, während Barney vergeblich versuchte, sein Glas zurückzuerobern. „Obwohl ich als Wassermann damit eigentlich weniger Probleme haben sollte, sage ich dir, dass ich London auch sehr vermissen werde, Marylebone, die Freunde, unsere Lieblingskonditoren Alex und Garry …“ Sie seufzte. „Es wird Zeit brauchen, bis wir hier wirklich ankommen.“

„Höre ich da plötzlich Bedenken heraus?“ Barney sah sie überrascht an. „An neuen Freunden mangelt es uns jedenfalls nicht, und an Hilfe auch nicht. Die Leute hier sind durchweg wahnsinnig nett, es ist unglaublich, was unsere Hellstonians an Unterstützung auf die Beine gestellt haben, Handwerker, Kontakte bei den Behörden, Durchwahlen bei den Energielieferanten und was sonst noch alles.“

Poppy schmunzelte. „Sie übertrumpfen sich gegenseitig.“

Barney nickte. „Es läuft fast schon unheimlich gut. Und das Beste ist, dass wir am Haus so wenig machen müssen.“

„Das liegt auch daran, dass Alma einen guten Geschmack hatte, und wir die schönen pastelligen Kreidefarben an den Wänden nicht besser hätten aussuchen können.“ Poppy warf einen Blick auf den flachen Weidenkorb unter dem Fenster. Zwischen den Kissen ragte eine feuchte Hundenase hervor, ein funkelndes Augenpaar verfolgte ihre Diskussion. „Am besten scheint

Torry mit dem Wechsel zurechtzukommen. Er liebt den Garten und die Spaziergänge durch den Wald."

„Immerhin hat er dort bereits seine Marke gesetzt."

„Weil er die Löwin gefunden hat!" Poppy rutschte von Barneys Schoß, hockte sich neben Torry auf den Teppich und streichelte ihn ausgiebig. „Du bist und bleibst mein Held." Sie drehte sich zu Barney um. „Ich muss den Tierarzt anrufen und fragen, ob es etwa Neues gibt."

„Da kannst du besser gleich an die Quelle gehen. – Morgen kommt unser Verkäufer."

„Ich weiß. Tornycroft war gestern übrigens sehr nett am Telefon; er entschuldigte sich dafür, dass er beim Notar nicht dabei sein konnte und fragte, ob mit dem Haus alles in Ordnung sei und ob wir mit dem Umzug vorankommen."

„Ich bin sehr gespannt auf deinen Wohltäter."

Poppy zog den wollenen Sweater enger über den Schultern zusammen. „So ein Kaminfeuer ist herrlich, aber richtig warm macht es nicht."

Barney legte den Kopf schief. „Dann fahre ich jetzt entweder die Heizung hoch, oder wir gehen ins Bett."

Poppy war schon bei ihm und zog ihn aus dem Ledersessel hoch. „Ich plädiere ganz eindeutig für die Alternative zur Heizung."

„Wie Ihr wünscht, Mylady."

Ihre Nähe und die Daunendecke hielten sie warm, aber als Poppy am nächsten Morgen nackt aus dem Bett sprang, fröstelte sie sofort wieder und beschloss, ein heißes Bad einzulassen.

„Darling?", rief sie aus dem Badezimmer, „wenn dir auch so kalt ist, darfst du zu mir in die Wanne kommen, die ist groß genug. Doch ich fürchte, für den Rest des Tages brauchen wir die Heizung."

Durch das Fenster in der Dachgaube schaute sie in den Garten. Der lange, heiße und trockene Sommer hatte dem Ahorn und den beiden Buchen zwischen Haus und Straße zugesetzt; jetzt sorgten die ersten kalten Nächte dafür, dass das Laub frühzeitig Farbe bekam, rote und goldene Flecken stachen aus dem verblassten Grün hervor.

„Mache ich sofort, aber probiere erst mal meinen Zitronen-Ingwer-Tee." Barney erschien in der Badezimmertür und stellte den Becher auf dem Wannenrand ab. Poppy trank einen Schluck. „Mhm, wirkt sofort, erfrischend und heiß zugleich." Sie betrachtete Barney. „So wie du."

Er grinste. „Machst du jetzt die Altherrenkomplimente?"

Statt einer Antwort zog sie ihn am Bademantel zu sich hinunter, rasch und eine Spur zu tief. Vergeblich stützte er sich am Rand ab, stieß dabei den Becher um und rutschte im nächsten Moment zu Poppy in die Wanne.

Prustend tauchten sie auf und ließen reichlich Wasser auf den Kachelboden schwappen.

„Und noch ein Kompliment." Poppy leckte sich die Lippen. „Schaum, Ingwer, Zitrone und eine Spur von Barney, einfach köstlich!"

Nach einem späten und schnellen Frühstück war plötzlich ein lautes Pochen zu hören.

Torry bellte und Poppy zuckte zusammen. „Das muss Tornycroft sein."

Barney sah sie grinsend an. „Sollten wir nicht lieber eine moderne Türklingel anbringen?"

Poppy schüttelte energisch den Kopf. „Nicht noch eine Stromleitung. Ich bevorzuge Almas Türklopfer."

„Ein Löwe mit einer Messingkugel im Maul?"

„Passt doch! Dann lass uns den Herrn der wilden Tiere mal begrüßen." Poppy ging hinaus und öffnete.

Auf der Schwelle stand hoch aufgerichtet Tornycroft. Über einem karierten Hemd trug er einen teuren, an den Ärmeln abgewetzten, dunkelbraunen Cordanzug. *Mit einem Einstecktuch von Hermès,* dachte Poppy, *so weit geht das Understatement nicht.* Torry lief zu ihm und beschnüffelte ausgiebig die Hosenaufschläge.

Zwischen langstieligen orangefarbenen Rosen blickten Poppy zwei weit auseinanderstehende Augen an. *Im Pub wirkten sie müde, jetzt sind sie hellwach.*

„Mrs Dayton – und endlich lerne ich auch Ihren Mann kennen!" Jovial und umstandslos drängte er durch die Tür, übergab Poppy den Strauß und drückte Barney ein Paket in die Hand. „Brot und Salz, nach alter Tradition." Plötzlich hielt er inne. „Entschuldigen Sie, dass ich hier so reinplatze. Eine alte Gewohnheit, aus der Zeit, als ich meine Mutter hier besuchte."

„Keine Ursache. Auch bei uns sind Sie jederzeit willkommen." Poppy legte so viel Wärme in ihre Stimme, dass Barney sie erstaunt ansah. „Schließlich war das ja fast ein Elternhaus für Sie."

„Sie sind sehr freundlich, Mrs Dayton." Er behielt seine frohgemute Miene, ging in Richtung Wohnzimmer und blieb auf der Schwelle stehen. „Sie haben das olle Rattan-Sofa behalten?"

Poppy runzelte die Stirn. „Warum so abschätzig? Shabby Chic ist in. Außerdem passt es wunderbar in den Raum und gefällt uns sehr gut, wie überhaupt alles im Haus. Ihre Mutter hatte Stil und Geschmack. Bitte, nehmen Sie Platz!"

Er ließ sich auf das blaue Polster fallen, Barney setzte sich neben ihn, und Poppy bemerkte mit Genugtuung, dass keine Staubwolken mehr aufstiegen.

„Bitte sagt Richard zu mir." Tornycroft faltete die Hände über seinem kleinen Kugelbauch. „Wir sind ja jetzt quasi eine Familie."

Barney räusperte sich. „Den Status von Landadeligen würden wir zwar nicht für uns in Anspruch nehmen, aber das ist sehr nett von dir. Wir sind Poppy und Barney. Und Torry natürlich." Als er aufstand, hüpfte Torry auf seinen Platz. Poppy war froh, dass Tornycroft nicht irritiert war. Er kraulte den Terrier sogar hinter den Ohren, und der nahm die Zuwendung an wie von einem alten Freund.

Barney holte eine Flasche Crémant aus dem Kühlschrank und öffnete sie, Poppy brachte Tee und stellte einen Key Lime Pie auf den Tisch.

„Mrs Dayton, ich meine Poppy, der sieht ja köstlich aus, hast du den gebacken?"

„Extra für dich." Poppy schenkte ihm einen schmelzenden Blick, gleichzeitig irritierten sie seine verschiedenfarbigen Augen, die alles zugleich im Blickfeld behalten wollten. Er musterte sie anerkennend. „Wie du das alles schaffst, die Organisation, den Umzug, deine Kunst ..."

„Die ruht im Moment."

„Nicht für lange, hoffe ich. Hast du dich schon im Atelier eingerichtet?" Tornycrofts Frage hatte etwas Beflissenes, fast Unterwürfiges.

„Nein, das ist alles noch in den Kisten. Die letzten Sachen kamen erst gestern Abend an."

„Dann habt ihr euren ganzen Hausstand hergebracht?" Wieder der fahrige Blick. „Dafür sieht es hier noch erstaunlich leer aus."

„Wir behalten ja unsere Wohnung in London, Richard. Außerdem wollten wir nicht gleich alles vollstellen und den großzügigen Eindruck verderben."

Barney stellte seine Tasse auf der Glasplatte des Coffee-Tables ab. „Wir lassen uns Zeit mit den Dingen, es macht Spaß, gemeinsam Neues zu entdecken."

„Sehr vernünftig." Tornycroft nickte eifrig. „Aber wo hast du die Bücher gelassen? Ich habe von deinem Antiquariat gehört."

„Das meiste bleibt in London, und ein Teil geht nach St Ives. Wir werden uns dort an einer Galerie beteiligen."

„Gratuliere! Ich bin baff, wie schnell ihr hier Wurzeln schlagt. Das wird auch eure neuen Nachbarn freuen." Tornycroft sah Poppy an. „Am ersten Abend im Pub hast du ja spontan die Gelegenheit genutzt, dich der Dorfgemeinschaft vorzustellen."

„Inzwischen können wir uns kaum retten vor ihrer Fürsorge."

„So wünsche ich mir das, Poppy, wir halten hier zusammen."

„Richard, ich hoffe, du findest mich nicht taktlos, wenn ich dir sage, dass sie dich da nicht so sehr einzubeziehen scheinen."

„Lass mal gut sein, Poppy." Er winkte ab. „Es ist das typische alte Denken von *die da oben und wir da unten*. Tatsächlich hat die Familie Tornycroft in der Vergangenheit nicht nur eine positive Rolle gespielt, mein Großvater war ein Leuteschinder, und das Bergwerk in jeder Beziehung ein düsterer Ort. Aber das ist eine Ewigkeit her. Heute haben wir alle etwas voneinander." Er starrte Poppy an. „Ihr doch auch, oder?", fragte er leise, und es klang beinahe flehend.

Poppy fühlte sich unbehaglich, hielt aber seinem Blick stand.

„Du meinst, das Haus hier? Richard, wir sind dir wirklich dankbar für deine Großzügigkeit. Ohne dich wären wir nicht hier."

„Das mag sein." Tornycrofts Körperhaltung wurde straffer. „Doch die Entscheidung fiel mir leicht, als ich herausfand, wer du wirklich bist, Poppy."

12

Poppy zuckte zusammen, Hilfe suchend blickte sie zu Barney, der nur die Stirn runzelte. „Wie darf ich das verstehen, Richard?", fragte sie

Tornycroft setzte sich kerzengerade hin und holte tief Luft. „Poppy Dayton, geborene Parker", sagte er. „Ich wollte etwas wiedergutmachen."

Der erste Satz klang formell wie bei einem Standesbeamten, der zweite unterwürfig. Irritiert von dem eigenartigen Auftakt, nippte Poppy an ihrem Crémant und sah ihn fragend an.

„Nachdem unser gemeinsamer Schauspielfreund mich auf deine Immobiliensuche angesprochen hat und erwähnte, dass du Künstlerin bist, war ich gleich fasziniert. In unserer Familie sind alle kunstbegeistert, ich habe eine große Sammlung und meine Mutter Alma war Keramikerin, wie du weißt. Daraufhin fing ich an, über deine künstlerische Laufbahn zu recherchieren. Doch als ich mehr über deinen Lebenslauf herausfand, deinen Mädchennamen erfuhr und Bilder aus deiner Studienzeit an der Akademie sah, machte es Klick bei mir. Parker ist kein seltener Name, aber in Kombination mit Poppy schon. Ich erinnerte mich plötzlich an ein altes Familienfoto, das dein Vater mir vor gut fünfzehn Jahren als Weihnachtskarte schickte, da warst du drauf, und ich darf dir sagen, du hast dich kaum verändert."

Poppy zuckte zusammen. „Mein Vater? Wie kommst du ...?"

Tornycroft hob die Hände, als ob er sich ergeben wollte. „Auch für mich war es wie ein Schock, glaub mir." Er räusperte sich. „Poppy, ich weiß, wie du Eltern und Schwester verloren hast. Meine Familie hatte Anteile an Vetypharm, der Chemiefabrik, in der ich damals als Geschäftsführer tätig war. Ich habe eng mit deinen Eltern zusammengearbeitet." Tornycroft schien zu bemerken, wie Poppys Miene einfror. „Ich versichere dir, dass niemand in der Fabrik etwas für den tragischen Unfall konnte", sagte er eindringlich. „Aber jetzt kam alles wieder hoch, und ich ... ich dachte, wenn es eine Chance gäbe, auch nur einen kleinen Teil der Tragödie wiedergutzumachen ..."

Poppy war aufgestanden und zum Fenster gegangen, Barney sprang auf, lief zu ihr und legte den Arm um sie. Er spürte, wie ihre Knie nachgaben. „Poppy, bitte, setz dich wieder." Behutsam führte er sie zu ihrem Sessel zurück.

Tornycroft stand jetzt ebenfalls. „Soll ich gehen?" Er wartete die Antwort nicht ab. „Poppy, entschuldige bitte tausendmal. Die ganze Zeit zerbreche ich mir den Kopf darüber, wie ich dir davon erzählen soll. Ich war zu feige, es im Pub zu erwähnen und befürchtete, du würdest mich einfach sitzen lassen."

Poppy kämpfte gegen das Gefühl an, zu fallen. Sie presste ihre Handflächen gegen die Armlehnen des Sessels und hinterließ feuchte Abdrücke auf dem Leder.

Sie blinzelte, krampfhaft versuchte sie, ihre Augen offen zu halten. *Wenn ich sie schließe, setzt das Shining ein, und ich verliere die Kontrolle.* Sie spürte, wie Gwen an ihre psychischen Pforten pochte. *Warte, nicht jetzt, bitte!*

Auch Torry schien Poppys Bedrängnis zu spüren, er lief zu ihr und leckte ihre Hand. Langsam gewann sie die Fassung zurück, und das Drehen im Kopf ließ nach.

„Nein, Richard, bleib. Es ist nur … ausgerechnet diese Geschichte! Plötzlich liegt eine schwere Hypothek auf der Erfüllung meines Traums." Poppy war selbst erleichtert darüber, eine möglichst sachliche Formulierung zustande zu bringen. *Keine Panik jetzt, es steht zu viel auf dem Spiel.*

„Das ist mir klar, Poppy." Tornycroft knetete seine Finger. „Vielleicht hilft es dir, wenn ich sage, wie sehr ich deine Eltern geschätzt habe, besonders deinen Vater. Philip Parker war als Leiter der Entwicklungsabteilung die Stütze und die Zukunft des Unternehmens!"

Über Poppy schwappte eine Welle der Erinnerung, und sie rang nach Atem. Barney brachte ihr ein Glas Wasser, und ein Schluck der kalten Flüssigkeit half ihr dabei, sich zu konzentrieren. „Das freut mich zu hören. Ich weiß noch, wie leidenschaftlich meine Eltern von ihrer Arbeit gesprochen haben. Oft erzählten sie von ‚Richard', erwähnten aber nie deinen Nachnamen, zumindest erinnere ich mich nicht daran. Deshalb habe ich dich und deinen Namen nicht mit ihnen in Verbindung gebracht." Sie schluckte. „Ehrlich gesagt, wenn ich vorher gewusst hätte, dass du …"

Tornycroft nickte beflissen. „Das ist nur zu verständlich, ich muss mich für das Versteckspiel entschuldigen. Ich wollte unbedingt, dass du das Haus bekommst, das ist alles."

Poppy schüttelte den Kopf. Der Schock wich und machte einer tiefen Traurigkeit Platz, sie kämpfte gegen die Tränen an. „Das Einzige, was mich tröstet, ist, dass ich weiß, wie sehr meiner Familie dieses Haus gefallen hätte. In den Ferien sind wir jedes Jahr nach Cornwall an die See gefahren." Poppy schluckte. „Papa gab immer der von uns Mädels ein Eis aus, die als Erste das Meer sah."

Tornycroft fuhr sich mit der Zunge über Lippen. „Ja, er war eine besondere Persönlichkeit. Gerade deshalb liegt mir viel daran, zum Ausdruck zu bringen, was mir diese Zusammenarbeit bedeutet hat."

„Ich danke dir." Poppy berührte nachdenklich das winzige Grübchen an ihrem Kinn. „Wenn ich an unsere letzten gemeinsamen Ferien vor dem … Unfall denke", sie wandte sich ab und schaute aus dem Fenster in Richtung Meer, „ich wünschte, sie wären so schön gewesen wie sonst."

Tornycroft nickte. „Deine Eltern waren bestimmt sehr erholungsbedürftig", sagte er einfühlsam. „Es war damals eine herausfordernde Zeit in der Firma, und sie engagierten sich enorm."

Poppy schien ihn nicht zu hören. „Gwen nahm mich total in Beschlag. Seit ich mein Studium begonnen hatte, vermisste sie mich sehr und ich sie auch. Wir liebten es zu schwimmen und tauchten um die Wette. Sie wollte gar nicht mehr raus aus dem Wasser. Einmal schafften wir es mit letzter Kraft zurück ans Ufer, nachdem die Ebbe eingesetzt hatte und wir gegen die Strömung ankämpfen mussten." Sie schauderte.

„Hatten die Eltern denn keine Zeit für euch?"

„Sonst gehörten sie im Urlaub jede Minute uns." Poppy griff nach dem Kuchenteller und stellte ihn gleich wieder hin. „Diesmal war alles geplanter und nicht so spontan. Aber wir machten schöne Ausflüge, nach Land's End und nach St Ives." Sie lächelte. „Ich weiß noch, dass wir eine Galerie besuchten und ich mit meinen nagelneuen Kenntnissen zur Kunstgeschichte brillieren konnte."

„Arbeiteten die Eltern auch in den Ferien?"

Poppy sah ihn gedankenverloren an, als ob sie aus weiter Ferne zurückkehrte.

„Nein, nie." Sie schüttelte den Kopf. „Das war ein ungeschriebenes Gesetz. Der Urlaub war nur für die Familie da." Sie schloss die Augen. „Doch diesmal waren sie oft stundenlang weg und hinterließen nur einen Zettel auf dem Tisch, auf dem stand, dass sie etwas Zeit für sich haben wollten. Wir wunderten uns zuerst, fanden es dann aber okay, weil wir ja uns beide hatten."

„Sprachen sie denn darüber?"

„Wo du mich fragst ..." Poppy legte beide Hände an ihre Schläfen und schloss die Augen. „Ich glaube, sie erwähnten mal, dass sie sich Gedanken um ein Produkt machten."

Tornycroft blickte auf. „Ein Produkt? Also doch Ferienarbeit. Das ist nicht schön, nur bei den beiden wundert es mich nicht." Er lächelte, es wirkte angestrengt. „Leider erinnere ich mich nicht, womit wir uns damals beschäftigten." Er musterte Poppy unter halb gesenkten Lidern hervor.

„Ich glaube, es ging um irgendwelche Nebenwirkungen."

Tornycroft stutzte. „Nebenwirkungen sind ein wichtiges Thema, mit dem wir uns ständig beschäftigen", sagte er sachlich.

Poppy griff sich an die Stirn. „Jetzt fällt es mir wieder ein. Dad meinte, er habe die Geschäftsführung gewarnt, dass es Nebenwirkungen gäbe, oder so etwas, allerdings würde man nicht auf ihn hören. Dabei habe er herausgefunden, wie die Zusammensetzung geändert werden könnte." Sie seufzte. „Aber dazu kam es offensichtlich nicht mehr."

Während Poppy sprach, änderte sich Tornycrofts Körperhaltung. Seine knochigen Finger umklammerten die Kniescheiben; er saß leicht vorgebeugt da, als ob er auf dem Sprung wäre.

Poppy bemerkte die Anspannung und sah ihn fragend an. *Seine Pupillen flitzen hin und her, als ob er vergeblich versuchen würde, einen Text zu lesen.*

Nachdem er lange die Luft angehalten hatte, atmete er langsam aus und spitzte dabei die Lippen. „Das ist ... sehr interessant. Und sehr traurig. Vielleicht ist das ja ein Grund mehr, warum das Schicksal uns zusammengeführt hat, Poppy."

„Was meinst du?"

Tornycroft legte die Fingerspitzen aneinander und setzte eine gewichtige Miene auf.

„Ich möchte deine Eltern in besonderer Weise würdigen. Zufällig arbeite ich gerade an einer Chronik der Tornycroft'schen Unternehmungen. Sie geht zurück bis ins siebzehnte Jahrhundert, zum Geschäft mit den Kolonien und spart auch nicht die negative Rolle aus, die meine Familie beim Sklavenhandel und im Bergbau spielte. Ich beschäftige sogar einen Historiker. Zufällig wohnt er hier im Dorf."

„Das ist ja praktisch", Barney klang ironisch, schien aber einfach nur aufmerksam zuzuhören, „und sehr positiv", sagte er. „In den letzten Jahren beschäftigen sich viele Industriellen-Familien mit ihrer Historie. Ich wurde beauftragt, so manches an Originalquellen in Form von Büchern und Dokumenten ausfindig zu machen. Allerdings sparen die meisten die negativen Aspekte aus."

„Danke für das Lob, Barney. Wir haben nichts zu verbergen, obwohl ich sagen muss, dass der Prozess ziemlich schmerzhafte Details ans Tageslicht bringt. Im wahrsten Sinn des Wortes, übrigens. In den Minen gab es im großen Stile Kinderarbeit, viele haben das nicht überlebt. Es ist ein schrecklicher Gedanke, dass der Reichtum meiner Familie zum Teil darauf beruht."

Poppy war froh darüber, dass sich das Thema ein Stück von ihrer Familie wegbewegte, zuckte beim nächsten Satz aber wieder zusammen. Tornycroft hatte sie erneut fixiert und diesmal lag kühle Berechnung in seinen Augen. „Den Teil ab der Jahrtausendwende schreibe ich selbst, Poppy, und da kommt die Arbeit deiner Eltern ins Spiel. Sie initiierten damals herausragende Entwicklungen, von denen einige zu Produkten führten, die heute noch am Markt sind."

„Das ist ja interessant", sagte sie freundlich.

„Nicht wahr? Deshalb wollte ich fragen, ob es vielleicht noch alte Unterlagen aus der Zeit gibt."

„Welche Art von Unterlagen?"

Tornycroft betrachtete die Spitzen seiner handgenähten dunkelbraunen Slipper. „Irgendetwas, eigentlich ist alles interessant, was mit der früheren Arbeit zu tun hat", antwortete er leichthin.

Poppy trommelte mit den Fingern auf das Polster. „Richard, das wird mir jetzt ein bisschen zu viel."

„Natürlich, Poppy, ich wollte nicht …"

Sie unterbrach ihn. „Du wirst verstehen, dass ich das erst einmal verarbeiten muss. Ehrlich gesagt, habe ich keine große Lust, mich erneut mit Dingen zu beschäftigen, die mit dem schrecklichen Schicksal meiner Familie zusammenhängen. Es ist lange her, und du kannst dir nicht vorstellen, wie viel Kraft und Therapiestunden ich damals gebraucht habe, um einigermaßen darüber hinwegzukommen."

„Es tut mir leid …"

Poppy seufzte. „Ich muss gestehen, du beeindruckst mich, Richard. Deine Recherche, die Entscheidung, mir das Haus anzubieten, die Hoffnung auf Absolution. Das ist starker Tobak, das muss ich schon sagen." Sie ließ die Worte einwirken und beobachtete, wie Tornycroft erneut die straffe Körperhaltung verlor. Seine Schultern sanken nach vorne.

„Ich weiß, ich weiß! Ich hoffte nur …"

„Ehrlich gesagt, glaube ich nicht, dass du das weißt, Richard." Wieder meldete sich Barney zu Wort, diesmal mit leiser, scharfer Stimme. „Ihr Söhne aus reichen Familien, ihr denkt, ihr könnt die Welt nach eurem Gusto dirigieren, so wie ihr es jahrhundertelang getan habt. Gedanken darüber, was ihr damit anrichtet, scheinen euch wenig zu beeinträchtigen."

„Aber ich habe es wirklich gut gemeint und wollte euch einen Gefallen …"

„Gut gemeint kann grausam sein."

Poppy schritt ein. „Danke, Barney, es ist lieb, dass du mir beispringst. Aber ich habe keine Lust, es auf die Spitze zu treiben." Eingehend betrachtete sie Tornycroft, dem Schweißperlen auf die Stirn traten. „Wir sind überglücklich mit Almas Cottage, das möchte ich dir noch mal sagen, Richard. Allerdings reißt das jetzt eine tiefe alte Wunde auf." Sie schüttelte sich. „Mit jeder Minute, die wir uns hier unterhalten, tauchen mehr Bilder von früher auf." Sie wischte sich eine Träne von der Wange.

In Tornycrofts Augen funkelte es verdächtig, und er faltete seine Hände so fest, dass die Finger an den Knöcheln weiß wurden. Doch das Zittern konnte er nicht verbergen.

„Ist es nicht wunderbar, dass du so lebendige Erinnerungen an ihn hast?", fragte er hoffnungsvoll. „Ich würde … Es ist genug!", sagte er plötzlich übergangslos und unterbrach sich selbst wie ein ärgerlicher Lehrer den Schüler. „Es stimmt, Barney, ich bin zu weit gegangen, und es tut mir aufrichtig leid, Poppy. Ich lebe allein, wisst ihr, schon seit einigen Jahren, und ich verliere ein wenig den Kontakt zur normalen Welt und ihren Umgangsformen. Ich bin lieber mit meinen Tieren zusammen." Für einen Moment lächelte er. „Da ist ja noch etwas, für das ich mich bedanken möchte, Poppy. Du hast den Fund meiner armen Löwin Singha gemeldet. Es ist ein schrecklicher Verlust, ich habe sie unendlich geliebt."

Er spricht von ihr wie von einem toten Kind, dachte Poppy.

Tornycroft fuhr sich übers Gesicht. „Es wird noch untersucht, wie sie aus dem Gehege entkommen konnte. Leider überleben diese wunderschönen Tiere in der hiesigen freien Wildbahn nicht lange, das Leben im Gehege hat ihnen die Jagd abgewöhnt."

„Weder deine Sekretärin noch der Mann im Wald schienen großen Wert auf meine Unterstützung zu legen."

Tornycroft winkte ab. „Die sind schnell überfordert. Was Mr Harkoff angeht, er ist meine rechte Hand. Leider schießt er in seinem Eifer öfter übers Ziel hinaus."

„Und der Veterinärdienst?"

„Selbstverständlich arbeiten wir mit denen zusammen, die erforderlichen Schritte sind bereits eingeleitet." Er stand auf und machte eine ungelenke Verbeugung. „Ich verabschiede mich jetzt. Mein Besuch heute sollte wirklich nur ein herzliches Willkommen sein, und was habe ich angerichtet?" Seine Mimik spiegelte echte Zerknirschung.

Obwohl Poppy noch sehr aufgewühlt war, tat er ihr leid. „Richard, lass gut sein. Ich freue mich darüber, mit wie viel Respekt und Interesse du über meine Eltern sprichst. Was geschehen ist, ist geschehen, und persönlich trifft dich keine Schuld. Ich bin sicher, dass wir unseren Kauf nicht bereuen werden, auch wenn ich jetzt etwas Zeit brauche ..." Sie schaute ihn an, unstet erwiderte er ihren Blick. „Und was die Dokumente angeht: Ich glaube, dass ich irgendwo noch ein paar Mappen mit Unterlagen von früher habe, ich weiß nur nicht, ob sie schon hier sind oder noch in London."

Der hoffnungsvolle Glanz in Tornycrofts Augen ließ
eine Spur nach. „Ich verstehe. Bitte keine Umstände.
Nur für den Fall ...“ Er winkte ab, als ob er sich selbst
auf die Hand schlagen wollte. „Ich verabschiede mich
und bitte noch mal um Vergebung.“

Ohne ihnen die Hand zu geben, ging er zur Tür und
öffnete sie. „Glaubt mir, ich wünsche euch hier aufrichtig alles erdenklich Gute. Das Haus hat es genauso verdient wie ihr.“

Dann verschwand er.

13

Als die Tür ins Schloss fiel, war es mit Poppys Beherrschung vorbei, und sie ließ ihren Tränen freien Lauf.
„Was war das denn? In was habe ich uns da hineinge-
ritten?" Sie schluchzte hemmungslos.

Barney kniete neben ihrem Sessel auf dem Boden. Er
sagte nichts, griff nur nach ihrer Hand.

Später hätte Poppy nicht sagen können, wie lange sie
in dieser Position verharrten.

Auch Torrys leises Jaulen änderte daran nichts. Erst
als er mit gesenktem Schwanz heranschlich und mit
seiner feuchten Nase ihre Hand anstupste, die kraftlos
von der Sessellehne herabhing, löste sich die Erstarrung.

„Von all den Cottages in der Gegend", sagte sie leise,
„muss ausgerechnet dieses diesem Mann gehören."

„Die Dinge hängen eben miteinander zusammen."

Poppy schniefte. „Wenigstens leidet deine philosophi-
sche Ader nicht."

„My Love, wir wussten beide, dass die Sache irgendei-
nen Haken haben musste."

„Aber doch nicht so einen!" Poppy stöhnte und
kämpfte erneut mit den Tränen.

Barney stand aus der unbequemen Stellung auf und
ließ sich gegenüber aufs Sofa fallen.

„Da saß eben noch Richard“, sagte Poppy und fröstelte.

Barney sah sie ruhig an. „Glaub mir, ich kann mehr als nachvollziehen, was für einen Schock dir das versetzt hat. Was mich ärgert, ist die Chuzpe, die Arroganz und das ganze Gut-gemeint-Gehabe eines Multimillionärs, der für sich in Anspruch nimmt, Gott und Schicksal zu spielen, natürlich nur im besten Sinne!“ Er faltete die Hände hinter dem Kopf. „Weißt du was? Ich mache jetzt mal das Gegenteil und gebe den unemotionalen, analytischen Professor.“

Poppy kräuselte die Lippen. „Was dir nicht allzu schwerfallen dürfte.“

Barneys Augenbrauen zogen sich zusammen. „Den Unterton wollen wir jetzt mal übergehen und bei den Fakten bleiben, die hier eine Rolle spielen. Erstens: Ein vereinsamter Mann, der sonst alles besitzt, meint, spät in seinem Leben eine Gelegenheit zu entdecken, etwas Gutes zu tun und nimmt dabei in Kauf, alte Geister heraufzubeschwören. Und zweitens: Wir haben ein Cottage zu unschlagbaren Bedingungen erworben, lassen es uns nicht verderben und werden es nie mehr hergeben.“

Wie um seine Feststellung zu unterstreichen, sprang Torry auf Poppys Schoß und betrachtete sie mit schräg gestelltem Kopf. Sie versuchte ein Lächeln, aber es gelang ihr nicht.

„Ich liebe dich, Barney, und dich auch, Torry.“ Wieder weinte sie. Barney stand auf und reichte ihr sein Taschentuch. Nachdem Poppy ihr Gesicht getrocknet hatte, fiel ihr Blick auf den Key Lime Pie.

„Keiner hat meinen Kuchen angerührt.“

„Der Appetit wurde wohl überlagert.“

„Wie du das wieder sagst, mein lieber Professor.“ Poppy aß etwas davon, dann legte sie die Gabel wieder hin. „Gut, dass dein analytischer Verstand noch funktioniert. Meiner ist im Moment ausgeschaltet.“

Barney sah sie ernst an. „Kein Wunder, Poppy. Tatsächlich fand ich bemerkenswert, wie sich Tornycrofts Verhalten änderte, als du das von deinen Eltern erwähnt hast. Während er uns die schöne Geschichte von der Familienchronik erzählte, huschten seine Augen unablässig hin und her, als ob er etwas suchte.“

„Ja, am liebsten wäre er aufgestanden und hätte alles durchwühlt.“

Barney nickte. „Er hat ja offen gesagt, was ihn interessiert. Alte Unterlagen deiner Eltern.“

„Aber warum? Nimmst du ihm die Geschichte mit der Chronik ab?“

„Warum nicht? Wie gesagt, das gehört zur modernen Imagepflege der großen Firmen.“

„Trotzdem ist das seltsam, so wie der ganze Typ.“ Poppy nahm noch etwas Kuchen. „Ehrlich gesagt, habe ich im Moment keine Lust, mich darum zu kümmern, ich verspüre sogar einen richtigen Widerstand dagegen, in alten Unterlagen zu wühlen. Außerdem haben wir dafür keine Zeit. Morgen kommt der Entrümpler, und ich habe ihm versprochen, dass wir die Sachen an die Straße stellen. Viel ist es eh nicht.“ Poppy stippte gedankenverloren einen Krümel von der Tischplatte. „Es sind vor allem Kisten mit alten Zeitschriften und Ausschnitten aus Illustrierten.“

„Alma scheint sie gesammelt zu haben“, sagte Barney, „vielleicht als Anregung für ihre eigene künstlerische

Arbeit?" Er langte über den Tisch und stellte die Teller zusammen. „Oder möchtest du noch etwas essen?"

„Danke nein." Poppy stand auf und streckte ihre Glieder. „Ein bisschen wackelig fühle ich mich noch, vielleicht tut die Arbeit gut? Hilfst du mir dabei, das Zeug rauszuschleppen? Aus dem Atelier, und im Keller stehen auch noch ein paar."

„Mach ich." Barney schien froh zu sein, dass Poppy wieder die Initiative ergriff. „Pass bloß auf, dass du die Dokumente deines Vaters nicht gleich mit entsorgst."

„Bestimmt nicht. Und wenn doch, dann bleibe ich vielleicht von weiteren traurigen Erinnerungen verschont."

Der Besuch von Tornycroft und das Kistenschleppen hatten sie erschöpft, und sie waren früh zu Bett gegangen. Kaum war Poppy eingeschlafen, trat Gwen hinter den Schlafzimmervorhängen hervor, als ob sie die ganze Zeit dort gewartet hätte. Poppy wunderte das nicht, Tornycrofts Besuch hatte solche Erinnerungswellen in ihr erzeugt, dass sie beinahe vom Wachzustand ins Shining gefallen wäre. *Dr. Trelawney ist in Irland,* hatte sie gedacht, *jetzt, wo ich ihn brauche.*

Sie beschloss, sich über das Erscheinen ihrer Schwester zu freuen.

„Gwen! Ich habe gespürt, dass du in meiner Nähe warst, heute Nachmittag."

„Etwas hat mich angezogen."

„Kein Wunder." Poppy berichtete ihr von Tornycroft und vom wahren Grund hinter dem Hausverkauf. Als sie zu ihren Eltern kam und zum Girls' Day, erschrak

sie über Gwens Reaktion. Ihr Bild pulsierte, als ob sich ihre ganze Gestalt in ein klopfendes Herz verwandelte.

„Was ist los, Schwesterchen? So habe ich dich noch nie erlebt."

„Etwas stimmt nicht, Poppy. Erst dachte ich, es hätte mit diesem Haus zu tun, doch das ist es nicht." Sie stand auf, ging ans Fenster und verschmolz für einen Moment mit dem Licht des abnehmenden Mondes. „Ich fühle mich wohl hier, so wie du." Sie kam zum Bett zurück, schien aber zu zögern. „Es hat mit diesem Mann zu tun, Tornycroft. Ich habe ihn nie getroffen und kannte ihn nur als Richard aus Mums und Dads Erzählungen. Keine Ahnung, warum mir der Gedanke an ihn plötzlich Angst macht."

„Er ist etwas seltsam, aber harmlos, denke ich, und er wollte uns auf seine Art einen Gefallen tun."

„Einen Gefallen?" Das Pulsieren trat erneut auf, diesmal etwas schwächer. Sie setzte sich im Schneidersitz auf den Boden. „Erzähl mir von ihm."

„Er schwärmte in den höchsten Tönen von unseren Eltern, wie großartig die Zusammenarbeit war, und wie sehr die Firma bis heute davon profitiert. Und wie erschüttert er bis heute noch ist, wenn er an die Katastrophe zurückdenkt."

Gwen weinte silbrig glänzende Tränen, von den Wangen rollten sie auf den schwarzen Rollkragenpullover, prallten ab und schienen einen Augenblick in der Luft zu schweben, bevor sie sich in der Dunkelheit auflösten.

Poppy bedauerte, ihrer Schwester davon erzählt zu haben. „Ich glaube, es bringt uns nichts, über ihn zu *sprechen. Und ehrlich gesagt hoffe ich, dass wir in Zukunft so wenig wie möglich mit diesem Mann zu tun haben werden."*

Gwen nickte. „Das mit dem Haus ist wunderbar, Poppy. Aber er, er tut uns nicht gut, bleib weg von ihm."

Am nächsten Morgen wurde es kaum hell.

Poppy stand auf und ging ans Fenster. Dunkle Wolken trieben in Wellen von Südwesten auf die Mündung des River Fal zu und stauten sich an den Talhängen.

Barney hob den Kopf und blinzelte missmutig.

„Ich glaube, es gibt Regen."

„Dann laufe ich schnell zu Mrs Ballantyne und hole Eier zum Frühstück, wir haben keine mehr." Mrs Ballantyne betrieb den Lebensmittelladen auf dem Platz vor der Kirche.

„Bringst du mir die *Times* mit?" Barney ließ sich auf die Kissen zurücksinken. „Ich habe mein Abo auf unsere neue Adresse umschreiben lassen, aber noch kommt nichts an."

„Die tägliche Post kannst du hier vergessen, Lovey, den Briefträger habe ich bisher erst einmal gesehen, er fährt ab und zu mit einem schwankenden E-Mobil durchs Dorf. Die Zeitungen bei Mrs Ballantyne sind auch nicht ganz aktuell."

„Das habe ich befürchtet. Ich werde mich an die digitale Ausgabe gewöhnen müssen!" Barney stöhnte. „Den feinen Geruch des Zeitungspapiers vermisse ich jetzt schon."

Als Poppy mit Torry an der Leine durch das Gartentor trat und die am Straßenrand abgestellten Kisten betrachtete, stellte sie fest, dass das Altpapier auch im

Freien einen modrigen Kellergeruch verströmte. *Und die feuchte Luft verstärkt das noch.*

Eine Nebelbank quoll den Hügel hinauf, sie umwogte die Kisten und verwandelte sie in gedrungene Wesen, die am Kantstein lauerten.

Ein Rascheln war zu hören. Torry knurrte und zerrte an der Leine.

Nur verschwommen sah Poppy, wie sich vom Umriss der letzten Kiste in der Reihe eine zierliche Gestalt löste. *Eine Frau?* Poppy hielt Torry fest, der jetzt lauthals bellte.

„Hallo!", rief sie. „Wer ist da?" Poppy lief hin und sah gerade noch, wie die Frau einen Stapel Papiere und einen alten Ordner in einen Stoffbeutel stopfte. Dann drehte sie sich um und rannte die Straße hinauf.

Poppy versuchte, sie einzuholen. *Die roten Locken – war das …?*

Sie erinnerte sich an die eindrucksvollen Haare der Journalistin, die sie im Pub getroffen hatte. „Claire? Mrs Latour?", rief sie außer Atem.

Keine Reaktion. Der Nebel verschluckte die Gestalt nach wenigen Metern und schien jedes Geräusch zu absorbieren, Poppy hörte ihre eigene Stimme dumpf wie in einer Schallkammer.

„Was hat sie mitgenommen? Was mag sie gesucht haben?" Poppy marschierte zur letzten Kiste zurück und schaute hinein. Auf den ersten Blick enthielt sie die gleichen überquellenden Ordner, wie die anderen auch. Vergilbte Zeitungsartikel und verblasste Fotos waren abgeheftet, zusammen mit handschriftlichen Notizen und alten Rechnungen, alles war feucht, und der Staub hatte sich in eine graue, klebrige Schicht verwandelt. Poppy schüttelte verwundert den Kopf. *Obwohl ich sie nur einmal gesehen habe, bin ich mir ziemlich sicher, dass es Claire Latour war. – Ich werde sie einfach mal besuchen und darauf ansprechen.* Sie legte den Ordner, den sie zuletzt in der Hand gehalten hatte, zurück in die Kiste und wischte sich die Hände an den Blättern der Haselnusshecke ab. „Nur nicht jetzt, was, Torry? Erst organisieren wir unser Frühstück."

14

Der Nebel war inzwischen so dicht, dass Torry am Ende von Poppys Leine verschwand.

Der Gehweg endete, im rechten Winkel bog die steile Treppe ab, die zwischen zwei Grundstücken hinauf zum Kirchplatz führte.

Damit ihr warm wurde, nahm Poppy trotz der schlechten Sicht mehrere Stufen auf einmal, wobei sie aufpassen musste, nicht auf dem abgetretenen, glitschigen Pflaster auszurutschen.

„Achtung, fallen Sie nicht!"

Poppy erschrak über die Stimme und die dunkle Silhouette, aus der die Zacken einer Mistgabel ragten. Ein hagerer Kopf schälte sich aus dem Dunst.

Sie blieb stehen, und ein Mann mit dünnen, feuchten Haaren, die auf dem kantigen Schädel klebten, drehte die Forke um und spießte sie in den weichen Rasen.

„Mrs Dayton! Ich dachte mir schon, dass Sie das sind, die hier raufflitzt. Wir älteren Hellstonians sind an ein gemächlicheres Tempo gewöhnt."

Poppy sah ihn fragend an.

„Ich bin Jim Phelps, erinnern Sie sich?"

„Jetzt, natürlich, der Historiker! Bei diesem Wetter machen Sie Gartenarbeit?"

„Das ist ein prima Ausgleich für einen Bücherwurm wie mich."

„Können Sie denn von zu Hause arbeiten?“

„Glücklicherweise ja. Für die meisten Recherchen genügt das Internet. Und mein wichtigster Auftraggeber ist zurzeit auch nicht weit.“

„Etwa Hellstone Hall?“

„Sie verblüffen mich, Mrs Dayton.“

„Mr Tornycroft hat uns gestern besucht, und von einer Chronik erzählt.“

„Tatsächlich kläre ich die weißen Flecken in der Firmengeschichte. Und die paar dunklen auch.“ Sein keckerndes Lachen gefiel Poppy nicht. „Sprach er mit Ihnen darüber? Was für ein Zufall.“

Einer von vielen Zufällen, dachte Poppy. „Nicht wahr? Auch wenn der Herr niemandem so recht sympathisch ist, scheint er hier eine Menge zu beeinflussen.“

„Ist das ein Wunder? Fast jeder im Dorf hat irgendeine Verbindung zu ihm, schließlich gehörten die meisten Häuser von Hellstone Hollow einmal seiner Familie.“

„Dann werde ich Mrs Ballantyne mal fragen, was sie mit ihm zu tun hat. Ich muss los, mein Mann wartet auf das Frühstück, und wir haben keine Eier mehr.“

„Grüßen Sie ihn. Ich habe gehört, er ist Kunsthistoriker. In Hellstone Hall hängen ein paar interessante Werke. Ich würde mich nicht wundern, wenn Tornycroft ihn zurate ziehen würde.“

„Die momentane Beziehung zu ihm reicht uns schon.“

Wieder das keckernde Lachen.

„Bye, Mr Phelps. Bald machen wir eine kleine Einweihungsfeier. Wir würden uns freuen, wenn Sie dabei

sein könnten." Poppy winkte ihm zum Abschied zu und
stieg die restlichen Stufen hinauf zum Kirchplatz.

Der Dorfladen wirkte von außen winzig, hatte aber
eine erstaunliche Tiefe, und die tief gestaffelten Regal-
reihen boten ein reichhaltiges Sortiment.

Poppy lud nicht nur einen Karton mit zehn Bio-Eiern
in den Einkaufskorb, sondern auch frische Tomaten,
Avocado, Frühlingszwiebeln, Olivenöl und vergaß
auch die *Times* nicht. „Ihre Auswahl kann sich locker
mit der eines mittleren Supermarkts messen", sagte sie
anerkennend, als sie den Korb an der Kasse abstellte.

Mrs Ballantynes rote Apfelbäckchen nahmen einen
noch tieferen Farbton an, sie wischte sich die Hände an
der blau-weiß karierten Kittelschürze ab und half
Poppy, den Einkauf in ihrer Tasche zu verstauen.

„Danke, Mrs Dayton. Ich weiß Ihr Lob besonders zu
schätzen, wo Sie gerade frisch aus London kommen!"
Die eng zusammenstehenden Augen blitzten vor Stolz.
„Wie Sie vielleicht schon festgestellt haben, geht es bei
uns recht gemütlich zu, doch provinziell sind wir
nicht." Sie beugte sich vor. „Inzwischen leben eine
Menge interessanter Zeitgenossen bei uns."

Der vertrauliche Ton ließ Poppy aufhorchen. „Sind
wir eigentlich die Einzigen aus London?" Poppy wusste,
dass das nicht der Fall war, sie wollte Mrs Ballantyne
eine Steilvorlage liefern.

„Nicht ganz." Die Antwort kam prompt. „Obwohl ich
nicht genau weiß, ob die andere wirklich dazugehört."
Wieder nahm sie die verschwörerische Haltung ein.
„Ich will mir kein Urteil erlauben, aber Mrs Latour ist

schrecklich schwer einzuschätzen. Mal hält sie ein nettes Schwätzchen, so wie wir beide eben, dann ist sie plötzlich tagelang fort, und wenn sie wiederkommt, wirkt es, als ob ihr hier alles fremd ist. Dann ist sie abweisend und kurz angebunden."

„Ist sie nicht Journalistin oder Autorin? Vielleicht steckt sie mitten in einer Geschichte."

„Miss Wichtig nennen wir sie. Sie schnüffelt überall rum, stellt Fragen, gibt aber von sich selbst nichts preis. In einem Dorf wie unserem ist das doch ein Geben und Nehmen, oder?"

„Sonst wäre es ja langweilig."

„Nicht wahr?" Mrs Ballantyne kicherte und legte ihre fleischige Hand auf Poppys. „Dabei könnte Mrs Latour eine Menge erzählen, und nicht nur Schönes."

„Warum?"

„Wegen der verschwundenen Kinder." Mrs Ballantyne seufzte tief. „Der Großvater von unserem lieben Herrn Tornycroft wurde beschuldigt, für ein Minenunglück Ende des neunzehnten Jahrhunderts verantwortlich zu sein. Ihm konnte nie etwas nachgewiesen werden, doch dass zehn Kinder dabei spurlos verschwanden, hat ihn so mitgenommen, dass er Hellstone verließ und nach Frankreich gegangen ist. Mrs Latour dreht hier buchstäblich jeden Stein um auf der Suche nach einem Kinderskelett." Sie bekreuzigte sich. „Entschuldigen Sie, das war wenig taktvoll von mir, aber hier wären alle froh, wenn wir diese schrecklichen Dinge vergessen könnten." Sie betrachte Poppy eingehend. „Was Sie in Wahrheit hierhergeführt hat, erzählen Sie mir auch noch, nicht wahr, Mrs Dayton?" Poppy wich einen Schritt zurück, und Mrs Ballantyne ließ ihre Hand los.

„Obwohl Sie mir auch jemand zu sein scheinen, der die Vergangenheit ruhen lassen möchte und nach vorne blickt, oder?"

Poppy behagte ihre Zudringlichkeit nicht. *Doch so eine ergiebige Informationsquelle darf ich mir nicht vergrätzen.* Sie wechselte das Thema und blieb dabei freundlich. „Mein Mann wartet aufs Frühstück. Bis zum nächsten Mal. Sagen Sie Poppy zu mir."

„Oh, dann mal hopp! Hungrige Männer sind gefährlich. Ich bin Iris."

Mrs Ballantyne beugte sich über den Tresen und warf Torry ein Stück Leberpastete zu, das er freudig verschlang. *Ihr Lächeln passt nicht zu den winzigen kalten Äuglein,* dachte Poppy schaudernd, *doch sie ist bestens informiert und niemand, die ich als Feindin haben möchte.* Sie bedankte sich. „Ach, noch eines, Iris. Alma hat einen herrlich wilden Garten hinterlassen, und dazu möchte ich ein paar Rosen vor meinem Atelier pflanzen. Kannst du eine Gärtnerei in der Nähe empfehlen?"

„Klar, geh zu Amanda. Ihr gehört das Carnon Downs Garden Center, nur ein paar Meilen von hier, da kaufen wir alle. Sie hat auch einen netten Tea Room, dort sitzt sie gerne auf einen Plausch mit ihren Kunden." Sie kicherte. „Da ist sie wie ich. Bestimmt wird sie dich perfekt beraten." Sie winkte zum Abschied. „Genieß den schönen Tag, Poppy."

„Schön? Der Nebel ist schlimmer als in London."

Mrs Ballantyne zwinkerte ihr zu. „Das ist die Schattenseite unserer Flusslage. Aber durch die Nähe zum Meer kann sich das Wetter immer schnell ändern. Schau mal raus."

Als Poppy den dunklen Laden verließ, schloss sie geblendet die Augen. Die letzten Nebelschwaden wurden vom Westwind vertrieben und lösten sich über dem Kirchturm in der strahlenden Sonne auf.

Gezogen von Torry und der schweren Tasche lief Poppy die Treppe hinunter. Weil die Wärme zurückgekommen war und das Kopfsteinpflaster dampfend abtrocknete, waren die Stufen deutlich griffiger als auf dem Hinweg.

Sie bog in ihre Straße ein und stutzte. *Die Kisten sind weg. Schade, ich hätte gerne noch mal genauer nachgesehen, wofür sich Mrs Latour interessiert haben könnte.*

„Das wird eher ein Brunch als ein Frühstück“, sagte Barney, als er Poppys Einkäufe sah. „Wow! Kaviar? Vegan?“ Skeptisch betrachtete er das Glas.

„Wollte ich mal ausprobieren.“

„Du hast ja ewig gebraucht.“

„Dafür können wir jetzt auf der Terrasse essen, Barney. Außerdem, du weißt ja, die Nachbarschaft! Da bleibt man an jedem Gartentor hängen.“

„Wer war es denn diesmal?“

„Jim Phelps. Er hilft Tornycroft bei seiner Chronik und meinte, du solltest dir mal die Gemälde in Hellstone Hall ansehen.“ Poppy schnitt eine Tomate in Scheiben und musste sich beherrschen, sie nicht gleich aufzuessen. Dann bereitete sie die Avocado zu, garnierte alles auf einer Platte und träufelte Olivenöl darüber. „Mrs Ballantyne und ich duzen uns jetzt. Iris ist ein altes Klatschweib. Pass auf, was du ihr erzählst.“ Poppy streute frisch gemahlenen Pfeffer und Salz darüber, war aber erst zufrieden, als noch ein Schuss Balsamico dazukam. „Die kürzeste Begegnung hatte ich allerdings gleich hinter unserem eigenen Gartenzaun."

„Mit wem?" Barney stand am Herd und bereitete ein Omelett mit Frühlingszwiebeln und veganem Kaviar zu.

„Es war neblig, doch ich glaube, dass es diese Journalistin aus London war, Claire Latour."

„Habt ihr nicht miteinander gesprochen?"

„Darauf schien sie keine Lust zu haben." Poppy schmunzelte über Barneys erstaunten Ausdruck. „Stell dir vor, sie wühlte in unserem Altpapier. Ich sprach sie an, aber sie lief weg, und bevor sie im Nebel verschwand, habe ich noch gesehen, wie sie einen Stapel Papier und einen ganzen Ordner in ihre Tasche stopfte."

„Vielleicht sammelt sie ja auch Artikel über Mode."

„Das Zeug war schon ganz aufgeweicht. Abgesehen davon lagen in der letzten Kiste die Sachen aus dem Keller, das waren irgendwelche Papiere, nicht nur Zeitungsausschnitte. Ich hätte gerne noch einen Blick darauf geworfen."

„Zu spät, das Zeug wurde abgeholt, kaum, dass du weg warst."

„Egal. Die Sachen gingen uns sowieso nichts an. Beim Notar sagte der Anwalt, wir sollen hier alles wegwerfen."

„Was ja nun erledigt ist, Poppy." Barney hob das Omelett aus der Pfanne. „Komm auf die Terrasse. Ich habe draußen gedeckt."

15

Sie setzten sich. Doch nicht der reich gedeckte Tisch, sondern die Szenerie jenseits davon zog Poppys Blick wieder magisch an. Unten am Fluss schlugen zwei startende Schwanenpaare mit den Flügeln, und das Flap-Flap hallte durch das Tal, als sie sich von der Wasseroberfläche lösten und den River Fal in Richtung Mündung hinabflogen.

„Aua!" Hastig zog Barney seine Hand zurück, als er auf dem Teller nach einem Stück Avocado angelte. Erschrocken ließ Poppy ihre Gabel, mit der sie ihn gestochen hatte, auf den Tisch fallen, „Oh Gott, entschuldige, Barney!"

Beide brachen in Gelächter aus. Poppy nahm Barneys Hand und pustete auf den Zeigefinger, den sie getroffen hatte. „Ich war total abgelenkt."

Barney grinste. „Ich muss auch darauf achten, was ich eigentlich esse, ohne ständig auf das Panorama zu starren."

„Ja, es ist übernatürlich schön." Poppy kuschelte sich an ihn. „Und das Glück wäre perfekt, wenn ich nicht das Gefühl hätte, dass dieser Tornycroft nach Belieben sein Spiel mit uns spielt."

„Misst du ihm da nicht ein bisschen zu viel Bedeutung bei?"

„Möglich. Trotzdem hat er bei mir etwas ausgelöst. Ich denke immer wieder an die letzten Wochen mit meiner Familie. Ich wohnte nicht mehr zu Hause, sondern bei einer Freundin in der City, ich machte damals ein Praktikum in einer Galerie. Aber wenn ich meine Eltern besuchte, sprachen sie mehr von ihrer Arbeit als sonst. Mum hatte mich mal zur Seite genommen und gesagt, die Firma würde Dad nicht guttun, und sie würden überlegen, zu kündigen."

„Hatten sie da nicht sehr gute Positionen?"

„Dad war sogar stellvertretender Geschäftsführer. Aber irgendwie konnte er sich mit seinen Ideen nicht durchsetzen."

„Welche Ideen?"

„Keine Ahnung." Poppy warf die Serviette auf den Tisch. „Weißt du was? Erst verspürte ich keinerlei Bedürfnis danach, doch es lässt mir keine Ruhe. Ich hatte doch in London eine Mappe von Dad in der Hand, als ich die Unterlagen für den Notar zusammensuchte."

Barney stand auf. „Dann räume ich ab und mache uns frischen Kaffee für eine Arbeitssitzung."

Poppy lief hinüber ins neue Atelier. Noch hatte sie ihren Arbeitsplatz nicht eingerichtet, und das meiste lag unberührt in Umzugskisten. Sie öffnete ein paar, bis sie fand, was sie suchte.

Mit einer großen, in rotes Leder eingeschlagenen Kassette in der Hand kam sie zurück auf die Terrasse.

Minutenlang ließ sie das abgeschabte Behältnis vor sich auf dem Tisch liegen, betrachtete es andächtig, ohne es anzurühren.

Als sie es schließlich öffnete, atmete sie tief ein. Der Geruch war sehr schwach.

Es sind die spezifischen Düfte von Mum und Dad, Chanel No 5 und Old Spice.

Poppy kämpfte gegen die schlagartig einsetzenden Erinnerungen an: das morgendliche Gedränge im Bad und das eilige Frühstück.

Als Barney ihre Schulter berührte, zuckte sie zusammen.

„Poppy, willst du dir das wirklich antun?"

„Du weißt, ich gehe den Dingen gerne auf den Grund."

„Das ist genau das, was mir Angst macht." Er zog seine Hand zurück und setzte sich Poppy gegenüber. „Ich hatte so sehr gehofft, dass du zur Ruhe kommst, hier in deinem Traumhaus."

„Unserem."

„Ja, natürlich. Aber warum habe ich dann das Gefühl, dass neues Unheil heraufzieht?"

„Das weiß ich auch nicht, Lovey." Trotz ihres Herzklopfens sah sie ihm ungerührt in die Augen. „Du sagtest doch selbst, ich solle mich freuen und mir keine Gedanken machen."

Er seufzte. „Dann lass uns mal einen Blick auf deine Familiengeheimnisse werfen."

Als Erstes nahm sie behutsam einen kleinen Umschlag vom Stapel. Poppy wusste, dass er die Eheringe ihrer Eltern enthielt, zusammengehalten von einem schwarzen Seidenband.

Darunter lag das Familienstammbuch mit Geburts- und Heiratsurkunden, gefolgt von Unterlagen von Versicherungen, Bankkonten und Aktiendepots.

„Die sind längst aufgelöst, das Geld steckt in unserem Laden in London." Poppy drückte sie Barney in die Hand, der nur einen kurzen Blick darauf warf.

„Das ist interessanter." Sie hob den prall gefüllten Umschlag aus grünem Manila heraus. Auf der Vorderseite klebte ein Etikett, darauf stand in zierlichen Lettern: *Philip Parker, Ph.D.*

„Die Handschrift meines Vaters", sagte Poppy mit belegter Stimme. Sie öffnete die Lasche, griff nach dem Inhalt und breitete ihn auf dem Tisch aus.

„Das sind Geschäftsunterlagen der Firma Vetypharm in Heathrow."

„Der Arbeitsplatz meiner Eltern." Poppy tippte auf eines der Blätter. „Schau mal, Barney, hier, auf dem Organigramm."

„Dein Vater steht dort im obersten Kästchen, als Geschäftsführer."

„Ich dachte, das war Tornycroft, und Philip Parker war einer seiner Stellvertreter. Hier ist es umgekehrt. Seltsam."

„Und was ist das? Etwas Offizielles?" Barney öffnete einen schweren, goldgeprägten Umschlag aus Pappe und zog Blätter aus Büttenpapier heraus, die von einem Band mit Siegel zusammengehalten wurden.

„Ein notariell beglaubigtes Dokument – sieht aus wie eine Patentschrift. Lauter chemische Formeln." Poppy blätterte durch die Seiten. „Es scheint ein Verfahren zur Herstellung eines bestimmten Wirkstoffs zu sein." Sie deutete auf einen Namen. „Er heißt Ethoxyl."

Barney schüttelte den Kopf. „Das sagt mir nichts."

„Mir auch nicht." Sie blickte ihn an. „Aber wahrscheinlich Tornycroft."

„Am besten gibst du sie ihm, vielleicht hilft ihm das beim Abfassen seiner Chronik."

„Du hast wahrscheinlich recht, Barney, und weil wir ihm unser wundervolles Cottage verdanken, denke ich, dass er es auch verdient hat, oder?" Nachdenklich legte Poppy die Unterlagen zusammen.

„Warum zögerst du?"

„Ich bekomme die Worte meiner Mutter nicht aus dem Kopf, die meinte, Dad sei einer wichtigen Sache auf der Spur. Was, wenn er das ohne das Wissen von Tornycroft getan hat? Ich würde das gerne neutral bewerten lassen."

„Ich könnte meinen Freund Adam Fowler fragen, er ist Patentanwalt. Ich müsste nur eine Kopie machen und sie ihm per Post zukommen lassen, wir haben noch kein Internet."

Poppy schmunzelte „Was hast du erwartet, Darling? British Telecom geruht frühestens nächste Woche seine Aufwartung zu machen, und damit wären wir noch gut bedient. Nein, denk mal praktisch, mach Handyaufnahmen und schick sie ihm."

„On your order, detective!" Barney schmunzelte, faltete die Patentschrift auf und fotografierte sie. Anschließend steckte Poppy sie in den geprägten Umschlag und legte ihn zurück in die Kassette, in der gleichen Ordnung wie zuvor, unter die anderen Dokumente. Energisch klappte sie den Deckel zu. „Schluss damit!"

„Vergiss das nicht." Barney hob ein abgegriffenes Moleskin-Notizbuch hoch.

„Was hast du da?" Poppy nahm es ihm aus der Hand und öffnete es. „Dads Tagebuch, es muss dazwischen gelegen haben." Sie schluckte. „Vielleicht ein andermal." Rasch legte sie es zu den anderen Sachen und blinzelte. „Du hattest recht, Barney, ich hätte gar nicht erst damit anfangen sollen." Mit verschleiertem Blick sah sie zu ihm hoch. „Weißt du was? Ich habe Lust, schwimmen zu gehen. Ich bringe die Kiste ins Atelier zurück, und dann gehen wir zusammen an den Strand."

Barney schaute in den wolkenlosen Himmel.

„Nach dem morgendlichen Anflug von Herbst scheint der Sommer zurückzukehren. Dann ziehe ich mich mal um."

„Das brauchst du nicht, Barney." Poppy ließ die Kassette auf dem Tisch stehen, fasste ihn an der Hand und zog ihn mit sich. „Es ist *unser* Strand!"

Sie stiegen die Serpentinen zum Flussufer hinunter. Als Torry erkannte, dass die beiden das Wasser zum Ziel hatten, blieb er am Rand der Terrasse liegen und beobachtete kritisch ihren Abstieg.

Poppy lief voraus. „Wir müssen dringend die Brombeeren in Schach halten." Sie klaubte eine dornige Ranke von ihrem bloßen Unterschenkel.

„Nicht nur die." Barney betrachtete die wuchernde Vegetation auf dem Abhang, Buschrosen, Wermut, Efeu, Wasserdost und wilder Thymian. „Wir brauchen einen Gärtner. Vielleicht finden wir im Dorf jemanden."

„Er sollte nur nicht in unserem Abfall rumwühlen und auch nicht alles an Mrs Ballantyne weitertratschen."

„So wenig traust du deinen lieben Hellstonians, Poppy?"

„Mein verwirrter Kopf braucht eine Abkühlung."

Es war auflaufendes Wasser, knapp vor dem höchsten Stand der Flut, und vom Strand blieb nur ein schmaler Streifen.

Sie zogen sich aus, legten ihre Sachen auf ein Stück ausgebleichtes Treibholz und stießen sich vom Ufer ab.

Getrieben von kräftigen Kraulschlägen hatte Poppy das Gefühl, über die vom Wind gerippelte Oberfläche zu fliegen. Barney holte sie prustend ein.

Wie aus dem Nichts tauchte der Rumpf eines schnittigen Boots vor ihnen auf.

Der Steuermann reagierte rechtzeitig und führte den Ruder-Achter im Bogen um sie herum. Poppy winkte, und er grüßte freundlich zurück, rasch zog das Boot in Richtung Falmouth davon.

Sie sah ihm hinterher. „Das offene Meer ist natürlich schöner zum Schwimmen, aber außer uns weiß ich von niemandem im Dorf, dass er einen eigenen Strand hätte.“

„Höre ich da Besitzerstolz heraus, Darling? Ganz klar, Almas Cottage ist jetzt Poppys Cottage, und es ist das schönste der ...!“ Ihr Kuss unterbrach ihn.

Als sie ans Ufer zurückschwammen, war der Strand ein paar Meter breiter geworden. Poppy stapfte über den Sand. „Ich staune jedes Mal, wie weit sich die Gezeiten den Fluss hinauf auswirken.“ Sie stolperte über eine Erlenwurzel, und Barney nahm sie an die Hand. „Das ist doch prima, bei Ebbe ist unser Grundstück ein paar tausend Pfund mehr wert.“

Im Schatten der Erle fanden sie eine flache, grasbewachsene Mulde. Noch außer Atem drängte sich Poppy eng an Barney. Er legte seine Hand auf ihren flachen

Bauch, direkt unter der Brust. „Ich fühle deinen Herzschlag, er ist ganz schön schnell.“ Poppy blinzelte, dann grinste sie ihn an. Nach einer katzenhaft schnellen Drehung hockte sie auf seinem Bauch. Mit heiserer Stimme flüsterte sie ihm ins Ohr: „Und du wirst dafür sorgen, dass das so bleibt.“

Sie verbrachten den Rest des Nachmittags im flirrenden Schatten der Erlen.

Nachdem Torry den Eindruck hatte, dass es bei dem einmaligen Baden bleiben würde, ließ er sich dazu herab, sie am Ufer zu besuchen.

Plötzlich wurde er unruhig und lief am Ufer auf und ab.

Poppy löste sich aus Barneys Umarmung. „Torry, was ist los?“ Sie schirmte die Augen mit der Hand ab und sah aufs Wasser hinaus.

Eine klassische weiße Motorjacht dümpelte in der Mitte des Flusses. Unter dem Sonnensegel am Heck stand eine Person. Etwas blitzte für den Bruchteil einer Sekunde auf.

Poppy stutzte. „Kann es sein, dass wir mit dem Fernglas beobachtet werden?“

Barney kniff die Augen zusammen.

„Du meinst, von dem Boot aus? Es ist niemand an Deck zu sehen. Schickes Teil, kannst du den Namen erkennen?“

„Nein, zu weit weg. Aber eben stand da noch jemand.“

Barney sank zurück in den Sand. „Vielleicht interessieren ihn die zwei Schönheiten am Strand?“ Er zog Poppy zu sich hinunter. „Nacktbaden erregt in der englischen Provinz immer noch Aufsehen.“

16

Da sie vorhatten, am nächsten Tag früh in die Gärtnerei nach Carnon Downs zu fahren, gingen sie lange vor Mitternacht ins Bett.

Poppys Schlaf war tief und ungestört, bis im Morgengrauen Gwen erschien.

Sie hielt den Kopf schräg, die großen Augen unter dem dunklen Pony fixierten ihre Schwester. Verlegen zog Poppy die Decke hoch.

„Vor mir brauchst du dich nicht zu verstecken."

„Du hast mich so komisch angesehen."

Gwen kicherte. „Aber nicht, weil du kein Nachthemd anhast, obwohl Mum immer sagte, dass das nicht gut sei", sie wurde wieder ernst, „sondern weil ich merke, dass du etwas vor mir verbirgst."

Poppy setzte sich auf, zog die Beine an und schlang die Arme um die Knie. „Tu ich nicht. Ich will es dir ja erzählen. Ich habe gestern in Papas Sachen nachgesehen. Er schien mit seiner Forschung tatsächlich an etwas Interessantem dran gewesen zu sein, er hatte sogar ein Patent." Sie seufzte. „Ich habe mich nie wirklich dafür interessiert, muss ich zugeben. Der schreckliche Unfall, es kam alles so plötzlich, und unsere Eltern hatten kein Testament hinterlassen."

„Wir hatten ja auch nicht vor, zu sterben."

„Sei nicht so sarkastisch, Gwen."

„Das ginge dir auch so, wenn du tot wärst und nur im Kopf deiner Schwester ein Psycho-Dasein führen würdest."

„Du brauchst mich ja nicht mehr zu besuchen."

Gwen blieb in der Zone zwischen Bett und Fenster. „Und du hast keinen Grund, gleich beleidigt zu sein. Schieß los." Sie sah nach oben, und die Haare bildeten eine lockige Aureole um ihren Kopf. „Ich will dir ja helfen."

„Dann kannst du mir einen Rat geben, ob ich die Unterlagen Tornycroft geben soll?"

„Deinem Wohltäter? Warum nicht? Nachdem, was du erzählt hast, scheint er unsere Eltern sehr gemocht zu haben. Am Girls' Day, wollten Mum und Dad ihn mir endlich vorstellen. Beschreib ihn mal."

„Ein älterer Mann", sagte Poppy, „ich schätze ihn so um die siebzig. Mittelgroß, mit einem Haarschopf wie ein Clown. Am interessantesten sind seine Augen. Sie stehen weit auseinander und obwohl sie ständig umherflitzen, sind sie eigentümlich starr, als ob er keinen Wimpernschlag hat. Das Besondere aber ist, dass eines blau und das andere grau ist."

Gwen zuckte zusammen, und im nächsten Moment saß sie bei Poppy auf dem Bettrand.

Ihre Konturen pulsierten wie ein zum Zerreißen gespanntes Herz.

„Was ist, Gwen?"

„Die A... Augen!" Es hielt sie nicht auf dem Bettrand, sie trieb durch das Zimmer wie ein gefangenes Insekt. Als ob ihr der abnehmende Mond Orientierung böte, steuerte sie auf das Fenster zu, fluchtbereit. „Ich saß auf der Rückbank von unserem Vauxhall und freute mich *wie verrückt auf den Girls' Day. Es war ein warmer Tag, und wir hatten die Seitenscheiben runtergelassen. Mum und Dad stritten darüber, ob sie mir zuerst das Labor oder die Produktion zeigen sollten. Wir waren auf der Straße, die an der Fabrik vorbeiführt. Dann kamen wir an einer der Ausfahrten vorbei, genau in dem Moment, als dort ein Lkw herausschoss. Es war, als ob er auf uns gewartet hätte. Der Aufprall war gar nicht so schlimm gewesen, aber der schwere Laster quetschte uns gegen eine Betonwand. Etwas drückte auf meine Brust, es tat so weh, und ich bekam keine Luft mehr. Unfähig, mich zu rühren, sah ich, wie ein Mann aus dem Laster sprang. Sein Gesicht tauchte direkt vor mir auf. Ich konnte es genau sehen, weil das Fenster kein Glas mehr hatte. Ich öffnete den Mund, bekam aber keinen Ton heraus. Ich blickte direkt in die Augen des Fahrers. Sie standen weit auseinander. Eines war grau und das andere blau. Und dann war nichts mehr."*

Mit einem Schrei wachte Poppy auf. Barney war bei ihr und nahm sie in die Arme.

„Hattest du einen Albtraum?"

„Schön wär's." Mit zitternden Händen griff Poppy nach dem Glas Wasser auf ihrem Nachttisch, leerte es in einem Zug und verschluckte sich. Als der Husten nachließ, sagte sie mit belegter Stimme: „Gwen war da und sagte, dass Tornycroft ihr Mörder ist."

Nach einer Pause sagte Barney: „*For heaven's sake,* Poppy! Was soll das nun wieder bedeuten?" Er klang ebenso besorgt wie ärgerlich.

Stöhnend ließ sich Poppy auf das Kissen zurückfallen. „Es waren seine Augen! Ich habe Gwen Tornycrofts

Augen beschrieben, und sie meinte, sie hätte sie gesehen, im letzten Moment ihres Lebens."

„Jetzt mal ernsthaft." Behutsam fühlte Barney Poppys heiße Stirn und massierte ihre Schläfen. „Du weißt, ich respektiere deine besondere Begabung", sagte er so sanft wie möglich, „und schließlich haben deine geisterhaften Begegnungen dazu beigetragen, dass reale Mörder gefasst wurden. Aber Tornycroft? Das ist doch absurd! Abgesehen davon, dass er kein Motiv hatte, deine Eltern zu töten, zumal dein Vater sein bester Mann war. Und die Polizei hat den Fall abgeschlossen, es war ein Unfall mit Fahrerflucht."

„Wobei der Todesfahrer nie ermittelt werden konnte." Poppy presste die Augenlider zusammen, und Tränen rollten über Barneys Hände. „Gwen sagte, es war Tornycroft, eindeutig!"

„Und nun? Was willst du tun? Zur Polizei gehen, wegen der Aussage eines Geistes?"

„Quatsch, natürlich nicht." Poppy öffnete die Augen und sah Barney empört an. „Das hatten wir ja alles schon." Sie seufzte. „Du hast natürlich recht, es ist absurd. Aber was, wenn es wahr wäre? Wir wissen viel zu wenig über die Situation damals." Sie schob Barney weg, stand auf und zog sich den Bademantel über. „Das will ich ändern. Mal sehen, was dein Anwaltsfreund zu Dads Formel sagt. Außerdem habe ich sein Tagebuch."

„Das darf nicht wahr sein." Barney stöhnte. „Jetzt schlägt der Cornwall-Fluch doch wieder zu, und du hast deinen neuen Fall. Nur dass die Leichen schon eine ganze Weile unter der Erde liegen."

„Sprich nicht so pietätlos über meine Familie! Und außerdem: Mord verjährt nicht." Poppy öffnete die beiden

Fensterflügel, kühle Nachtluft strömte an ihr vorbei ins Zimmer. Im Osten nahm der Horizont eine blasslila Farbe an. „Gleich wird es Tag. An Schlaf brauche ich nicht mehr zu denken. Ich hole das Tagebuch." Poppy warf Barney von der Tür einen trotzigen Blick zu. „Wenigstens kannst du diesmal nicht den armen Inspektor Edwards beschuldigen, mich als Kriminalassistentin zu missbrauchen. Und an Gwen kommst du nicht heran, die existiert nur in meinem Kopf."

Barney grinste schief. „Dafür werde ich die Therapiekosten von Dr. Trelawney zurückfordern."

„Untersteh dich, du wirst sehen, das war gut investiertes Geld."

„Ich mache uns erst mal einen Kaffee."

17

Die Sonne stand schon hoch, und zwei Kannen Kaffee waren geleert, als Poppy das schwarze Moleskin-Heft zuklappte.

Ihr Herz klopfte, und der Magen ballte sich zu einem eisigen Kloß zusammen.

Anfangs war es Poppy schwergefallen, die Beschreibungen an sich heranzulassen, besonders die Details vom Alltag der Familie. Das Tagebuch umfasste Philip Parkers letztes Lebensjahr vom 1. Januar bis zum 28. Oktober 2008. Auch sie kam darin vor, jedoch immer seltener. Sie blieb am Eintrag vom 10. Juni hängen:

Seit gut einem halben Jahr wohnt Poppy nicht mehr bei uns, und ich glaube, sie ist sehr mit sich selbst beschäftigt. Ich vermisse sie und ihr offenes Wesen. Sheryl, Gwen und ich tun uns schwer zusammen, ich habe das Gefühl, wir bilden ein kommunikatives Bermudadreieck, in dem alles versenkt wird. Gwen erwartet von mir, dass ich mich um sie kümmere, gleichzeitig ist sie sehr verschlossen.

Poppy lächelte wehmütig. *Dads analytische Ader hat ihm da nicht geholfen,* dachte sie. *Außerdem war Gwen mit ihren Problemen immer erst zu mir, dann zu Mum und selten zu Dad gekommen. Bei mir war es genau umgekehrt, ich war ein totales Papakind.*

Sie las weiter:

Ich freue mich auf den Urlaub in Cornwall, wenn wir wieder alle zusammen sind. Und ich finde hoffentlich die Ruhe, um mir über ein paar Dinge klarzuwerden.

Poppy übersprang ein paar Seiten, bis sie zu den Tagen nach dem Urlaub kam.

Das ist interessant. Offenbar wurde es nach den Ferien hektisch. Dad schien einen zunehmenden Konflikt mit Richard Tornycroft zu haben, bezüglich eines Medikaments für die Tierzucht. Es gab unerwünschte Nebenwirkungen, aber Richard beharrte auf seiner Formel. Ein neuer Investor, der zu dieser Zeit in die Firma einstieg, schien dagegen Dads Bedenken ernst zu nehmen. Dann fand Poppy die Eintragung für den 1. Oktober:

Richard und ich wurden heute vor den Aufsichtsrat geladen, wo man uns mitteilte, dass ich mit sofortiger Wirkung zum ersten Geschäftsführer ernannt werde!!! Die Tornycrofts halten zwar immer noch die Mehrheit an der Firma, aber selbst Richards Mutter Alma hat gegen ihn und für mich gestimmt! Erst tobte er, kriegte sich aber erstaunlich schnell wieder ein. Ich kann seinen Frust verstehen und hoffe nur, dass seine Vernunft über die Eifersucht siegt. Ich war erschrocken über den unverhohlenen Hass in seinen Augen. Trotzdem wer-

den wir beide uns zusammenraufen, wie wir das immer getan haben. Die Firma soll nicht unter unseren Meinungsverschiedenheiten leiden.

Sie nahm sich die Notizen der letzten vier Wochen vor. *Dad war von seiner neuen Position eher genervt,* dachte sie. *Er reiste an die verschiedenen Produktionsstätten und stellte sich vor, dabei vermisste er seine Laborarbeit. Ein Lichtblick schien für ihn das Patent für eine neue Formel gewesen zu sein, er hatte die Urkunde zwei Tage vor Gwens Girls' Day erhalten.*

Poppy legte das Tagebuch auf den Tisch. Sie betrachtete es mit zusammengekniffenen Augen wie eine giftige Spinne. Erst als Barney frische Croissants und Orangenmarmelade vor sie hinstellte, löste sie sich aus der Erstarrung.

„Darling, du bist lieb, aber ich habe keinen Hunger."

„Ist dir die Lektüre auf den Magen geschlagen?" Barney stellte die Frage nicht in seinem gewohnt ironischen Ton, sondern sanft und leise.

Poppy blickte hoch und sah ihn grimmig an. „Tornycroft hatte doch ein Motiv, Dad umzubringen, und zwar ein handfestes!"

Nachdem sie für Barney die wichtigsten Stellen des Tagebuchs zusammengefasst hatte, nickte er bedächtig. „Das muss in der Tat ein Schlag für ihn gewesen sein. Die Firma gehört praktisch ihm, und trotzdem wird dein Vater an ihm vorbei zum Chef ernannt. Nicht leicht für ihn, abgesehen davon, dass sich die beiden auch fachlich nicht grün waren."

Poppy zupfte ein Stück vom Croissant ab und knabberte daran.

„Dann kam die Katastrophe. Offiziell ein Unfall, allerdings konnte der Fahrer nie ermittelt werden, es gab keinen Eintrag im Tourenbuch. Der Lkw wurde einige Stunden später nur ein paar Blocks von der Fabrik entfernt gefunden. Verwertbare Spuren gab es keine, das Verfahren wurde kurze Zeit später eingestellt.“

„Und niemand kam auf Tornycroft?“

„Offenbar nicht. Die beiden waren zwar keine Freunde, aber nach außen hin sind sie immer korrekt miteinander umgegangen. Tatsächlich galt Dad als größtes Talent in der Firma und war damit Tornycrofts wichtigste Kraft. Auch in seinem Tagebuch tut Dad die Rivalität eher ab und nimmt sie nicht wirklich ernst. Bis auf das eine Mal, als er schreibt: *der unverhohlene Hass in seinen Augen.*“

„Was willst du tun, Poppy?“

Sie stand auf und sackte mit dem rechten Bein weg, Barney war bei ihr und stützte sie. „Autsch, jetzt ist mein Fuß eingeschlafen.“ Zögernd machte sie ein paar Schritte.

„Das kribbelt wie verrückt. – Was ich tun werde? Was wird von der verrückten und übereifrigen Poppy Dayton erwartet? Dass sie sich auf den Fall stürzt, egal ob mit oder ohne Polizei, zumal es auch noch ihre eigene Familie betrifft?“ Sie drängte sich an Barney, als ob sie sich in seinen Achselhöhlen verkriechen könnte. „Das ist einfach zu viel für mich. Ich kann das nicht, diesmal nicht.“ Sie sah zu ihm hoch. „Es ist alles so lange her, vielleicht spinne ich es nur zusammen, das Tagebuch und das Shining mit meiner Schwester. Ja, Tornycroft ist ein komischer Vogel. Aber am Ende ist er gar kein so übler Typ, dachte nur an die alte, traurige Geschichte und wollte mir einen Gefallen tun." Sie löste sich von ihm. „Und was für einen Gefallen, nicht wahr, Barney?" Es klang fast flehentlich, und er ging darauf ein.

„Ein großes Geschenk, Poppy, nicht mehr und nicht weniger."

Sie nickte entschlossen. „Ich weiß noch nicht, was daraus werden soll, aber ich weigere mich hartnäckig, mir mein Glück schlechtreden zu lassen. Lass uns in die Gärtnerei fahren!"

Das Carnon Downs Garden Center war an einem Mittwochvormittag wenig besucht.

Sie schlenderten durch die Reihen von Hochbeeten, auf denen Rosen, Dahlien, Lavendel, Petunien, Astern, Azaleen und Gewürzkräuter aller Art in verführerischer Nähe zu Augen und Nasen der Kunden dargeboten wurden. Nur Torry schien wenig davon zu haben, er blieb im schattigen Untergrund der Auslagen.

„Was für ein Sortiment! Zum Glück haben wir eine genaue Vorstellung von dem, was wir haben wollen, oder?", fragte Poppy seufzend und lud ein halbes Dutzend Töpfe mit weißen Rambler-Rosen in den Einkaufswagen.

Sie waren schon fast an der Kasse, als sie an einer Etagere vorbeikamen, die von Hummeln, Bienen und Schmetterlingen umschwärmt wurde.

„Eine Bienenweide!" Poppys Ausruf des Entzückens rief eine schlanke Frau mittleren Alters mit kurz geschnittenen grauen Haaren auf den Plan. „Ich bin Amanda. Darf ich Sie beraten?" Poppy nickte eifrig. „Unbedingt! Mrs Ballantyne hat Sie empfohlen. Eigentlich wollte ich nur ein paar Kletterrosen kaufen, und da sehe ich die ganzen Insekten hier …"

„Wollen Sie einen bienenfreundlichen Garten anlegen? Das freut mich. Die meisten pflanzen ihre Gärten mit Rhododendren und Hortensien voll. Das sieht schön aus, aber die Insekten hungern dort.“ Sie musterte Poppy und Barney eingehend. „Darf ich Sie zu einer Tasse Tee einladen?“

Poppy war begeistert, Barney grummelte ein wenig. „Ich wusste, dass ich hier nicht so ohne Weiteres davonkommen würde“, sagte er, sprach jedoch so leise, dass nur Poppy ihn hören konnte.

Sie nahmen in der angrenzenden Orangerie unter einer filigranen Konstruktion aus Glas und Schmiedeeisen Platz. Zwischen den Zitruspflanzen, die Früchte und Blüten zugleich trugen und einen betörenden Duft verbreiteten, servierte Amanda aus einer dunkelgrün emaillierten Teekanne *Lady Grey,* „mit einer Spur von natürlicher Bergamotte, nicht so aufdringlich, wie der Earl es bevorzugte.“

Außer Poppys und Barneys waren noch vier Tische besetzt, drei davon mit Paaren.

An einem saß eine einzelne Frau.

Poppy stutzte. *Die roten Locken?* Doch da die Frau ihnen den Rücken zuwandte, konnte sie sie nicht sicher Mrs Latour zuordnen.

Amanda brachte die Teekanne hinaus, kam zurück und setzte sich zu ihnen. Während sie die wichtigsten Elemente eines Bienenparadieses beschrieb – „auf jeden Fall blauer und weißer Lavendel, Katzenminze und Christrose, und dann noch Flammenblume, Eisblume, Gelenkblume und, nicht zu vergessen, Polsterthymian“ –, klingelte Barneys Handy.

„Das ist Adam, der Patentanwalt“, sagte er und stellte auf laut, was er sofort bereute.

„Barney, kannst du sprechen?“, schallte es aus dem Gerät und, ohne die Antwort abzuwarten, „gleich vorweg, mein Lieber, gib die Unterlagen auf keinen Fall an diesen Tornycroft weiter.“

Hastig stellte Barney auf leise, obwohl er merkte, dass es zu spät war. Bei der Erwähnung des Namens drehten sich alle Köpfe an den Nebentischen neugierig zu ihnen um.

Bis auf einen, dachte Poppy. Die roten Locken bebten, und das Profil der Frau war nur für einen Augenblick zu sehen, aber für Poppy reichte es aus, um sie eindeutig zu identifizieren.

Als es nichts mehr zu hören gab, kehrten die anderen zu ihren eigenen Unterhaltungen zurück. Nur Mrs Latour stand auf. Ohne sich umzudrehen, verließ sie eilig die Orangerie.

Barney hielt die Hand vor das Handy. „Adam, wir sind beim Teetrinken, kann ich dich gleich zurückrufen?“ Die Antwort schien prompt zu kommen. Er nickte. „Ich verstehe … Okay, in fünf Minuten.“

Poppy sah ihn fragend an.

„Adam hat es sehr dringend gemacht.“ Er schaute entschuldigend zu Amanda hinüber, die verständnisvoll nickte.

„Kein Problem. Kommen Sie wieder, wenn Sie mehr Zeit haben. Ein guter Garten lässt sich nicht zwischen Tür und Angel planen.“

Poppy schmunzelte. Die kritische Bemerkung hatte Barney zum Erröten gebracht. Er bezahlte, Poppy schob den Einkaufswagen hinaus und belud die komplette

Rückbank des Morris mit den Rosen. Sie stiegen ein, und Torry nutzte die Situation, um auf Poppys Schoß zu klettern.

Da sie am Rand des Parkplatzes standen, mussten sie diesmal keine Mithörer fürchten, deshalb stellte Barney erneut auf laut.

„Sitzt ihr gut?“

„Das tun wir, Adam. Aber wir scheinen weniger auf heißen Kohlen zu hocken als du.“

„Wartet ab. Ums gleich vorwegzunehmen: Ihr seid reich, Leute!“

18

Barney und Poppy sahen sich kopfschüttelnd an. Als sie nichts sagten, sprach Adam weiter. „Kurz zu den Fakten. Erstens: Das Patent gilt europaweit und für die Vereinigten Staaten. Zweitens: Dieser Philip Parker hat die Formel für ein Präparat gefunden, das sich positiv auf das Wachstum von Nutztieren auswirkt, und gleichzeitig die damit verbundenen gefährlichen Nebenwirkungen vermeidet. Drittens, und das ist das Beste: Zwei Tage nach der Erteilung des Patents starb Philip Parker."

„Philip Parker war mein Vater", rief Poppy dazwischen. „Ich weiß nicht, was an seinem Tod gut gewesen sein soll."

„Entschuldige bitte, das war dumm von mir formuliert, so meine ich es nicht." Er klang zerknirscht. „Was ich damit sagen will: Durch den ... verzeih, durch das plötzliche Ableben des Patenthalters lag die Formel sozusagen auf Eis."

„Hatte mein Vater sie in keinem wissenschaftlichen Journal veröffentlicht?"

„Nach meinen Recherchen nicht. Womöglich wollte er warten, bis das Patent durch war, bevor er damit an die Öffentlichkeit ging."

„Das heißt, Tornycroft hatte keine Ahnung davon."

„Davon kannst du ausgehen. Weder er noch sonst jemand in der chemischen Community.“

„Das erklärt seine Reaktion auf meine Bemerkung, Dad hätte an einer Substanz gearbeitet, die keine Nebenwirkungen hat.“

„Das kann ich mir vorstellen. Und deshalb rate ich euch dringend, ihm die Unterlagen nicht einfach auszuhändigen. Das Verfahren ist ein Vermögen wert. Die Gefahr ist nur, und leider liegt es in der Natur der Sache, dass mit kleinen Modifikationen an der Formel das Patent umgangen werden könnte. Ich bin mir sicher, dass Tornycroft selbst seit Langem an einer Lösung arbeitet. Ich würde euch daher raten, es gleich einem Wettbewerber von Medimal anzubieten.“

„Medimal?“

„So heißt die Firma jetzt.“ Adam verschnaufte einen Augenblick. „Überlegt es euch in aller Ruhe. Falls ihr euch entschließt, die Formel zu vermarkten, dann berate ich euch gerne. Auch an einer Beteiligung wäre ich ...“

„Danke, Adam.“ Barney unterbrach ihn. „Das sind ausgesprochen wertvolle Informationen.“

„Im wahrsten Sinn des Wortes, mein Alter!“

„Ich sehe gerade an Poppys Miene, dass sie in der Tat Zeit braucht, darüber nachzudenken.“

„Natürlich, selbstverständlich! Die Bombe ist fünfzehn Jahre lang nicht hochgegangen, aber ihr wisst ja, wie das mit Bomben ist. Und wir können nicht ausschließen, dass Tornycroft ...“

„Das haben wir verstanden, Adam. Noch mal vielen Dank. Wenn wir damit etwas anstellen sollten, dann nur mit dir, versprochen.“

„Das will ich hoffen. Lasst von euch hören." Er legte auf.

Die Sonne schien senkrecht vom Himmel, es war heiß wie im Hochsommer. Poppy bemerkte, dass Torry die beiden schweigenden Menschen auf den Vordersitzen mit schräg gestelltem Kopf musterte, und reagierte auf sein Hecheln. Sie nahm Barney, der immer noch aufs Handy starrte, das Gerät aus der Hand und steckte es in seine Brusttasche.

„Ich will nach Hause, Barney. Der Fahrtwind wird uns guttun, und Torry muss etwas zum Trinken haben. Nach Hause …", sie lächelte, „es ist das erste Mal, dass ich das sage, und es fühlt sich gut an. Das brauche ich in all der Verwirrung."

Barney ließ den Motor an und fuhr vom Gelände der Gärtnerei.

In Richtung Küste herrschte dichter Verkehr, der erst nachließ, als sie in die Abzweigung nach Hellstone Hollow einbogen.

Als ob wir die reale Welt verlassen und in eine andere eintauchen, dachte Poppy, wie jedes Mal, wenn sie den Waldgürtel durchquerten und sich die Straße zwischen den Ruinen der Förderanlagen hindurchschlängelte.

Barney warf ihr einen unsicheren Blick zu. „Meinst du, es war richtig, Adam zu fragen?"

Der Schatten unter den Buchen und Eichen wirkte erfrischend, er half Poppy dabei, ihre Gedanken zu ordnen. „Ich denke, dass es sogar eine hervorragende Idee war. Der Mann hat uns wahrscheinlich vor einer ebenso naiven wie gutgläubigen Handlung bewahrt."

„Weil ihn eigene Interesse treiben?"

„Das hat er ehrlich zugegeben, Barney, er ist nun mal Profi.“

„Und einen Profi werden wir brauchen, oder besser, du“, sagte er so sachlich wie möglich. „Das Patent stellt offenbar einen großen materiellen Wert dar, und du bist die Alleinerbin.“

„Wenn wir zu Hause sind, werde ich die Papiere aus der Kassette holen und nach Falmouth in einen Banktresor bringen. Dann lade ich dich zum Essen ein, Lovey, und danach werden wir einen Plan machen – gemeinsam.“

Sie überquerten den Kirchplatz, als ihnen ein schwarzer Mini entgegenkam.

„War das nicht wieder Mrs Latour?“ Poppy schaute nach hinten, aber der Wagen war schon um die Ecke verschwunden. „Die roten Locken verfolgen mich.“

„Vielleicht hat sie den gleichen Eindruck von dir, Poppy?“ Barney bog in ihre Straße ein. „Schließlich saß sie bereits im Tea Room, als wir dort auftauchten.“

„Mag sein. Barney, erinnerst du dich an den Moment, als Adam am Telefon den Namen Tornycroft erwähnte? Alle drehten sich zu uns um, nur Mrs Latour schien krampfhaft nach vorne zu blicken.“

„Geheimnisst du da nicht ein bisschen viel hinein? Sie verhielt sich einfach diskreter als die anderen.“

„Ich werde es wissen, sobald ich ihr selbst auf den Zahn gefühlt habe. Die Frau interessiert mich.“

Sie parkten vor dem Cottage und luden die Rosen aus. „Wir bringen sie direkt zum Atelier. Ich will sie gleich einpflanzen. Aber erst muss ich Torry Wasser geben.“ Poppy steckte den Schlüssel ins Schloss, drehte ihn, und die Tür sprang sofort auf. Torry drängte sich an ihr vorbei durch den Spalt und bellte.

„Haben wir vergessen abzuschließen, Barney?"

„Wir? Du hattest den Schlüssel."

Poppy zog ihn heraus und betrachtete ihn nachdenklich. Es war kein moderner Sicherheitsschlüssel, sondern ein altmodischer aus Eisen. *Er ist so schwergängig. Hatte ich ihn herumgedreht?* Sie schüttelte den Kopf, legte den Schlüssel auf die Ablage der Garderobe, ging in die Küche und füllte Torrys Trinknapf.

Mit der Nase dicht über dem Boden streifte der Terrier durchs Haus, bellte noch ein paar Mal, dann beruhigte er sich und schlabberte gierig das Wasser.

Poppy ging in die Bibliothek, hob die rote Kassette aus dem Regal und öffnete den Deckel. Als sie den Stapel mit den Dokumenten herausnahm, stutzte sie. *Das kann nicht sein.* Mit zitternden Händen legte sie den Stapel auf den Tisch. Sie hob ihn an, betrachtete ihn von allen Seiten, fächerte ihn auf und schob ihn wieder zusammen. „Barney!"

Er war sofort bei ihr. „Was ist passiert? Du bist ja ganz blass!"

„Ich ... Es war jemand hier."

„Im Haus?"

„Hier, an meiner Kassette." Energisch räusperte Poppy ihre Kehle frei. „Ich weiß es genau! Die Sachen lagen in einer bestimmten Ordnung aufeinander. Ich weiß genau, dass das Tagebuch unter der Mappe mit dem Patent lag. Jetzt ist es umgekehrt."

Die Stille in der Bibliothek wurde nur vom wütenden Summen einer Wespe gestört, die vergeblich gegen die

Scheibe anflog. Barney öffnete das Fenster und ließ sie hinaus. „Das kann nur eins bedeuten ...“

„Tornycroft wollte nicht warten.“ Poppy stöhnte und ließ sich in den Ledersessel fallen. „Oder es war die Rothaarige. Immerhin war sie es, die draußen in unseren Sachen rumgewühlt hat.“

„Poppy, das ist ernst. Wenn du meinst, es wurde eingebrochen, müssen wir die Polizei verständigen.“

„Und was sage ich denen? Dass meine Papiere durcheinander sind, aber nichts fehlt? Und dass ich nicht genau weiß, ob ich abgeschlossen hatte? Abgesehen davon, dass wir immer noch das antiquierte Schloss haben.“

„Das müssen wir auswechseln, sonst nimmt uns keine Versicherung.“

„Eins nach dem anderen, Barney.“ Poppy lief auf und ab. „Allein der Gedanke, bei dieser neuen Inspektorin anzurufen! Sie wird sich schlicht totlachen.“

„Dann frag doch den alten Inspektor.“

Poppy runzelte die Stirn. „Edwards? Er ist in Pension. Was kann er bewirken?“

„Na, das würde er nicht gerne hören, nach allem, was ihr zusammen erlebt habt. Er ist ein alter Fuchs, ein großer Verehrer von dir und hat bestimmt eine Idee.“

Poppy wählte seine Nummer, und er war sofort dran.

„Mrs Dayton! Sind Sie schon umgezogen?“

„Ich habe das Gefühl, wir sind schon jahrelang hier. Hellstone Hollow und seine Bewohner haben uns mit ihren klebrigen Tentakeln bereits fest im Griff.“

„So schlimm?“

„Haben Sie und Ihre Frau Lust auf einen Ausflug ins Hinterland? Wir wollen Sie selbstverständlich zu unserer offiziellen Einweihungsparty einladen, aber ich würde gerne kurzfristig etwas mit Ihnen besprechen.“

„Ist Ihr Mann auch dabei?“

„Warum fragen Sie? Natürlich.“

„Dann bin ich erleichtert, denn ich darf doch annehmen, dass es sich in dem Fall nicht um Mord und Totschlag handelt?“

Poppy lachte, aber es klang bitter. „Ich fürchte, da muss ich Sie enttäuschen, lieber Inspektor. Es geht um den Anschlag auf meine Familie.“

19

Noch am selben Nachmittag trafen Stephen und Glenna Edwards ein.

„Es ging ein bisschen plötzlich, deshalb ist uns nichts Besseres eingefallen, als eine von unseren Dahlien auszubuddeln." Der Inspektor hielt Barney eine Pflanze mit riesigen gelb-lila Blüten hin. „Die wachsen wie von selbst. Nur im Winter sollten Sie die Knollen einkellern."

Barney bedankte sich höflich.

Poppy fiel den beiden um den Hals. „Willkommen in Almas Cottage!"

„Wird Zeit, dass Sie es umtaufen!"

Barney schmunzelte. „Was mich betrifft, Inspektor, kann ich mein Glück manchmal noch nicht fassen und fremdle ein wenig, Inspektor."

Poppy seufzte. „Sie werden gleich verstehen, warum. Aber zunächst besteh ich auf einer Führung."

Sie lief voraus und präsentierte einen Raum nach dem anderen, bis sie schließlich auf der Terrasse eintrafen.

Mit offenen Mündern blieben sie stehen. „Ich würde behaupten, einen herrlichen Blick von unserem Grundstück zu haben", sagte Edwards andächtig, „doch das hier ist etwas ganz anderes."

Sie folgten Poppy den Pfad hinunter bis zum Wasser.

Dieses Mal war Ebbe, und der breite Fluss hatte sich in eine behäbig fließende Wasserader verwandelt. In der Sonne glitzernde Priele mäanderten zwischen natürlichen Muschelbänken, es roch nach Salz und Algen.

„Ich staune immer wieder, wie sich die Gezeiten ins Landesinnere auswirken." Glenna stapfte ein Stück durch den nassen Sand, bückte sich und stupste einen kleinen Krebs ins Rinnsal zurück. „Die Linien zwischen Land und Meer verschwimmen. In Schottland, wo ich herkomme, ist die Grenze viel brutaler und die Nordsee brandet meistens unsanft gegen haushohe Felsen."

Poppy kaute an ihrer Unterlippe. „Im Moment würde ich solche Klarheit einer trügerischen Idylle vorziehen." Sie trat zwischen sie und den Inspektor und hakte sich bei beiden unter. Edwards runzelte die Stirn. „Wenn unser schönes Cornwall selbst bei Ihnen Melancholie hervorruft, dann liegt etwas im Argen."

Barney war am Haus geblieben. „Der Tee ist fertig!", rief er von der Terrasse herunter.

Sie saßen um den runden Tisch und lauschten Poppys Zusammenfassung.

Edwards faltete aus seiner Serviette ein Schiffchen. „Dann halten Sie es für möglich, dass Tornycroft es nicht abwarten konnte und eigenmächtig in Ihren Unterlagen herumgeschnüffelt hat?"

„Wer sollte es sonst gewesen sein?"

„Sie erwähnten eine Nachbarin."

„Ja, Mrs Latour tauchte ein paar Mal in unserer Nähe auf, doch ich wüsste nicht, was sie für ein Motiv haben sollte."

„Eine Journalistin, sagen Sie?" Edwards nickte bedächtig. „Es wäre interessant, mal mit ihr zu sprechen."

„Das hatte ich vor, aber ...“

„... Tornycroft macht Ihnen mehr Sorgen. Das kann ich verstehen, vor allem nach der Tat, die Ihre Schwester Gwen ihm zuschreibt.“ Der Inspektor nahm den Teelöffel, legte ein Stück Kandiszucker darauf, tauchte es ein und sah zu, wie es sich im Darjeeling auflöste. „Ich habe von ihm gehört, er sei einer der einflussreichsten Männer in der Gegend, obwohl er kaum öffentlich in Erscheinung tritt.“ Er sah Poppy an. „Allerdings bezweifle ich, dass von ihm eine akute Gefahr ausgeht, zumindest, was Sie betrifft.“ Er machte sich eine Notiz.

Poppy staunte. „Sie haben immer noch Ihr altes Büchlein dabei?“

Glenna blickte in den Himmel. „Wundert dich das, Poppy? Er steckte es in die Tasche, kaum dass du angerufen hattest.“

Edwards überging die Bemerkung. „Nehmen wir mal an, Tornycroft ist tatsächlich für den Tod Ihrer Familie verantwortlich, und stellen Sie sich vor, er lebt seit fünfzehn Jahren mit dieser Schuld. Ich glaube, dass er es mit seinem Ansinnen tatsächlich ehrlich meinte, etwas Gutes für Sie tun zu wollen, doch vor allem, dass ihm diese Geste selbst helfen würde. Aber dann passierte etwas Überraschendes: Sie erwähnten, dass Ihr Vater kurz vor seinem Tod an der Lösung eines Problems gearbeitet hatte.“

„Überraschend ist gut. Ich hatte das Gefühl, er würde gleich vom Stuhl fallen.“

„Wie reagierte er genau?“

„Er schien Mühe zu haben, sich zu beherrschen. Immerhin war er so geistesgegenwärtig, die Frage nach den Aufzeichnungen meines Vaters mit einer Dokumentation der Firmengeschichte in Verbindung zu bringen."

„Das war nicht erfunden, wenn ich Sie richtig verstanden habe. Sie sagten, ein anderer Dorfbewohner sei ebenfalls damit beschäftigt."

Poppy nickte schweigend.

Der Inspektor trank einen Schluck und verzog den Mund. „Zu süß, ich hätte den Kandis in Ruhe lassen sollen." Poppy goss ihm Tee nach, er probierte und spitzte die Lippen. „Danke, viel besser." Er seufzte. „Erst konnte ich die Pensionierung nicht erwarten", sagte er mit einem Seitenblick auf Glenna, „aber inzwischen habe ich den Eindruck, dass mir der Stress fehlt. Ich bin träge geworden, und mein Arzt hat mir Süßigkeiten verboten, er sprach von Fettleber und diabolischem Syndrom, oder etwas ähnlich Schrecklichem."

„Es heißt metabolisch, Stephen. Deine Eltern hatten beide Diabetes, wie du weißt."

Edwards hob die Hände in gespielter Verzweiflung „Na bitte! Meine Frau stimmt ein in den teuflischen Kanon."

„Ich glaube eher, sie meint es gut mit Ihnen." Poppy schob die Schale mit dem Kandis diskret aus seiner Reichweite. „Und vielleicht hilft Ihnen die Beschäftigung mit meinem Fall dabei, ein paar zusätzliche Kalorien zu verbrennen."

Edwards zuckte mit keiner Wimper. „Ich finde es richtig, dass Sie es einen Fall nennen, Mrs Dayton, denn ich fürchte, es ist wirklich einer. Mord ist Mord."

„Nur, wo soll ich hin mit meiner Erkenntnis? Mit einem Traum als Beweis mache ich mich bloß lächerlich." Resigniert ließ Poppy die Schultern hängen. „Er wird davonkommen."

Edwards richtete sich auf. „Das wird sich noch zeigen. Als ersten Schritt empfehle ich Ihnen, zur Polizei zu gehen. Nein, nicht wegen Mordes, sondern zunächst, um Anzeige gegen Unbekannt zu erstatten wegen Einbruchs und Verdachts auf Diebstahl wertvoller Dokumente. Tornycrofts Namen zu nennen ist riskant, er könnte sie wiederum wegen Verleumdung anzeigen."

„Es gab keine Spuren und es ist auch nichts verschwunden."

„Ich nehme an, Tornycroft hat das Patent und die chemischen Formeln fotografiert. Deshalb sollten Sie Ihren Patentanwalt beauftragen, die Entdeckung Ihres Vaters so schnell wie möglich zu verkaufen und auf den Markt zu bringen. Fakten zu schaffen, bedeutet den besten Schutz."

Poppy blieb skeptisch. „Sie meinen, dass dies und die Anzeige wegen Einbruchs Tornycroft unter Druck setzen und eine Reaktion provozieren werden?"

„Ist das nicht gefährlich?" Der Einwurf kam von Barney, und es war offensichtlich, dass ihm die Vorschläge nicht gefielen.

„Wie gesagt, ich halte Tornycroft nicht für unmittelbar gefährlich", antwortete Edwards. „Ich nehme an, er hat die damalige Tat nicht lange geplant, sondern mehr oder weniger im Affekt gehandelt. Aus gekränkter Eitelkeit, und weil man ihn im eigenen Betrieb in die zweite Reihe setzen wollte. Das kann ein sehr starkes

Motiv sein, vor allem, wenn man gewohnt ist, zu herrschen, so, wie die Tornycrofts es immer getan haben."

„Trotzdem hat er es offenbar sorgfältig vorbereitet und heimtückisch umgesetzt. Dazu gehört eine extreme kriminelle Energie. Jemand, der drei Menschenleben auf dem Gewissen hat, dürfte kaum Skrupel haben, einen weiteren Mord zu begehen."

„Ich verstehe Ihre Argumente, Barnabas. Trotzdem sagen mir Instinkt und Erfahrung, dass Tornycroft eine andere Entwicklung genommen hat. Das einzige dynamische Element, wenn Sie mir den Fachbegriff gestatten, ist die chemische Formel. Sie muss eine heftige Reaktion bei ihm ausgelöst haben."

„Gier kann es nicht sein, zumindest nicht nach Geld. Der Mann ist Multimillionär."

„Es geht um sein Ego. Bei seiner Persönlichkeit ist das ein mindestens so starker Antrieb."

„Also doch!" Barney schlug mit der Faust auf die Armlehne. „Der Mann ist unberechenbar."

„Ein Grund mehr, die Oberhand zu behalten. Deshalb rate ich, aktiv zu bleiben, und Anzeige zu erstatten."

Poppy knirschte mit den Zähnen. „Ich könnte mir nie verzeihen, wenn der Mörder meiner Familie einfach so weitermacht, wie bisher. – Allerdings graut mir davor, damit zu Ihrer Nachfolgerin zu gehen, Inspektor."

Edwards grinste. „Die Kollegin hat wohl keinen Respekt vor Ihren früheren Leistungen, Mrs Dayton. Aber darauf können wir keine Rücksicht nehmen, nicht wahr? Ich begleite Sie, gleich morgen. Sie werden sehen, Frances Burleigh ist eine tüchtige Beamtin, die sich professionell verhalten wird."

Barney trommelte mit den Fingern auf die Armlehne. „Leider kann ich nicht mitkommen. Ich fahre morgen nach St Ives. Flexer will mir die Räume für die Galerie zeigen.“

Poppy freute sich. „Gut, dass es vorangeht. Setzt du mich vorher in Falmouth ab?“

Der Inspektor schien Barneys Unruhe zu spüren und sah ihn an. „Und ich bringe Ihre Frau danach wieder sicher nach Hause.“

„Danke, Stephen. Versprechen Sie mir, Poppy nicht aus den Augen zu lassen!“

20

Die Polizeistation von Falmouth lag zwischen der Dracaena Avenue und der North Parade. Barney stoppte vor der Tür.

Poppy trennte sich nach einem langen Kuss von ihm und stieg mit Torry auf dem Arm aus dem Morris. Kritisch blickte sie den Hügel hinauf, über den von Westen her dunkle Wolken trieben. Dabei streifte ihr Blick Dr. Trelawneys Haus. *Kaum ein Monat ist vergangen seit unserer letzten Sitzung, und was ist alles passiert! Nächste Woche ist er zurück. Ich muss einen Termin bei ihm machen, und ich nehme ihn auf die Liste für unsere Einweihungsparty, genau wie Peter Hammett.* Seufzend setzte sie Torry ab. *Eigentlich freue ich mich darauf. Und dann wieder …*

Poppy stand vor den Stufen zum Eingang, als Edwards alter Ford-Kombi in einen der Dienst-Parkplätze einbog. Er stieg aus, und sie begrüßte ihn. „Offenbar genießen Sie hier noch ein paar Privilegien."

Er stellte die Parkscheibe ein. „Die laufen in einer Stunde ab."

Als sie die Station betraten, schaute niemand von seiner Arbeit hoch, nur einer sprang auf und nahm Haltung an. Der Inspektor lief auf ihn zu. „Konstabler Hillen! Stehen Sie bequem, mein Lieber."

„Ich freue mich, Sie zu sehen, Inspektor, und Sie, Mrs Dayton!" Er bückte sich und streichelte Torry. „Ist das alte Team wieder aktiv?", fragte er leise.

„Sieht so aus, Konstabler", antwortete Edwards in sachlichem Ton.

Hillen blickte verstohlen über die Schulter. „Die Chefin ist nicht begeistert. Sie hat dem Termin zugestimmt, als Sie anriefen, sich aber danach laut und ziemlich unfreundlich über eine Mrs Marple auf Speed und ihr Polizeihündchen geäußert."

Poppy grinste. „Ihre neue Chefin scheint einen trockenen Humor zu haben."

„Der hiermit aufgebraucht ist." Die drei fuhren herum und fanden sich einer sehr großen und sehr schlanken Frau gegenüber. Der rosige Teint war der einzige Kontrast zum tiefen Schwarz, das sie umgab, angefangen bei der Uniform, über die langen glatten Haare, die streng nach hinten gekämmt und zum Pferdeschwanz zusammengebunden waren, bis zu den großen Augen, die sie von oben herab musterten. „Kommen Sie in mein Büro, ich habe wenig Zeit. Hunde sind hier nicht erlaubt, doch ich mache eine Ausnahme." Sie gab ihnen nicht die Hand, drehte sich um und ging vor.

Poppy wollte etwas sagen, aber Edwards gab ihr mit einem leichten Druck am Ellenbogen zu verstehen, dass sie besser schwieg.

Die Inspektorin setzte sich an ihren wohlorganisierten Schreibtisch und wies ihnen zwei Stühle gegenüber zu. „Nur der guten Ordnung halber", sagte sie übergangslos, „ich spreche mit Ihnen aus Verbundenheit zu meinem Vorgänger, jedoch nicht, weil ich seine Art der

Zusammenarbeit mit einer Hobbyschnüfflerin billigen
würde."

Diesmal ignorierte Poppy Edwards warnenden Blick.
„Inspektor Burleigh, ich weiß es zu schätzen, dass Sie
sich meinen Fall anhören wollen, doch ich lasse mich
nicht von Ihnen beleidigen." Ihre Wangen hatten im
Lauf der Begrüßung eine dunkelrote Farbe angenommen. Torry schien ihre Erregung zu spüren und
knurrte. „Ich kann mich auch direkt an den Staatsanwalt wenden."

„Ach ja, ich vergaß, dass Sie Kontakte zu den höchsten Kreisen pflegen, Mrs Dayton. Wollen Sie mir dro-
hen?"

Edwards hob die Hände. „Aber, aber, Ladys! Ich bitte
Sie!" Er blickte bestürzt zwischen den beiden hin und
her. „Frances, Mrs Dayton kommt nicht als Detektivin
zu dir, sondern als Betroffene! Sie benötigt die Hilfe der
Polizei."

Die Inspektorin holte tief Luft und faltete die Hände
auf der Schreibtischplatte.

„Na gut, Stephen. Es ist nur ... Sie genießen einen speziellen Ruf hier in der Gegend, Mrs Dayton. Man erzählt sich viele Geschichten über Sie, über Ihre selt-
same Begabung, wegen der Sie in Behandlung sind,
über Ihre Beziehungen zum Hochadel und zur Hochfi-
nanz." Sie ließ ihre dunklen Augen unbewegt auf
Poppy ruhen. „Obwohl die ganz schön sauer auf Sie
sein müssten, immerhin sitzen ein paar von denen Ih-
retwegen hinter Gittern."

Poppy öffnete den Mund, aber die Inspektorin war
schneller. „Ich weiß, das haben die mehr als verdient,
ich habe die Fälle genau studiert." Sie schmunzelte.

„Verzeihen Sie meine direkte Art, Mrs Dayton. Ich respektiere durchaus, was Stephen und Sie gemeinsam geleistet haben, ich wollte Ihnen nur unmissverständlich klarmachen, dass so ein Vorgehen für mich nicht infrage kommt."

„Was Ihnen zweifellos gelungen ist." Auch Poppy konnte ein Grinsen nicht unterdrücken. *Irgendwie mag ich diese Type leiden, doch klein beigeben werde ich nicht.*

Burleigh seufzte. „Nach dem Austausch von Höflichkeiten können wir ja jetzt zur Sache kommen. Stephen, ich meine, Mr Edwards" – Poppy entging nicht, dass sie die Bezeichnung Inspektor vermied – „sagte etwas von einem Einbruch."

„Wenn es nur das wäre ..." Poppy hatte sich lange überlegt, wie sie die Geschichte aufziehen sollte. Jetzt war sie entschlossen, alles zu erzählen, vom günstigen Erwerb des Cottage über Tornycrofts Besuch bis zu den Informationen zum Patent. Als sie zum eigentlichen Hintergrund kam, dem Tod ihrer Familie, rutschte Edwards unruhig auf seinem Stuhl hin und her, und die Inspektorin starrte sie mit großen Augen an. „Wollen Sie damit sagen, dass Tornycroft Ihre Familie ermordet hat?"

„Er hat ein Motiv."

„Das ist eine ungeheuerliche Anschuldigung. Wurde der Fall damals nicht abgeschlossen?"

„Abgeschlossen ja, geklärt nein."

„Mr Tornycroft ist eine sehr angesehene Persönlichkeit hier in unserer Gegend. Sie sagen selbst, dass er Ihnen mit dem Haus nicht nur ein herausragendes Angebot gemacht hat, sondern Ihnen auch ausgesprochen freundlich begegnet ist. Wie passt das mit so einem Verdacht zusammen?"

„Ich kann nur ..." Poppy brachte es nicht übers Herz, ihr die Begegnung mit Gwen zu schildern, nachdem Burleigh das Shining eben noch als Krankheit abgekanzelt hatte. „Ich habe Ihnen das erzählt, damit Sie sich ein Bild von der ganzen Sache machen können."

„Das ist in Ordnung, und ich werde versuchen, mir die Akten von damals schicken zu lassen. Trotzdem rate ich Ihnen dringend, zurückhaltend mit solchen Verdächtigungen umzugehen. Das könnte sich katastrophal gegen Sie wenden."

„Zunächst geht es nur um den konkreten Verdacht, dass Mr Tornycroft ungebeten in mein Haus kam, und Dokumente fotografiert hat, an denen er das höchste wirtschaftliche Interesse hat."

„Und deshalb wollen Sie ihn anzeigen?"

„Im Moment will ich nur den Einbruch melden." Poppy fühlte sich zunehmend unbehaglich. Es war nicht nur die abweisende Art der Inspektorin, sondern auch die dünne Faktenlage, die ihr zu schaffen machte.

„Haben Sie in Erwägung gezogen, dass es auch jemand anderes gewesen sein könnte, Mrs Dayton?"

„Wie kommen Sie darauf?"

„Es gab mehrere ähnliche Fälle in Hellstone Hollow und Umgebung."

„Wer war betroffen?"

„Sie werden verstehen, dass ich Ihnen zu laufenden Ermittlungen keine Angaben machen kann", sagte die Inspektorin, „auch wenn Sie das von meinem Vorgänger anders gewohnt sind." Ihr Tonfall war ätzend. „Nur so viel: Eine der neueren Bürgerinnen Ihrer Gemeinde könnte involviert sein.“

„Mrs Latour, die Journalistin?“

„Das haben Sie gesagt. Immerhin kann ich Ihnen bestätigen, dass die Dame an einer Reportage über die dunkle Seite von Hellstone Hollow im Allgemeinen und über die Rolle der Tornycrofts im Speziellen arbeitet.“

„Sie hat vor unserem Haus in Papieren herumgewühlt, die wir bereits entsorgt hatten.“

„Das ist interessant, Mrs Dayton. Darf ich Sie gegebenenfalls als Zeugin zitieren?“

„Stopp. Wir waren gerade bei einem anderen Fall.“

„Sind Sie sicher? Unter der beschaulichen Oberfläche Ihres neuen Wohnorts scheinen sich ein paar Dinge abzuspielen, die nicht so recht zur Idylle passen. Und was ist diesen Dingen gemeinsam?“ Die Inspektorin betrachtete Poppy wie einen aufgespießten Schmetterling. „Na, kommen Sie, Mrs Dayton, wo bleibt Ihr kriminologischer Instinkt?“

Poppy sah sie verständnislos an.

Die Inspektorin grinste höhnisch. „Sie sind es. Mal wieder! Sie sind das verbindende Element, ob Sie es wollen oder nicht.“

„Ich kann Ihnen nicht ganz folgen.“

„Dann darf ich Ihnen auf die Sprünge helfen, Mrs Dayton. Erstens: Tornycroft, ein Mann mit einer möglicherweise dubiosen Vergangenheit, hat Ihnen etwas günstig verkauft und will etwas dafür. Zweitens: Eine Journalistin recherchiert, bewegt sich dabei am Rande der Legalität und kommt Ihnen dabei näher, als Ihnen lieb ist. Drittens, und das war Ihr Einstand, wenn ich das so sagen darf, in die geheimnisvolle Welt von Hellstone Hollow …“

„Jetzt bin ich gespannt.“

„Die tote Löwin.“

„Woher wissen Sie davon?“

„Der Veterinärdienst bat um Amtshilfe. Nachdem er bisher immer kooperativ war, verweigerte Tornycroft plötzlich den Zutritt zu seinem Privatzoo. Nebenbei schilderte der Tierarzt die wichtige Rolle, die Sie, Mrs Dayton, und nicht zu vergessen, Ihr Hund, beim Auffinden der toten Löwin gespielt haben.“

Poppy nickte anerkennend. „Nicht schlecht, Frau Inspektor. Doch was soll das alles miteinander zu tun haben?“

„Wenn ich mich nicht irre, werden Sie das bald herausfinden, oder?“ Burleigh lächelte, aber es wirkte kalt und aufgesetzt. „Sie und Ihr pensionierter Inspektor.“

„Frances, ich muss doch sehr bitten.“ Edwards, der dem Dialog bisher stumm gefolgt war, wischte sich mit einem großen karierten Taschentuch über die Stirn. „Wir kommen mit einem ernsten Anliegen zu dir, und du ziehst es ins Lächerliche, was soll das?“

„Das läge mir fern, Stephen“, antwortete sie kühl. Sie musterte Poppy. „Ich empfehle Ihnen bloß, ergebnisoffen über die Dinge nachzudenken.“ Die Inspektorin setzte eine selbstgefällige Miene auf. „Das würde viel besser zu einer berühmten Detektivin passen, nicht wahr?“ Die dunklen Augen verengten sich zu Schlitzen. „Ach, tun Sie einfach, was Sie nicht lassen können. Nur eine Warnung bitte ich Sie zu beherzigen: Kommen Sie mir und der Arbeit der Polizei nicht in die Quere. Ich weiß, was zu tun ist. Und was Ihre Anzeige betrifft, Mrs

Dayton: Sie ist hiermit angenommen. Ich schicke Ihnen jemanden von der Spurensicherung ins Haus, nicht dass Sie denken, ich würde Sie nicht ernst nehmen." Sie stand auf und lächelte huldvoll. „Stephen, du weißt ja noch, wo's rausgeht. Bye, Mrs Dayton. Genießen Sie Ihr neues Heim und unser schönes Cornwall."

21

Beim Verlassen der Polizeistation wurden sie von einem heftigen Gewitterguss heimgesucht. Torry zerrte an der Leine und strebte zurück ins trockene Büro.

Poppy blickte zu den schnell dahinziehenden Wolken hinauf. „Na super, jetzt auch noch nass von oben, macht doppelte Kopfwäsche."

Edwards schmunzelte und zeigte auf sein Auto. „Wenigstens eine davon kann ich Ihnen ersparen." Er lief voraus, öffnete Poppy die Beifahrertür, ließ Torry hinten einsteigen und setzte sich hinters Steuer.

„Danke, Inspektor, es gibt sie doch noch, die Polizei als Freund und mein Retter."

„Vor dem Regen vielleicht, aber nicht vor dem launischen Auftritt meiner Nachfolgerin." Er schüttelte den Kopf. „Ich muss mich für Mrs Burleigh entschuldigen."

„Quatsch, mit Ihnen hat das nichts zu tun!" Poppy schlug wütend auf das Armaturenbrett des alten Ford, sodass das Handschuhfach aufsprang und eine Packung Latexhandschuhe auf ihren Schoß fiel. Sie stopfte die Schachtel zurück und blickte verlegen zu Edwards hinüber. „Entschuldigung, aber die Art dieser arroganten Schnepfe bringt mich zur Weißglut." Sie schüttelte sich. „Und gleichzeitig finde ich sie cool. Sie ist klug und analytisch, die hat noch eine große Karriere vor sich."

Edwards ließ den Motor an und suchte die richtige Geschwindigkeit für den Scheibenwischer.

„Im Moment schlägt sie sich eher mit privaten Problemen herum. Sie ist alleinerziehende Mutter einer Tochter, das Kind kam drei Monate zu früh auf die Welt. Das war auch einer der Gründe, warum ich damals weitermachen musste.“

„Stimmt, das hatten Sie mal erwähnt. Jetzt kann ich nachvollziehen, warum Ihre Kollegin so ruppig ist.“

„Heute ist die Kleine anderthalb und zum Glück gesund. Aber ich gebe Ihnen recht, Mrs Burleigh wird nicht in Falmouth enden wie ich.“

Poppy straffte sich. „Nicht so melancholisch, Inspektor. Das lassen wir nicht auf uns sitzen. Wir sollten unserem schlechten Ruf gerecht werden und ein paar Dinge auf den Weg bringen.“

„Was schwebt Ihnen da vor?“

„Als Erstes besuchen wir eine fleißige, rotlockige Journalistin und fragen sie, wie weit sie mit ihren Recherchen über den Fluch von Hellstone Hollow ist. Und wenn die Polizei uns schon nicht helfen will, interessiert sie sich ja vielleicht für das Schicksal meiner Familie und die Frage, was Tornycroft damit zu tun haben könnte.“

Edwards seufzte. „Ist das nicht etwas riskant? Ich glaube nicht, dass Ihr Mann das meinte, als er mich bat, auf Sie achtzugeben.“

„Ich bin es Gwen und meinen Eltern schuldig. Und solange ich damit nicht weiterkomme, kann ich mein Cornwall-Glück nicht genießen. Also muss etwas passieren.“

Edwards verzichtete auf einen weiteren Kommentar und gab Gas.

Obwohl der Regen nachließ, hatte das schlechte Wetter die Touristen nachhaltig von der Straße vertrieben. So kamen sie schnell voran und erreichten Hellstone noch vor der Mittagszeit. Sie steuerten das Fox & Hounds an, um Kirk nach der Adresse von Claire Latour zu fragen.

Der Wirt wischte die Tische ab und besprühte sie mit einem Desinfektionsmittel. „Seit der Pandemie ist das vorgeschrieben. Der Geruch kann einem den Appetit verderben."

„Uns nicht." Poppy, Torry und Edwards hoben synchron die Nasen in Richtung Küche. „Was gibt's heute?"

„Coq au Vin mit Ratatouille."

„Du bleibst bei deinem französischen Programm!"

„Und ihr? Bleibt ihr zum Essen?"

„Vielleicht später. Kannst du mir sagen, wo Claire Latour wohnt?"

Kirk sah sie verwundert an. „Ihr seid doch praktisch Nachbarn. Bist du ihr noch nie begegnet?"

Poppy verzichtete darauf, das Zusammentreffen im Nebel zu erwähnen. „Nicht wirklich."

„Sie wohnt zwei Häuser rechts von dir. Aber sie ist häufig in London; möglich, dass ihr euch deshalb verpasst habt."

„So wird es sein. Ich danke dir. Bis später! Es riecht einfach zu lecker."

Edwards räusperte sich und hielt seinen ansehnlichen Bauch. „Entschuldigung, mein Magen knurrt."

Poppy zog ihn nach draußen. „Wir kommen wieder, Kirk, bitte heb zwei Teller für uns auf."

Nachdem Poppy Torry nach Hause gebracht hatte, ging sie mit dem Inspektor an der Haselnusshecke entlang, die sich nahtlos zum Nachbarn fortsetzte. „Das Cottage neben uns gehört einem Kapitän der P&O-Lines." Poppy zeigte dem Inspektor das Gartentor mit dem überquellenden Briefkasten, auf dem Namensschild stand *Blueford*. „Man sagt, dass er oft monatelang auf See sei. Wir haben ihn noch nicht gesehen."

Sie kamen zum nächsten Grundstück. Hier war die Hecke sorgfältig gestutzt.

„An dieser Pforte ist kein Name, aber sie steht einladend offen, finden Sie nicht auch, Inspektor?"

Edwards grunzte etwas Unverständliches, blickte die Straße hinauf und hinunter und betrat hinter Poppy den Plattenweg. Das Haus ähnelte Almas Cottage, doch das Grundstück war kleiner. Von hohen Buchen umgeben, die das Strohdach überragten, schien es keine Verbindung zum Wasser zu haben. Der Garten machte einen sehr gepflegten Eindruck, der gemähte Rasen, Gemüsebeete und eine bunte Staudenanlage bildeten ein harmonisches Ensemble.

An der Haustür war keine Klingel, und auf den Türklopfer hin kam keine Reaktion.

Poppy schaute durch das Fenster. Hinter der kleinen Diele lag ein Wohnraum, der bis auf ein altes Sofa und einen passenden Sessel leer war. Gemeinsam mit Edwards, der ihr widerstrebend folgte, umrundete sie das Haus. Durch das nächste Fenster war das Schlafzimmer zu sehen, ein einfaches Bett und eine weiß lackierte Kommode bildeten die Möblierung. Auf dem Bett lagen Wäschestapel und eine Reisetasche. Poppy wollte weitergehen, als Edwards sie festhielt. „Wir können hier nicht einfach so rummarschieren.“

„Das finde ich auch.“

Ertappt zuckten sie zusammen und blickten betreten die zierliche Frau an, die hinter einem mannshohen Rhododendron hervortrat. „Kann ich Ihnen helfen?“ Sie hielt die Hände in die Seiten gestemmt, erst musterten die grünen Augen Poppy und den Inspektor in einer Mischung aus Neugier und Abwehr, dann blitzte Erkennen in ihnen auf.

„Ah, Mrs Dayton. Eigentlich braucht man sich als gute Nachbarin nicht so anzuschleichen.“

Poppy wählte den gleichen Ton. „Das sagen ausgerechnet Sie? Neulich haben Sie noch in unseren Sachen gewühlt.“

„Der Nebel war wohl nicht dicht genug.“ Claire Latour schmunzelte, und Poppy grinste zurück.

„Dann sind wir quitt?“ Sie ging auf Claire zu, die die Rosenschere in ihren Gärtnergürtel steckte und Poppys Händedruck flüchtig erwiderte. „Darf ich Ihnen Inspektor Edwards vorstellen?“

„Sie bringen gleich die Polizei mit?“, fragte sie misstrauisch.

„Mr Edwards ist pensioniert und ein guter Freund von mir.“ Poppy wollte verhindern, dass Claires Argwohn wieder die Oberhand gewann. „Aber tatsächlich würden wir gerne etwas Ernstes mit Ihnen besprechen. Natürlich nur, wenn es Ihnen passt.“ Sie machte einen Schritt zurück und registrierte zufrieden, dass Claire einen auf sie zu machte.

„Wenn es mich als Journalistin angeht, gerne. Die ist fast immer im Dienst.“

„Und wenn es Sie als Menschen beträfe?", fragte Poppy vieldeutig.

Claire schmunzelte. „Das wäre mal was Neues. Kommen Sie rein."

Sie folgten ihr durch die offene Terrassentür ins Haus.

„Nehmen Sie Platz. Ich bin zwar schon ein paar Wochen länger in Hellstone als Sie, aber so richtig gemütlich ist es hier nicht." Claire nahm die Stapel mit Manuskripten vom Sofa. „Übrigens in keiner Beziehung, wie ich finde. Darauf kommen wir ja vielleicht noch." Sie brachte die Papiere in den Raum nebenan. Durch die offenen Türen sah Poppy einen Schreibtisch. Über ihm hing ein postergroßes Foto, das den schwarz gähnenden Eingang einer Höhle zeigte.

„Dann scheinen Sie eher nicht längerfristig bleiben zu wollen?"

Claire kam zurück und musterte Poppy eingehend. „Gute Frage. Sind Sie die Journalistin, oder ich? In der Tat pendle ich noch etwas unentschlossen zwischen London und hier." Sie setzte sich in den Ohrensessel. „Das hat private und berufliche Gründe. Gerade bin ich wieder auf dem Sprung, ich fahre heute noch. Deshalb kann ich Ihnen auch nichts anbieten, ich habe nicht mal Tee im Haus. Höchstens frische Minze, wenn Sie wollen."

„Danke, machen Sie sich keine Umstände."

„Kein Problem. Wissen Sie, dass ich am liebsten draußen in der Natur bin? Das spricht sehr für Hellstone. So einen Garten wie hier habe ich in London nicht, er ist mein eigentliches Wohnzimmer. Drinnen habe ich das Gefühl zu ersticken." Sie stockte. „Einmal wäre mir das beinahe passiert", sagte sie leise. Wie um ihre Aussage zu bekräftigen, ließ sie trotz der kühlen Temperaturen beide Terrassentüren weit offen stehen und schob ihren Sessel so, dass sie nach draußen sehen konnte. Poppy und Edwards bot sie damit ihr Profil an und erinnerte Poppy an die Sitzposition, in der Barney und sie Claire in der Gärtnerei angetroffen hatten. „Ein Freund hat mir das Haus überlassen. Ich wohne mietfrei, dafür kümmere ich mich um die Pflanzen."

Edwards nickte anerkennend. „Ein Win-win-Deal, wie mir scheint."

„Nicht wahr, Herr Inspektor?" Claire blickte über die Schulter. „Und auf was für einen Deal sind Sie aus, Mrs Dayton?"

„Das weiß ich selbst noch nicht so genau. Zunächst einmal würde ich gerne begreifen, was in Hellstone Hollow eigentlich los ist." Poppy machte eine kleine Pause. „Und ich möchte wissen, was jemand wie Sie in meinem Abfall zu finden hofft."

22

Claire rückte ihren Sessel ein Stück weiter zu ihnen herum, „Bevor ich Ihnen etwas dazu sage, muss ich wissen, auf welcher Seite Sie stehen." Die Journalistin sprach sehr leise, sodass Poppy zunächst dachte, sie hätte sich verhört.

„Auf welcher Seite ich stehe? Das fragen Sie?" Poppy rutschte an die Sofakante. „Mrs Latour, Sie treiben sich vor unserem Haus herum, spitzen die Ohren, wenn wir einen Anruf bekommen, und am Ende waren es vielleicht Sie, die bei uns eingebrochen ist, um in meinen privaten Papieren zu wühlen."

Claire streckte keck ihr Kinn vor. „Leiden Sie unter Verfolgungswahn? Jetzt holen Sie mal Luft, Mrs Dayton." Die beiden fixierten einander mit funkelnden Augen.

Poppy schüttelte den Kopf. „Das wird mir zu viel. Zwei aggressive Frauen an einem Tag verkrafte ich nicht." Sie zog Edwards am Jackett und machte Anstalten, aufzustehen. „Kommen Sie, wir gehen."

Der Inspektor seufzte und blieb sitzen. „Dann darf ich heute zum zweiten Mal vermitteln", sagte er ruhig und bestimmt. „Ladys! Könnte es sein, dass Sie aneinander vorbeireden?"

Claire reagierte als Erste. „Sie haben recht, ich entschuldige mich", sagte sie. „Lassen Sie mich genauer und drastischer fragen, Mrs Dayton: Sind Sie eine Kreatur von Mr Tornycroft?"

„Was fällt Ihnen ein ...?"

„Regen Sie sich bitte nicht gleich wieder auf, Sie werden die Frage gleich verstehen. Zudem wären Sie damit in Hellstone Hollow in bester Gesellschaft. Auch wenn das viele hier weit von sich weisen und laut über ihn schimpfen, aber Tatsache ist, das halbe Dorf lebt und arbeitet von Tornycrofts Gnaden."

„Wie kommen Sie darauf, dass das bei mir auch so sein könnte?"

„Es geht das Gerücht, dass Tornycroft Ihnen Almas Cottage zu einem Spottpreis überlassen hat, und das, nachdem er sich lange geweigert hatte, es überhaupt zu verkaufen."

Poppy öffnete und schloss die Fäuste. Ihr Groll ließ nach, und sie betrachtete Claire mit neuem Interesse.

„Langsam verstehe ich, Ihre Argumentation hat eine gewisse Logik."

Der Inspektor nickte. „Dann dürfen wir im Gegenzug darauf schließen, dass Sie eindeutig nicht auf Tornycrofts Seite sind, Mrs Latour?"

„Und nicht auf seiner Payroll stehe!", sagte Claire mit erhobenem Zeigefinger. „Um es ganz einfach zu sagen: Der Mann ist ein Monster im Schafspelz."

Poppy seufzte. „Dann darf ich jetzt mal mein Verhältnis zu diesem Herrn erläutern. Ich dachte, ich hätte den Namen Tornycroft vor kaum einem Monat zum ersten Mal gehört. Aber das war nicht ganz richtig, ich hatte ihn nur vergessen, weil es über fünfzehn Jahre her ist, dass er eine Rolle für meine Familie spielte."

Claire lauschte konzentriert.

Poppy erzählte, wie ihr die Cornwall Brothers Tornycrofts Angebot unterbreiteten und welche Euphorie das bei ihr ausgelöst hatte. „Ich war außer mir vor Freude, ein sehnlicher Wunsch schien plötzlich in Erfüllung zu gehen." Sie gab zu, dass ihr Tornycrofts anfängliches Motiv, eine aufstrebende Künstlerin unterstützen zu wollen, imponierte und schmeichelte. Dann kamen hintereinander die drei Schockmomente: Tornycroft besuchte sie und gestand seine „wahre" Motivation, das furchtbare Schicksal ihrer Familie mildern zu wollen. Darauf folgte die Offenbarung ihrer Schwester, in ihm den Mörder zu erkennen, und schließlich die Entdeckung, dass eine wertvolle Erfindung ihres Vaters Begehrlichkeiten weckte.

Die Augen der Journalistin vergrößerten sich bei jedem Satz, atemlos verfolgte sie Poppys Schilderung. Als sie eine Pause machte, stand Claire auf, ging zu Poppy und griff nach ihren Händen.

Die spontane Berührung triggerte etwas bei Poppy, und sie brach in Tränen aus.

Die Spannung der letzten Wochen löste sich in diesem Moment, Schluchzer liefen in Wellen über ihren Körper. Bestürzt reichte ihr Edwards sein Taschentuch, zögerte aber, als er sah, dass es keinen frischen Eindruck machte.

Claire war ebenso schnell und zog eine Packung Papiertaschentücher hervor. „Ich hatte ja keine Ahnung …" Schlagartig legte Claire den stählernen, investigativen Ton ab. „Verzeihen Sie, Mrs Dayton, oder darf ich Poppy sagen? Das war unglaublich unsensibel von mir und einer Journalistin unwürdig. Ich hoffe, ich kann das wiedergutmachen."

Poppy sah sie aus tränenverhangenen Augen an. „Nur, wenn du mir schwörst, dass du in diesem verfluchten Dorf eine von den Guten bist.“

Claire lächelte vage. „Wer ist schon gut?“ Sie ließ Poppys Hände los. „Doch ich verstehe jetzt, warum du mit mir als Mensch sprechen wolltest. Außerdem schwöre ich dir, dass ich nicht bei dir eingebrochen bin.“

„Und warum hast du in den abgestellten Kisten herumgewühlt?“

„Ich nehme an, es reicht dir nicht aus, wenn ich sage, dass es nichts mit dir zu tun hat?“

Poppy schüttelte den Kopf. „Dass du mich so angegangen bist, hat mich zwar davon überzeugt, dass du nicht auf Tornycrofts Seite bist, aber was dich wirklich antreibt, davon weiß ich nichts.“

„Dann ist es wohl Zeit, dir etwas von meiner Geschichte zu erzählen.“

Claire ging zum Sessel zurück und nahm wieder die Position ein, in der sie in den Garten schaute. „In Hellstone Hollow war in der zweiten Hälfte des neunzehnten Jahrhunderts deutlich mehr los als jetzt. Die Kupferförderung florierte, aber die Gier der Minenbesitzer war unersättlich. Einer meiner Vorfahren, Charles Latour, hatte eine dampfbetriebene Maschine entwickelt, mit der sich der Abbau deutlich beschleunigen und Personal einsparen ließ. Er kam ursprünglich aus Frankreich, und hatte die Maschine in Lothringen bereits erfolgreich eingesetzt. Die Tornycrofts kauften gleich zwei *Trancheuses Latour* und stellten ihn als Chefingenieur ein. Charles’ Vorrichtung hatte allerdings einen Nachteil. Die eh schon knappe Luft in den Minen wurde durch den Einsatz zusätzlich beeinträchtigt, außerdem nahm sie viel Platz ein. Da kam Charles auf eine ebenso pragmatische wie teuflische Idee: Er setzte Kinder und Jugendliche ein. Sie waren kleiner als die ausgewachsenen Mineure und brauchten weniger Sauerstoff."

„Das ist ja grauenhaft."

„Absolut, Poppy, aber damals war Kinderarbeit leider die Normalität. Doch dann übertrieben sie es. Die mithilfe der Maschine gebohrten Stollen waren lang und eng, und sie wurden oft nicht ordentlich abgestützt. Die Katastrophe war unausweichlich. Ein Stollen brach ein, zwölf Minenarbeiter und zehn Kinder im Alter zwischen neun und fünfzehn Jahren wurden verschüttet. Charles war geschockt, aber er machte sich vor allem Sorgen um seinen Ruf. Um an die Eingeschlossenen heranzukommen, wollte er mit der zweiten Maschine einen Rettungstunnel graben. Doch die *Trancheuse* war in einer Mine zwanzig Meilen weiter weg eingesetzt und erschloss zu der Zeit ein besonders reiches Vorkommen. Die Tornycrofts lehnten es schlicht ab! Charles fügte sich, und so versuchte man eine Rettungsaktion auf die übliche Weise, indem man versuchte, die Trümmer zu beseitigte. Umsonst, der Untergrund rutschte immer wieder nach, und so gab man die Suche schließlich auf." Als ob sie keine Luft mehr bekäme, zog Claire am Kragen ihres schwarzen Pullovers.

So einer, wie Gwen ihn trägt, dachte Poppy.

„Stellt euch die Reaktion der Angehörigen vor, und erst die der Eltern! Allerdings gab es damals viele Grubenunglücke, auch deutlich größere. Deshalb fiel es den Verantwortlichen nicht schwer, es zu vertuschen.

Die Familien wurden mit Geld zum Schweigen gebracht. Nur Charles weigerte sich, das zu akzeptieren.“

„Aber er lebte doch gut davon, oder?“

„Es war wohl einmal zu viel.“

„Woher weißt du das alles?“

„Er führte sehr detaillierte private Aufzeichnungen, Tagebücher und Protokolle. Am Ende fasste er einen weitreichenden Entschluss. Er wollte sich aus dem Arbeitsleben zurückziehen.“

„Er hatte bestimmt genug Geld verdient.“

„Sicher. Aber er hatte etwas anderes vor. Er wollte nicht nur, dass alle seine Maschinen aus dem Verkehr gezogen werden. Er plante, einen Bericht zu verfassen, in dem die fatalen Konsequenzen des ungehemmten Bergbaus beschrieben und die Unfälle samt ihren Opfern ausführlich dokumentiert werden. Sogar der Titel stand fest: *Die moderne Rückkehr der Sklaverei.*“

„Vielleicht etwas sperrig, aber damit dürfte er sogar heute noch einen Beitrag zur kritischen Aufarbeitung leisten.“

„Absolut, Poppy, und das treibt mich um. Aus Charles’ Aufzeichnungen geht eindeutig hervor, dass er den Bericht fertiggestellt hat. Nur leider ist er verschwunden.“

„Verschwunden?“

„Charles’ Tagebücher enden mit einer Tour durch die Bergbauregionen, in denen seine Maschine zum Einsatz kam, in England, Frankreich und Deutschland.“

„Warum enden sie?“

„Weil er gestorben ist. Charles Latour wurde im November 1890 in einem Hotelzimmer in Nizza tot aufgefunden.“

Poppy musterte Claire erstaunt. „Was war die Ursache?"

„Man fand eine größere Menge Laudanum in seinem Zimmer."

„Lau was?"

Edwards räusperte sich. „Das ist eine Tinktur aus Opium, Mrs Dayton. Damals war die Sucht nach Opium weitverbreitet."

Claire widersprach. „Zu Charles Latour passte das nicht. In seinen Tagebüchern schrieb er, dass er Opium strikt ablehnte. Es hätte sich auch kaum vertragen mit seiner Ingenieurstätigkeit."

„War er depressiv?" Der Inspektor hakte nach. „Einsam?"

„Seine Familie und Zeitgenossen beschrieben ihn als schwermütig. Nach seinen Aufzeichnungen zu schließen, war er nicht depressiv, eher unglücklich und allein."

„Kein Wunder, wenn man bedenkt, dass er sich entschlossen hat, seine Arbeit zu beenden und sogar die eigene Erfindung distanziert zu betrachten." Edwards räusperte sich. „Das macht nicht nur einsam, sondern kann eine Menge Feinde auf den Plan rufen. Mrs Latour, vermuten Sie, dass man Ihren Vorfahren umgebracht hat? Ein Mord, getarnt als Suizid?"

„Ich weiß es nicht, Inspektor, aber der Tod im Hotelzimmer und die Tatsache, dass der Bericht verschwunden ist, lassen diesen Schluss zu."

„Das ist ewig her. Was haben Sie vor? Hoffen Sie, den Bericht zu finden? Wahrscheinlich hat man nicht nur Charles beseitigt, sondern auch den Bericht."

„Davon ist auszugehen. Doch es gibt Hinweise, dass es nicht nur ein Exemplar gegeben hat.“

Claire sprach jetzt sehr leise. „Ich bitte um Verständnis, dass ich nicht mehr dazu sage.“

Sie stand auf. „Ich bin auf der Suche danach, es ist kompliziert. Ich weiß nur, dass ich auf der richtigen Spur bin, denn Tornycroft und andere versuchen, mich zu behindern.“

„Wie kommen Sie darauf?“

„Man verweigert mir den Zugang zu den Bergbau-Archiven, nur ein Historiker hier aus dem Dorf darf daran arbeiten.“

„Ist Jim Phelps einer von Tornycrofts Kreaturen, wie du so schön sagtest?“, fragte Poppy ein wenig spitz.

„Davon gehe ich aus. Die Einzige, die mir ein Gespräch angeboten hatte, war Alma, die Vorbesitzerin deines schönen Hauses. Leider kam es zu keinem Treffen, sie starb kurz davor.“

„Sie war schon sehr alt, habe ich gehört.“

„Damals hatte ich mich dazu entschlossen, das Haus hier zu mieten, und bekam mit, wie ihr Cottage geräumt wurde.“

„Nicht vollständig, Claire.“

„Das wurde mir erst klar, als ich die Kisten vor deiner Tür stehen sah.“

„Da konntest du nicht widerstehen.“

„Natürlich nicht. Aber es war sinnlos. Bevor du mich erwischt hast, konnte ich mich davon überzeugen, dass in den Kisten nichts war, was mich interessiert hätte.“

„Warum hast du dann etwas davon mitgehen lassen?“

Claire grinste. „Dir entgeht auch nichts, Poppy. An dem dunklen Tag habe ich nur gesehen, dass es sehr alte Unterlagen waren, und dass sie etwas mit Hellstone zu tun hatten. Als ich sie mir genauer ansah, merkte ich, dass es sich um Hellstone Hall handelt, und um den Erwerb von Gemälden. Ich gebe ihn dir wieder." Sie ging an den Schreibtisch und kam mit einem Ordner zurück. „Er ist genauso dreckig, wie ich ihn gefunden habe. Aber vielleicht interessiert sich dein Mann dafür?" Sie lächelte über Poppys fragenden Blick. „Ich weiß, dass er Kunsthistoriker ist. Da kommt wieder die Journalistin durch." Sie legte den Ordner auf den Couchtisch. „Ehrlich gesagt, hätte ich mich gewundert, wenn ich in den Kisten etwas Relevantes gefunden hätte. Richard Tornycroft und seine Vorfahren hatten alle Zeit der Welt, potenziell gefährliche Dokumente zu entfernen." Claire schauderte. „Ich fürchte, inzwischen bin ich selbst so etwas wie unliebsames Material, das man loswerden möchte."

Poppy und Edwards sahen sie erschrocken an.

„Während des letzten Jahres wollte ich Gespräche mit den Bewohnern von Hellstone Hollow führen, um herauszufinden, ob es in ihren Familien noch Informationen zu den fatalen Bergwerksunglücken gibt. Alle waren sehr freundlich, aber wenn ich auf dieses Thema kam, waren die netten Teestündchen meist schnell beendet, und man komplimentierte mich hinaus." Sie strich sich eine Locke aus der Stirn. „Richtig unangenehm wurde es, als ich auf eigene Faust einen der alten Stollen erforschte. Es gibt eine Karte von Charles, die das ganze unterirdische Netz zeigt. In einem der größeren Gänge hatte er ein persönliches Lager eingerichtet.

Ich war dort, doch alles war leer. Als ich auf dem Rückweg war, hörte ich ein Knacken. Ich konnte gerade noch ausweichen, da stürzte vor mir die Decke ein."

„Was für ein Horror!" Poppy erschauerte.

„Sie gehen davon aus, dass Fremdverschulden vorliegt?", fragte Edwards ruhig.

„Auf dem Weg durch den Wald zum Stollen hatte ich das Gefühl, dass mir jemand folgt. Einmal meinte ich, einen Mann zu sehen, er hatte eine Glatze, die in der Sonne glänzte. Ich dachte sofort an diesen Harkoff, Tornycrofts rechte Hand. Aber als ich ein Stück zurücklief, war da niemand mehr."

Poppy und der Inspektor sahen sich an. Edwards gab ihr ein Zeichen, Claire weiterreden zu lassen.

„Nur Charles' Plan hat mich vor Panik bewahrt. Ich hatte mein Handylicht dabei und bin einfach in die andere Richtung gelaufen. Der Plan zeigte Querverbindungen zu benachbarten Stollen. Zwei davon waren unpassierbar, aber über die dritte bin ich nach draußen gelangt." Claire machte eine Kopfbewegung in Richtung des Fotos über dem Schreibtisch. „Der Gang mündete in eine Grotte. Sie wird das Höllenmaul genannt, weil dort schweflige Quellen einen ekligen Geruch verbreiten."

Poppy stöhnte. „Schwefel? Ich war dort!" Sie berichtete Claire von ihrem Spaziergang in die Umgebung, wie Torry auf die tote Löwin gestoßen war, und wie sie danach beinahe in den stinkenden Abgrund gefallen wäre.

Claire hob die Augenbrauen. „Ein Tier aus Tornycrofts Zoo? In welchem Zustand war es?"

„Warum interessiert dich das?", fragte Poppy irritiert.

„Es gibt Gerüchte, dass Tornycroft an seinen Tieren Experimente mit Medikamenten durchführt. Aber erzähl weiter."

„Eine Löwin als Versuchstier? Ist das nicht verboten? Ich weiß nicht. Ich fand sie beeindruckend, irgendwie erhaben, obwohl sie mir hager und knochig erschien."

„Was ist mit ihr geschehen?"

„Ich meldete den Fund in Tornycrofts Büro. Weil das zunächst niemanden zu interessieren schien, wandte ich mich mit der Hilfe des Inspektors an den Veterinärdienst. Als wir das Tier bergen wollten, waren uns dieser Harkoff und das Faktotum aus dem Dorf zuvorgekommen, wie war noch sein Name?"

„Archie Peachum." Die Journalistin wurde zunehmend unruhig. Wieder lief sie zum Schreibtisch. Durch die offene Tür war zu sehen, dass sie in den Unterlagen etwas nachsah. Als sie mit energischen Schritten zurückkehrte, schien sie einen Entschluss gefasst zu haben. „Poppy, im Vergleich zu dem furchtbaren Verdacht, den du gegen ihn hegst, sind meine offenen Fragen an Tornycroft geradezu lächerlich. Allerdings glaube ich immer mehr, dass diese Dinge in Wahrheit zwei Seiten ein und derselben Medaille sind. Ich meine damit, dass Tornycroft nicht nur mit dem Tod deiner Familie zu tun hat, sondern auch mit Machenschaften, die ihre Wurzel tief in der Vergangenheit haben und sich bis heute auswirken." Claire machte eine bedeutungsvolle Pause. „Dazu zähle ich auch die tote Löwin."

„Können Sie uns das näher erklären?", fragte der Inspektor.

„Noch nicht, aber das ist einer der Gründe, warum ich heute nach London fahre." Claire sah auf die Uhr. „Ich muss los, sonst komme ich in die Nacht, und ich fahre ungern in der Dunkelheit.“

„Wann bist du zurück?“

Claire blieb vage. „In ein paar Tagen.“

„Schaffst du es bis zum Wochenende? Ich würde dich gerne zu unserer ersten Garden-Party einladen, am Samstagnachmittag.“

„Heute ist Montag, das müsste klappen.“ Sie machte ein paar Schritte in Richtung Tür und gab damit das Zeichen zum Aufbruch.

Poppy verabschiedete sich. „Bis bald, Claire, danke für deine Zeit.“ Sie schmunzelte. „Ich glaube, inzwischen wissen wir beide, auf welcher Seite wir stehen.“

Claire griff nach der Reisetasche und schob die beiden zur Tür hinaus.

„Ich bin froh, dich kennengelernt zu haben, Poppy, und Sie natürlich auch, Inspektor. Und was Tornycroft angeht, – ich werde dich unterstützen, egal, was du vorhast.“

Sie schloss ab und verbarg dabei ihr Gesicht.

Als sie sich umdrehte, war Poppy beeindruckt von der Entschlossenheit in ihren Augen.

„Das hatte ich gehofft“, sagte sie leise.

Claire packte Poppy so fest an den Schultern, dass es wehtat.

„Sei nicht so kleinmütig, Poppy. Hellstone Hollow ist ein wunderschönes Fleckchen Cornwall. Du und ich, wir werden uns das nicht vermiesen lassen, wir setzen dem Spuk ein Ende. Du hast dich richtig entschieden mit dem Kauf, und ich weiß, dass sich Alma sehr darüber gefreut hätte, dass gerade du das Cottage bekommen hast." Abrupt ließ sie ihre Schultern los. „Genieße es!"

Es klingt wie ein Befehl, dachte Poppy. „Das werde ich, Claire. Aber bis dahin muss noch etwas geschehen, und ich denke, ich weiß jetzt, was ich als Nächstes tun werde", sagte sie und richtete sich auf. „Du hast mir sehr geholfen."

Auf dem Weg zum Auto drehte sich Claire um. „Bedanke dich nicht zu früh. Du hast recht, wir sind noch nicht so weit."

<h1 style="text-align:center">23</h1>

Claire stieg ins Auto und brauste davon. Poppy atmete langsam aus. „Puh, das war heftig. Ich brauche jetzt eine Stärkung, in dem spartanischen Haushalt wurde uns ja nichts angeboten", sagte sie mit einem Augenzwinkern.

Nachdenklich blickte der Inspektor dem schwarzen Mini hinterher. „Dafür hat uns Mrs Latour eine starke Geschichte aufgetischt."

Verwundert musterte Poppy ihn von der Seite. „Glauben Sie ihr nicht?"

„Oh doch, ich denke nur, dass sie uns nicht alles erzählt hat."

„Kann sein, aber mir reicht das fürs Erste. Noch mehr Familiengeheimnisse kann ich im Moment nicht ertragen." Sie lief zu ihrer Haustür. „Ich hole Torry. Es wäre gemein, ihm den Captains-Knochen vorzuenthalten."

Sie stiegen die Treppe hinauf und kamen an Jim Phelps' Haus vorbei.

Der Historiker war im Garten beschäftigt. Poppy bemerkte, dass er seine Gartenarbeit ruhen ließ, sobald er sie sah, und rasch in seine Hosentasche griff. Sie winkte und ging weiter.

Edwards schien etwas aufzufallen. Poppy warf ihm einen fragenden Blick zu, aber er schüttelte nur den Kopf, zog sie weiter und hielt erst an, als sie die oberste

Stufe erreicht hatten. Schnaufend wartete er, bis er wieder zu Atem kam. „Wer war denn der Herr eben?“

„Mr Phelps. Der, den Tornycroft mit der Abfassung seiner Familienhistorie beauftragt hat. Warum fragen Sie?“

„Haben Sie es nicht gesehen? Ich glaube, der Mann hat uns fotografiert.“

„Warum das denn? Von hinten?“

„Ich drehte mich kurz um. Er hatte die Gartenschere fallen lassen und hielt in dem Moment das Handy hoch.“

„Besucher sind in Hellstone Hollow eben etwas Besonderes.“ Poppy lächelte vage. „Oder kennen Sie sich?“

„Nicht dass ich wüsste. Aber das finde ich heraus.“

Im Fox & Hounds neigte sich die Mittagszeit dem Ende entgegen.

Neben Kirk waren noch drei Personen im Gastraum, die alle vor ihrem Kaffee saßen.

Poppy vermied es, Edwards als ehemaligen Polizisten vorzustellen, stattdessen präsentierte sie ihn als Freund der Familie.

Die Frau mit den kurzen blonden Haaren winkte. „Setzen Sie sich doch zu mir.“ Poppy zögerte, dann nickte sie und nahm zusammen mit dem Inspektor Platz. Bevor sie etwas sagen konnte, standen die beiden anderen auf, griffen nach ihren Kaffeebechern und kamen ebenfalls an den Tisch. „Dürfen wir auch? Guten Appetit!“

Poppy bedankte sich. „Das ist Jane Parson“, erklärte sie Edwards. „Und die beiden Herrschaften sind Hope und John McCabe. Die drei gehören zu den ersten Hellstonians, die mich hier willkommen hießen, außer Kirk natürlich."

Der kam an den Tisch und servierte zwei dampfende Teller und einen Korb mit Baguette. Poppys Nasenflügel weiteten sich, gierig sog sie das Aroma ein. „Rotwein und – Lavendel?"

Kirk lächelte stolz. „Nicht ganz die klassische Kombination, aber ich finde, Coq au Vin und Ratatouille Provencale passen gut zusammen."

Poppy probierte eine Gabel voll. „Und wie!" Sie fuhr sich mit der Zungenspitze über die Lippen. „Ist da echter Burgunder drin?"

„Cote de Beaune."

Edwards, der ebenfalls probiert hatte, bekam große Augen. „Köstlich! Ist so ein Wein hier nicht wahnsinnig schwer zu kriegen?"

„Ein guter Wirt hat seine Quellen", sagte Kirk geheimnisvoll. „Lasst es euch schmecken." Er tätschelte Torrys Kopf, der sich erwartungsvoll nach oben reckte. „Für dich ist das nichts, mein Alter, aber ich bringe dir gleich etwas anderes." Er machte sich auf den Weg in die Küche. „Ich muss meiner Frau beim Abwasch helfen, ihr geht's heute nicht so gut."

Poppy und Edwards leerten ihre Teller, die Sauce nahmen sie mit dem Brot bis zum letzten Tröpfchen auf. Torry kaute hingebungsvoll an seinem Knochen. Jane und die McCabes musterten alle drei belustigt. John nahm ein Stück Baguette aus dem Korb und knabberte versonnen darauf herum.

„Ja, unser Captain versteht was vom Kochen."

„Danke, John.“ Kirk kam aus der Küche zurück. „Darf ich euch noch etwas bringen? Es gibt Mousse au Chocolat.“

Edwards strahlte. Poppy schüttelte den Kopf. „Nein, danke. Aber du bringst mich auf eine Idee. Würdest du das Catering für unsere erste Garden-Party übernehmen?“

„Warum nicht? Wann soll die sein?“

„Nächstes Wochenende, am Sonntag, ab zwölf Uhr.“

„Etwas knapp.“

„Nichts Großes, nur ein paar Häppchen.“ Sie schaute in die Runde. „Sie kommen doch?“

Alle nickten, nur Kirk schien Bedenken zu haben. „Eigentlich kein Problem, aber nur, wenn meine Frau wieder fit ist. Ich hole die Mousse.“

„Was ist mit seiner Frau?“, fragte Poppy, als er verschwunden war.

„Die hat Migräne. Wobei sie eigentlich keinen Grund hat, schlecht drauf zu sein“, raunte Hope McCabe. Poppy fand, dass es eher abfällig als mitleidig klang.

„Die Ärmste“, sagte Jane deutlich emphatischer und warf Hope einen vorwurfsvollen Blick zu. „Migräne ist eine echte Krankheit und keine Laune.“

„Kann sein.“ Hope zwinkerte ihrem Mann zu. „Ich meine nur, dass sie genauso fröhlich sein müsste, wie wir alle hier.“ Sie spitzte die Lippen und musterte den Inspektor kritisch. „Darf ich offen reden?“, fragte sie Poppy.

„Natürlich. Stephen gehört zur Familie.“

Die Kajalstriche, die Hopes fehlende Augenbrauen ersetzten, hüpften nach oben.

„Wo ist denn Ihr lieber Mann?“

„Der ist geschäftlich unterwegs."

„Na, einer muss das Geld ja verdienen, nicht wahr?"

„Sei nicht so frech, Hope." John errötete stellvertretend für seine Frau.

Poppy grinste. „Schon gut, so ganz falsch liegen Sie da nicht, Mrs McCabe."

„Liege ich selten. Deshalb darf ich auch mit Fug und Recht sagen, dass wir unseren Segen Ihnen verdanken, liebe Mrs Dayton."

„Jetzt kann ich Ihnen nicht mehr folgen." Poppy sah sie zweifelnd an.

Hope ließ sich nicht stoppen. „Was haben Sie mit unserem Herrn und Meister veranstaltet?"

„Nun mach's nicht so spannend, Hope." John tätschelte den Handrücken seiner Frau. „Und erklär dich unserem Engel wider Willen."

Poppy mochte das Grinsen der beiden nicht.

„John meinte gestern, dass nur eine überirdische Kraft so etwas mit Tornycroft angestellt haben kann." Hope sprach leise weiter. „Wir bekamen Post, aus Hellstone Hall, per Boten und nicht nur wir, stimmt's, Jane?"

Die nickte beflissen. „In allen Briefen stand fast das Gleiche", sagte sie und machte eine Pause, um die Wirkung ihrer Worte zu prüfen. Als sich weder bei Poppy noch beim Inspektor etwas rührte, fuhr sie fort. „Sie müssen wissen, dass wir alle mehr oder weniger in der gleichen Situation stecken. Die Dorfgemeinschaft, genauer, jeder Einzelne von uns, hat Schulden bei Tornycroft. Die Häuser hier, der Pub, Mrs Ballantynes Laden – die gehörten alle ihm. Er hat sie uns überlassen, zu akzeptablen Konditionen, damit wir was daraus machen. Gleichzeitig achtete er darauf, dass sich hier keine reichen Leute ansiedeln, sondern mehr oder weniger arme Schlucker wie wir, nicht wahr, Captain?“

Kirk, der mit der Mousse au Chocolat zurückkam, zuckte die Achseln. „Wir sind darauf eingegangen, Jane, und warum auch nicht? Wir haben hier ein gutes Leben, oder?“

„Dafür darf er sein Spiel mit uns spielen.“ Hope klatschte mit der Handfläche auf den Tisch, sodass der Löffel auf der Untertasse klirrte. „Er stellt die Regeln auf, für alles. Für die Investitionen, für die Ratenzahlung … Und gestern sind wir in seinem hübschen Monopoly gewissermaßen auf LOS stehen geblieben. Er hat uns die Kreditraten für unsere Häuser bis Dezember erlassen. Das sind ganze drei Monate!“ Ihre blauen Knopfaugen fixierten Poppy. „Und das haben Sie verursacht, Mrs Dayton.“

Poppy rutschte auf ihrem Stuhl hin und her. „Das ist doch Blödsinn.“

„Seit Sie hier sind, ist er total verändert.“

Poppy fühlte sich unbehaglich. *Ich nehme die Rolle nicht an, die sie mir hier zuschreiben,* dachte sie.

John begann wieder den Handrücken seiner Frau zu bearbeiten, diesmal nachdrücklicher.

„Bring die Lady nicht in Verlegenheit, Lovey. Mal abwarten, wie lange der Segen anhält. Du weißt, dass Richards Stimmung heftig schwankt. Da braucht nur etwas mit einem seiner Tiere zu sein, und …“

Hope war nicht zu bremsen. „Sie tauchen hier auf, und der Meister ist wie verwandelt. Sie kaufen ein Haus, und einem ganzen Dorf werden die Schulden gestundet. Sie sind uns ein Mysterium, Mrs Dayton.“

Obwohl Poppy die wichtigtuerische Art der Frau zunehmend auf die Nerven ging, blieb sie ruhig. „Messen Sie mir da nicht ein bisschen viel Bedeutung zu? Tornycroft ist ein reicher Mann und gefällt sich wohl als Mäzen. Sie sagen ja selbst, dass Sie alle davon profitieren. Wollen wir es nicht dabei belassen?"

„Sie haben vollkommen recht, Mrs Dayton." John stand auf und zog seine Frau vom Stuhl hoch. „Hope, komm, wir gehen, du brauchst deinen Mittagsschlaf."

Sie folgte ihm widerwillig. Poppy bemerkte, dass John ihr auf dem Weg zum Ausgang etwas zuflüsterte. Daraufhin drehte sich Hope um und strahlte Poppy an. „Bis Sonntagmittag, danke, wir kommen gerne zur Party!"

Die Tür schloss sich, und Jane Parson konnte ihr Grinsen nicht mehr zurückhalten. „Die beiden! Das ist schon ein witziges Gespann!"

„So komisch finde ich die nicht." Poppy schüttelte sich.

„Nehmen Sie das nicht so ernst." Jane senkte die Stimme. „Obwohl, es ist schon ein verrückter Zufall, dass Tornycroft gerade jetzt meint, uns einen Gefallen tun zu müssen. Vielleicht spreche ich ihn einfach darauf an. Ich nehme an, Sie laden ihn ebenfalls zu Ihrem Fest ein?"

Poppy schüttelte den Kopf. „Nein, es soll keine große Sache werden, nur ein paar Freunde und Leute aus dem Ort."

Jane betrachtete Poppy aufmerksam. „Sie lassen Ihren Mäzen außen vor? Das finde ich interessant." Sie schnippte einen Brotkrümel vom Tisch. „Egal, das geht mich nichts an. Wenn ich Ihnen einen Tipp geben darf:

Machen Sie's wie die meisten von uns hier: Genießen Sie Ihr Glück und stellen Sie keine Fragen."

Edwards war dem Tischgespräch bisher stumm gefolgt. „Da sind Sie ja an eine bezaubernde Community geraten, Mrs Dayton", sagte er, als auch Jane gegangen war. „Aber machen Sie sich nichts draus. In meinem Dorf ist es ähnlich. In Cornwall lieben die Leute schräge Storys, sonst wäre die Idylle nicht zu ertragen. Besonders, wenn jemand Neues dazukommt, freut man sich über potenziell spannenden Stoff für Gerüchte und Intrigen." Er löffelte die Mousse aus. „Allerdings muss ich zugeben, dass die Geschichte mit dem Schuldenerlass bemerkenswert ist."

„Vielleicht ist Tornycroft nur deshalb so großzügig, weil er die Chance auf ein großes Geschäft wittert, nachdem er Dads chemische Formeln fotografiert hat?"

„Haben Sie noch mal mit Ihrem Anwalt gesprochen?"

„Nein, aber das werde ich gleich tun." Poppy winkte Kirk herbei und bezahlte. „Ich darf Sie doch einladen, Inspektor? Ich bin Ihnen sehr dankbar, dass Sie mich heute begleitet haben."

„Eigentlich bin ich es, der Ihnen etwas schuldet." Edwards' lausbübisches Grinsen ließ ihn um Jahre jünger aussehen. „Sie haben mich für einen Tag aus dem Tiefschlaf meines Rentnerdaseins geholt." Er zwinkerte ihr zu. „Ich glaube, unsere Ermittlerseelen sind einfach froh, wieder aktiv zu sein."

„Sagen Sie das bloß nicht in Gegenwart von Barney. Außerdem bringe ich das alles nach wie vor nicht zusammen."

„Warten Sie's ab. Ich freue mich auf Ihre Party, und ein bisschen Small Talk kann sehr ergiebig sein."

24

Als Barney nach Hause kam, stand Poppy in der Küche, umgeben von einer Batterie Töpfe und Gläser. Er wollte sie umarmen, aber sie wehrte ihn ab. „Pass auf, ich bin klebrig von oben bis unten."

„Küchenschlacht?", fragte Barney grinsend.

„Ich wollte auf andere Gedanken kommen, habe den Apfelbaum abgeerntet und koche das ganze Zeug jetzt ein." Poppy drehte das Gas herunter, hob den Topf von der Flamme und verteilte den dampfenden Inhalt auf ein halbes Dutzend Gläser, in die sie vorher jeweils eine Zimtstange gesteckt hatte.

„Apfelkompott!" Barney griff nach den Topflappen, hielt die Gläser fest, damit sie beim Einfüllen nicht verrutschten und schraubte die Deckel zu. Er fing einen Tropfen auf.

„Köstlich!"

„Schön, dass du da bist, mit deiner Hilfe bin ich schneller fertig. Möchtest du gleich etwas davon haben? Wir könnten Milchreis dazu machen, ich habe sonst kein Abendessen vorbereitet."

„Das trifft sich gut. Ich habe mit Flexer zu Mittag gegessen, Austern, Steaks und Kartoffelgratin, das liegt mir jetzt noch im Magen."

„Das Essen oder Flexer?"

„Beides, wenn du mich fragst." Barney küsste Poppy einen Zuckerkristall von der Nasenspitze. „Mhm, ein süßer Vorgeschmack. – Flexer sprach eigentlich nur von zwei Dingen."

„Das eine war bestimmt er selbst, der elende Narzisst. Und das andere?"

„Das warst du, Darling. Ich musste ihm versprechen, dass du beim nächsten Treffen dabei bist. Die Eröffnungsausstellung soll dir gelten!"

Poppy stöhnte. „Typischer Flexer-Alleingang. Das werde ich ihm ausreden. Mein Atelier ist noch nicht fertig."

„Er meinte, er schafft deine Arbeiten aus London her."

„Außerdem habe ich im Moment keinen Kopf dafür." Sie erzählte Barney von den Besuchen bei der Inspektorin, bei Claire Latour und vom Mittagstisch im Pub.

Barney verschwand in Richtung Bibliothek und kam mit zwei Gläsern zurück, in denen ein Fingerbreit Whisky schwappte. „Dann können wir wohl beide etwas Starkes vertragen. Cheers!" Sie stießen an. „Und ich darf noch etwas zum Tagesgeschehen beitragen." Barney setzte sich auf einen der antiken Windsor-Küchenstühle und streckte die langen Beine aus. „Unser Patentanwalt hat wieder angerufen, er war ziemlich aufgeregt."

„Will er immer noch ein Geschäft mit uns machen?"

„Unbedingt, er hat allen Grund dazu." Poppy sah ihn fragend an. „Adam hat erfahren, dass jemand von der Medimal Corporation einen Antrag auf Einsicht in die Patentunterlagen gestellt hat."

Poppy rutschte der Kochlöffel aus der Hand, fluchend fischte sie ihn aus dem heißen Kompott. „Verdammt, Tornycroft verliert keine Zeit."

„Es ist nicht gesagt, dass er es war, einen Namen konnte Adam nicht herausbekommen."

„Für mich bestätigt das den Verdacht, dass er hinter dem Einbruch bei uns steckt. Wer sollte sonst von dem Patent wissen?"

„Da gebe ich dir recht, und ich habe mit Adam darüber gesprochen. Er war alarmiert und redete auf mich ein, dass wir aktiv werden müssen. Er hätte einen Interessenten für die Formel in den USA. Ohne einem Angebot vorgreifen zu wollen, meinte er, einige hunderttausend Pfund seien drin, vielleicht sogar eine Million. Allerdings müssten wir uns schnell für konkrete Verhandlungen entscheiden, und so habe ich ihm das Go gegeben. Allerdings benötigt er deine Unterschrift, als Rechtsnachfolgerin deines Vaters."

„Das erledige ich am besten gleich und maile sie ihm." Poppy wusch sich die Hände und trocknete sie ab. „Hilfst du mir danach mit dem restlichen Kompott?"

„Klar, aber das letzte Glas schrauben wir gar nicht erst zu."

Nachdem Poppy die Unterschrift geleistet hatte, die Gläser gefüllt und eins davon zusammen mit einer großen Portion Milchreis verschwunden war, riss sie sich die Schürze herunter. Barney erschrak über ihre finstere Miene.

„Weißt du was?" Ihre Augen wurden zu schmalen Schlitzen. „Tornycroft hatte mir seine Mobilnummer gegeben, da darf ich ihn doch auch abends mal anrufen, nicht wahr?"

„Was hast du vor?“

„Ich rücke ihm auf die Pelle. Ich will erleben, wie er ist, zu Hause, nicht bei uns auf dem Sofa. Gleichzeitig werde ich ihn aus seiner selbstsicheren Komfortzone holen.“

„Du wirst ihn doch nicht auf den Mord ansprechen?“

„Am liebsten ja. Aber ich weiß, dass das riskant ist. Nein, ich werde versuchen, ihm weiter auf den Zahn zu fühlen. Ich werde ihm erzählen, dass ich wichtige Unterlagen gefunden habe, die ich ihm gerne persönlich zeigen würde.“

Barney stöhnte. „Davon kann ich dich nicht abhalten, oder?“

„Kaum. Was bleibt mir übrig? Der Polizei fällt nicht viel mehr ein, als bei uns nach nichtexistierenden Spuren zu suchen und vielleicht ein paar uralte Akten einzusehen; darauf kann ich nicht warten.“

„Also gut. Doch nur unter der Bedingung, dass ich mitkomme und Edwards auch, falls er überhaupt Lust dazu hat.“

„Ich denke schon. Aber meinst du nicht, dass Richard so ein Überfall abschreckt?“

„Abschreckt von was?“ Barney sah sie lauernd an. „Keine Alleingänge und keine Ermittlungsexperimente mehr, das hast du mir versprochen, Poppy!“

„Ich weiß. Aber kannst du mich nicht verstehen?“

„Und gerade, weil du so persönlich betroffen bist, ist das kein Fall für deine Hobby-Kriminalistik.“ Barney registrierte Poppys Schmollmund und fügte rasch hinzu: „Was nicht heißt, dass du das nicht angehen solltest. Nur eben nicht im Alleingang.“

„Dann darf ich Tornycroft anrufen, wenn ich auf laut stelle?“ Poppy sah ihn schief an, und er warf ihr eine Kusshand zu. „Zuvor kläre ich, wie der Inspektor dazu steht.“

Obwohl seine Frau im Hintergrund ein paar Fragen zu stellen schien, die Poppy nicht verstand, war Edwards einverstanden. „Glenna ist nicht so erfreut, aber da muss sie durch.“

„Ich will Sie nicht in Schwierigkeiten bringen.“

„Darin sind wir doch geübt, oder?“

„Es ist vor allem Barney, der darauf besteht, dass wir zu dritt aufkreuzen.“

„Mit dem Professor? Das erzähle ich Glenna, das wird sie beruhigen.“

„Dann melde ich mich noch mal wegen der Zeit.“

Poppy legte auf und wählte Tornycrofts Nummer, der sofort dran war.

„Poppy, wie nett, dass du anrufst!“

Sie runzelte die Stirn und musste sich erst daran erinnern, dass sie sich duzten.

„Richard, wie geht es dir?“ Innerlich bebend zwang sie sich zu einem verbindlichen Tonfall. „Ich hoffe, ich störe dich nicht so spät.“

„Auf keinen Fall. Ich bin ein Nachtmensch. Übrigens ähnlich wie die meisten meiner Tiere. Wahrscheinlich könnten das unsere Mitbürger nur schwer ertragen, aber am liebsten würde ich gemeinsam mit den wilden Bestien durch die nächtlichen Wälder streifen.“

„Wie Tarzan?“

„Genau!“ Tornycroft prustete vor Lachen. „Kommst du mit, Jane?“, fragte er aufgekratzt.

Seine Anzüglichkeit ließ Poppy zusammenzucken.

„Ich bin da anders“, antwortete sie so nonchalant wie möglich, „ich brauche meinen Nachtschlaf.“

„Was kann ich für dich tun?“

Poppy war erleichtert, dass er wieder geschäftsmäßig klang.

„Richard, ich habe da ein paar Unterlagen gefunden, die interessant für dich sein könnten. Inzwischen habe ich auch Mr Phelps kennengelernt, der bestätigte, dass ihr zusammen an einer Chronik bastelt.“

„Basteln ist gut, Poppy!“ Sein Lachen klang gekünstelt. „Jim rauft sich die Haare wegen der chaotischen Zustände in meinem Archiv. Das müsstest du sehen, es schaut aus wie die Bibliothek eines mittelalterlichen Klosters nach einem Überfall von Ungläubigen! Weißt du was? Komm doch vorbei, am besten gleich morgen Früh, sagen wir um neun Uhr?“

„Prima, warum nicht? Darf ich Barney mitbringen? Und unseren Freund Stephen Edwards?“

„Edwards … Ist das nicht der Polizist, mit dem du in der Zeitung standest?“

„Er ist in Pension, aber er wollte schon immer mal den berühmten Richard Tornycroft kennenlernen, in dessen Sprengel er früher seine Schäfchen hütete und das eine oder andere schwarze herausgepickt hat.“

„Wenn das keine Ehre ist“, rief er fröhlich. Poppy registrierte mit Genugtuung, wie leicht sie seiner Eitelkeit schmeicheln konnte, bis ihr der nächste Satz einen kalten Schauder über den Rücken jagte. „Vergiss nur vor lauter Schäfchen die Wölfe nicht, Poppy.“ Sie hörte Tornycrofts Atem über die Leitung und bekam eine Gänsehaut. „Am Ende muss jeder Mensch entscheiden, ob er ein Schaf oder ein Wolf ist. – Du auch, Poppy“, sagte er, als keine Reaktion kam. Er lachte leise. „Auch wenn du dich dagegen wehren magst, ich weiß, dass du dich entschieden hast, lange schon, und ich freue mich, mit dir zusammenzuarbeiten."

Poppy schnürte es den Magen zu.

„Mit dir natürlich auch, Barney! Hörst du zu?", fragte er in heiterem Ton. „Ich kann es gar nicht erwarten, dir meine Gemäldesammlung zu zeigen und die mittelalterlichen Folianten in der Bibliothek. Vielleicht kannst du ein paar von den staubigen Wälzern versteigern, ich brauche Platz für Literatur über meine Tiere. Nur eine Bitte hätte ich noch: Ich weiß, Torry ist ein entzückender und wohlerzogener Hund, aber mit den wilden Tieren hier würde sich sein Besuch nicht vertragen. Könnt ihr ihn zu Hause lassen?"

„Kein Problem."

„Danke. Bis morgen!" Die Verbindung brach ab.

Poppy stürzte ihren Whisky hinunter, dann griff sie nach Barneys Glas und leerte es ebenfalls in einem Zug.

25

Sie hatten den Inspektor um halb acht zum Frühstück eingeladen und saßen mit ihm auf der Terrasse. Im Osten wurde das Licht der tief stehenden Septembersonne von einer dünnen Dunstschicht gefiltert, die den Himmel milchig blau marmorierte. Ein leichter Wind aus Norden rippelte die Oberfläche des River Fal und schob ihn in Richtung Mündung, wo er sich in der graugrünen, von weißen Schaumkronen getupften Meeresfläche verlor.

Poppy hatte schlecht geschlafen, rutschte unruhig auf dem Stuhl herum und sah öfter auf die Uhr. Torry spürte ihre angespannte Stimmung und wich nicht von ihrer Seite.

Auch Edwards schien es aufzufallen. „Lassen Sie sich den herrlichen Tag nicht verderben."

Sie schüttelte den Kopf und lächelte. „Nein, keine Sorge. Das ist das Geheimnis von Almas Cottage. Es kann passieren, was will, hier fühle ich mich geborgen und auch ein bisschen erhaben über den Dingen." Sie stützte den Kopf auf die Hände und sah zu, wie ein Schwarm Kanadagänse vom Meer heraufzog, auf dem Fluss landete und ein v-förmiges Muster über die Oberfläche legte.

Barney kam mit frischem Kaffee und füllte ihren Becher. „Erwarte nicht zu viel von unserem Besuch“, sagte er. „Wichtig ist nur, dass wir dranbleiben.“

„Absolut. Und ich habe eine Strategie für die Gesprächsführung.“

Edwards tunkte die Spitze seines Croissants in den Kaffee. „Welche Unterlagen wollen Sie ihm eigentlich präsentieren? Doch nicht etwa das Patent selbst?“

„Warum nicht? Wahrscheinlich hat er es längst, wenn er bei uns rumgeschnüffelt hat. Und nun, da er davon weiß, kann er beim Patentamt ganz offiziell Einsicht nehmen, dafür ist diese Einrichtung ja da. Nein, ich will ihm nichts vorenthalten, sondern vielmehr testen, wie er damit umgeht. Tut er erstaunt? Oder macht er mir ein Angebot?“

„Das könnte ich mir gut vorstellen“, sagte Barney, „er scheint sich absolut sicher zu fühlen.“

„Wart ab“, sagte Poppy, „jetzt folgt Phase zwei. Ich werde auf die Tagebucheintragungen und den Unfall zurückkommen und ihn mit der Tatsache konfrontieren, dass er vom Tod meines Vaters profitiert hat. Er war den innerbetrieblichen Rivalen los und blieb Chef.“

Edwards blickte sie zweifelnd an. „Meinen Sie, damit können Sie ihn aus der Reserve locken? Wir treffen Tornycroft in Hellstone Hall, im Zentrum seiner Macht.“

„Wir werden sehen. Ab da müssen wir improvisieren. Falls ich so nicht weiterkomme, folgt Phase drei.“ Poppys Augen blitzten, und beide Männer schluckten beim Anblick ihrer Entschlossenheit. „Ich gebe zu, das ist der kritische Teil, und ich bin gespannt, was ihr dazu meint." Sie beugte sich über den Tisch. „Ich konfrontiere Tornycroft mit etwas, das ihn schockieren wird: Ich werde ihm sagen, dass meine Schwester seine Augen erkannte, ihn vor ihrem Tod gesehen hat, wie er aus dem Lkw stieg und neben dem Auto stand!"

Barney runzelte die Stirn. „Er wird das abstreiten und sich außerdem empört auf die Tatsache zurückziehen, dass Gwen und deine Eltern den Berichten nach sofort tot waren, und wie du dazu kämst, eine solche Behauptung aufzustellen."

Edwards nickte. „Er könnte Sie wegen übler Nachrede anzeigen."

„Damit muss ich rechnen, aber wie will er sie beweisen? Die einzigen Zeugen sind mein Mann und ein persönlicher Freund. Das Ganze kann natürlich nur funktionieren, wenn wir ihn alleine treffen." Sie ballte die Fäuste. „Ich werde das nicht beeiden, ich will ihm auch nichts von meinem Shining erzählen. Nein, ich will ihn einfach provozieren und sehen, wie er reagiert! Zu verlieren habe ich nichts, oder?"

„Am Ende vielleicht Ihren guten Ruf, und es könnte passieren, dass er Ihre seelische Gesundheit infrage stellt." Edwards strich sich über den Kopf. „Doch ich muss schon sagen: Chapeau! Das nenne ich eine couragierte Attacke."

Barney schien weniger überzeugt zu sein. „Forsch und furchtlos, wie meine Poppy eben ist. Allerdings gibst du damit alles aus der Hand und spielst deinen einzigen Trumpf aus."

„Das ist mir egal. Ich weiß einfach, dass ich es meiner Familie schuldig bin, da muss ich das Risiko eingehen. Wollt ihr mitmachen oder nicht?"

Poppy ließ das Gartentor ins Schloss fallen. Torry stand mit hängendem Kopf hinter dem Gitter, es war ihm anzusehen, dass er beleidigt war, er ließ sich von interessanten Ausflügen nur ungern ausschließen.

Barney klappte das Verdeck des Morris zurück, und sie fuhren los.

Die drei schwiegen, und so hörte Poppy das Gezwitscher der Vögel, als sie den Buchenwald durchquerten. Wieder sah Poppy auf die Uhr. *Genügend Zeit, es sind ja keine zwei Meilen.*

Östlich vom Trevilla Hill begann das weitläufige Areal von Hellstone Hall.

Die Landstraße war zu schmal für zwei Fahrspuren, deshalb fuhr Barney links ran, als ihnen ein Land-Rover entgegenkam.

Eine Staubwolke traf sie. „Der hat's aber eilig", sagte Edwards, nachdem er den Hustenanfall überwunden hatte. Poppy blickte dem Fahrzeug hinterher. „War der Glatzkopf nicht Harkoff, Tornycrofts Manager?" Edwards nickte. „Eindeutig."

Barney steuerte auf die Fahrbahn zurück.

Nach einer Rechtskurve war die Szenerie wie verwandelt. Auf den Hügeln rechts und links der Straße wuchsen nicht mehr Haselnuss, Schlehen und Weißdorn. Stämme mit schuppiger Rinde ragten in den Himmel, an den weitverzweigten Ästen hingen schimmernde, sichelförmige Blätter. Dann folgten haushohe Bäume, die Kronen waagerecht ausgebreitet wie Schirme. „Eukalyptus – und Akazien! Hier sieht es aus wie in der Savanne." Poppy rieb sich den Staub aus den Augen. „Tornycroft scheut keinen Aufwand und bietet seinen exotischen Tieren eine heimische Umgebung."

Barney bremste vor dem meterhohen Gittertor in einer Mauer, die sich rechts und links von der Straße in der dichten Vegetation verlor. Offenbar hatte eine der Kameras, die auf dem Sims angebracht waren, ihre Ankunft gemeldet, denn das Tor fuhr lautlos zur Seite.

Die Stimme aus einem Lautsprecher wies sie an, den Wagen auf den Parkplätzen vor dem Haupthaus abzustellen.

Der Weg führte s-förmig eine Anhöhe hinauf, auch hier überwog die subtropische Vegetation mit Palmen, Tulpenbäumen und dem riesigen Fächer eines Traveler's Tree.

Auf der Spitze des Hügels erhoben sich die Gebäude von Hellstone Hall. Barney bremste, parkte den Morris, und sie stiegen aus. Staunend betrachtete Poppy das Ensemble. „Das sieht aus wie die Bauklötze eines zerstreuten Kindes."

Die Mitte bildete ein klassisches Portal mit dorischen Säulen und einer Marmortreppe. Aber wo sich sonst rechts und links die typischen Flügel eines klassischen Herrenhauses anschlossen, lagen hier in chaotischer Weise aneinandergereihte Gebäude. Ein viktorianisches Gewächshaus ging in eine Art Lagerhalle über, dann folgte ein zweistöckiges Gebäude in zweckmäßig schlichter Bauweise. Hinter den Fenstern waren Menschen in weißen Kitteln zu sehen, die an Labortischen arbeiteten. Auf der anderen Seite zog sich eine lockere Anordnung weiträumiger Gehege und Käfige den Hügel entlang, Tiergeräusche waren zu hören, und ein moschusartiger Geruch lag in der Luft.

Über die Marmortreppe kam ihnen eine ältere, zierliche Frau entgegen, die grauen Haare zum Knoten gebunden. Sie trug Arbeitskleidung, die einem Safarianzug ähnelte.

„Ich bin Jenny Marlowe, die Haushälterin von Mr Tornycroft." Sie stellte sich vor, ohne ihnen die Hand zu geben. „Sie sind die Daytons, nehme ich an?" Für einen Moment betrachtete sie den Inspektor misstrauisch, dann ging sie darüber hinweg. „Folgen Sie mir, Sie werden erwartet."

Sie durchquerten das Säulenportal und betraten die geräumige Halle. Bis auf die wertvolle Täfelung aus Holzintarsien war sie leer und schmucklos.

Die Haushälterin drehte sich zu ihnen um. „Mr Tornycroft wollte heute Morgen nicht gestört werden, aber er gab mir die Anweisung, Sie um neun zu ihm zu bringen." Ihre Stimme erzeugte ein Echo in dem kahlen Raum, das sich plötzlich unangenehm mit dem Piepen eines DECT-Telefons mischte. Sie hob es ans Ohr und lauschte.

„Jetzt sofort?", fragte sie unwirsch. „In Ordnung, ich bin auf dem Weg."

Sie steckte das Gerät an den Gürtel zurück und öffnete eine Tür, die in einen langen Gang mündete. „Gehen Sie einfach immer geradeaus. Mr Tornycrofts Büro ist am Ende hinter der Glastür. Darf ich fragen, was Sie trinken möchten? Tee? Kaffee?"

„Ich denke, Tee ist in Ordnung", sagte Poppy, und die Männer nickten.

„Gerne, ich bringe ihn in ein paar Minuten." Sie verschwand in Richtung Halle.

Das klinische Weiß des Ganges, die helle Beleuchtung und wissenschaftlichen Poster an den Wänden verstärkten den Laborcharakter der Anlage.

Sie erreichten die Tür aus Milchglas. Poppy klopfte. Als sich nichts tat, sah sie die anderen an. Die zuckten mit den Achseln, und sie öffnete.

Der Anblick des Raumes dahinter raubte ihnen den Atem.

Er reichte über zwei Stockwerke und war angefüllt mit Bücherregalen, die die Wände an drei Seiten bedeckten. In der Mitte stand ein riesiger Schreibtisch in edwardianischem Stil, die Arbeitsfläche wurde verlängert durch funktional aussehende Arbeitsplatten, auf einem stand ein Laptop, der Bildschirmschoner zeigte eine Löwenfamilie.

Alles war übersät mit Büchern, Dokumenten und Packungen mit Arzneimitteln. Auch ein Tablett mit einer Thermoskanne und einem Teller mit Essensresten stand auf dem Schreibtisch.

Aber das bildete nur den Rahmen. Die Blicke wurden magisch angezogen von der Fensterfront, die fast die ganze Fläche vor ihnen einnahm.

„Ist das ein Film?", fragte Poppy gebannt.

Jenseits der meterhohen Scheiben breitete sich auf einem mehrere Hektar großen Gelände die afrikanische Savanne aus. Um eine zentrale Wasserstelle scharten sich Impala-Gazellen und Wasserbüffel. Ein Elefantenpaar trottete herbei, und über eine Schirmakazie ragte der Hals einer Giraffe auf.

Die Szenerie hätte biblische Ruhe ausstrahlen können, wenn die Bewegung unmittelbar vor dem Fenster nicht gewesen wäre. Ein Leopard lief rastlos auf und ab, den Blick in den Raum gerichtet. Als er Poppy und ihre Begleiter bemerkte, zog er sich fauchend ein paar Meter zurück und kauerte sich auf den sandigen Boden.

Poppy löste ihre Augen mühsam von dem Panorama, erst jetzt fiel ihr auf, dass es in dem riesigen Raum absolut still war.

„Hallo?" Poppy räusperte sich. „Richard?"

Sie umrundeten den Schreibtisch. Im Bereich bis zum Fenster stand eine Sitzgruppe aus dunkelbraunen Ledersesseln, alle ausgerichtet auf die Wasserstelle. Neben einem umgestürzten Beistelltisch glitzerten Glasscherben und auf dem Boden verteilten sich weiße Tabletten zwischen verstreuten Papieren.

Abrupt blieben sie stehen.

In dem schmalen Raum zwischen Sitzgruppe und Fensterrahmen lag eine gekrümmte Gestalt.

26

„Richard!" Poppy war mit zwei Schritten bei ihm. Der Mann starrte mit leblosen Augen zum Fenster, in Richtung der Stelle, wo der Leopard kauerte.

Edwards kniete sich neben ihn und hob behutsam seinen Kopf an. Tornycroft zeigte keine Reaktion, auch nicht, als er ihn in die Wange kniff. Der Inspektor tastete nach dem Puls an der Halsschlagader. „Regelmäßig, aber sehr schwach. Er lebt noch, und es sieht nicht nach einer äußeren Verletzung aus ..."

Barney wählte bereits den Notruf und gab die Adresse an. „Mr Tornycroft, ein Mann um die siebzig Jahre, nicht ansprechbar, möglicherweise eine Vergiftung."

„Ist notiert. Der Notarzt kommt aus dem Royal Cornwall Hospital in Truro und ist in zehn Minuten bei Ihnen", antwortete eine junge Frau mit ruhiger Stimme.

„Und jetzt die Polizei." Edwards seufzte und sah Poppy an. „Ich fürchte, auf die Kollegin können wir in dieser Situation nicht verzichten." Auch diesen Anruf erledigte Barney.

Poppy strich sich eine Haarsträhne aus der Stirn. Ihre Hand zitterte, als sie Tornycrofts Wange berührte. „Seine Haut fühlt sich kalt und trocken an. Können wir denn nichts für ihn tun?"

Edwards schüttelte den Kopf. „Solange Puls und Atmung feststellbar sind, sollten wir nicht eingreifen und alles andere den medizinischen Spezialisten überlassen.“

Poppy wurde von einer Bewegung abgelenkt. Der Leopard näherte sich dem Fenster. Die Raubkatze drückte ihren Kopf gegen die Scheibe, die Nase dicht an einer Reihe schmaler Lüftungsklappen, die unmittelbar über dem Boden angebracht waren.

„Das Tier scheint seinen Herrn zu wittern.“ Poppy beobachtete es fasziniert, bis es sich beruhigte und liegen blieb, diesmal direkt vor dem Fenster.

„Die Tabletten, die hier herumliegen ... Hat er versucht, sich umzubringen?“ Poppy betrachtete das Chaos um die bewusstlose Gestalt. Edwards machte ein Foto mit dem Smartphone. „Aber wie passt das zu seinem aufgekratzten Zustand gestern?“

„Wir sollten keine voreiligen Schlüsse ziehen. Erst mal bringen wir den Mann in eine stabile Seitenlage. Barnabas, helfen Sie mir dabei?“ Edwards zog das Sitzpolster von einem der Sessel und bettete Tornycrofts Kopf darauf, aus dem Mundwinkel rann ein dünner Speichelfaden. „Mehr können wir im Moment nicht tun.“ Von draußen waren mehrere Sirenen zu hören, offenbar trafen Notarzt und Polizei gleichzeitig ein. „Halt, lassen Sie das liegen, nichts anfassen!“ Der Inspektor hielt Poppy gerade noch davon ab, nach einem der Papiere zu greifen, die auf dem Boden lagen. Ihre Hand zuckte zurück, aber sie kniete sich auf den Boden und sah genau hin.

„Der Ausdruck eines Handyfotos, das ist eindeutig eine Seite aus der Patentschrift meines Vaters.“ Poppys

Atem ging schneller, es fiel ihr schwer, dem Drang zu widerstehen, nach dem Blatt zu greifen. „Am Rand sind handschriftliche Notizen. Ausrufezeichen, ein Blitzsymbol und hier ein ganzer Satz: *Nonsens, das kann nicht funktionieren.*“ Poppy blieb zwischen den Papieren sitzen. „Daran hat sich jemand heftig abgearbeitet.“

„Noch mal, bitte alles so lassen, wie es ist. Das ist ein potenzieller Tatort.“

Die Tür zum Gang flog auf, und mehrere Personen drangen in den Raum.

Edwards zog Poppy hoch und sagte beinahe flehend: „Kommen Sie davon weg, wir stecken schon viel zu tief drin!“

„Allerdings!“ Die energische Frauenstimme war wohlbekannt. Eine grimmige und, wie Poppy fand, triumphierend dreinblickende Frances Burleigh baute sich vor ihnen auf. „Ich nehme Sie alle wegen des Verdachts des Mordes an Mr Richard Tornycroft in Gewahrsam. Konstabler, entfernen Sie die Leute und machen Sie Platz für die Ärzte.“

„Sie können gleich Ihres Amtes walten, Lady.“ Die ruhige Stimme des Notarztes, ein Mann Ende fünfzig mit grauen Schläfen und wachen Augen setzte sich über den Kommandoton der Inspektorin hinweg. „Mein Eindruck ist, dass hier die richtigen Erstmaßnahmen getroffen wurden. Jetzt sind wir dran. Bitte verlassen Sie den Raum“, sagte er unmissverständlich. „Alle!“

Die Inspektorin und Konstabler Hillen nahmen Poppy, Barney und Edwards in die Mitte und führten sie durch den Gang zurück in die Eingangshalle. In diesem Moment tauchte die Haushälterin mit einem Tablett voll mit Tee und Gebäck auf. „Was soll das bedeuten?" Sie zitterte. „Einer der Laboranten kam zu mir und sagte, er habe eben die Polizei und den Arzt hereingelassen. Ist etwas mit …?" Ihre Stimme erstarb. Der Konstabler erwähnte den medizinischen Einsatz und bat sie, zu bleiben.

„Die Frau kann ja kaum stehen, Konstabler. In dieser Bahnhofshalle kann ich kein vernünftiges Gespräch führen." Die Inspektorin ging auf die Haushälterin zu und stützte sie. Poppy relativierte einen Teil ihrer Abneigung. *Wenn's drauf ankommt, scheint sie ihr Herz zu entdecken.*

„Mrs …?"

„Marlowe. Ich muss zu Mr Tornycroft!"

„Das geht nicht. Können wir uns hier irgendwo in einer menschlichen Umgebung zusammensetzen?"

Mrs Marlowe nickte und schien sich zu beruhigen. „Nebenan ist ein Konferenzraum. Folgen Sie mir."

Der Konferenzraum war funktionell eingerichtet, mit einem langen Tisch und Stühlen aus Metall. Die Haushälterin stellte das Tablett ab. „Der Tee reicht nicht für alle, fürchte ich. Soll ich noch etwas besorgen?"

Die Inspektorin schüttelte stumm den Kopf. Wie die anderen war sie abgelenkt.

Auch von diesem Raum ging ein großes Fenster auf den Innenhof hinaus.

In seitlicher Perspektive war zu sehen, dass immer mehr Tiere von der Wasserstelle abließen und sich in Richtung Tornycrofts Bibliothek bewegten, bis das Rudel die Aufmerksamkeit von zwei Wärtern erregte. Einer führte den Leoparden zu einem Käfig, der am Rand der Lichtung stand. Daraufhin verteilten sich die Tiere wieder auf dem Areal.

„Was für ein Schauspiel", sagte Konstabler Hillen ehrfurchtsvoll. „Das hat ein Mann nur für sein Privatvergnügen geschaffen? Kaum zu glauben."

„Sie befinden sich in einer Forschungseinrichtung! Mr Tornycroft geht hier keinem Hobby nach", sagte die Haushälterin empört. „Ich übrigens auch nicht. Seit zwanzig Jahren arbeite ich für ihn." Übergangslos verlor ihre Ansprache den trotzigen Charakter. „Was ist mit ihm geschehen?", fragte sie mit bebender Stimme, „sagen Sie mir endlich, was hier passiert? Wer hat die Polizei alarmiert?"

„Das waren offensichtlich Ihre Gäste hier." Die Inspektorin schaute in die Runde, der Blick aus den dunklen Augen war nicht zu deuten. „Und Sie, Mrs Marlowe? Wann haben Sie Ihren Chef zuletzt gesehen?"

„Gestern Abend um sechs. Ich war bei ihm in der Bibliothek, und er gab mir Anweisungen für den nächsten Tag."

„Und heute?"

„Er rief mich an, früh um halb acht, wie immer, und sagte, er wolle nicht gestört werden. Er habe sich selbst etwas zum Frühstück gemacht. Keine Besucher, nur Mrs Dayton und ihre Begleitung sollten direkt zu ihm vorgelassen werden."

„Was ist mit Mr Harkoff?", fragte Poppy rasch.

„Mr Harkoff ist seine rechte Hand. Er hat jederzeit Zutritt zu Mr Tornycroft." In Mrs Marlowes Stimme schwang so etwas wie Zuneigung mit. „Aber soweit ich weiß, war er heute noch nicht bei ihm. Er war im Haus, im Labor, glaube ich."

„Wir haben Mr Harkoff gesehen. Er kam uns entgegen, als wir aufs Gelände fuhren. Kurz vor neun. Er schien es ziemlich eilig …"

„Mrs Dayton!" Die Inspektorin unterbrach Poppy brüsk. „Führen Sie das Verhör? Warten Sie, bis Sie an der Reihe sind." Sie machte sich eine Notiz. „Mrs Marlowe, ist Ihnen irgendetwas an Ihrem Chef aufgefallen? War er anders als sonst?"

„In den letzten Tagen war er noch aktiver als üblich. Ehrlich gesagt, machte ich mir Sorgen um ihn. Sein Bett blieb oft unberührt, er verließ die Bibliothek kaum noch und schien auf dem Sofa zu schlafen. Gestern Abend bat er mich, diesen Raum hier für eine außerordentliche Sitzung des Aufsichtsrates vorzubereiten, für heute oder morgen Nachmittag, den genauen Zeitpunkt wollte er mir noch mitteilen."

„Nahm Mr Tornycroft regelmäßig Medikamente?"

Mrs Marlowe zögerte mit der Antwort, dann sagte sie kaum hörbar. „Ich will nichts Schlechtes über ihn sagen, aber er nahm ständig Pillen. Ich weiß nicht, welche, doch ich denke, es waren welche gegen die Müdigkeit, und dann wieder zum Einschlafen … Mr Tornycroft leitet eine Reihe von Unternehmen, das ist eine äußerst anstrengende Aufgabe."

„Wirkte er deprimiert?"

Mrs Marlowe knetete ein Taschentuch, das sie aus der uniformähnlichen Jacke gezogen hatte und schien über die Wahl ihrer Worte nachzudenken. „In den letzten Monaten kam er mir irgendwie traurig vor. Er war sehr besorgt um seine Tiere. Ich bin in keine Details eingeweiht, aber es ging wohl um ein Medikament. Als dann noch Singha verschwand, war er außer sich."

„Singha?“

„Die Löwin. Der Verlust machte ihm sehr zu schaffen.“

„Gab es noch andere Zwischenfälle?“

„Nicht dass ich wüsste.“ Mrs Marlowe wischte sich über die Augen. „Aber warum fragen Sie nicht den Chef selbst?“

„Im Moment benötigt er medizinischen Beistand.“ Die Inspektorin legte ihren Stift auf den Tisch. „Ich danke Ihnen für Ihre Informationen, Mrs Marlowe, und will Sie nicht weiter beanspruchen. Sie halten sich zu unserer Verfügung?“

„Selbstverständlich.“ Sie lief zur Tür.

„Eine Sache noch. Würden Sie bitte Mr Harkoff verständigen und ihm ausrichten, dass ich ihn in meinem Büro in Falmouth sprechen möchte, am besten heute noch?“

Die Haushälterin nickte und verschwand.

Burleigh griff erneut nach ihrem Kugelschreiber und trommelte damit auf dem schwarzen Einband des Notizbuchs herum. „Und jetzt zu Ihnen.“ Grimmig musterte sie nacheinander Poppy, Barney und Edwards. *„For heavens sake,* was hatten Sie hier zu suchen?“ Sie seufzte. „Gerade waren Sie bei mir und haben mich mit den schlimmsten Anschuldigungen bombardiert, nur um sich kurz darauf selbst auf Mr Tornycroft zu stürzen?“

Als Poppy etwas sagen wollte, schnitt ihr die Inspektorin mit einer herrischen Geste das Wort ab. „Entschuldigen Sie meine Wortwahl, Mrs Dayton, aber versetzen Sie sich mal in meine Lage. Würde es Ihnen nicht zu denken geben, Sie hier anzutreffen, während Mr Tornycroft mit dem Tod ringt?"

Wieder setzte Poppy zu einer Antwort an, doch diesmal wurde sie vom Notarzt unterbrochen, dessen Kopf im Türspalt erschien. „Frau Inspektor? Wir sind hier fertig. Inzwischen ist Ihre Spurensicherung eingetroffen, ich habe ihnen freie Bahn gegeben."

„Was ist mit Mr Tornycroft?"

„Sein Zustand ist komatös. Es besteht der Verdacht auf Einnahme einer größeren Menge von Barbituraten. Wir haben eine Magenspülung durchgeführt und müssen die Entwicklung abwarten. Er kommt auf die Intensivstation des Royal Cornwall."

Burleigh nickte. „Konstabler, fahren Sie mit und bleiben Sie bei ihm? Danke."

Nachdem die beiden gegangen waren, legte sie Daumen und Fingerspitzen aneinander und betrachtete Poppy durch das Dreieck. „Wo war ich stehen geblieben?"

„So wie Sie mich aufs Korn nehmen, wollten Sie gerade sagen, dass ich die Absicht hatte, Mr Tornycroft umzubringen." Poppy versuchte, die Beherrschung zu behalten, was ihr sehr schwerfiel. Sie atmete schwer und griff nach Barneys Hand.

„Ein Motiv hätten Sie ja."

Edwards ging dazwischen. „Frances, es reicht! Auch wenn die Situation hier unglücklich wirkt, ist der Verdacht absolut lächerlich, und das weißt du auch. Immerhin haben wir den Arzt gerufen und dich dazu! Ich kann nur hoffen, dass irgendwelche Animositäten die unvoreingenommene Ermittlung nicht beeinträchtigt. Sonst wäre es ratsam, den Fall abzugeben."

„Drohst du mir etwa, Stephen?" Burleigh spitzte die Lippen.

Sie scheint die Situation zu genießen, dachte Poppy, nahm sich aber weiter zusammen, um zu vermeiden, dass sich die Lage zuspitzte.

Auch der Inspektorin schien daran gelegen zu sein, denn sie ergänzte in versöhnlicherem Ton. „Am besten, wir beruhigen uns alle, und versuchen bei den Fakten zu bleiben."

Edwards übernahm und schilderte die Ereignisse, von der kurzen Begegnung mit Harkoff bis zum Eintreffen der Polizei. Auch die Tatsache, dass neben Tornycroft die Unterlagen von Poppys Vater gefunden wurden, ließ er nicht unerwähnt.

Die Inspektorin notierte sich alles, klappte das Heft zu und ließ das Gummiband mit einem scharfen Knall darüber schnappen. „Danke, das reicht fürs Erste. Ich gebe zu, einen Moment lang war ich versucht, Sie in Gewahrsam zu nehmen, und sei es nur, um Sie für eine Weile aus dem Verkehr zu ziehen", Burleigh blickte ungerührt in die Runde, „oder aus der Schusslinie zu nehmen, ganz, wie Sie wollen. Der Fall hat eine gewisse Brisanz, da sind wir uns einig, und keiner kann im Moment sagen, wohin er uns führen wird."

„Und wenn es schlicht Selbstmord war?"

„Das werden die Untersuchungen zeigen, Mrs Dayton. Hoffen wir für alle, dass der Mann es überlebt, und wir ihn fragen können. Bis dahin halten Sie sich zu meiner Verfügung."

Die Inspektorin stand auf und verließ grußlos den Raum.

27

Poppy saß mit geschlossenen Augen da. In der plötzlichen Stille fiel die Anspannung von ihr ab, und sie kämpfte gegen Schwindel und Atemnot an. Sie legte die Finger an die Schläfen und versuchte die aufsteigende Dunkelheit fortzuwischen. *Ich darf jetzt nicht ...* Sie atmete langsam ein und aus. Wieder hing der eigentümliche moschusartige Geruch in der Luft. Das wilde Aroma wirkte belebend und half ihr dabei, bei Bewusstsein zu bleiben.

Barney, der Poppys Notlage spürte, goss Tee in eine Tasse, gab einen Löffel Zucker hinein und rührte um. „Das wird dir guttun.“

„Danke, Barney.“ Sie trank einen Schluck. „Bitter und kalt.“ Poppy verzog das Gesicht, stellte die Tasse ab und versuchte aufzustehen, aber die Knie gaben nach. Sie sank auf den Stuhl zurück und schlang die Arme um sich. „Ich friere.“

„Das ist der Schock.“ Barney klang besorgt. „Lass uns einen Moment warten.“

Poppy nickte. Widerwillig trank sie den abgestandenen Tee aus.

Sie blickte durch das riesige Fenster. Die zwei Männer in grünen Overalls trieben die Tiere zusammen, und eines nach dem anderen verschwand in den Gehegen, bis das Areal um die Wasserstelle verlassen dalag.

„Was wird aus ihnen?", fragte Poppy bang. „Was passiert mit so einem Zoo?"

„Das sind ja keine verwaisten Haustiere." Edwards versuchte sie zu beruhigen. „Tornycroft scheint eine Menge Leute beschäftigt zu haben."

Poppy sah ihn fragend an. „Warum sprechen Sie in der Vergangenheitsform von ihm?"

„Ich bin nicht gerade optimistisch, was ihn angeht."

„Als er da lag, vor dem Fenster zum Hof." Poppy bekam eine Gänsehaut, ihre Hände fühlten sich pelzig an. „Gruselig, wie eingezwängt zwischen den Welten."

Der Inspektor nickte. „Wahrscheinlich beschreibt das seinen momentanen Zustand ziemlich gut."

Poppy öffnete und schloss die Fäuste. „Ich will nicht, dass er sich einfach so davonstiehlt." Das Kribbeln in den Fingern ließ nach. „Damit hätte ich niemals gerechnet." Sie seufzte. „Mein Plan, Tornycroft mit seiner Tat zu konfrontieren, ist jedenfalls gründlich schiefgegangen." Sie stemmte sich vom Stuhl hoch, diesmal fand sie festen Halt auf ihren Füßen. „Lasst uns gehen. Ich will nach Hause." Der letzte Satz erzeugte einen Energieschub. „Wisst ihr was? Diese Katastrophe hat auch ihre gute Seite. Irgendwie fühle ich mich erleichtert, auch wenn es pietätlos ist." Poppy war selbst überrascht von der Härte ihrer Stimme.

Sie verließen das Gebäude. Auf der Treppe, zwischen den massiven weißen Säulen des Portals, hatte sich eine Menschentraube gebildet. In der Mitte standen ein Mann in weißem Kittel, die Haushälterin und eine hochgewachsene Frau mit langen, dunklen Haaren, die zu der Versammlung sprach. Poppy blieb stehen. „Ich erkenne die Stimme", sagte sie leise. „Das ist Tornycrofts Assistentin. Sie hatte mich am Telefon abblitzen lassen."

Die Frau unterbrach ihre Rede und drehte sich zu ihnen um. „Was haben Sie hier noch zu suchen?"

„Warum so feindselig?", fragte Edwards.

„Bitte verlassen Sie das Gelände."

Poppy war schon am Wagen. „Das müssen Sie uns nicht zweimal sagen."

Barney lenkte den Morris über den schmalen Weg zur Landstraße. Poppy blinzelte ins Licht und suchte im Handschuhfach vergeblich nach einer Sonnenbrille. „Trotz allem. Was für ein herrlicher Herbsttag."

Barney klappte die Blende herunter. „Das Wetter will jedenfalls nichts zur Tragik beitragen."

Poppy küsste ihn auf die Wange. „Schön gesagt, mein Poet."

Sie hielten vor Almas Cottage. „Inspektor, wollen Sie noch bleiben?", fragte Poppy, „oder ist Ihr Bedarf an Abenteuern für heute gedeckt?"

„Ich weiß nicht ..."

Poppy unterbrach ihn. „Lasst uns zu Kirk gehen, das Mittagessen bei ihm hat mittlerweile Tradition."

„Ich lade alle ein." Barneys Worte wurden von lautem Bellen übertönt.

Torry sprang an der Gartentür hoch und kläffte aus vollem Hals.

„Erst erlösen wir Torry. Auch er hat sich an seinen Knochen gewöhnt." Poppy stieg aus und öffnete das Tor. Der Terrier sprang ihr geradewegs auf den Arm und leckte ihre Nase.

„Nicht so stürmisch, mein Schatz, diesmal darfst du mit.“

Barney wendete den Morris.

„Vielen Dank für die Einladung.“ Edwards schien es sich überlegt zu haben. „Ich muss das später nur meiner Frau erklären. Ich schwärmte ihr neulich von dem Pub vor, und sie meinte süffisant, dass man mir das ansähe.“ Er seufzte. „Und dann fragte Glenna mich noch, ob ich wieder im Dienst sei, so oft, wie ich unterwegs bin.“

„Das frage ich mich allerdings auch.“ Barney schaute zwischen Rückspiegel und Poppy hin und her, sie fürchtete diesen Blick. „Ich will dem Dream-Team nicht in die Parade fahren, aber ich bin alles andere als begeistert über die Entwicklung.“

„Keiner kann was dafür!“, sagte Poppy trotzig.

„Meinetwegen. Doch über die Art und Weise, darauf zu reagieren, wird man wohl noch diskutieren dürfen.“

„Was heißt Art und Weise? Ich kann nicht ...“

Edwards schob sich auf der Rückbank nach vorne und legte beiden die Hand auf ihre Schultern. „Bitte, nicht streiten“, sagte er begütigend. „Ich verstehe Sie sehr gut, Barnabas, und ich verspreche Ihnen noch mal, dass ich auf Ihre Frau aufpasse.“

„Danke, Inspektor, ich weiß, Sie meinen es gut mit Poppy und mir. Sie sind ein echter Freund geworden, für uns beide. Aber dass wir uns überhaupt damit auseinandersetzen müssen, finde ich furchtbar.“

Poppy lenkte ein und berührte Barneys Hand, die sich um den Schaltknüppel krallte.

„Ist es nicht vorbei, nach dem, was heute Morgen passiert ist?“, fragte sie, „ich hoffe es zumindest.“

Edwards seufzte. „Ich denke, darauf können wir uns einigen.“

Barney starrte geradeaus und schwieg.

Poppy wechselte das Thema. „Sie erwähnten gerade Glenna, Stephen. Bringen Sie sie das nächste Mal einfach mit. Und Sie kommen doch beide zur Garden Party?“ Sie stockte und biss sich auf die Lippen. „Obwohl – müssen wir die nicht absagen, jetzt, wo Tornycroft …?“

„Wäre wahrscheinlich besser.“ Barney blieb bei seiner gedämpften Stimmung.

Sie parkten vor dem Fox & Hounds und betraten den Pub.

Poppy sah sich um. „Ungewöhnlich voll für die Mittagszeit“, sagte sie leise, „und sehr still.“

Bis auf den Fernseher, der alle Blicke anzog. Poppy war er bisher nie aufgefallen, in seiner Ecke über dem Tresen.

„… Hellstone Hall. Unsere Reporterin Jane Maxwell ist für Sie vor Ort und versucht, mehr über die Ereignisse in Erfahrung zu bringen. Jane, was kannst du uns berichten?“

Die Frau im Trenchcoat hielt ein Mikrofon in der Hand und schaute in die Kamera, im Hintergrund war das Herrenhaus zu erkennen.

„Heute Morgen wurde der bekannte Industrielle Richard Tornycroft leblos in seinem Arbeitszimmer aufgefunden.“ Sie zeigte zum Haus. Wolken zogen rasch über den Himmel, sodass der Gebäudekomplex mal im Schatten und mal im gleißenden Sonnenlicht lag.

„Ist etwas über die Ursache seines Zustands bekannt?", fragte der unsichtbare Nachrichtensprecher.

„Nach meinen Informationen hatte Tornycroft einen launischen Charakter, aber sonst schien er sich bester Gesundheit zu erfreuen. Daher ist ein Verbrechen nicht auszuschließen."

„Was sagt die Polizei dazu?"Der Sprecher hakte nach. „Und was ist an dem Gerücht dran, dass Poppy Dayton, die Londoner Künstlerin, die im letzten Jahr in mehrere Mordfälle an unserer schönen Küste verwickelt war, heute auf dem Gelände von Hellstone Hall gesehen wurde?"

Geschockt suchte Poppy Barneys Hand. „Das Unheil nimmt seinen Lauf, verehrte Detektivin", flüsterte er ihr ins Ohr.

Auf dem Bildschirm blickte die Reporterin über ihre Schulter. Die Kamera zoomte durch das Gitter des Tors. Ein Mann mit Glatze, der aus einer Gruppe in weiße Kittel gekleideter Männer und Frauen herausragte, verschloss gerade die Türen eines Transporters.

„Schon wieder Harkoff", sagte Poppy, „der Mann kümmert sich, das muss man ihm lassen."

Die Kamera schwenkte wieder auf die Reporterin und sie antwortete auf die Frage des Sprechers: „Leider ist dort niemand zu einem Interview bereit, deshalb kann ich das nicht bestätigen." Ihre Nase kräuselte sich. „Dem Geruch und den Geräuschen nach zu urteilen, scheint Tornycrofts Privatzoo gerade abtransportiert zu werden. So weit zur aktuellen Lage. Das war Jane Maxwell für This is Cornwall."

Kirk nahm die Fernbedienung vom Tresen und schaltete den Fernseher aus.

In diesem Moment läutete Poppys Handy, und schlagartig drehten sich etwa zwei Dutzend Köpfe zu ihr um.

28

„Burleigh hier", meldete sich die Inspektorin gewohnt schroff. „Mrs Dayton, das Fernsehen …"

„Ich habe es gesehen, gerade eben." Poppy war empört. „Wie kommen die dazu, meinen Namen zu nennen?"

„Das wollte ich Sie gerade fragen, Mrs Dayton."

„Denken Sie, ich lege Wert auf diese Art von Berühmtheit?"

„Wenn es Ihnen bei Ihrem Feldzug gegen Tornycroft hilft?"

Poppy musste sich beherrschen, um nicht ins Smartphone zu brüllen.

„Was für ein Feldzug?", fragte sie betont ruhig. „Mrs Burleigh, bei mir sind Sie an der falschen Adresse. Fragen Sie lieber diesen Harkoff, der war auch im Fernsehen."

„Er hat sich bereits bei mir gemeldet und ist sehr kooperativ. Allerdings ist er nicht gut auf Sie zu sprechen, Sie hätten ihn bei seiner Arbeit behindert."

„Das ist eine Frechheit."

„Wie auch immer. Bitte kommen Sie morgen Mittag um zwölf zu mir ins Büro, ich habe noch ein paar Fragen an Sie."

„Ich werde da sein."

„Danke. Übrigens: Die Ärzte gehen bei Tornycroft von einer Vergiftung mit Barbituraten aus.“

„Die Tabletten, die bei ihm lagen?“

„Aus ermittlungstechnischen Gründen kann ...“

„Schon gut.“

„Die Ärzte sagten auch, dass Mr Tornycroft Ihnen sein Leben verdankt, Sie hätten ihn im letzten Moment gefunden. Trotzdem ist er noch nicht über den Berg. Weil das Gehirn eine Weile nicht ausreichend mit Sauerstoff versorgt war, müssen sie ihn in einem künstlichen Koma halten.“

„Dann ist er nicht ansprechbar?“

„Nein, und es ist noch nicht absehbar, wann er da wieder rauskommt.“ Die Inspektorin machte eine Pause, dann fuhr sie fort. „Noch etwas: Passen Sie auf sich auf, Mrs Dayton. Legen Sie sich nicht mit Harkoff oder einem der Leute von Medimal an.“ *Sie klang fast flehend*, fand Poppy. „Überlassen Sie uns die Ermittlungen.“ Ihre Stimme, die kurz eine einfühlsame Färbung bekommen hatte, kehrte zur üblichen schneidenden Kälte zurück. „Das ist nicht verhandelbar! Haben Sie mich verstanden?“

„Natürlich.“

„Und sagen Sie das auch Stephen Edwards. Ach, lassen Sie’s, ich gehe davon aus, er steht neben Ihnen und hat alles mitgehört.“

Das Gespräch wurde abrupt beendet, und Poppy merkte erst jetzt, dass das Gerät die ganze Zeit auf laut gestellt war.

„Hallo.“ Sie ließ das Smartphone sinken, winkte matt in die Runde und ließ sich auf den nächsten Stuhl fallen.

Vorsichtiges Klatschen setzte ein. Es ging vom Tisch der McCabes aus, pflanzte sich fort über die Gouldings, bis der Applaus den ganzen dämmrigen Raum erfüllte. Ungläubig blickte Poppy um sich. Alle stimmten mit ein, bis auf Jim Phelps. „Ihr seid geschmacklos, Leute.“ Grimmig schüttelte er den Kopf. „Und dumm obendrein. Habt ihr euch mal Gedanken darüber gemacht, was passiert, wenn Mr Tornycroft stirbt? Was dann aus uns wird?“

Plötzlich war es wieder still.

Hope McCabe winkte ab. „Jim, entschuldige, das war vielleicht etwas spontan. Aber da mache ich mir keine Sorgen. Wir haben Verträge mit dem Tornycroft Estate, nicht mit ihm persönlich.“

Phelps murmelte. „Täuscht euch da mal nicht.“

Poppy musterte ihn. *Was weiß dieser Mann, was die anderen nicht wissen?*, fragte sie sich.

Hope ließ sich davon offenbar nicht beirren und zwinkerte Poppy zu. „Soweit es mich betrifft, galt der Applaus auch eher unserer mutigen neuen Mitbürgerin.“

Alle stürmten auf Poppy ein und überhäuften sie mit Fragen: die Gouldings, die Nichols, die McCabes und sogar Claire Latour. „Was für eine Geschichte, Poppy! Damit bringe ich dich in die *Times.*“

„Bist du verrückt? Auf keinen Fall!“ Poppy spürte einen Anflug von Panik. *Die Sache läuft aus dem Ruder.* Sie wollte gerade etwas sagen, als Edwards die Hand hob. „Ladys and Gentlemen, ich bitte Sie!“ Er sprach leise, aber scharf artikuliert. „Mr Phelps hat recht, es sieht ernst aus für Mr Tornycroft, und es besteht kein

Anlass zu jubeln." Er sah Claire an. „Und Sie hielt ich bisher für eine seriöse Journalistin und nicht für eine sensationslüsterne Paparazzi."

Die so Gescholtene blitzte trotzig zurück. „Wenn schon, dann Paparazza." Sie lächelte verhalten. „Entschuldigung. Ein Reflex aus altem Reporterehrgeiz."

Er ging nicht auf sie ein. „Mein Name ist Edwards, ich bin Polizeiinspektor außer Dienst. Tatsächlich haben Mr und Mrs Dayton und ich heute Morgen Richard Tornycroft gefunden. Wir waren es auch, die den Notarzt gerufen haben. Ich denke, dass ich für alle spreche, wenn ich sage, wir hoffen auf seine baldige Genesung." Er sah in andächtig lauschende Gesichter. „Das war es auch schon, was im Moment zu sagen ist."

Barney nickte ihm dankbar zu, beide Männer setzten sich zu Poppy an den Tisch.

Captain Kirk läutete die Schiffsglocke. „Die Runde geht aufs Haus. Und etwas zum Essen gibt's natürlich auch: gegrillte Lammkoteletts mit grünen Bohnen und Süßkartoffelstampf. Mona hat heute gekocht, zum Glück geht es ihr besser." Er legte den Arm um seine Frau. „Soulfood, das können wir heute gut gebrauchen, denke ich."

Alle freuten sich, als die beiden das Essen servierten, sogar Torry bekam seine Schüssel.

Nur Phelps stand auf und verließ grußlos den Pub.

Hope McCabe sah ihm hinterher. „Er wird um seinen Job bangen."

„Ist das nicht nachzuvollziehen, Lovey?" John ließ die Gabel sinken. „Ich kann ihn verstehen. Wir sitzen hier und sind in auffällig guter Stimmung, während er ..."

„Ich bin nur ehrlich", Hope schien noch nicht fertig zu sein, „und sage das, was die meisten von uns hier denken: Ich würde ihm keine Träne nachweinen." Sie warf ein abgenagtes Stück Lammknochen auf den Teller. „Obwohl – so weit ist es ja noch nicht. Er wird schon wieder. Der Mann hat etwas von einem Geist."

Ein Mann, ein Geist ..., dachte Poppy. *Bemerkenswert, alle reden von Tornycroft, aber niemand nennt seinen Namen.*

Mr und Mrs Nichols, ein älteres Ehepaar, schienen das Thema wechseln zu wollen. Sie stieß ihn an, worauf er sich räusperte. „Liebe Daytons, wir wollten uns bei Ihnen für die Einladung zu Ihrer Garden Party am Sonntag bedanken. Wir kommen gerne."

Poppy sah zu Barney hinüber, der keine Miene verzog. Sie seufzte. „Das freut uns." Sie zögerte, dann sprach sie es aus. „Obwohl wir uns fragen, ob es angemessen ist, in dieser Situation ..."

Tracy Goulding, die Mutter der Zwillinge, unterbrach sie. „Wir kommen auch. Ich wollte nur fragen, ob wir Pete und Patty mitbringen dürfen."

„Selbst... Selbstverständlich." Poppy stotterte. *Hatte hier niemand die geringsten Bedenken?*

Tracy schien Poppys Zweifel endgültig ausräumen zu wollen. „Mrs Dayton, wir sind hier in unserer Gemeinde alles andere als pietätlos, im Gegenteil. Wir sind dem Herrn sehr dankbar für die Möglichkeit, unseren Familien ein wunderbares Zuhause zu schaffen. Doch wir schulden ihm nichts."

Alle nickten. Kirk kam hinter seinem Tresen hervor und stellte sich an Poppys Tisch.

„Ich kann es immer noch nicht glauben, dass er das Haus tatsächlich verkauft hat. Aber weil das so ist, denke ich, dass es sogar ganz besonders in seinem Sinne wäre, wenn die Daytons das ordentlich feiern, habe ich recht?" Er blickte in die Runde, und erneut gab es Beifall. Kirk legte die Hand auf Poppys Schulter. „Mona und ich kümmern uns um das Buffet." Er zwinkerte ihr zu. „Dann wäre das geklärt, oder? Ist es nicht wunderbar, wie einig wir uns in dieser Gemeinde sind?"

Obwohl Poppy nicht danach war, lächelte sie. Wieder suchte sie Barneys Blick, und diesmal nickte er.

„Wir danken Ihnen allen", sagte Poppy. „Wahrscheinlich stehen wir noch unter Schock nach diesem Vormittag, das hat uns den Sinn nach Feiern ausgetrieben."

Claire Latour nickte. „Nur allzu verständlich, oder?" Sie schaute in die Runde. „Aber jetzt blicken wir Hellstonians gemeinsam nach vorne, nicht wahr? Ich bin auch dabei."

Poppy fand in den Augen der Journalistin nichts als blanken Triumph. *Was sagte sie, als wir uns das letzte Mal trafen? Es muss ein Ende haben …* Ein Schauer lief ihr über den Rücken. Trotzdem spürte sie, dass sich auch ihr eigener Entschluss verfestigte. „Dann bleibt es dabei", sagte sie mit fester Stimme. „Wir sehen uns alle am Sonntag."

Nach dem Essen fuhren sie zum Cottage zurück. Barney verabschiedete sich, und Poppy brachte Edwards zu seinem Wagen.

„Na, wie finden Sie unsere liebliche Dorfgemeinschaft?"

Der Inspektor kratzte sich am Kopf. „Wenn ich noch im Dienst wäre, würde ich sagen: Die Motivlage erscheint diffus, und vom Gefühl her: ein gutes Dutzend Verdächtiger.“

Poppy schmunzelte. „Ein Glück, dass Sie pensioniert sind, Inspektor, und ich versprochen habe, die Hobbydetektivin unter dem Deckel zu halten.“

Edwards betrachtete sie eingehend. „Und? Bleibt der Deckel drauf?“

Sie musste grinsen „Seien Sie nicht so frech!“, antwortete sie in gespielter Empörung. Dann wurde sie ernst. „Unter uns: Ich spüre das gleiche Kribbeln, wie bei unseren anderen Fällen. Aber das darf Barney auf keinen Fall merken.“

„Von mir wird er nichts erfahren. Im Ernst: Sie bleiben in Deckung und bereiten Ihr Fest vor, die Erwartungen scheinen ja groß zu sein.“ Er öffnete die Autotür, stieg ein und startete den Motor. Bevor er losfuhr, ließ er die Scheibe herunter. „Inzwischen recherchiere ich ein wenig zu Tornycrofts Firma Medimal.“ Poppy wollte etwas sagen, da rief Barney vom Gartenzaun herüber: „Kommst du? Gibt's noch was zu besprechen? Ich habe Tee gemacht. Vielleicht möchte der Inspektor auch noch eine Tasse?“

Der gab Gas, Poppy winkte ihm hinterher. „Nein, Barney, ich glaube, der hat für heute genug von Hellstone Hollow.“

29

Dicht aneinandergeschmiegt saßen sie auf dem Sofa, die Teetassen kaum angerührt auf dem Tisch vor ihnen. Torry schien zu spüren, dass etwas nicht stimmte. Vergeblich versuchte er, sich zwischen sie zu drängen, ersatzweise kletterte er auf Poppys Schoß. Als sie gedankenverloren jeweils eines seiner Ohren kraulte, schloss er genießerisch die Augen.

Poppy blinzelte in die Herbstsonne, die durch die Fenster schien.

Nur allmählich ließ die nervöse Spannung nach, unter der sie seit dem Moment stand, in dem sie Tornycroft entdeckt hatten. Dazu trug auch die Ruhe bei, die endlich einkehrte, obwohl die Stille nicht komplett war. Almas Cottage führte ein Eigenleben. Ein Dachbalken dehnte sich in der Wärme aus und knackte, der Siebenschläfer, der im Reetdach hauste, raschelte und in der Küche tropfte der Wasserhahn.

Poppy stöhnte. „Lass uns die Gästeliste durchgehen, Barney. Das bringt mich auf andere Gedanken, ich werde sonst noch verrückt."

Eine Stunde später zählte Poppy zusammen. „Wenn Alec und Garry aus London kommen, dazu Flexer und die Cornwall Brothers und natürlich die Hellstonians, sind wir um die vierzig Personen."

„So viele?"

„Wenn das Wetter hält – im Garten ist das kein Problem." Poppy nahm Torry, der auf ihrem Schoß eingeschlafen war, vorsichtig vom Schoß, stand auf, streckte sich und ging auf die Terrasse. Barney war bei ihr, schweigend schauten sie auf den Fluss hinunter.

Jetzt, im Herbst, waren deutlich weniger Boote unterwegs. Windböen kräuselten die glatte Wasseroberfläche. „Wie ein riesiger Spiegel mit Spinnweben darauf." Poppy hielt sich an Barney fest. „An diese Schönheit werde ich mich nie gewöhnen, sie macht mich schwindelig."

Barney drückte sie an sich. „So geht's mir auch, aber der Schwindel kommt wohl eher von diesem chaotischen Tag."

„Oder von Monas Mittagstisch, die Lammkoteletts waren ziemlich fett, mir ist ein bisschen schlecht, wenn ich daran denke. Komisch, sonst vertrage ich ihre Küche prima."

„Auch da würde ich sagen: Let's call it a day, und lass uns früh zu Bett gehen."

„Das ist die beste Idee, die du heute hattest." Poppy blickte zu ihm hoch, und sie küssten sich lange.

Sie kam nicht zur Ruhe. Erst versuchte sie, ein Buch zu lesen, dann rollte sie von einer Seite zur anderen und lauschte neidisch Barneys leisem Schnarchen. Als Poppy es schließlich schaffte, das unaufhörliche Kreisen ihrer Gedanken zu stoppen, fiel sie in einen unruhigen Schlaf.

Richard Tornycroft führte sie in sein Arbeitszimmer. Jenseits der riesigen Fensterscheiben schien die Abendsonne auf die inszenierte Savanne. Poppy zeigte auf die verlassene Wasserstelle. „Wo sind die Tiere?"

„Hab Geduld, ich bringe dich gleich zu Singha."

„Die Löwin? Die ist doch tot. Ich fand sie im Wald."

„Du irrst dich, es geht ihr prima, du wirst sehen. Sie passt auf die Kinder auf."

Er griff nach einer Arzttasche, dann öffnete er eine in der Holzvertäfelung versteckte Tür.

„Komm, man wartet auf uns."

Sie betraten einen Gang, an dessen Seiten Käfige standen. Das Licht war gedämpft, und Poppy konnte nicht erkennen, welche Tiere dort gehalten wurden, aber raschelnde Geräusche und ein beißender Geruch ließen sie schlucken. Waren die Wände zunächst noch verputzt, verwandelten sie sich allmählich in rohe, aus dem Felsen gehauene Gänge. Tornycroft knipste eine Handlampe an. Im fahlen Licht zeigte das Gestein Spuren menschlicher Bearbeitung; Rillen und Spalten, in einigen von ihnen lagen uralte, staubige Körbe voller Schutt.

Mehrmals bogen sie ab, sodass Poppy nach kurzer Zeit die Orientierung verlor.

„Wo sind wir, Richard?"

„Im Bergwerk unter Hellstone Hollow. Ich will dir etwas zeigen."

Der Gang weitete sich zu einer Höhle. Ein Luftzug kam ihnen entgegen.

„Was stinkt hier so?"

„Der Teufelsstein."

Poppy hielt sich ein Taschentuch vor die Nase und ließ es erschrocken wieder sinken.

Eine Mulde von mindestens zwanzig Metern Durchmesser lag vor ihnen. In der Mitte leuchtete ein schmutzig gelber Fleck. Dämpfe stiegen aus dem Zentrum auf und zogen in Richtung Decke, die sich in der Dunkelheit verlor. Aber nicht das schweflige Strahlen entsetzte Poppy, es waren die Kinder. Ein Dutzend von ihnen, im Alter von etwa acht bis zwölf Jahren, war unablässig damit beschäftigt, Körbe mit Gestein heranzuschleppen und auf den leuchtenden Herd zu schütten. Für einen kurzen Augenblick schien ihre Aktion das Licht zu löschen, dann brannte es wieder zur Oberfläche durch.

Wie gelähmt starrte Poppy auf die Szenerie. „Das ist grauenhaft! Richard, die Kinder können doch nicht ...“

„Sie haben eine sinnvolle Aufgabe, Poppy, sie halten den Teufelsstein im Zaun.“

„Das ist Wahnsinn!“

„Ganz im Gegenteil, es ist sehr vernünftig. Hellstone Hollow muss vor dem gelben Gift geschützt werden.“

„Das muss aufhören.“ Poppy schob Tornycroft zur Seite und stürmte auf die Kinder zu.

Ein Brüllen ließ sie straucheln. Aus der Dunkelheit tauchte ein gewaltiger, kantiger Kopf auf. Wieder das Brüllen. Im Licht der Lampe schimmerten riesige Katzenaugen und zwei Reihen weißer Reißzähne.

„Singha!“

Tornycrofts Stimme zeigte Wirkung. Die Löwin, eben noch zum Sprung bereit, entspannte sich. Sie legte sich auf den zerklüfteten Boden, platzierte den Kopf auf den Vorderpfoten und betrachtete Poppy unter gesenkten

Augenlidern hervor. Nur die schlangenartigen Bewegungen des Schwanzes zeigten, wie konzentriert sie war. Zwei der Kinder, ein Junge und ein Mädchen von etwa zehn Jahren, stellten ihre Körbe ab und kuschelten sich an Singhas Flanken.

„Sie passt auf die Kinder auf."

„Wie ist das möglich, Richard? Wie überleben sie hier unten?"

„Das ist eine gute Frage, Poppy. Es geht nur damit." Tornycroft öffnete die Arzttasche und holte einen Beutel mit Tabletten heraus. „Es ist gegen die toxischen Dämpfe". Er schüttete sie in eine Schüssel. Das Geräusch, das dabei entstand, ließ die Kinder sofort ihre Arbeit einstellen. Sie kamen angelaufen, langten mit schmutzigen Fingern in die Schüssel und stopften sich die Tabletten in den Mund. Tornycroft nahm selbst einige davon, dann versorgte er Singha. „Du auch, Poppy, nimm."

„Ich will nicht."

„Du kommst hier sonst nicht lebend heraus."

Poppy schnappte nach Luft.

„Siehst du, das Atmen fällt dir schon schwer." Tornycrofts Hand kam näher.

Poppy gelang es nicht, sie wegzustoßen, sie war wie gelähmt, als sich eine Gestalt dazwischendrängte. Schlagartig verschwand Tornycroft, und mit ihm die Szenerie in der Höhle.

Poppy war in ihrem Schlafzimmer, stöhnend krallte sie sich an das durchgeschwitzte Kopfkissen. „Gwen?"

„Ich bin's, Schwesterherz! Ich störe dich ungern, aber eben musste ich eingreifen, du warst in großer Gefahr, das konnte ich nicht zulassen."

Poppys Herz hämmerte, und sie spürte den Druck auf ihrer Brust. „Ich hatte einen furchtbaren Traum."

„Von meinem Mörder?"

„Es fühlte sich grausam real an." Dankbar sah sie zu Gwen hoch, die mit verschränkten Armen neben dem Bett stand. „Gott sei Dank ist es vorbei."

„In deinem Traum vielleicht, aber in der Realität ..."

Poppy lächelte. „Interessant, dass du von Realität sprichst."

„Spotte nicht, Poppy." Gwen drohte mit dem Zeigefinger. „Glaub mir, es gibt nicht nur eine davon."

„Bist du jetzt Quantenphysikerin?"

„Du nimmst mich nicht ernst." Gwen zog einen Schmollmund. „Als du eben meintest, es sei vorbei: Sag mir lieber, was du damit meintest."

„Tornycroft. Er liegt im Koma. Es ist gut möglich, dass er nicht mit dem Leben davonkommt."

„Wie ist das passiert?"

„Ein Giftanschlag oder Selbstmord, es ist unklar."

„Hauptsache, er ist weg. Fort von uns." Gwen hüllte sich in eine pulsierende Aureole.

„Noch nicht ganz. Sein Hirn war eine Weile ohne Sauerstoffversorgung. Selbst wenn er überlebt, kann es sein, dass er schwere Behinderungen behält."

„Geschieht ihm nur recht. Hast du etwa Mitleid mit ihm? Ich nicht." Die Aureole weitete sich aus.

„Ich habe kein Mitleid mit ihm, Gwen, im Gegenteil. Ich will, dass er überlebt und zur Verantwortung gezogen wird."

Gwen verlor deutlich an Glanz. „Im Koma so dahinzuvegetieren ist für Tornycroft Strafe genug, finde ich, und glaub mir, Poppy, ich kenne mich aus mit Schwebezuständen zwischen Dies- und Jenseits." Ihr Lachen klang wie das Zerreißen von Papier. „Ich wäre jedenfalls froh, wenn du dich nicht weiter mit ihm beschäftigen müsstest."

„Dann bist du dir mit Barney und der neuen Inspektorin einig."

„Vielleicht solltest du auf uns hören."

„Du hast wahrscheinlich recht, Gwen." Poppy streckte die Hand nach ihrer Schwester aus, wie immer durchdrangen sich ihre Finger.

„Gib auf dich acht, Schwesterherz." Gwens Bild verblasste. „Ich hoffe, das Schicksal nimmt dir die Entscheidung ab."

30

Am nächsten Tag betraten Poppy und Torry pünktlich um zwölf Uhr Frances Burleighs Büro.

Die Inspektorin saß hinter ihrem Schreibtisch und blätterte durch einen Stapel Unterlagen. „Nehmen Sie Platz, Mrs Dayton." Kurz schaute sie hoch. „Torry haben Sie dabei, aber warum haben Sie heute Ihren Polizeihund nicht mitgebracht?", fragte sie, ohne hochzuschauen.

„Stephen ist kein Polizeihund, sondern ein Freund."

„Eher *brother in arms*?" Jetzt musterte die Inspektorin Poppy herausfordernd.

Poppy stöhnte. „Geht das schon wieder los, Mrs Burleigh? Sind Sie eifersüchtig? Es muss für Sie offensichtlich irgendetwas Faszinierendes geben an meiner Verbindung zu Mr Edwards, dass Sie permanent darauf herumhacken." Sie schüttelte den Kopf. „Ich hätte mir durchaus vorstellen können, auch Ihnen meine Mitarbeit anzubieten, doch inzwischen bin ich heilfroh, dass ich meinem Mann versprochen habe, nicht mehr detektivisch unterwegs zu sein." Poppy legte ihre Handflächen zusammen. „Bitte stellen Sie Ihre Fragen."

Die Inspektorin lehnte sich zurück. „Als Erstes möchte ich mich bei Ihnen entschuldigen, Mrs Dayton." Verblüfft über die Wendung blickte Poppy sie an. „Ich gebe zu, dass ich aufgrund Ihrer Vorgeschichte sehr damit beschäftigt war, Sie auf Distanz zu halten." Burleigh verschränkte die Arme hinter dem Kopf und sah über Poppys Schultern hinweg durchs Fenster, gegen das dicke Regentropfen prasselten.

Hoffentlich haben wir übermorgen besseres Wetter, dachte Poppy. Sie konzentrierte sich wieder auf ihr Gegenüber.

„Deshalb war ich wohl auch eine Spur zu abwehrend, was Ihren Verdacht gegenüber Mr Tornycroft angeht." Die Inspektorin zog mehrere Blätter aus dem Stapel hervor und hielt sie hoch. „Sind das die Dokumente Ihres Vaters?"

„Ja, das sind Kopien der Patentschrift." Poppy griff danach. „Schlechte, übrigens." Sie gab sie zurück und grinste. „Das Licht im Cottage war wohl nicht ideal zum Fotografieren."

„Da ich davon ausgehe, dass Tornycroft sie nicht von Ihnen erhalten hat, erhärtet sich damit der Verdacht, dass er sich illegal Zugang dazu verschafft hat. Zumindest dafür werden wir ihn zur Verantwortung ziehen", die Inspektorin klappte die Akte zu, „vorausgesetzt, er überlebt."

„Wie ist sein Zustand?"

„Stabil, aber nach wie vor kritisch. Die Ärzte wollen nach dem Wochenende versuchen, ihn aus dem künstlichen Koma zu holen."

„Also in vier Tagen." Poppy seufzte. „Da kann viel passieren. Wird er überwacht? Falls es ein Anschlag gewesen ist, könnte der Mörder wiederkommen."

Die Inspektorin schien in den Abwehrmodus zurückzukehren. „Selbstverständlich, wir sind keine Anfänger." Mit gesenkter Stimme fügte sie hinzu: „Allerdings halten wir uns scheinbar zurück, bereit, zuzugreifen, sollte der Täter einen neuen Versuch starten."

„Wer hätte denn ein Motiv?"

„Prima Frage." Sie fixierte Poppy. „Auch wenn ich damit wieder auf Ihren wunden Punkt komme – das stärkste haben nach wie vor Sie, Mrs Dayton. Rache für den angeblichen Mord an Ihrer Familie. Da es allerdings keinen Anhaltspunkt dafür gibt, dass Sie in der kritischen Tatzeit in Mr Tornycrofts Nähe waren, schließen wir das aus."

„Danke."

„Keine Ursache. Ansonsten tun wir uns mit weiteren Verdächtigen schwer." Burleigh nahm einen Aktenordner zur Hand. „Wir fanden in Tornycrofts Büro eine Menge Unterlagen, die wir noch auswerten müssen. Darunter sind Verträge mit den meisten der Einwohner von Hellstone Hollow, die alle seine Schuldner sind. Er hat ihnen die Häuser und Grundstücke in einer Art Mietkauf überlassen."

„Eine Möglichkeit, günstig an Immobilienbesitz zu kommen. Verständlich, bei den astronomischen Preisen in der Region."

„Ihrer war wohl auch nicht so hoch, was, Mrs Dayton?"

Poppy spürte, wie ihre Wangen heiß wurden. „Ich erklärte ihnen bereits, welche Motive Tornycroft antrieben."

„Schon gut, ich will nicht wieder mit Ihnen streiten." Burleigh lenkte ein, obwohl ihr die diebische Freude darüber anzumerken war, einen Punkt gemacht zu haben.

„Trotz der angeblich günstigen Konditionen sind allerdings einige seiner Schuldner mit den Raten im Verzug.“

„Insgesamt ist die Stimmung der Dörfler nicht so günstig gegenüber ihrem Gönner.“

„Nett formuliert. Ist Ihnen da jemand besonders aufgefallen?“

Einen Moment lang war im Büro nur das Regenrauschen zu hören. Torry, den die plötzliche Stille überraschte, hob den Kopf.

Poppy sah die Inspektorin schief an. „Kann es sein, dass Sie mich eben um Mithilfe gebeten haben?“

Burleigh schmunzelte. „Das wäre wohl nicht sehr konsequent von mir, was?“ Sie schaute auf die Schreibtischplatte und wühlte in den Unterlagen.

„Trotzdem antworte ich gerne auf Ihre Frage.“ Auch Poppy grinste. „Wie gesagt, Tornycroft wurde respektiert, aber nicht geliebt. Ein Mordmotiv konnte ich bei niemandem entdecken. Im Gegenteil, Mr Phelps, einer der Bewohner, war besonders betroffen.“

„Ist das der Historiker?“

„Sie sind gut informiert.“

„Wir haben eine Liste der Personen, die regelmäßig Zugang zu Tornycroft haben, mit besonderem Augenmerk auf die letzten vierundzwanzig Stunden vor dem Ereignis. Da gehört dieser Phelps dazu.“

Burleigh schien gefunden zu haben, was sie gesucht hatte, und überflog die Liste.

„Die Informationen stammen von seiner Sekretärin. Leider sind es ausgesprochen viele Leute. Neben Phelps, der Haushälterin, der Sekretärin und Mr Harkoff ...“

„Der scheint überall zur selben Zeit zu sein", murmelte Poppy und erhielt einen mahnenden Blick. „War er an dem Morgen bei Tornycroft?"

„Er sagt Nein. Dabei wirkte er äußerst betroffen und jammerte, wenn er nur dort gewesen wäre, dann hätte er vielleicht das Schlimmste verhindern können."

„Er geht von Selbstmord aus?"

„Da blieb er vage, er sagte nur etwas von Stimmungsschwankungen, aber aus Loyalität zu seinem Chef wollte er dazu nicht mehr sagen. Die beiden hatten wohl einen sehr engen und vertrauensvollen Kontakt." Die Inspektorin spielte mit einem Gummiband, das sie aus der Schale mit den Schreibutensilien holte. „Allerdings räumte Harkoff ein, dass er sich nicht immer einig mit ihm war."

„Sagte er, auf was sich diese Differenzen beziehen?"

„Die Tiere. Er sprach viel von der toten Löwin."

Poppy zuckte zusammen, die Erinnerung an den Traum kehrte zurück. „Von Singha?"

Burleigh nickte. „So nannte er sie. Doch es geht offenbar nicht nur um sie. Schon länger gäbe es Meinungsverschiedenheiten. Nicht nur zwischen Tornycroft und Harkoff, sondern mit dem ganzen Konzern. Die meisten Manager, aber auch die Wissenschaftler waren gegen den Privatzoo. Sie hielten ihn für die kostspielige und riskante Spielerei eines spleenigen Multimillionärs."

„Warum?"

„Ein solcher Privatzoo ist nicht zeitgemäß und beschädigt das Image eines modernen Unternehmens. Vor allem kritisierten sie die Versuche."

„Welche Versuche?“ Poppy lief es kalt den Rücken herunter.

„Tornycroft testete Medikamente und Dosierungen an den Tieren. Die Protokolle dazu führte ausschließlich er selbst. In den letzten Wochen nahmen die Tests offenbar zu. Er schien wie besessen zu sein.“

„Was sollte dabei herauskommen?“

„Harkoff sagte, das Ziel sei eine bessere Resistenz gegen Krankheiten und eine höhere Leistungsfähigkeit.“

„Leistung? Hat Singha es deshalb geschafft, auszubrechen?“ Poppy hielt es kaum auf dem Stuhl. Die Erinnerung an das Tier, das auch im Tod noch Würde und eine Kraft ausstrahlte, als ob es gleich zum Sprung ansetzen würde, war übermächtig, und sie krallte sich an die Armlehnen.

„Möglich. Leider kann das nicht überprüft werden.“ Burleigh trommelte mit dem Stift auf die Schreibtischplatte. „Nachdem die Löwin geborgen wurde, ist der Kadaver spurlos verschwunden. Der Veterinärdienst hat Ermittlungen eingeleitet, die auch auf Hellstone Hall übergreifen. Medimal fürchtet um sein Image. Das scheint auch der Grund zu sein, warum noch weitere Personen Tornycroft vor der Tat besuchten, darunter mehrere Mitglieder des Aufsichtsrates seiner Firma, die Chefs einer Bank und eines Versicherungsunternehmens.“

Poppy runzelte die Stirn. „Langsam, bevor das unübersichtlich wird. Vor der Tat, sagen Sie? Dann gehen Sie jetzt davon aus, dass es Mord war?“

„Auf den Tablettendosen sind neben Tornycrofts auch Fragmente von anderen Fingerabdrücken zu finden. Darauf liegt der Fokus der Ermittlungen.“

„Fragmente?“

„Man hat versucht, die Packung abzuwischen, ist dabei aber nicht gründlich genug vorgegangen.“

„Das heißt ...“

„Es war noch eine weitere Person im Spiel. Es gibt Hinweise darauf, dass sich Tornycroft möglicherweise gewehrt hat. Unter seinen Fingernägeln haben wir Spuren fremder DNA gefunden, menschlicher und tierischer.“

Poppy zuckte zusammen, als sie an den Traum der letzten Nacht dachte.

„Er hatte wohl intensiven Kontakt zu seinen Tieren. Wir können die Spuren bisher noch nicht zuordnen, die Untersuchungen laufen noch.“ Seufzend schob die Inspektorin die Papierstapel zur Seite. „Wir werden das aufklären, es ist nur eine Frage der Zeit.“

„Am besten wäre es, wir könnten Tornycroft dazu fragen.“

„Hoffen wir, dass er wieder vollständig wiederhergestellt wird.“ Die Inspektorin stand auf, offenbar war die Unterhaltung beendet. Sie streckte Poppy ihre Hand entgegen, die sich warm und fest anfühlte.

Einem spontanen Gefühl folgend, lud Poppy sie zur Garden Party ein.

Burleighs angespannte Miene wurde eine Spur sanfter. „Das ist sehr nett von Ihnen. Am Sonntag? Da kann ich leider nicht. Ich fahre mit meiner Tochter zu den Großeltern, nach Portsmouth. Trotzdem, danke, Mrs Dayton, auch für diesen Austausch. Ich gewinne eine immer bessere Vorstellung davon, was Mr Edwards an Ihnen fand.“

Poppy schmunzelte. „Werden Sie jetzt bloß nicht weich, Mrs Burleigh. Mein Mann findet es sehr praktisch, dass ich Ihr Feindbild bin, und Sie mich von dummen Gedanken abhalten. Wenn er den Verdacht bekommt, dass da eine Annäherung stattfindet ...“

„Keine Angst. Ich bleibe dabei: Die Polizei ist in der Lage, ihre Arbeit allein zu machen.“

Poppy fand, dass Burleighs Lächeln sie ausgesprochen attraktiv aussehen ließ.

Das Lächeln verschwand, und die Inspektorin zwinkerte ihr zu. „Aber selbstverständlich freuen wir uns über sachdienliche Hinweise, nicht wahr?“

31

Am Sonntagmorgen um acht Uhr zog Poppy mit banger Ahnung die Vorhänge zurück und prallte vor der grauen, wabernden Masse zurück. Torry öffnete nur ein Auge und rührte sich nicht auf seinem flauschigen Hundebett.

„Barney – Nebel!", rief Poppy, als ob er schuld wäre an dem Naturphänomen.

Er schlug die Decke zurück, schwang die langen Beine aus dem Bett und schlurfte zu ihr.

„Was erwartest du?" Er gähnte. „Es ist September, wir sind an der englischen Kanalküste und das Wetter ist so, wie es ist."

„Deine unbeirrbare Britishness in allen Ehren, aber so wird das nichts mit unserem ..."

„Mach dir keine Sorgen, Darling, im Gegenteil. Dieser Nebel ist perfekt!"

„Woher nimmst du deine Euphorie?" Poppy sah ihn entgeistert an, Barney kicherte.

„Was ist los mit dir? Nimmst du irgendwelche illegalen Substanzen?"

„Die einzige Substanz, die mir einfällt, wäre mein Malt-Whiskey, doch der ist nicht verboten und vor fünf Uhr nachmittags würde ich den nie anrühren."

„Also, was macht dich dann so penetrant zuversichtlich?"

„Das Tief ist durch, wir haben Morgennebel, wie so oft in Cornwall, und danach ... Außerdem vertraue ich unseren Caterern. Kirk, Cary und selbst Alex und Garry aus London bestätigten mit gestern Abend noch, dass es herrlich wird. Genau gesagt sonnig, neunzehn Grad.“

Tatsächlich würden sich gleich drei Caterer um den kulinarischen Erfolg der Garden Party kümmern. Während Kirk für das kornische Buffet und Cary für Hummer und Lachssuppe zuständig waren, machten sich die beiden Chefs ihrer Lieblingskonditorei Alex & Garry in der Marylebone High Street in London auf den weiten Weg an die Küste, um für Dessert und Macarons zu sorgen. Poppy hatte die beiden ohne Hintergedanken eingeladen, schließlich waren sie alte Freunde, doch Alex hatte sofort reagiert. „Danke, Darling, wir freuen uns wie verrückt. Weißt du, dass wir euch sehr vermissen? Übrigens kommt es nicht infrage, dass wir da unten als Touristen auflaufen und am Ende die provinzielle Küche ertragen müssen. Lass uns für die Confiserie zuständig sein!“

Poppy versuchte zu protestieren, der Aufwand sei viel zu groß, sie sollten einfach kommen und genießen, aber es half nichts, gegen „Ehrensache und Herzensangelegenheit“ kam sie nicht an, und dem Argument der Qualität hatte sie nichts entgegenzusetzen.

Barney rief Poppy zu einem schnellen Frühstück in die Küche.

Sie löffelte an ihrem Fünf-Minuten-Ei und verzog den Mund.

„Was ist?“, fragte Barney, „zu hart?“

„Nein, es ist perfekt, doch ich bilde mir ein, es schmeckt nach Schwefel.“ Barney schaute sie fragend an. Sie seufzte. „Es ist der Traum. Die Ausdünstungen des Teufelssteins verfolgen mich." Poppy schob den Porzellaneierbecher mit dem Konterfei von Lady Di zur Seite.

Sie sah aus dem Fenster, ihre Augen wurden groß, und die dunklen Gedanken waren wie weggeblasen. „Wow, Barney, du hattest recht! Das Wetterschauspiel geht in den zweiten Akt."

Der Himmel strahlte in feinstem Royal Blue, ohne eine einzige Wolke. Nur das Flusstal war noch verhüllt. Poppy staunte. „Almas Cottage schwimmt wie eine Arche auf den Nebelschwaden."

„Wie die Special Effects in einer Wagner-Oper." Die Genugtuung in Barneys Stimme war nicht zu überhören. „Der Rest verzieht sich auch noch."

Poppy gab ihm einen flüchtigen Kuss und räumte den Tisch ab. Trotz der perfekten Vorbereitung, niemand hatte abgesagt, war Poppy sehr aufgeregt.

Nach dem Hundegang tigerte sie ziellos in Haus und Garten umher. *Um elf kommen die Caterer, um zwölf startet die Party. Ich habe alle Zeit der Welt, warum dann diese Unruhe?*

Um sich abzulenken, griff Poppy nach einer Schere und knipste die welken Blüten von Dahlien und Chrysanthemen ab. Sie strich über die aufgefrischten Stauden. *Ich liebe die Kombination aus Lila und Weiß.* Torry machte ein Spiel daraus, schnappte nach den herabfallenden Knospen, spuckte sie gleich wieder aus und hustete. Poppy klopfte ihm auf die Brust.

Auch mir steckt etwas im Hals. Sie sammelte die Pflanzenreste ein und warf sie auf den Kompost. *Schluss mit der Grübelei! Alles ist vorbereitet, Haus und Garten sind ein Paradies, und ich bin die glücklichste Frau der Welt!*

Sie betrat das Atelier. Kaum waren die Kunstutensilien ausgepackt, wanderten sie auch schon wieder in die Regale, denn heute wurde der Raum für das Buffet gebraucht.

Die langen Tische hatte Kirk bereits am Vortag geliefert. Die gestärkten weißen Leinendecken strahlten im Sonnenlicht, das durch die Fensterfront hereinflutete.

Plötzlich fiel ein Schatten auf die makellose Fläche. Torry bellte, Poppy fuhr herum – und umarmte im nächsten Moment Garry und Alex, gleichzeitig, sodass ihre Köpfe zusammenstießen.

„Aua! Langsam, Lovey, wir kriegen ja keine Luft mehr!" Die beiden Männer grinsten breit, als Poppy von ihnen abließ.

„Ihr seid die Ersten! Wie habt ihr es so schnell geschafft aus London?"

Alex rieb sich das stoppelige Kinn. „Wie war das? Die frühen Vögel ...?"

Garry wurde rot und stieß ihn in die Seite. „Sei anständig."

„Bin ich! Ein Schelm, der Arges dabei denkt." Alex legte einen Arm um Garry, den anderen um Poppy. Er drehte sich zum Tal und betrachtete mit ungläubiger Miene das Panorama. „Bisher haben wir uns gefragt, warum um alles in der Welt du dich in der Provinz vergräbst, Poppy, aber jetzt verstehen wir, was, Garry?" Der nickte mit offenem Mund. „Zeigst du uns deine Latifundien, Darling? Exklusiv, bevor das einfache Landvolk hier einfällt?"

Poppy lachte, laut und ausgelassen; zum ersten Mal seit langer Zeit spürte sie so etwas wie pure Freude. Alex und Garry schauten sie verständnislos an. „Haben wir etwas Komisches gesagt?" Poppy wischte sich eine Träne aus dem Auge. „Nein, nein, lasst nur. Es ist einfach wunderbar, dass ihr da seid. Na los, ich führe euch rum."

Sie schlenderten zum Flussufer hinunter. Garry schirmte die Augen gegen die Sonne ab und blickte nach Süden. „Kann man von hier das Meer sehen?"

„Von oben ja, von hier nur den Hafen von Falmouth."

„Auch nicht schlecht. Habt ihr schon ein Boot?"

„Ich schwimme lieber. Aber Cary hat eins. Das ist der Fisch-Caterer. Und übrigens Pat Wythcombes neuer Freund", sagte sie schmunzelnd. Alex' Augen blitzten, Poppy wusste, dass er jede Art von Gossip liebte. „Hat sie Bruce endlich zum Teufel gejagt?", fragte er begierig.

„Im Moment scheint er selbst der Teufel zu sein, und er hat die Polizei auf den Fersen."

„Was du nicht sagst, es ist ja was los hier am Ende der Welt."

„Noch mal zu Cary, ihrem Freund. Er liefert damit die Meeresfrüchte für unser Buffet hier an, ich glaube, da hinten kommt er schon mit seiner Jacht." Poppy zeigte auf einen beweglichen Punkt flussabwärts, der im Gegenlicht nur schwer zu erkennen war.

„Nein, das ist ein Flugzeug!" Alex schien die schärferen Augen zu haben, aber dann sahen es die anderen auch. Der Punkt wurde größer, nahm die Form einer Propellermaschine an und hielt genau auf sie zu.

„Er wird abstürzen!", rief Garry und ging hinter einer Erle in Deckung.

Alex kicherte. „Dummchen, das ist ein Wasserflugzeug.“

Die Entfernung verkürzte sich rasant, jetzt waren die beiden türkis gestrichenen Schwimmkufen deutlich zu erkennen. Nach einer engen Kurve setzte das Flugboot zur Landung an. Zweimal prallte es von der spiegelglatten Oberfläche ab, dann behielten die Kufen den Kontakt mit dem Wasser. Langsam trieb die Maschine ihrer Seite des Ufers entgegen und blieb in etwa fünfzig Meter Entfernung liegen.

„Erwartest du Gäste aus der Luft?“ Alex stieß Poppy in die Seite. „Respekt!“

„Keine Ahnung, die gehören bestimmt nicht zu uns.“ Sie schüttelte den Kopf. „Doch da kommt tatsächlich Cary mit der MERMAID, und Pat ist auch an Bord!“

Eine klassische Jacht mit dunkelblauem Rumpf und weißen Aufbauten hielt erst direkt auf sie zu; dann schien aber nicht der Bootssteg, sondern das Wasserflugzeug das Ziel zu sein.

Staunend beobachten Poppy und die zwei Männer das Manöver.

Die ungleichen Fahrzeuge näherten sich an. Die Flugzeugtür ging auf, ein hochgewachsener Mann, die dunklen Haare zum Zopf gebunden, kletterte heraus und stellte sich auf den Schwimmer. Mit einer Hand suchte er an der Strebe Halt, mit der anderen winkte er in ihre Richtung.

„Der scheint dich zu meinen, Poppy. Hübscher Kerl“, sagte Alex und bekam von Garry einen Stoß in die Rippen. „Den kennen wir doch, ist das nicht dein Galerist?“

„Ja, das ist Niall Flexer!“ Poppy winkte zurück. „Der Auftritt passt zu ihm. Entweder im gelben Bentley oder im Flugboot.“

Der Mann bestieg die Jacht vom Heck her, aus dem Flugzeug wurden zwei Pakete hinuntergereicht, und die MERMAID setzte sich in Richtung Ufer in Bewegung.

Kurz vor dem Steg erschienen Cary und Pat an Bug und Heck und warf ihnen die Leinen zu. Alex und Poppy fingen sie auf, kurze Zeit später war die MERMAID vertäut.

Flexer stieg aus, Cary und Pat mit Georgina auf dem Arm kamen hinterher, gefolgt von zwei Männern, die voluminöse Weidenkörbe trugen. Torry rannte erst kläffend um die Gruppe herum, dann beschnüffelte er interessiert die Körbe.

„Was hat euch denn zusammengebracht?“, fragte Poppy, die aus dem Staunen nicht herauskam.

„Mr Flexer rief mich an“, sagte Pat, als ob es das Selbstverständlichste der Welt war. „Er war zu knapp dran fürs Auto und wollte mit dem Flugzeug kommen. Er fragte mich, ob es möglich sei, hier zu landen, und ob wir ein Boot hätten.“

Flexer grinste. „Ich wollte dich überraschen, Poppy, und da ich vom lokalen Adel hier glücklicherweise Lady Patricia kenne ...“

„Die Überraschung ist dir tatsächlich geglückt. Kommt, wir helfen euch, die Sachen hochzutragen.“

Cary winkte ab. „Das machen meine Jungs. Aber gebt noch ein paar Yards auf die Leinen, die MERMAID braucht Raum, wenn die Ebbe kommt. Sie kann problemlos trockenfallen“, erklärte er stolz.

Flexer schaute sich um. „Nett habt ihr es hier. Das Dorf sah aus der Luft ein bisschen zu rustikal aus für meinen Geschmack, doch die Nachbarschaft reißt es wieder raus." Er beugte sich zu Poppy runter, die ihn fragend ansah. „Ich habe das Angenehme mit dem Nützlichen verbunden, und ein Gemälde für Mr Tornycroft mitgebracht."

„Du kennst ihn?"

„Er besitzt eine sehr erlesene Sammlung und ist seit Jahren Kunde bei mir, allerdings eher für die klassische Sparte. Er hat einen Miró bei mir bestellt."

„Das ist vielleicht nicht der beste Moment. Wusstest du nicht, dass er im Krankenhaus liegt?"

„Keine Ahnung, ich bin heute Morgen erst aus den USA zurückgekommen. Was fehlt ihm denn?"

„Er liegt im Koma."

„Der Ärmste, das ist ja grauenhaft!"

„Warst du mit ihm verabredet?"

„Als ich ihm aus New York die frohe Botschaft überbrachte, dass ich den Miró für ihn habe, sagte ich ihm, ich sei am Sonntag bei dir eingeladen, und fragte ihn, ob er auch zu deiner Garden Party käme. Er lachte etwas seltsam. Dann erzählte er, dass er dich gleich sehen würde, ihr hättet eine Verabredung. Überhaupt schwärmte er in den höchsten Tönen von dir, doch dann hatte er es plötzlich eilig. Ich glaube, dass jemand zu ihm ins Zimmer kam, den er offenbar nicht erwartet hatte. Er rief, er hätte jetzt keine Zeit."

„Nannte er einen Namen?"

„Ja. Ann, Ellen oder so ähnlich."

„Alan?"

„Kann auch sein. Der oder die schien sich aber nicht abwimmeln zu lassen, und deshalb beendete er das Gespräch mit mir. Davor meinte er noch, Sonntag sei prima, ich solle einfach in Hellstone Hall vorbeikommen.“

„Kannst du dich noch an die genaue Uhrzeit erinnern?“

„Warum willst du das alles wissen? Es war mitten in der Nacht, ich kam von einer wilden Party bei Gargosian zurück. Der hat den Miró besorgt. Bevor ich mich aufs Ohr legte, wollte ich Tornycroft die gute Nachricht verkünden, hier war ja Frühstückszeit. Schauen wir mal nach.“

Er holte sein Smartphone hervor und scrollte durch die Liste der Telefonate.

„Voilà, wenn du es genau wissen willst: Das Gespräch wurde um 2.58 Uhr New Yorker Zeit beendet, also 7.58 Uhr Greenwich Time.“

„Danke.“ *Hatte Alan Harkoff gelogen?* Poppy speicherte den Gedanken für später ab.

Jetzt wollte sie feiern.

32

Das Fest strebte seinem Höhepunkt entgegen. Nachdem sich der Beginn hingezogen hatte – Jane Parson redete im Namen des Bürgervereins, Alex und Garry gaben Anekdoten aus der Londoner Zeit zum Besten, Flexer hielt eine Eloge auf Poppy, seine Lieblingskünstlerin, die Cornwall Brothers sangen ein Ständchen und Poppy bedankte sich bei Peter Hammett dafür, die Weichen für Almas Cottage gestellt zu haben –, wurde es lockerer.

Tracy und Richard Goulding spielten als Fiddle & Accordion Power-Duo Folk aus Cornwall und Irland, alle tanzten ausgelassen, auch Poppy und Barney.

„Wann haben wir das letzte Mal getanzt, Barney?"

„Ich glaube, auf der Hochzeit von Pat und Bruce."

„Das ist nicht nur lange her, sondern wahrlich Schnee von gestern", sagte ihm Poppy ins Ohr und schaute zu Pat und Cary hinüber, die sich eng umschlungen unter den Gaelic Tunes wiegten, Georgina krähte dazu aus dem Kinderwagen heraus.

Poppy seufzte. „Alle scheinen glücklich zu sein."

„Du nicht?", fragte Barney leise.

„Doch, natürlich", sagte sie hastig und außer Atem. „Machen wir eine Pause?"

Garry kam auf sie zu. „Einen Strawberry Daiquiri, alkoholfrei und eiskalt?“ Wassertröpfchen perlten vom gefrosteten Longdrinkglas.

„Kannst du Gedanken lesen? Danke!“ Poppy nahm es und hakte sich bei Barney unter.

Sie entfernten sich ein Stück vom Trubel und setzten sich auf die Bank vor dem Atelier.

Torry rollte sich zu ihren Füßen zusammen, der Trubel und die vielen Streicheleinheiten schienen ihn zu überfordern.

Poppy nippte an der Flüssigkeit. „Hm, wie ein flüssiges Erdbeersorbet. Möchtest du auch?“

Barney sog kräftig am Strohhalm und schnappte nach Luft. „Aua! Ist das kalt!“

„Nicht so gierig, Darling, das musst du in kleinen Schlückchen genießen. So wie ich.“

Poppy legte den Kopf an seine Schulter. „Und nicht nur den Drink. – Du fragtest, ob ich glücklich bin. Ehrlich gesagt, hangle ich mich im Moment von einem Tag zum nächsten. Es fängt mit meinem größten Glück an, Almas Cottage und endet mit dem halb toten Richard Tornycroft. Ich frage mich, was noch alles kommt. Ich glaube, ich werde erst glücklich sein, wenn diese Abfolge von Albträumen zu Ende ist, und damit meine ich nicht Gwens Besuche. – Ist dir übrigens aufgefallen, dass vorhin niemand Tornycroft in seiner Rede erwähnt hat?“

Barney nickte. „Ich denke, dass sie dir das ersparen wollten. Leih dir einfach ein bisschen was von der guten Laune unserer Gäste.“

Er blickte zum Rasen neben der Terrasse, wo die McCabes ein Croquet-Spiel, das sie als Einweihungsgeschenk mitgebracht hatten, aufbauten und Glenna und Stephen Edwards herausforderten.

John McCabe bezog in seinen roten Bermuda-Shorts breitbeinig Stellung am Start, nahm den Schläger in die Mitte, und trieb die Kugel zielstrebig voran. Dann war Edwards dran, verfehlte das Tor und wischte sich die Stirn.

Poppy grinste. „Stephen kommt ganz schön ins Schwitzen."

Barney nickte. „Aber auch er scheint sich zu amüsieren. Und sieh dir Archie Peachum an, er ist wie ausgewechselt." Poppy hatte lange überlegt, ob sie ihn einladen sollte, aber sie wollte niemanden ausschließen.

„Er präsentiert sich von seiner besten Seite, frisch gewaschen, in einem passablen braunen Anzug statt in seinem ewigen Blaumann, und er hat zwei Riesentöpfe mit Löwenmäulchen und Cosmea für den Garten mitgebracht."

Barney senkte die Stimme. „Allerdings ist er ziemlich durstig. Ich sehe ihn schon mit dem x-ten Cocktail in der Hand, wahrscheinlich nicht die alkoholfreie Variante. Ich denke mal, er trinkt sonst eher Bier und ist das Zeug nicht gewohnt."

Poppy kicherte. „Noch hält er sich wacker, er hat gerade Mrs Ballantyne zum Tanzen aufgefordert." Der hagere Mann mit den Spargelbeinen und die zwei Köpfe kleinere, rundliche Ladenbesitzerin, er mit Hochwasserhosen und sie in einem hellgrünen Rüschenkleid mit Puffärmeln, waren ein sehr ungleiches Paar. „Sieh an, er ist ein guter Tänzer, und sie lässt sich von ihm führen, wer hätte das gedacht." Poppy stieß Barney in die Seite. „Dafür wirken die da drüben alles andere als heiter."

Claire Latour und Jim Phelps standen abseits, auf halbem Weg zum Wasser hinunter. Sie gestikulierten heftig und waren in eine lautstarke Unterhaltung vertieft, aber aus der Entfernung, und überlagert von Fiddle & Accordion, kamen nur einzelne Worte an.

Poppy spitzte die Ohren. „Geht es um Tornycroft? Hat sie eben *Mörder* gesagt?"

Claire stieß mit dem rechten Zeigefinger gegen Phelps Brust, er stolperte einen Schritt rückwärts. Barney runzelte die Stirn. „Ich kann mir nicht vorstellen, dass sie so unprofessionell ist und etwas aus eurem vertraulichen Gespräch weitergibt."

„Ich auch nicht, doch für eine Journalistin kommt sie mir sehr emotional vor."

Phelps wich weiter zurück, dann drehte er sich um und ließ Claire stehen. Mit geballten Fäusten starrte sie ihm hinterher.

„Wahrscheinlich lege ich da zu viel hinein." Poppy suchte Barneys Hand. „Aber weißt du, was mich so fertigmacht? Abgesehen von dir und Stephen kann ich mit niemandem darüber sprechen, dass Tornycroft ein Mörder ist." Sie seufzte. „Mir fehlt eine Freundin, der ich mich anvertrauen kann, mit allem, was mich bewegt."

„Was ist mit Pat?"

„Das siehst du doch. Sie ist frisch verliebt, seit Kurzem alleinerziehend mit ihrem Baby und muss nebenbei noch ein Hotel führen. Da möchte ich mich nicht aufdrängen."

„So würde sie es bestimmt nicht empfinden, bei allem, was du für sie getan hast."

„Wahrscheinlich, nur ist jetzt nicht der Moment, die Dinge gegeneinander aufzurechnen."

„So meinte ich das nicht", sagte Barney indigniert.

Poppy stöhnte. „Ich weiß, Darling. Verzeih mir meinen Blues." Sie reckte sich. „Genug, ich reiß mich zusammen, das ist sowieso Klagen auf hohem Niveau. Weißt du was? Lass uns eine Runde Croquet spielen, dazu habe ich jetzt Lust."

Sie gingen zum Spielfeld, wo gerade John McCabe als Sieger gefeiert wurde.

Herausfordernd sah er sich nach neuen Gegnern um und verbeugte sich vor Poppy.

„Gegen die Gastgeberin anzutreten, das wäre eine Ehre!"

Hope schien keine Lust mehr zu haben, deshalb suchte John Ersatz und fand ihn in Claire Latour. *Die anstrengende Unterhaltung von eben ist ihr nicht mehr anzumerken,* dachte Poppy, aber als sie sah, wie verkrampft sie die Kugel durch die Tore hämmerte und Extraschläge brauchte, um aufs Spielfeld zurückzufinden, revidierte sie ihren Eindruck.

Claire sah sich entschuldigend um.

„Lass nur, Claire", sagte Poppy verständnisvoll, „ich bin auch nicht in der ausgeglichensten Stimmung."

Claire versuchte ein Lächeln. „Auch wenn Tornycroft nicht anwesend ist, sein Schatten ist überall." Sie biss sich auf die Lippen. „Entschuldige, ich wollte dich nicht ... gerade heute."

„Gehört Jim Phelps auch dazu? Ihr beide wart nicht zu übersehen".

„Er verkauft seine Historiker-Seele an den Teufel. Die Chronik ist Fake!" Claire schlug die Kugel in Richtung des nächsten Tores, diesmal erfolgreich. „Lass uns ein andermal darüber reden, Poppy, ich will nicht der Party-Crasher sein."

Wie aufs Stichwort tauchte Archie Peachum am Spielfeldrand auf, machte zwei Tanzschritte, taumelte, verfing sich mit dem Fuß in den kreuzweise aufgestellten Mitteltoren und fiel der Länge nach hin. Das Glas in seiner Hand hielt Archie fest, wodurch der Inhalt herausschoss; Hope trat einen Schritt zurück, aber zu spät, die Flüssigkeit traf ihr sonnengelbes Cocktailkleid; sie stolperte und landete auf dem Hintern.

Während sich Poppy und Claire um die verdatterte Frau kümmerten, half Barney dem angeschlagenen Archie auf die wackeligen Beine. „Ein Stuhl!", rief Barney, und Cary war mit einem Klappstuhl zur Stelle, Hope reichte er ein feuchtes Küchenhandtuch.

„Hm, Piña colada, passt sogar farblich", bemerkte sie trocken, rieb auf dem Fleck herum und schenkte Archie einen abschätzigen Blick. „Von dem Kerl das Geld für die Reinigung zu erwarten, wird allerdings vergeblich sein."

Peachum schien sich zu erholen. Er versuchte, gerade zu sitzen. „Sie tun mir unrecht", erklärte er. Das Lallen konnte er nicht verbergen. „Ich h-habe Geld. Die haben mich gut bezahlt." Das Aufbäumen war nur von kurzer Dauer, erneut sank er in sich zusammen. Mühsam hob er den Kopf und suchte Poppys Blick. „M-Mrs Dayton, Sie sind ein guter Mensch." Übergangslos begann er zu weinen. „Aber dieser Glatzkopf und sein Chef, die sind böse. Sie vergiften die Tiere." Mit verschleierten Augen sah er Poppy an. „Ich habe ihnen geholfen, die Kadaver zu entsorgen." Archie rieb sich die Augen, schluckte, und gewann erneut die Fassung zurück. Deutlich sagte er: „Das war nicht richtig."

„Sind noch mehr Tiere gestorben?", fragte Poppy nach.

Peachum sagte nichts mehr, barg nur sein Gesicht in beiden Händen.

Minutenlang blieb er regungslos sitzen, ratlos standen die Gäste um ihn herum, bis sich Mrs Ballantyne aus der Masse löste und zu ihm ging. Fürsorglich half sie ihm dabei, aufzustehen.

Entschuldigend blickte sie in die Runde. „Archie ist nicht verkehrt, er hat nur genug für heute. Poppy, Professor Dayton, vielen Dank für dieses schöne Fest. Ich bringe den Herrn jetzt nach Hause."

Poppy wollte sie bis zum Gartentor begleiten, aber sie winkte ab.

Edwards, der das Ereignis beobachtet hatte, schaute den beiden hinterher. „Ich glaube, es würde sich lohnen, mal mit dem Herrn zu sprechen, – wenn er wieder nüchtern ist", sagte er leise zu Poppy.

John McCabe baute die umgerissenen Croquet-Tore wieder auf, die Gouldings griffen zu ihren Instrumenten, und die Party fand zu ihrem alten Schwung zurück.

Der warme Nachmittag ging in einen lauen Abend über, Fackeln erhellten den Garten, und erst kurz vor Mitternacht gingen die letzten Gäste, Flexer war einer von ihnen.

Er umarmte Poppy. „Ich fahre nach London zurück, aber langweilig ist es hier nicht. Tote Tiere? Ein halb toter Milliardär? Poppy, bist du wieder am Ermitteln? Ich dachte, du hättest diesem Aspekt deiner vielfältigen Begabungen abgeschworen?“

„Habe ich auch, Niall.“ Poppy grinste gequält. „Ist eine lange Geschichte.“

Flexer ließ es dabei. „Was mache ich jetzt mit dem Miró?“, fragte er stattdessen.

Barney kam dazu. „Gib ihn mir. Ich bringe ihn in die Galerie und schließe ihn im Safe ein.“

„Hervorragende Idee, Barney. Ich muss erst mal nach London, mein Fahrer ist schon da und holt mich ab. Poppy, wir sehen uns in den nächsten Tagen in St Ives. Dann können wir deine erste Ausstellung konzipieren.“

Poppy blinzelte ins Fackellicht. „Ich kann dir gar nicht sagen, wie sehr ich mich darauf freue. Ich muss dringend wieder ins Arbeiten kommen.“

„Eins nach dem anderen.“ Flexer versuchte sie zu trösten. „Du warst so produktiv in London, das reicht für drei Eröffnungen.“

„Ich will aber auch neue Sachen zeigen.“ Poppy klang trotzig. „Projekte, die hier entstehen, in anderer Umgebung und unter veränderten Lebensbedingungen.“ Ihre Stimme wurde deutlich leiser, und in Flexers und Barneys Gesichtern fand sie nur betretenes Schweigen. Sie hüstelte.

„Ja, ich weiß, da muss sich wohl noch einiges setzen.“

„Ich bin gespannt, was Almas Cottage aus dir hervorzaubert. Und wenn es hoffentlich bald Klarheit gibt, was den armen Tornycroft angeht, wird es leichter für dich." Flexer umarmte Poppy und Barney und ging zu seinem Wagen, dessen wummernder Auspuff die Umgebung mit Abgas flutete.

Nachdenklich schaute Poppy dem gelben Bentley hinterher, wie er im Flackerlicht die Straße hinauffuhr. *Es war ein schönes Fest,* dachte sie, *aber Tornycroft war der geheime Party-Crasher und nicht der arme Archie.*

33

Das Frühstück am Montagmorgen fiel opulenter aus als sonst, da Alex und Garry dafür verantwortlich waren. Die beiden hatten im Cottage übernachtet und standen schon früh am Herd. Der Duft nach frisch gebackenem Brot zog in den ersten Stock und lockte Poppy und Barney herunter.

Der Eichentisch in der Küche war festlich gedeckt. Grapefruit, Rührei mit knusprig gebratenem Bacon und frischen Avocados standen bereit, Garry holte die aus Blätterteig und Vanillepudding kreierten frischen Natas aus dem Ofen, beim Rückwärtsgehen stieß er gegen den Tisch. „Klein und cozy, eure Küche."

Poppy schmunzelte. „So eine Landeier-Küche ist nichts für Großstadt-Confiseure."

Alex kam mit der Kaffeekanne an den Tisch. „Garry meint das nicht so. Er hat mir die ganze Nacht von eurem Fest vorgeschwärmt." Er füllte ihre Tassen. „Wie habt ihr es überstanden?"

Poppy stippte mit den Fingern eine Blätterteigflocke auf und schloss die Augen. „Es war ein Traum. Die Gäste, die Stimmung, und das Wetter war herrlich", sie bekam einen fernen Blick, „auch wenn für mich immer wieder ein paar Wolken durchgezogen sind."

„Du meinst, weil dieser Hillbilly einen über den Durst getrunken hat?"

„Es ist ein bisschen komplizierter, aber egal." Sie lächelte Alex und Garry an. „Ich danke euch so sehr. Dass ihr beiden gekommen seid, beweist doch, dass London nicht so weit weg ist."

„Ihr habt euch den schönsten Winkel von Cornwall ausgesucht." Alex schaute durch das Sprossenfenster auf den Fluss. „Und euer Fest wird in unsere Catering-Geschichte eingehen. Gut, dass die Sonne schien. Im Häuschen wäre es eng geworden, aber der Garten ist Weltklasse, und wir haben schon auf ein paar Landsitzen gedient, was, Garry?"

„Allerdings." Garry ging nach draußen und kam kurz darauf mit einem Gegenstand zurück, der von einem Küchenhandtuch verhüllt wurde. „Damit unser Andenken nicht verblasst, haben wir die Übergabe unseres Gastgeschenks auf heute verlegt. – Tadaa!"

Er zog das Tuch weg. Unter einem Glassturz lag, auf ein rotes Samtkissen gebettet, ein kleines rundes Objekt, das im Morgenlicht schimmerte.

Barney, der bisher still sein Rührei gegessen hatte, ließ die Gabel sinken. Die müden Augen wurden kugelrund. „Hey! Mein Lieblingsmacaron! Das mit Blattgold!"

Garry errötete. Poppy schmunzelte, da sie wusste, dass er Barney heimlich verehrte.

„Ein kleines Andenken an die dekadenten Londoner Zeiten."

Barney nahm den zwei Köpfe kleineren Garry in seine langen Arme.

„Danke, das bekommt einen Ehrenplatz."

Poppy neckte ihn. „Bis du es aufisst, Barney."

„Damit du nicht in Versuchung kommst, haben wir hier eine ganze Schachtel davon. Und wir schenken euch einen lebenslangen Macaron-Service.“ Alex grinste. „Als Abwechslung von den einheimischen Scones. Bei unseren Kreationen müsst ihr euch wenigstens keine Gedanken machen, ob die Marmelade unter oder über die Clotted Cream kommt.“

Eine Stunde später beluden die beiden ihren Lieferwagen und fuhren los.

Sie winkten, und Poppy grinste, als sie sah, dass Barney ihnen einen Handkuss hinterherwarf. Sie seufzte. „Plötzlich ist der Trubel vorbei, eigentlich schade.“

„Finde ich auch.“ Zärtlich betrachtete er Poppy. „Wenn ich daran denke, dass du kurz davor warst, alles abzusagen. Und jetzt: Lass uns aufräumen, Darling.“

Poppys Smartphone klingelte, sie schaute aufs Display und stöhnte. „Das ist die Polizei.“

Sie stellte auf laut.

„Burleigh hier.“

„Ich wünsche Ihnen auch einen schönen Tag.“

Die Inspektorin gab nur ein Schnauben von sich und kam gleich zur Sache. „Mr Tornycrofts Zustand ist unverändert, und die Ärzte sind mit Prognosen auffallend zurückhaltend.“

Poppy sagte nichts.

„Sind Sie noch da, Mrs Dayton?“

„Natürlich.“

„Wie war Ihre Party?“

„Ein voller Erfolg, danke. Schade, dass Sie nicht dabei sein konnten. Es hätte sich sogar polizeilich gelohnt.“

„Wie meinen Sie das?“

Poppy erzählte ihr von Flexer und seinem Anruf bei Tornycroft, kurz bevor er gefunden wurde. „Er erinnerte sich daran, dass während des Gesprächs jemand Tornycroft aufsuchte."

„Wann war das genau?"

Poppy nannte ihr die Zeit. „Mr Flexer hat mir die Daten auf seinem Handy gezeigt. Und er hat einen Namen verstanden, etwas wie Alan."

„Alan Harkoff?", fragte die Inspektorin und atmete hörbar ein.

„Tornycroft schien irritiert zu sein, aber nicht überrascht. An mehr konnte sich Mr Flexer nicht erinnern, das Gespräch wurde kurz darauf beendet."

„Es wird interessant sein, Mr Harkoff dazu ein paar Fragen zu stellen." Sie machte eine Pause. „Hatten Sie noch weitere spannende Gäste?"

„Eine Menge. Alle feierten friedlich miteinander. Nur einer stolperte über seine betrunkenen Beine. Dann wurde er redselig und gab damit an, von Tornycroft oder Harkoff eine Menge Geld bekommen zu haben. Mr Peachum ist eine Art Dorffaktotum, grummelig, aber harmlos. Er erwähnte tote Tiere, die er beseitigte."

Die Inspektorin hob die Augenbrauen. „Nicht nur die Löwin?"

„Warum fragen Sie?" Poppy bückte sich und hob eine Croquet-Kugel auf, die unter einen Lavendelbusch gerollt war.

„Nachdem die Tiere abtransportiert wurden, trat der Veterinärdienst massiv auf den Plan." Durch die Leitung war das charakteristische Stift-Trommeln zu hören. „Die Untersuchungen auf dem Gelände von Hellstone Hall werden nach dem Wochenende heute fortgesetzt. In einem abgelegenen Teil des Geheges fand man ein offensichtlich krankes Tier, einen afrikanischen Wildhund. Er hatte sich wahrscheinlich versteckt und entging so dem Abtransport. Der Veterinärdienst hat ihn mitgenommen."

„Unter welchem Verdacht?" Poppy gab die Kugel an Barney weiter, der auch nicht so recht zu wissen schien, was er damit anfangen sollte.

„Möglicherweise wurden ungenehmigte Tierversuche unternommen."

„Von Tornycroft?"

„Wir wissen es nicht." Die Inspektorin, eben noch offen und zugänglich, hüstelte und wechselte den Tonfall. „Mrs Dayton, ich wäre Ihnen verbunden, wenn Sie mir die Kontaktdaten dieses Flexers zukommen ließen. Ansonsten gehe ich weiter davon aus, dass Sie sich aus den Ermittlungen raushalten." Sie seufzte tief. „Ich hatte bereits Besuch von einer ansehnlichen Riege von Anwälten, die Medimal vertreten. Das sind mächtige Leute, Sie sollten denen auf keinen Fall in die Quere kommen."

Barney näherte sich dem Smartphone. „Keine Sorge, Mrs Burleigh, ich passe auf meine Frau auf."

„Ich verlasse mich auf Sie. Sie beide." Die Inspektorin beendete das Gespräch.

Poppy sah Barney an. Sie verzichtete darauf, den Anruf zu kommentieren. „Lass uns aufräumen", sagte sie nur. Er nickte. „Und ich freue mich darauf, bald wieder meine Arbeit zu machen. Ich fahre morgen nach St Ives und nehme den Miró mit. Hier kann er nicht bleiben."

„Es fühlt sich nicht sicher an“, sagte Poppy nachdenk-
lich, „stimmt's?“
„Wir haben hier keinen Bildertresor.“
„Ich denke dabei nicht nur an das Bild.“

34

Am nächsten Tag verließ Barney kurz nach acht Uhr morgens das Haus und startete den Morris.

Das gute Wetter hielt, die Sonne schien, und Poppy nahm Torry mit zu einem langen Waldspaziergang.

Ahorn, Buchen und Kastanien gewannen immer mehr an Farben, über den Wegen wölbte sich ein blau-rot-goldener Himmel. Erst oben auf dem Plateau wurde die Sicht frei.

Wie immer war Poppy fasziniert vom Rund-um-Blick auf das Flusstal und die rollenden Hügel, aber heute lenkte sie eine Rauchsäule ab. Sie machte das Gebiet von Hellstone Hall als Ursprung aus. *Was wird da ins Feuer geworfen? Werden Beweise vernichtet? Wahrscheinlich verbrennt der Gärtner nur ein paar trockene Äste.*

Der würzige Duft stieg bis zu ihr hinauf, auch Torry schien ihn zu wittern.

Auf dem Rückweg nahmen sie den alten Minenweg, als Poppy ein weiterer Geruch in die Nase stieg. *Schwefel!* Wieder stiegen die Traumbilder auf, und sie machte einen großen Bogen um das Höllenmaul.

Zu Hause setzte Poppy Tee auf, füllte eine Thermoskanne und ging ins Atelier. Sie beschloss, ein neues Projekt anzufangen. *Ja, jetzt, auf was wartest du?* Sie suchte einen Skizzenblock heraus, spitzte drei Bleistifte in unterschiedlicher Härte und setzte sich auf die Bank.

Sie begann zu zeichnen, fühlte sich aber wenig inspiriert. Zunehmend wütend und ungeduldig, kratzte und hieb sie mit dem Stift auf das dicke Papier ein. Schwarze Kerben zerpflügten die Oberfläche. Poppy ließ den Block sinken. Sie trennte das Blatt ab und wollte es zerknüllen, als das Sonnenlicht durch die Schrunden und Löcher auf die darunterliegende Schicht fiel. Ein dreidimensionales Gebilde aus Papier, Bleistiftschwarz, Licht und Schatten entstand und löste sich im nächsten Moment wieder auf. *Es passiert etwas.* Poppy fasste neuen Mut.

Sie brachte einen Klapptisch nach draußen und holte Schere und Klebstoff. Mit der Schere folgte sie den skizzierten Konturen.

Nach einer Stunde lag eine Vielzahl unterschiedlicher Objekte aus Papier vor ihr. Sie brach einen neuen Block an. Aus den unberührten Blättern und den Objekten konstruierte sie Schicht für Schicht einer komplexen, pyramidenförmigen Struktur voller Brüche und Übergänge.

„Ist das der Berg?"

Poppy schnitt sich in den Finger. Ein Tropfen Blut fiel auf die Spitze der weißen Pyramide.

„Oh Gott, entschuldige, Poppy, habe ich dich erschreckt?"

Poppy leckte das Blut ab und lächelte, als sie die Frau erkannte. „Claire!"

Torry hob nur kurz den Kopf.

„Ich wollte mich nicht anschleichen, Poppy, aber die Gartentür war nicht verschlossen, und ich dachte ..."

„Ich bin total in mein neues Projekt versunken. – Was siehst du darin? Den Berg von Hellstone Hollow?“

Claire nickte. „Die Minengänge, Höllenmaul, das Kindergrab – so wären meine Assoziationen.“

„Ich hatte noch keine gegenständliche Vorstellung dazu.“

„Dein Unterbewusstsein?“

Poppy schüttelte den Kopf. „So einfach ist es nicht. Es ist ein kreativer Prozess, bei dem viele Ideen und Impulse aufeinandertreffen.“ Sie schmunzelte. „Aber ich freue mich immer darüber, wenn die Betrachter mir ihre eigenen Interpretationen nahebringen.“

Claire schaute auf ihre Hände. „Entschuldige, ich bin voreingenommen. Meine Recherchen lassen mich nicht los.“

„Auf was bist du gestoßen?“

„Nachdem mir der Zugang zum Tornycroft-Archiv verwehrt wurde, war ich in London erfolgreicher. Das Royal Mining Institute zeigte sich sehr kooperativ, als klar wurde, dass ich die Urururenkelin von Charles Latour bin. Tatsächlich haben sie eine umfangreiche Akte zu ihm. Sie wurde damals im Auftrag der Staatsanwaltschaft erstellt, die wegen der toten Kinder von Hellstone ermittelte. Bemerkenswert ist, dass es der Tornycroft-Clan schaffte, die Ermittlungen weg von sich und auf Charles zu lenken. Schuld seien nicht die grausamen Industriellen und die menschenunwürdigen Bedingungen im Bergbau, sondern Latours Technologie.“

„Kam er vor Gericht?“

„Als sein Tod bekannt wurde, stellte man das Verfahren ein. Aber in der Akte befindet sich ein Exemplar seiner Schrift, in der er die moderne Sklaverei anprangert!“

„Das Werk, das nach seinem Tod verschwunden war?“

„Genau. Ich durfte es lesen. Es ist voller Details zu den Praktiken in den Minen und wirft ein neues Licht auf die Katastrophe in Hellstone Hollow. Die Tornycroft-Chronik muss umgeschrieben werden.“

„Da werden sich Mr Phelps und seine Auftraggeber bestimmt freuen.“

„Mit dem habe ich darüber auf deiner Party gesprochen.“

Poppy grinste. „Nur gesprochen? Ich habe nichts verstanden, aber es sah lauter aus.“

„Er drohte mir mit einer Klage, doch solange Tornycroft im Koma liegt, wird gar nichts passieren. Und zum Glück ist das ab sofort nicht mehr allein meine Sache. Das Royal Mining Institute hat Interesse an der Aufklärung und will mit mir kooperieren.“

„Das ist ein Riesenerfolg, Claire!“

„Danke, Poppy, zumindest ein wichtiger Schritt. Und es geht noch weiter. Auch der zweite Fleck auf Tornycrofts weißer Weste zeichnet sich deutlicher ab. Ich habe herausgefunden, dass die BVA, die British Veterinary Association, kurz vor der Veröffentlichung eines wissenschaftlichen Gutachtens steht! Danach habe Medimal jahrelang ein Präparat zur Wachstumsförderung bei Nutztieren produziert, bei dem als Langzeitnebenwirkung tödliche Lungenembolien auftreten.

Jetzt steht das Mittel vor dem Verbot durch die Gesundheitsbehörde."

„Das wäre ein schwerer Schlag für Medimal."

„Die BVA wollte deshalb zunächst an Tornycroft herantreten, um von ihm eine Stellungnahme zu erhalten. Am Tag, als er in die Klinik kam."

„Merkwürdiger Zufall, oder?"

„Finde ich auch. Gibt es Neuigkeiten zu seinem Zustand?"

„Anscheinend unverändert. Was wirst du jetzt unternehmen, Claire?"

Claire ballte die Fäuste. „Im Augenblick leider nichts. Es liegt in der Hand der BVA. Ich habe versprochen, nicht mit einem Artikel vorzupreschen."

„Dann hättest du bestimmt noch mehr Anwälte auf dem Hals."

Claire seufzte. „Damit musst du als Journalistin immer rechnen, trotzdem fällt es mir verdammt schwer, stillzuhalten."

„Weißt du was? Mir geht es genauso. Tornycroft hat sich in sein Koma verkrochen ..."

„Eine harte Formulierung, Poppy."

„Doch ich hoffe auf den Tag, an dem ich ihn mit seiner Untat konfrontieren kann." Poppy hielt die Schere wie einen Dolch in die Luft.

„Pass auf, sonst verletzt du dich noch mal."

Poppy seufzte. „Mir fehlt der Ausgleich, Claire. Weißt du was? Ich habe eine Idee, wo wir mit unseren überschüssigen Kräften hinkönnen. Es ist Flut. Lass uns schwimmen gehen!"

„Ist das nicht ein bisschen frisch? Wir haben September."

„Nach dem heißen Sommer ist das Wasser noch erstaunlich warm, du wirst sehen. Vielleicht prickelt es am Anfang ein bisschen, aber dann ist es herrlich.“

„Warum nicht? Ich gehe rüber und hole meinen Badeanzug.“

„Brauchst du nicht. Ich gehe immer so rein, und ein Handtuch bekommst du von mir.“

Leise jaulend verfolgte Torry, wie sich Poppy zügig vom Ufer entfernte. Nach ein paar Kraulschlägen hielt sie an. Grinsend beobachte sie Claire, wie sie durch die seichte Strandzone stapfte, bis das Wasser kniehoch stand.

„Lach nicht, Poppy, dein Prickeln ist eher ein Stechen, und jetzt fühlen sich meine Beine taub an.“

„Stoß dich einfach ab, das ist nur der erste Moment.“

„Berühmte letzte Worte!“, rief Claire, dann folgte sie der Anweisung.

Mit hastigen Schwimmzügen schloss sie zu Poppy auf. „Nicht unbedingt die Karibik.“

„Cornwalls Küste hatte schon immer ein subtropisches Klima, wer weiß, was noch kommt.“

Claire zeigte in Richtung Flussmitte. „Die Jachten sehen auch karibisch aus.“

Poppy kniff die Augen zusammen. „Du meinst die in der Mitte des Flusses?“

„Schnittiges Teil.“ Das weiße Boot mit dem riesigen Sonnensegel hob sich deutlich vom dunklen Grün der Erlen am gegenüberliegenden Ufer ab.

„Das Ding ist schon seit zwei Wochen hier.“

„Toller Platz zum Ankern, da ist auch bei Ebbe noch Wasser unter dem Kiel. Vielleicht gehen die deshalb nicht mehr weg.“

„Ich weiß nicht. Sieh mal genau hin. Siehst du den Lichtreflex am Heck? Ist das ein Fernglas?“

„Ich sehe nichts. Willst du sagen, da spioniert jemand?“

„Keine Ahnung. Langsam werde ich paranoid. Lass uns zurückschwimmen. Jetzt wird selbst mir kalt.“

Claire ließ sich das nicht zweimal sagen und kraulte los.

Poppy drehte sich auf den Rücken. Mit langen Armzügen trieb sie zurück.

Über ihr am wolkenlosen Himmel zog eine endlose Formation von Graugänsen nach Süden. „Beneidenswert. Die scheinen genau zu wissen, wo es langgeht.“

Als Poppy am Ufer ankam, empfing Torry sie schwanzwedelnd und mit dem Handtuch in der Schnauze. Poppy schüttelte den Sand aus und lobte ihn. „Danke! Du bist der Beste! Wer hat dir das denn beigebracht?“

Claire lachte. „Ich nicht. Ich dachte, es wird dreckig und wollte es ihm wegnehmen, aber das hat er nicht zugelassen.“ Sie streckte sich. „Du hattest recht, das Schwimmen hat gutgetan. Das Auspowern fehlt mir hier, in London bin ich in mein Sportstudio gegangen.“

„Wenn du Lust hast, wiederholen wir das jederzeit.“

„Auch im Winter?“

„Da rennen wir durch den Wald. Zusammen. Allein fühle ich mich da nicht mehr wohl, mit dem Atem des Höllenmauls im Nacken.“

„Apropos im Nacken. Vielleicht solltet ihr ein Schloss an eurem Gartentor anbringen. Ich bin einfach durchgegangen, und jetzt steht schon wieder jemand da." Claire schirmte die Augen mit der Hand ab und blickte den Hang hinauf. „Immerhin hat er sich diskret umgedreht, als er uns hier liegen sah. Erwartest du Besuch?"

„Nein!" Poppy hielt sich das Handtuch vor den Körper. Dem Schreck folgte Erleichterung, als sie Edwards erkannte. „Das ist der Inspektor, aber es ist nicht seine Art, einfach so aufzutauchen." Rasch zogen sie sich an.

Edwards sah verlegen zu Boden, als sie auf der Terrasse ankamen. „Entschuldigen Sie, ich habe versucht, anzurufen, aber Sie sind nicht rangegangen."

Poppy schmunzelte. „Kein Wunder, wir waren schwimmen, und mein Handy liegt im Atelier, glaube ich."

„Ich wollte Sie sehen, Poppy. Es gibt Neuigkeiten, die konnte ich nicht am Telefon besprechen."

„Ich gebe zu, dass ich neugierig bin", sagte Claire, „doch ich lasse euch allein."

Poppy nickte dankbar.

35

Nachdem die Journalistin gegangen war, bat Poppy Edwards ins Wohnzimmer. „Sie machen es spannend, Inspektor."

„Erst einmal möchte ich mich für das bezaubernde Fest bedanken, auch im Namen von Glenna. Wir haben uns schon lange nicht mehr so wohl und unbeschwert gefühlt."

„Das freut mich. Bitte, kommt bald wieder. So eine große Party ist wunderbar, aber ich mag die überschaubaren Runden lieber. Doch jetzt sagen Sie mir, was los ist." Poppy seufzte. „Zum Glück ist Barney unterwegs, er würde sofort Lunte riechen."

„Die Lunte brennt, Mrs Dayton! Medimal steht kurz vor einem riesigen Pharmaskandal. Im Blut des kranken Wildhunds, der auf Tornycrofts Anwesen gefunden wurde, haben die Veterinäre ein Wachstums-Mittel nachgewiesen, das ..."

„... eine Lungenembolie verursacht."

„Stimmt. Wie kommen Sie darauf?"

„Auch Claire Latour hat fleißig nachgeforscht."

„Inzwischen ist das Tier verstorben. Die Wirkstoffkonzentration im Blut war nicht nur extrem hoch. Es handelte sich bei der Substanz um eine modifizierte Version des Produkts, das nach der Studie als schädlich bewertet worden war. Offenbar ist die neue Variante noch gefährlicher."

„Was sagt die richtige Inspektorin dazu?"

Edwards grinste über Poppys Klassifizierung. „Sie hat die Ergebnisse dem Staatsanwalt vorgelegt, mit der Bitte, eine Durchsuchung von Medimal und die Beschlagnahmung von Medikamentenproben durchführen zu können."

„Mrs Burleigh ist tatkräftig."

Edwards seufzte. „Nur leider scheint es der Staatsanwalt nicht eilig zu haben. Es gehe ja nur um Tiere und nicht um Menschenleben, man wolle vermeiden, mit den Anwälten von Medimal ins Gehege zu kommen. Sobald die angekündigte Studie tatsächlich veröffentlicht ist, habe er ausreichend Handhabe, im Moment allerdings ..."

„Geht das schon wieder los?" Poppy schlug mit der Faust auf den Tisch. „Ich dachte, der neue Staatsanwalt wäre weniger korrupt als der alte, aber so, wie Sie das schildern ..."

„Keine voreiligen Schlüsse, bitte. Allerdings sind Tornycrofts herausragende Position, die Tatsache, dass er im Koma liegt, und weil Medimal einer der größten Arbeitgeber in der Region ist, alles Gründe, die ihn zögern lassen."

„Okay, wir brauchen mehr Beweise. Jetzt."

Edwards betrachtete sie nachdenklich. „Einer, der dabei helfen könnte, ist Mr Phelps. Wissen Sie noch, wie wir an seinem Garten vorbeigingen?"

„Und Sie den Eindruck hatten, er würde uns fotografieren?"

„Auch während Ihrer Party hat er mich ständig beobachtet. Inzwischen habe ich ein wenig recherchiert und weiß jetzt, an wen mich das Gesicht erinnert. Der Herr war vor ein paar Jahren in den Fall einer gefälschten Familienchronik verwickelt, mit der ein Mitglied des Oberhauses die Spuren seines Großonkels verwischen wollte, der mit den Nazis kollaboriert hatte.“

„So etwas nennt man wohl einschlägige Referenzen.“

„Er wurde zu einer hohen Geldstrafe verurteilt, und raten Sie mal, wer sie bezahlte?“

„Ich tippe auf Tornycroft.“

„Natürlich nicht direkt, dafür war eine Tochterfirma so freundlich. Ich denke, ich werde diese Informationen an unsere Inspektorin weitergeben, und sie soll entscheiden, ob sie damit auf Mr Phelps zugehen möchte, um ihn zur Kooperation zu bewegen.“ Edwards holte sein Taschentuch heraus und trocknete seine Stirn. „Womit wir bei dem nächsten Partygast wären, der Probleme kriegen könnte.“

„Sie meinen Archie Peachum?“

„Immerhin war er bei der illegalen Entsorgung des Löwenkadavers dabei und hat indirekt zugegeben, an weiteren zwielichtigen Aktivitäten von Medimal beteiligt zu sein.“

„Er erwähnte sogar das Geld, das er bekam. Dann statten wir ihm mal einen nachbarschaftlichen Besuch ab. Es sind nur fünf Minuten zu Fuß. Oder wollen Sie das auch Mrs Burleigh überlassen, lieber Inspektor?“ Poppy spitzte die Lippen. „Die hat doch genug zu tun, oder?“

Edwards grinste. „Bestimmt. Ich bin gespannt, was uns der alte Zausel zu sagen hat.“

Auf Poppys Klopfen öffnete Peachum eine kleine Luke in seiner Haustür.

„Was gibt's?" Argwöhnisch beäugte er Poppy, und als er den Inspektor sah, klappte er das Fenster zu.

„Wir wollten fragen, wie es Ihnen geht", sagte Poppy so laut, dass er es durch die geschlossene Tür hören konnte.

Der Inspektor fügte hinzu: „Wir wollen Ihnen helfen."

Poppy gefiel Edwards ruhiger und sachlicher Ton. Er schien zu wirken, denn jetzt ging die Tür einen Spaltbreit auf, und der Kopf mit den schütteren Haaren kam zum Vorschein. „Ich brauche keine Hilfe."

Edwards trat nahe heran. „Wir wollen verhindern, dass Sie in Schwierigkeiten geraten", sagte er leise. „Sie haben Mr Harkoff bei Dingen geholfen, die ungesetzlich waren, und sich mitschuldig gemacht."

Peachum öffnete die Tür vollständig, sein gehetzter Blick strich die Straße auf und ab. „Kommen Sie rein."

Er bat sie in ein dunkles Wohnzimmer, das nach staubigen Polstermöbeln und ungewaschener Kleidung roch, aber erstaunlich aufgeräumt war. „Nehmen Sie Platz."

Sie ließen sich auf dem Sofa nieder. Poppy rückte ein Stück vor, um dem Druck einer Sprungfeder zu entgehen.

Auch Peachum beugte sich vor und faltete die Hände. „Was bringt es mir, wenn ich Ihnen etwas sage?"

Edwards nickte freundlich. „Gut, dass Sie gleich zur Sache kommen, Mr Peachum. Ich kann Ihnen nichts versprechen, aber wenn Sie kooperieren, setze ich mich dafür ein, dass Sie ohne Strafe davonkommen. Immerhin haben wir in England die Kronzeugenregelung."

Peachum schnaubte sich lautstark die Nase. „Ob Sie's glauben, oder nicht, ich wollte eh damit rausrücken. Das sind schlechte Leute in der Fabrik." Ohne Umschweife schilderte er, wie er Harkoff geholfen hatte, und gab auch den Ort an, wo der Kadaver vergraben wurde. „Wenn Sie wollen, führe ich Sie hin."

„Danke, wir besprechen das mit dem Veterinärdienst. Die werden Proben entnehmen und auf bestimmte Substanzen testen. Im Gehege von Hellstone Hall wurde ein Tier gefunden, das möglicherweise auch zu Tests herangezogen wurde."

„Substanzen? Auf Hellstone Hall?" Peachum, der unablässig an seinem Taschentuch nestelte, blickte hoch. „Harkoff rief mich heute Morgen an. Ich sollte zum Herrenhaus kommen und dabei helfen, zwei Container zu beladen."

„In Hellstone Hall? Sicher? Nicht in der Fabrik?"

Peachum schüttelte energisch den Kopf. „Nein, er war eindeutig."

„Wann sollte das sein?"

„Jetzt, am späten Nachmittag, sollte der Transport losgehen. Um sechs."

Poppy sah auf die Uhr. „In einer Stunde."

„Wissen Sie wohin?"

„Er sagte irgendwas von Hafen."

„Container?" Der Inspektor kratzte sich am Kopf. „Das kann nur nach Bristol gehen, zu den Royal Portbury Docks, die Häfen hier im Süden sind dafür nicht eingerichtet." Er stand auf. Poppy sah ihn fragend an, er schüttelte nur leicht den Kopf. „Danke, Mr Peachum,

Sie haben uns sehr geholfen. Ich verspreche Ihnen, dass Ihnen das angerechnet wird.“

Peachum brachte sie zur Tür. „Ich zähle auf Sie, Mister.“

Poppy zog Edwards mit sich. „Wir müssen jetzt eine Entscheidung treffen, Inspektor. Eile ist geboten. Wir fahren zum Herrenhaus. Vielleicht gelingt es, den Transport aufzuhalten oder wenigstens zu verzögern. Was ist mit der Polizei?“

„Ich fürchte, nach dem, was der Staatsanwalt gesagt hat, ist die nicht für einen schnellen Einsatz zu haben, zumal es sich nicht um einen Notfall handelt.“

Poppy stöhnte. „Dann ist es an uns.“

Edwards schüttelte den Kopf. „Auf keinen Fall. Zu riskant. Und denken Sie an das Versprechen, das Sie Barney gegeben haben.“

„Ich weiß. Er kommt erst spätabends aus St Ives zurück. Bis dahin sitzen wir beide wieder gemütlich zu Hause auf unseren Sofas.“ Sie packte Edwards am Arm. „Ich will da nur kurz vorbeischauen. Vielleicht können wir ein paar Fotos von den Containern machen. Es ist schon seltsam genug, dass der Transport von Hellstone Hall und nicht von der Fabrik losgeht.“

Es war Edwards anzusehen, wie er mit sich rang. Poppy schob ihn zu seinem Auto.

„Los, vielleicht sind sie schon weg, aber eine kleine Chance haben wir.“

„Und wenn die uns fragen, was wir dort wollen?“

„Ich werde sagen, ich hätte meinen Schirm vergessen.“

„Bei dem schönen Wetter?“

„Eine englische Lady ist immer auf alles vorbereitet.“

Edwards seufzte. „Dann hoffe ich, dass das auch für unsere Aktion gilt.“ Sie stiegen ein, und der Inspektor gab Gas.

36

Der Inspektor tippte auf seinem Smartphone herum. „Eine Nachricht an meine Frau, dass es später wird“, er zwinkerte Poppy zu, „und die andere an meine Lebensversicherung.“

„Weil Sie mit mir unterwegs sind, Inspektor?“

„Bekannterweise wirkt das nicht gerade risikomindernd.“

Poppy brachte Torry ins Haus. Als sie zurückkam, war sein Jaulen bis auf die Straße zu hören.

Edwards runzelte die Stirn. „Auch Torry scheint gegen die Aktion zu sein.“

Poppy grinste schief. „Vor allem, wenn er davon ausgeschlossen wird.“

Sie fuhren los und bogen hinter Hellstone Hollow in die Tregye Road ein.

Eben noch hatten die Kopfweiden am Straßenrand lange Schatten geworfen, dann versank die Landschaft im Zwielicht. Von Westen zogen Wolken rasch herauf, und der Schäfer, der seine Herde auf dem Forstweg neben der Straße trieb, zog sich die Kapuze über den Kopf, als die ersten schweren Tropfen fielen.

Auf ihrer Seite der Straße herrschte nur wenig Verkehr, aber in der Gegenrichtung war es voll. „Das sind die Pendler, die in Truro arbeiten“, sagte Edwards. „Sie fahren zurück nach Hause, aufs Land.“

Er bremste, als vor ihnen ein Sattelschlepper aus der Abzweigung nach Hellstone Hall fuhr und sich in den Gegenverkehr drängte. Wütendes Hupen war die Folge, und der zähflüssige Strom kam vollends zum Erliegen.

Poppy schaute durchs Heckfenster. „Nach Hause? Der gehört nicht dazu." Edwards nickte, als er in den Rückspiegel sah. „Der Container. Wir sind zu spät."

Der Inspektor wendete an der Kreuzung. Der Stau half, trotzdem lag danach mehr als ein Dutzend Autos zwischen ihnen und dem Container. „Ein bisschen Abstand kann nicht schaden."

Poppy nickte. „Auch im Regen ist die riesige weiße Kiste nicht zu übersehen."

„Stimmt, aber das meinte ich nicht mit Abstand." Edwards blickte starr geradeaus. „Mir ist nicht wohl bei diesem Vorstoß."

„Wir machen ja nichts Schlimmes, Inspektor." Sie berührte mit ihrer Zunge die Oberlippe, wo sich winzige Schweißtropfen gebildet hatten. „Unser Moment wird kommen, glauben Sie mir."

Edwards schielte zu ihr hinüber. „Der Dayton-Instinkt bei der Arbeit?" Er seufzte. „Wo soll das hinführen?"

„Nach Bristol?"

„Noch nicht."

„Was meinen Sie?"

„Der hat den Blinker gesetzt."

„Wo sind wir?"

„Ein Autohof kurz vor Carnon Downs. Dahinter liegt die Zufahrt zur A39. Die führt zumindest Richtung Bristol."

Die Autos vor ihnen fuhren weiter geradeaus, plötzlich war niemand mehr zwischen ihnen und dem Truck. Edwards ging vom Gas und folgte mit gehöriger Distanz.

Der Lkw bremste vor der Tankstelle, bog ab und parkte auf einer der dafür vorgesehenen Zonen am Rand des riesigen Areals.

Edwards hielt ein Stück weiter, in der Deckung eines Wohnmobils.

Es hörte auf zu regnen, und Poppy sah, wie der Fahrer von seinem Führerstand kletterte.

„Ein kleiner Kerl mit dunklen Locken, das ist auf keinen Fall Harkoff. Er läuft um den Laster herum. Jetzt öffnet er die Tür des Containers. Er klettert hinein." Sie packte Edwards am Arm. „Kommen Sie, das ist die Riesenchance, einen Blick hineinzuwerfen."

Poppy war bereits ausgestiegen, als der Inspektor ihr kopfschüttelnd folgte.

Sie wartete auf ihn und hakte sich bei ihm unter. „Wie Vater und Tochter, die sich ein wenig die Beine vertreten."

Sie näherten sich dem Lkw. Als sie etwa zwanzig Meter entfernt waren, zog Poppy ihr Smartphone aus der Tasche und zoomte auf die Rückseite des Containers.

Plötzlich wurde die halb geöffnete Tür weit aufgestoßen, der Fahrer erschien in der Öffnung, kletterte hinunter und schloss die Tür. Er schenkte Poppy und Edwards, die wie angewurzelt stehen geblieben waren, einen kurzen Blick, ging an ihnen vorbei und entfernte sich in Richtung Cafeteria.

Edwards sah ihm hinterher. „Der Weg hin und zurück, Kaffee und Toilettengang, ich schätze, der könnte für zehn Minuten weg sein.“

Poppy starrte auf den Container. „Und wissen Sie, was das Beste ist? Er hat die Tür geschlossen, aber nicht verriegelt.“ Sie zog den Inspektor hinter sich her.

Mit fünf Schritten erreichten sie die Leiter. Edwards blieb stehen, während Poppy auf die Ladefläche kletterte. „Mrs Dayton!“, rief er mahnend, aber sie hörte nicht. Beherzt schob sie den Hebel nach oben. Die Tür schwang auf und traf Poppy am Ellenbogen. Sie verzog das Gesicht. Nach einem Blick um die Ecke in Richtung Raststätte streckte sie die Hand zum Inspektor hinunter, der immer noch am Fuß der Leiter wartete. „Schnell, kommen Sie!“

Er griff nach ihrer Hand. „Lassen wir das, Mrs Dayton, es ist zu riskant!“ Für einen Moment entspann sich zwischen ihnen so etwas wie ein Tauziehen. Edwards schüttelte den Kopf. „Sie überschreiten hier eine rote Linie.“

„Ich weiß, aber ich kann jetzt nicht aufgeben!“ Der Griff ihrer Finger verstärkte sich. „Los, jetzt oder nie!“

Nach einem letzten Zögern gab er den Widerstand auf und stieg zu ihr hoch.

Sie betraten den Container, Edwards zog die Tür zu.

„Stockfinster hier.“ Sie knipsten die Handylichter an, die Strahlenbündel trafen sich auf einem Stapel von Kartons, alle mit der Aufschrift *Penryn Bakery*.

Poppy prallte zurück. „Ich glaube, wir sind hier falsch.“

„Sieht ganz so aus." Der Inspektor kratzte sich am Kopf. „Aber was macht ein Container voller Backwaren in Hellstone Hall? Der Lkw kam eindeutig von dort."

Die Kartons nahmen etwa zwei Drittel des riesigen Stauraums ein. Sie wurden von einem Netz fixiert, wodurch an einer Längs- und an beiden Kopfseiten des Containers Platz blieb.

„Oder ..."

Poppy überlegte nicht lange. Sie griff in die Innentasche ihres Trenchcoats und holte ein Skizzenbuch heraus, in dessen Schlaufe ein Bleistift steckte. „Den habe ich immer dabei, und der Stift ist frisch gespitzt." Sie schob sich zwischen Ladung und Containerwand durch, bis sie die am weitesten hinten gelagerte Kiste erreichte. Poppy schob das Netz ein Stück zur Seite und setzte den Stift an.

Die nadelscharfe Spitze des Grafits durchdrang mühelos das transparente Klebeband, mit einem Ruck trennte sie den Streifen der Länge nach auf. Sie klappte den Deckel hoch.

Edwards, der ihrem Manöver mit eingezogenem Kopf gefolgt war, als ob er jederzeit einen Schlag ins Genick erwartete, bekam plötzlich einen langen Hals. Er starrte in die Kiste und knurrte: „Shortbreads."

Poppy schwankte. „Ist alles in Ordnung?", fragte der Inspektor besorgt.

Sie atmete durch und hielt sich an der Kiste fest. „Mir ist ein bisschen schlecht. Kommt wahrscheinlich von der Enge hier." Sie holte eine der Packungen heraus und grinste. „An den Keksen liegt es nicht." Triumphierend zeigte sie in die Kiste. „Schauen Sie mal!"

Unter der Schicht mit den Keksschachteln stapelten sich weiße Dosen mit Schraubdeckeln.

„Wenn ein Löffelchen voll Zucker bittre Medizin versüßt, ja Medizin versüßt“, sang Poppy leise. Edwards pfiff anerkennend durch die Zähne. „Poppy Poppins geht den Dingen auf den Grund.“

Sie zog eine der Dosen heraus. „Somatropol 200 mg Kapseln“, las sie vor. Sie drehte die Dose zwischen ihren Fingern. „Ein Hersteller steht nicht drauf.“ Sie machte Fotos von der Packung, der Kiste und den Keksschachteln. Poppy schraubte den Deckel auf. „Fünfzig Kapseln, da fällt es nicht auf, wenn ein paar fehlen.“ Sie steckte drei davon in die Manteltasche.

„Das reicht an Beweisen.“ Der Inspektor schaute unruhig in Richtung der Tür. „Wir wissen jetzt, dass hier etwas Illegales im Gange ist, die Bezeichnung der Kisten und die Shortbreads dienen eindeutig der Verschleierung. Nichts wie weg hier. Diesmal bestehe ich darauf, Mrs Dayton!“ Er klang ebenso dringlich wie endgültig.

Poppy nickte. „Ich komme!“ Sie legte die Dose zurück, schichtete die Kekse darüber, verschloss den Deckel und folgte Edwards.

Kurz vor der Tür hob er die Hand und legte den Finger an die Lippen. Poppy stoppte und hielt sich am Netz fest, um nicht mit ihm zusammenzustoßen.

Von draußen waren Stimmen und Motorengeräusche zu hören.

„Fahr so dicht wie möglich ran. Noch einen Meter. Stopp!“

Edwards drehte sich zu Poppy um. Ihr fiel auf, dass die Pupillen seiner Augen trotz des Lichtstrahls groß und dunkel blieben. „Zurück“, zischte er, „ganz nach hinten!“

Sie zwängten sich in den Spalt zwischen der Ladung und der Rückwand des Containers, löschten die Handylichter und duckten sich genau in dem Moment, als die Tür aufging.

„Avram, hast du die Kiste offen gelassen?“

„Ich war eben drin und habe das Netz kontrolliert, kann sein, dass ich es nicht abgeschlossen ...“

„Noch mal so ein Fehler, und es hat Konsequenzen für dich.“

Poppy erkannte die scharfe, arrogante Stimme. „Harkoff“, flüsterte sie Edwards ins Ohr. Trotz der Dunkelheit pulsierten kreisförmige, rötliche Lichter vor ihren Augen, im Takt des rasend schnell schlagenden Herzens. Sie atmete gegen die Panik an und drückte sich noch tiefer hinter den Stapel. Der Strahl einer Taschenlampe leuchtete über ihre Köpfe hinweg.

„Ist alles in Ordnung, Chef.“ Der Akzent klang osteuropäisch.

„Das hoffe ich für dich. Wir schaffen jetzt die restlichen Kartons aus dem Laster rüber, und dann los. Nach Bristol sind es mindestens drei Stunden und dann noch ein Stück bis zu den Royal Portbury Docks. Wir haben keine Minute zu verlieren. Der Frachter läuft noch vor Mitternacht mit der Flut aus.“

In der folgenden Viertelstunde landete ein Strom von Kartons im Container.

Obwohl die kühle Abendluft durch die offenen Türen hereinflutete, schwitzte Poppy aus allen Poren. In der zusammengekauerten Position schliefen ihr die Beine ein. Am verzerrten Gesichtsausdruck des Inspektors erkannte sie, dass es ihm nicht besser ging.

Jederzeit erwartete sie, dass einer der Männer bis zu ihnen nach hinten stieg – bis die Tür zuschlug.

37

Die Erleichterung war groß, aber nur von kurzer Dauer, weil unmittelbar darauf der Dieselmotor ansprang und sich der Lkw in Bewegung setzte.

„Verdammt." Poppys Stimme war belegt, ihre Kehle fühlte sich an wie zugeschnürt. „Das war knapp, und jetzt sitzen wir in der Falle. Wir müssen die Polizei verständigen." Sie schaute aufs Display des Smartphones und stöhnte. „Kein Empfang."

„Wir fahren über Land. Außerdem schirmt uns diese Metallkiste ab." Edwards kroch aus dem Versteck und streckte sich. „Hier auf der Seite ist mehr Platz, und Zeit haben wir auch gewonnen."

„Meinen Sie, dass wir bis zum Hafen durchfahren?"

„Das nehme ich an. Allerdings wurde der Lkw eben an der Raststätte nicht betankt. Kann sein, dass ein weiterer Stopp notwendig wird." Edwards tastete sich in Richtung Tür vor. „Der Container ist jetzt fast voll, trotzdem ist hier vorne noch genug Platz, um uns die Beine zu vertreten. Kommen Sie her! Erst mal bauen wir uns aus den Kartons eine bequemere Sitzfläche."

Poppy folgte ihm. „Ich bewundere ihren Gleichmut, Inspektor, wo nehmen Sie nur die Ruhe her?"

„Ohne die überleben Sie eine lange Polizeikarriere nicht."

„Und im Moment machen Sie sich keine Sorgen?"

„Nein, keine Sorgen. Die wissen nicht, dass wir hier sind. Es wird bestimmt eine Gelegenheit kommen, unentdeckt herauszukommen.“

„Wie können Sie da so sicher sein?“

„Dieser Avram scheint nicht der sorgfältigste Mitarbeiter zu sein. Als eben die Containertür geschlossen wurde, war nur der Riegel in Bewegung. Wenn der durch einen zusätzlichen Verschluss gesperrt worden wäre, hätten wir das gehört, die Stahlwände hier leiten jedes Geräusch weiter.“

„Fabelhaft kombiniert, Inspektor, ich hoffe, Sie sagen das nicht nur, um mich zu beruhigen.“

„Auf mich wirken Sie nicht wie eine Frau in Panik.“

„Am Anfang nicht, aber vorhin war ich kurz davor. Doch es ist nicht so schlimm wie beim letzten Mal, als man uns mit Benzin überschüttete und drohte, uns anzuzünden.“

„Das sind Gauner, aber keine Mörder.“

„Meinen Sie nicht? Und was ist mit Tornycroft?“

„Das hier hat wahrscheinlich mit ihm zu tun, doch ob man tatsächlich versucht hat ihn umzubringen, ist im Moment reine Spekulation.“ Edwards rieb sich die Hände, löste das Netz und begann die Kisten umzuschichten. „Die Dinger sind sehr stabil, da drauf machen wir es uns gemütlich. Nur zwei oder drei, dann können wir sie schnell zurückschichten, wenn der Laster anhält.“

Poppy blieb skeptisch. „Und wenn wir sofort auf ein Schiff verladen werden?“

„Das wird nicht geschehen. Die Logistik im Hafen folgt definierten Prozessschritten, selbst wenn es eilig ist. Prüfung der Papiere, besonders der Exportgenehmigung, Kontrolle der Ladung, da wird es mehrere Stopps geben. Außerdem ist es inzwischen stockdunkel draußen. Ich bin sehr zuversichtlich, dass wir den richtigen Moment finden, uns von diesem Abenteuer zurückzuziehen.“

„Ist so ein Hafen nicht hell beleuchtet?“

Edwards schmunzelte. „Sie sind einfach zu clever, um sich von ein paar gut gemeinten Argumenten beruhigen zu lassen. Das mit der Beleuchtung stimmt zwar, aber wo viel Licht ist, ist auch Schatten. Außerdem geht es dort vierundzwanzig Stunden am Tag hektisch zu. Harkoff, wenn er überhaupt mitgefahren ist, und seine Männer werden beschäftigt sein. Wir nutzen die erste Gelegenheit und machen uns aus dem Staub.“

Poppy nahm neben dem Inspektor Platz. „Das ist bequemer, als ich dachte.“

„Wir sollten Akku sparen.“ Edwards löschte das Handylicht, und sie tat es ihm nach.

Die plötzliche absolute Dunkelheit ließ wieder die dunkelroten Ringe vor ihren Augen aufblitzen. Sie knöpfte den Trenchcoat auf. „Zum Glück ist es nicht kalt.“

„Die Pappkisten isolieren nicht schlecht, und zum Glück haben wir einen milden Herbst.“

Poppy schlug den Kragen hoch und legte den Kopf nach hinten. „Meinen Sie, Inspektor, ich könnte eine Runde schlafen?“

„Unbedingt.“ Edward lachte leise, es klang tröstlich. „Jetzt erkenne ich meine kaltblütige Mrs Dayton wieder! Wenn Sie wollen, lehnen Sie sich an meine Schulter. Ich passe auf.“

Poppy erwachte mit einem Ruck. Sie brauchte einen Moment, um sich daran zu erinnern, wo sie war. „Aua!" Sie griff sich an den Hals. „Jetzt habe ich ein schiefes Genick."

Edwards knipste das Licht an. „Sie haben mehr als zwei Stunden geschlafen."

„Wirklich? Das Geruckel scheint dabei geholfen zu haben. Im Zug schlafe ich auch immer sofort ein."

„Wir müssten bald da sein. Von der Autobahn sind wir jedenfalls runter, und an ein paar Ampeln standen wir auch schon."

„Wäre das nicht eine Gelegenheit, abzuhauen?"

Edwards schüttelte den Kopf. „Zu riskant. Man könnte uns im Rückspiegel sehen. Außerdem wissen wir nicht, ob einer von denen hinter uns fährt. Auf der Raststätte war ja ein zweiter Laster im Spiel."

„Okay, dann versuche ich weiter, die Nerven zu behalten." Poppy stand auf. „Ich bin total steif. Der Schlaf war gut, um die Zeit totzuschlagen, aber erholt bin ich nicht."

„Das wäre auch zu viel verlangt." Edwards hüstelte. „Sehr lange darf das nicht mehr dauern. Ältere Herren haben da ihre Probleme, allmählich meldet sich ein dringendes Bedürfnis bei mir."

„Bei jüngeren Frauen auch, Inspektor, ich habe mich nur nicht getraut, es zu sagen."

„Ich schätze, dass wir noch eine halbe Stunde durchhalten müssen."

Sie fuhren wieder schneller. Poppy sah jetzt häufig auf die Uhr.

Nach etwa zwanzig Minuten bremste der Lkw, im Stop-and-go ging es weiter.

„Ich nehme an, wir stehen in der Schlange vor der Kontrolle zum Hafen.“

Von draußen und vorne waren Stimmen zu hören, aber es war nichts zu verstehen.

„Allmählich sollten wir uns bereithalten“, sagte der Inspektor leise.

Sie räumten die Kartons auf und richteten das Netz wieder her, dann zogen sie sich wieder in den hintersten Winkel zurück.

Der Laster stoppte, und der Motor ging aus. Poppy hielt den Atem an. „Jetzt?“, fragte sie.

Edwards schüttelte energisch den Kopf und zog sie tiefer nach unten.

Die Stimmen wurden lauter, und plötzlich ging die Tür auf.

Poppy und Edwards wagten es nicht, um die Ecke zu schauen. Sie atmeten so flach wie möglich und lauschten. Wieder strich das Licht über sie hinweg, dann hörten sie, wie Kisten verschoben wurden. Ein schleifendes Geräusch deutete darauf hin, dass eine von ihnen mit einer Klinge geöffnet wurde.

„Backwaren, wie im Frachtbrief vermerkt. Export nach Argentinien.“ Das war Harkoffs Stimme.

„In Ordnung, Sir. Die SAN LUIS finden Sie am Liegeplatz sechs. Fahren Sie dorthin und parken Sie, es sind noch zwei oder drei Container vor Ihnen dran. Unmittelbar vor der Verladung erfolgt eine letzte Sichtkontrolle, dann wird der Container amtlich versiegelt.“

Sie hörten Fußgetrappel, die Tür wurde geschlossen, und einen Moment später fuhr der Lkw wieder an.

„Versiegelt?" Alarmiert sah Poppy den Inspektor an. Er hielt das Smartphone auf dem Schoß, in der Beleuchtung von unten wirkten seine Augenhöhlen und Wangen dunkel und fahl.

„Noch nicht. Aber das ist gut zu wissen. Falls wir vorher keine Gelegenheit haben sollten herauszukommen, können wir genau in dem Moment Alarm schlagen. Das hätte auch den Vorteil, dass dann Zollbeamte anwesend sind. Harkoff und Konsorten würden es nicht wagen, etwas gegen uns zu unternehmen, und es wäre kein schlechter Augenblick, die Sache auffliegen zu lassen."

„Dann machen wir es so!" Poppy spürte, wie ihr Mut stieg. „Ich stelle mir gerade Harkoffs Gesicht vor, wenn wir unseren Auftritt haben."

Edwards grinste. „Wie Jackie and Jack out of the Box? Das könnte Ihnen so passen. Ehrlich gesagt wäre es mir lieber, wenn das weniger spektakulär abläuft. Wir klettern raus, flitzen zum Zoll und bringen unsere Anzeige vor. Dann wäre genug Zeit, einzugreifen, wir sind raus aus der Konfliktzone und können endlich aufs Klo."

Das Lachen blieb Poppy im Hals stecken, als der Laster abrupt hielt und zurücksetzte. Die Hydraulikbremsen zischten, und kurz darauf erstarb das Motorengeräusch. Edwards ging dicht an die Tür heran, lauschte und winkte Poppy zu sich. „Wenn alles ruhig bleibt, wagen wir es."

Sie warteten fünf Minuten. Von draußen drangen Hafengeräusche herein. „Das Warngeräusch kommt von den Rangierfahrzeugen und das dumpfe Brummen von der Containerverladebrücke, denke ich." Angespannt zog der Inspektor die Augenbrauen zusammen. „Sonst höre ich nichts. Los!" Er hob den Griff des Riegels an und öffnete die Tür einen Spalt weit. „Wir haben Glück, das Heck des Containers liegt im Dunkeln."

Sie schlüpften hinaus, sprangen auf den regennassen Asphalt und standen im unbeleuchteten Bereich zwischen Lkw und Lagerschuppen.

Edwards lugte um die Ecke des Containers und fuhr zurück. „Schnell weg, der Fahrer kommt!" Er lief los.

„Halt!" Der Mann hatte ihn entdeckt und beschleunigte seine Schritte. „Stehen bleiben!"

Poppy nahm die andere Seite – und wurde vom grellen Strahl einer Lampe erfasst.

Sie beschirmte die Augen mit der Hand, und obwohl sie geblendet war, erkannte sie im Gegenlicht Harkoffs Glatze.

38

„Wer …?“ Er schrie fast. „Mrs Dayton?“ Harkoff schien ebenso erschrocken zu sein wie Poppy. Schnell wich die Überraschung und machte einem höhnischen Grinsen Platz. „Unterwegs als blinde Passagierin?“ Als er Edwards entdeckte, verfinsterte sich seine Miene. „Natürlich sind Sie nicht allein, sondern das Dream-Team ist im Einsatz.“ Er schüttelte den Kopf und zog eine Pistole aus der Jacke. „Das war ein Fehler, fürchte ich. Sie beide dürfen direkt wieder in den Container einsteigen.“

Der Inspektor behielt die Ruhe. „Gleich kommt der Zoll und versiegelt den Container. Wollen Sie den auch mit vorgehaltener Waffe begrüßen?“

Harkoff ignorierte seine Frage. Poppy starrte wie hypnotisiert auf die mattschwarz glänzende Waffe. Sie wollte reagieren, etwas sagen, sich bewegen, irgendeine Regung zeigen, aber sie hatte das Gefühl in einer sirupartigen Masse zu stecken.

Dafür waren ihre Sinne zum Zerreißen gespannt, und sie registrierte jeden Moment gleich einer hochauflösenden Kamera. Harkoff schien umso beweglicher zu sein. Er winkte seinen Helfer herbei, warf einen Blick auf die Uhr und blickte hoch zum Containerkran. Er wechselte die Waffe von der rechten zur linken Hand. Dann machte er einen Schritt nach vorne, auf Poppy zu und streckte den Arm aus. In dem Moment, in dem er nach Poppy greifen wollte, geschah alles gleichzeitig.

Immer noch geblendet vom Gegenlicht, sah Poppy, wie sich ein kompakter Schatten heulend aus der Dunkelheit löste. Für den Bruchteil einer Sekunde blitzten zwei Reihen spitzer, makellos weißer Zähne auf, bevor sie sich in Harkoffs Handrücken gruben.

Der Mann schrie vor Schmerz. Im Schock ließ er die Waffe fallen und versuchte, seine Hand aus dem unerbittlichen Zugriff zu befreien. In sein Gebrüll mischte sich das Gellen einer Sirene.

„Torry?" Poppy war immer noch bewegungsunfähig, fand aber ihre Sprache wieder.

Der Terrier ließ von seinem Opfer ab und lief zu ihr. Harkoff schien sich zu fangen und bückte sich nach seiner Waffe. Poppy duckte sich und legte schützend ihre Arme um Torry. Harkoff hob die Pistole, als eine elektronisch verstärkte Stimme rief. „Polizei! Waffen fallen lassen. Auf die Knie, die Hände hinter den Kopf."

Avram zögerte, suchte den Blick seines Chefs, der mit dem Kopf schüttelte. Beide gehorchten der Aufforderung, legten die Pistolen auf den Betonboden und gingen in die Knie.

Sekunden später waren Burleigh und zwei weitere Beamte bei ihnen und legten ihnen Handschellen an. Harkoff wollte sich aufrichten. „Unten bleiben!", rief die Inspektorin unmissverständlich.

Gemessenen Schritts ging sie zu Poppy und Edwards hinüber, als eine weitere Person aus dem Polizei-Rover stieg.

„Barney!" Poppy ließ den hechelnden Torry los und stürmte auf ihn zu.

„Poppy, Gott sei Dank!" Für einen Moment fühlte sich seine Umarmung gut an, dann ging er auf Abstand. „Bist du total verrückt geworden?" Barney klang plötzlich kalt und unerbittlich. „Wie kommst du hierher?"

Poppy bekam Zeit, sich die Antwort zurechtzulegen, weil Burleigh ihn von der Seite anging. „Mr Dayton, ich hatte Ihnen eindeutig befohlen, im Wagen zu bleiben. Ich dachte, Sie wären weniger leichtsinnig als Ihre Frau."

Wider ihren Willen musste Poppy schmunzeln, als Barney sich verteidigte. „Ich habe nur die Scheibe runtergelassen, um Luft zu bekommen, da ist Torry aus dem Fenster gesprungen. Es ging so schnell!"

Poppy unterdrückte ihr Grinsen, um die Situation nicht eskalieren zu lassen. Sie hob Torry hoch, ungestüm leckte er ihr Gesicht. „Ihr ... Ihr habt uns gerettet. So knapp war es noch nie." Behutsam setzte sie den Terrier ab. „Es tut mir unendlich leid, das habe ich nicht gewollt, ich schwöre es."

„Deine Schwüre und Versprechungen werden uns noch beschäftigen." Barney klang ernst, aber Poppy bildete sich ein, dass eine Spur Wärme in seine Stimme zurückkehrte. „Ihr hattet mehr Glück als Verstand, dass euch nichts passiert ist."

„Wie habt ihr uns gefunden?"

„Das verdanken Sie Mr Edwards." Burleigh überzeugte sich davon, dass Harkoff und sein Helfer sicher im Polizeiwagen verwahrt waren. „Und seinem letzten Funken von Verantwortung."

Der Inspektor, der der Aktion stumm gefolgt war, strich seinen Mantel glatt, auch er konnte die Erleichterung nicht verbergen. „Mrs Dayton, ich sagte Ihnen ja, ich würde meine Lebensversicherung informieren. Ich habe eine Nachricht an die Kollegin und den Konstabler geschickt, dass wir auf dem Weg nach Hellstone Hall sind und dass von dort wahrscheinlich ein verdächtiger Transport nach Bristol geht.“

Burleigh nickte. „Als kurz darauf Mr Dayton bei uns anrief, und meldete, dass seine Frau nicht zu Hause und vermutlich auf dem Kriegspfad sei, mussten wir handeln. Allerdings bestand er darauf, dabei zu sein, und dieser Hund musste auch mit, weil er sich wie verrückt gebärdete!“

Poppy drückte ihre Wange in Torrys struppiges Nackenfell. „Du hast gespürt, dass etwas schiefläuft, nicht wahr?“

„Auf Hellstone Hall sagte man uns, dass Sie dort nicht aufgetaucht seien, Mrs Dayton. Da Gefahr im Verzug war, Staatsanwalt hin oder her, verlangte ich die Beschreibung des Lasters und das Nummernschild.“ Die Inspektorin seufzte. „An der Raststätte fanden wir Stephens Wagen, der immer noch den Peilsender der Polizei eingebaut hat, und zogen unsere Schlüsse. Allerdings waren wir inzwischen über eine Stunde im Rückstand. Wir sahen uns gezwungen, die Sonderrechte mit Tempo zweihundert zu bemühen. Zwischen Bristol und dem Containerhafen hatten wir sie eingeholt, stellten Blaulicht und Sirene ab, rauschten an Ihnen vorbei und verständigten den Zoll, der sich sehr kooperativ zeigte. Obwohl Mr Dayton protestierte, wollten wir die Aktion erst unmittelbar vor der Verladung durchführen. Der Staatsanwalt wurde informiert.“ Die Inspektorin grinste. „Ich bekam nur ein Daumen-hoch-Emoji auf mein Handy, mehr habe ich noch nicht von ihm gehört."

Poppy zeigte ihr die Fotos auf dem Smartphone und gab ihr die Kapseln. „Im Container finden Sie mehr davon. Falls Sie Hunger haben, gibt's da auch pfundweise Shortbread."

Burleigh nickte. „Ich bin gespannt, was Mr Harkoff zu diesem pikanten Transportgeschäft zu sagen hat. Ich bringe ihn persönlich in seine Zelle nach Falmouth." Sie musterte Poppy, Barney, Edwards und Torry. „Und Sie lasse ich zurückschaffen, mit der strengen Auflage, dass Sie in Ihren Behausungen bleiben und zu meiner Verfügung stehen, bis die ganze Angelegenheit aufgeklärt ist."

„Wie geht es Mr Tornycroft?"

„Besser, Mrs Dayton. Er wurde gestern Nachmittag aus dem künstlichen Koma geholt, und obwohl er noch sehr schwach ist, sagte er in einem seiner ersten Sätze, dass er mit Ihnen verabredet sei und Sie unbedingt sprechen müsse. Die Ärzte sind dagegen und ich ehrlich gesagt auch. Wir werden sehen, wie sich das entwickelt." Burleigh rief einen der Polizisten herbei. „Patrick, Sie bringen die Daytons nach Hause und setzen Mr Edwards an seinem Auto ab." Sie sah auf die Uhr. „Bis Sie zurück in Hellstone sind, ist es früher Morgen, und ich denke, Sie werden froh sein, in Ihren Betten zu landen."

„Danke für Ihr Mitgefühl."

„Danken Sie mir nicht zu früh, Mrs Dayton." Die Inspektorin war noch nicht fertig. „Das Ganze hat ein erhebliches Nachspiel, und deshalb will der Staatsanwalt

Sie morgen um elf Uhr in meinem Büro sehen. Er benötigt Ihre und Stephens Aussage, und zwar jedes Detail. Mr Wilson war alles andere als amüsiert über meinen Alarmismus, wie er es nannte."

„Alarmismus?", fragte Poppy empört. „Wenn wir nicht gehandelt hätten, wären die Kerle über alle Berge."

„Und Sie mit ihnen, auf dem Weg nach Argentinien." Burleigh sprach leise. Es war zu spüren, dass es sie große Anstrengungen kostete, die Beherrschung zu behalten. „Tot oder lebendig. Sie scheinen nicht den Hauch einer Ahnung davon zu haben, in welcher Gefahr Sie waren."

Barney legte den Arm um Poppys Schultern und räusperte sich. „Auch wenn es ganz in meinem Sinne ist, meiner Frau gründlich den Kopf zu waschen, denke ich, jetzt ist nicht der Zeitpunkt für Vorwürfe."

„Danke." Poppy lehnte sich an ihn, gleichzeitig sah sie zu der einen Kopf größeren Inspektorin hoch. „Es stimmt schon, Mrs Burleigh. Ehrlich gesagt, wurde mir das Risiko erst bewusst, als ich die Pistole vor der Nase hatte." Sie bemühte sich, einen schuldbewussten Blick aufzusetzen. „Wenn ich Ihnen bloß klarmachen könnte, dass ich nicht nur Tornycroft und Harkoff das Handwerk legen wollte. Ich bin meinem Instinkt gefolgt und habe getan, was ich tun musste. Vielleicht gibt es jetzt endlich die Handhabe ..."

Die Inspektorin unterbrach sie mit einer Handbewegung. „Möglich. Leider sind Sie so naiv wie Sie tollkühn sind, Mrs Dayton. Bilden Sie sich ernsthaft ein, es geht hier nur um die beiden Männer? Es geht um Millionen, vielleicht Milliarden Pfund. Egal, was aus Tornycroft wird, Medimal hat bereits eine ganze Armee von Anwälten mobilisiert, die dem Staatsanwalt die Hölle heiß machen, und der gibt den Druck an mich weiter." Burleigh schüttelte den Kopf. „Wann begreifen Sie endlich, dass ich auf Ihrer Seite bin?" Als Poppy nicht antwortete, seufzte sie. „Natürlich wünsche ich mir, dass Ihre und Stephens Aktion der Wendepunkt ist. Aber damit wir den Triumph genießen können, brauchen wir nicht nur wasserdichte Beweise, sondern auch starke Nerven. Man wird Sie von Medimals Seite unter Druck setzen, um es vorsichtig zu sagen. Ich muss zur Sicherheit einen Beamten vor Ihrem Haus postieren, und das bei der katastrophalen Personalsituation." Sie betrachtete Torry, den Poppy immer noch an die Brust drückte. „Auch wenn Ihr Hund eine ganze Polizeieinheit ersetzt, das muss ich hier noch mal sagen."

Edwards kam und legte seine Hand auf ihre Schulter. „Frances, halte deine Jungs zusammen, ich passe auf die Daytons auf." Burleigh zögerte kurz, dann willigte sie ein. Poppy staunte. Der Inspektor drängte sich nicht nach vorne, offenbar genügte seine ruhige Ansage. „Und was ist mit Ihrer Frau?", fragte sie. „Sie wird bestimmt verrückt sein vor Sorge."

„Ich habe mich eben gemeldet und ihr versichert, dass alles in Ordnung ist. Sie hat keine Fragen gestellt, sie ist das noch von meiner Arbeit gewohnt. Sie meinte nur, ich solle so spät in der Nacht nicht mehr bis nach Hause fahren."

„Übernachten Sie doch bei uns", sagte Barney, „und morgen holen wir zusammen Ihr Auto von der Raststätte."

Die Inspektorin nickte. „Dann wäre das geklärt. Fahren Sie los. Ich bleibe hier, es gibt mit dem Zoll noch einiges zu klären." Spontan trat sie auf Torry zu und kraulte ihn hinter den Ohren. „Du bist der Held des Tages, kleiner Kerl. Und zusammen mit deinem Frauchen offenbar unschlagbar." Sie zwinkerte Edwards zu. „Es stimmt leider, was du mir gesagt hast, Stephen, das muss man mal erlebt haben."

39

Als Barney am nächsten Vormittag in Falmouth auf dem Weg zur Polizeistation in die Dracaena Avenue einbog, bremste er scharf. „Was ist das denn für ein Auflauf?"

Etwa ein Dutzend Fotografen und ein Kamerateam drängten sich auf dem Bürgersteig vor dem Gebäude. Eine blonde Frau zeigte in die Richtung des grünen Morris.

„Die kommt mir bekannt vor." Reflexartig klappte Poppy die Sonnenblende herunter. „Das ist die Reporterin aus dem Fernsehen, sie stand vor dem Tor von Hellstone Hall."

„Warten die etwa auf uns?", fragte Barney ungläubig.

„Quatsch, wir sind doch keine Promis."

Barney stöhnte, als er sah, wie sich die Gruppe in Bewegung setzte und auf sie zukam.

„Für Cornwall ist dein Celebrity-Faktor top! Ich setze dich genau am Eingang ab und warte später auf dich in der Marine Gallery. Ich will mir dort die Bilder von Nick Goddard ansehen, einem lokalen Künstler. Ich finde die Malerei ein bisschen naiv, aber Flexer meinte, wir können nicht nur Hochkunst präsentieren, sondern müssen auch was für den Umsatz tun."

„Gute Idee. Die Galerie liegt hinter der Wache. Das ist die Richtung, um den Paparazzi zu entwischen."

„Das dachten Diana und Dodi auch, als sie das Hotel Ritz durch den Hintereingang verließen.“

„Hör auf, mir wird schon ganz schwummerig von deinen Parallelen. Zum Glück habe ich Torry dabei.“

Das Knurren des Terriers wurde lauter, je näher sie der Ansammlung kamen.

„Wir sind da.“ Barney stoppte. „Jetzt!“

Poppy stieß die Tür auf und wurde sofort bedrängt. Obwohl sie Torry dicht an der Leine hielt, bellte er laut und mit hochgezogenen Lefzen, sodass die Menge ein Stück zurückwich.

„Mrs Dayton! Bitte, nur eine Minute!“ Ein dünner Mann in Jeansjacke hielt Poppy ein Smartphone vor die Nase. „Wie stehen Sie zu Mr Tornycroft?“ Die Kameras surrten.

„Stimmt es, dass bei der Verhaftung von Mr Harkoff geschossen wurde?“ Das kam von der blonden TV-Reporterin.

Poppy schüttelte nur den Kopf und heftete den Blick auf die Treppenstufen vor sich.

In drei Schritten erreichte sie die Tür, die vor ihrer Nase geöffnet wurde. Der Konstabler zog sie hinein. „Entfernen Sie sich!“, rief er über ihren Kopf hinweg den Presseleuten zu. „Es gibt nichts zu sehen.“

„Sie behindern unsere Arbeit!“, hörte Poppy noch, dann schloss sich die Tür hinter ihr.

„Ich danke Ihnen.“ Poppy stieß die Luft aus. „Woher wissen die, dass ich heute hier bin?“

Der Konstabler schüttelte den Kopf. „Keine Ahnung, leider gibt es auch bei der Polizei undichte Stellen.“ Er führte sie ins Büro der Inspektorin, wo nicht Frances Burleigh auf sie wartete, sondern der Staatsanwalt.

„Darf ich vorstellen: Mrs Dayton, und das ist der ehrenwerte Brent Wilson, Prosecutor.“

Zusammen mit der gestikulierenden Masse draußen wirkte die schmale, hochgewachsene Gestalt vor dem Fenster wie ein Scherenschnitt aus einem expressionistischen Film. Dazu verliehen die transparenten, vergilbten Vorhänge dem Gesicht einen Farbstich.

Der ungesunde Eindruck ließ schlagartig nach, als sich der Mann vom Fenster löste und auf Poppy zukam. „Mrs Dayton, weltberühmt in Cornwall!“ Er schüttelte ihr grinsend die Hand. „Da draußen stehen deutlich mehr Pressevertreter, als ich hier in der Polizeistation von Falmouth Beamte aufweisen kann. Darf ich Ihnen einen Tee oder Kaffee anbieten?“

Poppy mochte den jungenhaften Mann im grauen Anzug mit der dicken Hornbrille und den gewellten braunen Haaren auf Anhieb, ließ sich aber nichts anmerken und behielt einen neutralen Gesichtsausdruck bei. „Danke, ein Wasser vielleicht. Mein Magen ist im Moment nicht so stabil. Und was die Presseleute angeht“, sie behielt einen sachlichen Ton bei, „das scheint ein Zeichen der Zeit zu sein, Mr Wilson. Die Medien haben Macht und demonstrieren sie auch gerne.“

„Als Kreative profitieren Sie bestimmt davon.“

„Nur leider sind die heute eindeutig nicht an der Installationskünstlerin interessiert.“

Wilson lachte. „Ich fürchte, Sie haben recht. Verbrechen auf Titelseiten stellen für diese Leute eine spannendere Performance dar als das Feuilleton. Sie müssen sich entscheiden, geben Sie eine Presseerklärung ab?“

„Das würde ich gerne Ihnen überlassen.“

„Wir können das auch zusammen machen.“

„Sehr freundlich von Ihnen, aber, wie gesagt, diese Seite des Ruhms habe ich nie gesucht. Auch wenn mir niemand glaubt, ich habe mich niemals um die kriminalistische Dramatik gerissen, die ich anscheinend anziehe wie das Kaugummi die Schuhsohle, und genauso schwer werde ich es los.“

„Gute Entscheidung, Mrs Dayton. Ich weiß, dass mein Vorgänger der Korruption überführt wurde, und auch das geschah mit Ihrer Hilfe. Nicht nur deshalb leuchten die Scheinwerfer da draußen alles aus, was wir vorbringen.“

„Wenn ich im Schatten bleiben darf, wäre ich dankbar.“

„Ich versuche mein Bestes, das bin ich Ihnen schuldig.“ Er blätterte durch die Unterlagen. „Dank Ihnen konnten wir die Ausfuhr einer Containerladung gefährlicher Substanzen verhindern, die um ein Haar in der argentinischen Viehzucht gelandet wären. Nicht auszudenken, was das Zeug bewirkt hätte, wenn es später wieder als Import in unseren Supermärkten gelandet wäre. Die meisten von uns sind ja immer noch unverbesserliche Fleischfresser.“

„Sie nicht?“

„Ich komme aus einer alten Fischerfamilie. Nur an Ostern gibt’s Lamm, und das stammt von unserem Nachbarn in Helford.“

„Weiß man denn schon, was an der Ladung so gefährlich war?“

„Nach ersten Ermittlungen handelt es sich um eine weiter modifizierte Zusammensetzung des wachstumsfördernden Präparats, das in aktuellen Studien in die

Kritik geraten ist. Es führt zu einer enormen Zunahme von Muskelmasse, zugleich wird das Leben der Tiere erheblich verkürzt."

„Tierquälerei im großen Stil."

„Für Viehzüchter der heilige Gral, aber nur in deregulierten und wenig überwachten Märkten. Harkoff schiebt die Verantwortung für seine Aktion ab. Er behauptet, eine Anordnung seines Arbeitgebers umgesetzt zu haben, um das Zeug loszuwerden. Die Marke Medimal ist auf den Packungen natürlich nicht zu finden, es steht dort lediglich der generische Substanzname." Er hob die rechte Augenbraue, was, wie Poppy fand, seiner Mimik etwas Lausbübisches gab. „Anders der renommierte Shortbread-Hersteller, dessen guter Name zur Tarnung herhalten musste. Das allein reicht aus, Anklage zu erheben, neben unerlaubtem Waffenbesitz und Nötigung."

„Und Mordversuch?"

„An Ihnen?"

Poppy grinste. „Ganz so schlimm fühlte es sich nicht an. Ich meine an Tornycroft."

Der Staatsanwalt runzelte die Stirn. Poppy bemerkte, dass er dabei leicht mit den Ohren wackelte. „Die Ermittlungen laufen. Zum Glück geht es Mr Tornycroft von Stunde zu Stunde besser. Die Ärzte verordnen zwar noch Schonung, aber er selbst wirkt sehr wach und mitteilsam." Wilson verschränkte die Arme hinter dem Kopf und schaute an die Decke. Die Neonlampe spiegelte sich in seinen Brillengläsern. „Ich habe nur einmal mit ihm geredet. Wenn man bedenkt, dass er bis vor Kurzem im Koma lag, war er richtig aufgekratzt."

„Das ist seine Art, Mr Wilson. Und in so einem Zustand der Aufgekratztheit brachte er meine Eltern und meine Schwester um.“

Der Staatsanwalt setzte sich wieder gerade hin und legte die Handflächen auf die Tischplatte. „Mrs Dayton, die Inspektorin berichtete mir von Ihrer Anschuldigung, und ich denke, ich brauche die Warnungen nicht zu wiederholen, die sie ausgesprochen hat.“ Poppy wollte etwas sagen, aber er fuhr fort. „Trotzdem versichere ich Ihnen, dass ich persönlich Ihre Angelegenheit sehr ernst nehme. Mord verjährt nicht. Wenn sich genügend Verdachtsmomente ergeben, wird der Fall neu aufgerollt, das verspreche ich Ihnen.“

Er schaute in Richtung Fenster. „Ich sage Ihnen, auf was die Meute da draußen wirklich scharf ist, Mrs Dayton.“ Er sprach leise, fast verschämt. „Auf Ihre Gespenstergeschichten.“

Poppy spürte, dass sie rot wurde. „Sir, ich werde nicht ...“

Hektisch hob er die Hände, als ob er einen rückwärtsfahrenden Lastwagen abwehren wollte. „Ich weiß, ich weiß! Es handelt sich bei Ihnen um ein psychologisches Phänomen, sozusagen eine besondere Begabung, und so etwas steht heute unter gesellschaftlichem und sozialem Schutz.“

„Da bin ich aber froh.“

„Sarkasmus ist eine Art, damit umzugehen.“ Wilson betrachtete Poppy eingehend. „Wissen Sie, dass ich Sie bewundere? Ich habe die drei Fälle, an denen Sie beteiligt waren, eingehend studiert, und auch mit Inspektor Edwards habe ich mich ausführlich unterhalten.“

„Wir haben immer glänzend zusammengearbeitet, und inzwischen ist er ein guter Freund.“

„Durchaus. Allerdings ein Freund, der wenig Skrupel hatte, Ihre Begabung für seine Arbeit zu nutzen.“

„Er hat mich nicht dazu gezwungen. Die Umstände ...“

„... sind das, was wir daraus gestalten, Mrs Dayton. Wie gesagt, ich mache niemandem einen Vorwurf, im Gegenteil. Nur eine Sache ist für mich ganz klar.“ Er nahm seine Brille ab, überzeugte sich vom tadellosen Zustand der Gläser und setzte sie wieder auf. „Bei allem Respekt, für mich kommt es nicht infrage, in okkulten Sitzungen Geister zu beschwören, geschweige denn, sie als Zeugen zuzulassen.“

„Falls Sie auf meine Schwester Gwen anspielen ... Ich bin bei Dr. Trelawney in Behandlung, ich kann ihn von seiner Schweigepflicht entbinden, sodass Sie ihn befragen oder als Gutachter hinzuziehen können.“

„Tatsächlich genießt Dr. Trelawney einen ausgezeichneten Ruf, trotzdem ist es ausgeschlossen, dass Sie oder er im Zusammenhang mit einer Mordanklage gegen Tornycroft auftreten. Obwohl wir in Großbritannien eine etablierte Gespensterkultur pflegen, wird die Aussage Ihrer toten Schwester kein juristisches Gewicht haben, wenn ich das so sagen darf. Ich befürchte eher großen Schaden für Ihre Sache. Nein, so leid es mir tut, da müssen wir mit diesseitigeren Argumenten und Indizien aufwarten, sonst werden wir in der Luft zerrissen.“

Draußen wurde es lauter. Poppy stand auf, ging zum Fenster und lugte an den Vorhängen vorbei. „Womit wir wieder beim Thema Meute sind.“

In diesem Moment schob sich hinter den Kordon der Presseleute eine Kolonne von schwarzen Limousinen, aus denen schwarz gekleidete Männer mit ledernen Aktentaschen stiegen.

Auch Wilson stand auf. „Jetzt kommt die Stunde der Anwälte von Medimal. Viel Feind, viel Ehr." Er öffnete die Tür. „Mrs Dayton, ich danke Ihnen für das Gespräch. Wir sehen uns bald wieder." Poppy griff nach seiner ausgestreckten Hand, die sich feucht und kühl anfühlte. „Ich bitte den Konstabler, Sie zu begleiten. Oder wünschen Sie ein Zusammentreffen mit den Anwälten? Die melden sich bestimmt auch bald bei Ihnen."

„Ich werde ebenfalls juristisch vertreten."

„Das ist gut so. In der Pharmabranche wird mit harten Bandagen gekämpft. Ich wünsche Ihnen viel Erfolg." Er beugte sich zu Torry hinunter und kraulte seinen Nacken. „Außerdem wünsche ich Ihnen, dass Ihr großartiger Hund weder Medikamente von Medimal noch sonst welche benötigt."

40

Vor der Tür wurde sie nicht vom Konstabler, sondern von der Inspektorin erwartet.

„Mrs Dayton, darf ich Sie ein Stück begleiten? Wir nehmen den Hinterausgang.“

„Das ist lieb, aber ich denke, ich kann mich selbst wehren.“

„Nur auf ein Wort.“

Poppy nickte verwundert. „Dann kommen Sie mit. Ich treffe mich mit meinem Mann, in der Marine Gallery.“ Sie schlug den Kragen des Trenchcoats hoch und nahm Torry an die Leine, Burleigh folgte ihr.

Als hinter dem Haus niemand zu sehen war, überquerten sie mit schnellen Schritten den Hof und liefen zwischen dichten Rhododendron-Spalieren hinunter zum Hafen.

„Da vorne ist es schon.“ Vor dem modernen Geschäftshaus verlangsamte Poppy ihr Tempo. Sie machte Torry los, der sich unter den Oleanderbüschen am Eingang auf Spurensuche machte.

Vor dem großen Schaufenster blieben sie stehen.

„Schöne Bilder.“ Die Inspektorin deutete auf eine der Leinwände. „Das ist von Nick Goddard. Er malt die alten Hafenkräne von Falmouth, die werden leider bald demontiert.“

„Interessanter Stil, klare Linien und starke Kontraste. Sie kennen den Künstler?"

Burleigh nickte. „Das ist seine Galerie. Wir waren zusammen in der Schule. Im Kunstunterricht saßen wir nebeneinander. Ich bildete mir ein, einigermaßen zeichnen zu können, aber sobald Nick loslegte, waren alle anderen abgemeldet. Das fand ich ziemlich frustrierend."

Poppy zeigte auf ein weiteres Gemälde. Rostige Metallstreben und zerfallene Mauern ragten wie Fremdkörper aus einer idyllischen Waldlandschaft.

„Das sieht aus wie das verlassene Hellstone-Bergwerk."

„Kann sein, davon gibt es ja einige in Cornwall. Nick hat ein besonderes Interesse an Dingen, die verloren gehen." Die Inspektorin griff nach Poppys Arm, als ob sie verhindern wollte, dass auch sie verschwinden würde. „Mrs Dayton, Sie haben gestern Nacht unglaublichen Mut bewiesen."

„Wie gesagt, ich habe es nicht darauf angelegt."

„Schon gut." Burleigh starrte ihr Spiegelbild im Schaufenster an. „Ich wollte auf etwas anderes hinaus. Mrs Dayton, ehrlich gesagt fürchte ich um den Erfolg Ihrer Aktion."

„Was meinen Sie damit?" Poppy setzte den Dialog der Spiegelbilder fort.

„Es hängt davon ab, wie sich die Situation nach der Verhaftung von Harkoff entwickelt. Entweder benutzt Medimal ihn als Sündenbock und schiebt alles auf ihn. Oder aber falls er zu viel weiß und sie ihn schützen müssen, könnte es sein, dass er früher oder später entlassen wird. Die Medimal-Anwälte sind exzellent, und möglicherweise kommt er mit einer Bewährungsstrafe davon."

Poppy ballte die Fäuste. „Sie haben es selbst erlebt, wie eiskalt und brutal er vorgegangen ist. Er wäre nicht davor zurückgeschreckt, uns gleich auf dem Kai umzubringen."

„Absolut. Hätte, könnte … Vor Gericht braucht es mehr!" Burleigh suchte den direkten Kontakt zu Poppy. „Ich fürchte, ob für Harkoff oder Medimal: für beide stellen Sie lediglich ein kollaterales Problem dar, Mrs Dayton. Aber wir haben eine Chance, den juristischen Panzer zu durchbrechen."

„Indem wir Harkoff nachweisen, dass er versucht hat, Tornycroft umzubringen?"

„Scharfsinnig wie immer!"

Poppy nickte nachdenklich. „Das würde das System Medimal-Tornycroft von innen heraus ins Wanken bringen." Sie runzelte die Stirn. „Was sagt Richard selbst dazu? Er ist doch wieder ansprechbar, oder?"

„Absolut. Allerdings lässt er sich auf entsprechende Fragen nicht ein. Er weicht aus, beteuert, dass Harkoff bisher sein volles Vertrauen genossen habe und dass er sich nicht daran erinnern könne, was zu seinem Zusammenbruch geführt habe."

„Seltsam. Warum deckt jemand seinen potenziellen Mörder?"

„Weil es um ein größeres Ganzes geht, nehme ich an. Seit er wach ist, ist Tornycroft nie allein, ständig ist ein Anwalt bei ihm."

„Und bei Harkoff?"

„Nach seinem ersten spontanen Geständnis, auf Anweisung gehandelt zu haben, schweigt er, und bei jedem Verhör ist ebenfalls ein Firmen-Anwalt zugegen."

„Es wird darauf ankommen, einen Keil zwischen ihn und Medimal zu treiben."

„Genau, Mrs Dayton. Für mich und den Staatsanwalt ist das nur eine Frage der Zeit und der Risikoabwägung. Wir werden den Druck auf Harkoff erhöhen, indem wir ihm klarmachen, dass Medimal ihm nicht helfen, sondern ihn fallen lassen wird. Bevor die Affäre den Medimal-Konzern in den Abgrund zieht und der Börsenwert der Firma einbricht, werden die an Schadensbegrenzung denken." Die Inspektorin rieb sich das Gesicht. Poppy sah die dunklen Ringe unter ihren Augen, und schlagartig wurde ihr die eigene Erschöpfung bewusst. Die letzte Nacht steckte ihnen noch in den Knochen.

„Ein Ass haben wir noch im Ärmel." Poppy unterdrückte ein Gähnen. „Ich nehme an, Sie haben es noch nicht ausgespielt?"

„Sie meinen, die Aussage Ihres Galeristen, dass Harkoff bei Tornycroft auftauchte, während er mit ihm telefonierte? Damit wollte ich warten, bis die Untersuchungshaft ihre Wirkung zeigt. Allerdings drängt der Staatsanwalt, ihn damit zu konfrontieren. Er will in dem Fall vorankommen und hält nichts von taktischen Spielchen."

„Mr Wilson scheint einen geradlinigen Charakter zu haben."

Die Inspektorin grinste. „Er gefällt Ihnen, Mrs Dayton, nicht wahr?"

Poppy wurde warm. „Im Vergleich zu dem arroganten und korrupten Trickser vor ihm ist er fast so etwas wie eine Lichtgestalt.“

„Diesen Begriff würde ich nicht wählen, aber den Eindruck teile ich.“ Burleigh kicherte verlegen. „Er ist übrigens ein großer Fan von Ihnen, Mrs Dayton. Als das Gespräch auf Sie kam, druckste er erst herum und meinte, er wolle mir auf keinen Fall in meine Arbeit hineinreden, aber wenn ich mir vorstellen könnte, in irgendeiner Art und Weise mit Ihnen zusammenzuarbeiten, würde er das durchaus unterstützen.“

Poppy schmunzelte. „Das kann Ihnen nicht gefallen haben.“

Die Inspektorin winkte ab. „Hat es auch nicht. Gegen das Zähneknirschen trage ich eine Beißschiene.“ Sie seufzte. „Wilson kann sehr überzeugend sein, und am Ende hat es durchaus Sinn, unsere Kräfte zu bündeln. Deswegen habe ich eine Bitte. Morgen wird Harkoff ein weiteres Mal verhört. Ich möchte, dass Sie dabei sind. Nicht direkt, sondern hinter der Glasscheibe, und dass Sie mir anschließend Ihre Beobachtungen schildern.“

„Das mache ich gerne. Ich bin auf seine Reaktion gespannt, wenn Sie ihm mit Flexers Aussage kommen.“

„Auf was freuen sich die Ladys, wenn ich fragen darf?“ Barney stand in der Ladentür; ein gut gebauter Mann mit dunklen Haaren, grauen Schläfen und Vollbart drängte an ihm vorbei und lief auf Frances zu.

„Nick!“ Die beiden umarmten sich innig.

„Kommt rein. Wenn du hier noch länger in deiner Uniform vor meinem Laden auf und ab tigerst ...“

„Schämst du dich für deine alte Klassenkameradin?“

„Nein, nein. Ich mache mir nur Sorgen um einen meiner besten Kunden, der in deinem Gewahrsam zu sein scheint, Richard Tornycroft. Eben kam im Radio, dass er zwar noch im Krankenhaus ist, aber gleichzeitig unter Anklage steht."

Burleigh stöhnte. „Pflegt denn hier jeder erquickliche geschäftliche Beziehungen mit diesem Mann?"

„Das hast du schön gesagt. Er kauft regelmäßig Bilder bei mir. Vor allem Motive der alten Bergbauanlagen. Neulich fragte er mich, ob ich nicht Lust hätte zu einem Ausflug unter die Erde. Er wollte mir eine vulkanische Schwefelquelle zeigen oder so etwas Ähnliches. Er meinte, ich würde dort außergewöhnliche Farbeindrücke bekommen."

„Farbeindrücke?" Poppy schauderte, als das Wort Schwefel ein Flashback triggerte.

„Interessant, oder? Erst zögerte ich, weil ich Platzangst habe, und die Vorstellung, mich durch enge Gänge zu zwängen, mag ich überhaupt nicht. Aber dann hat es sich gelohnt, sehr sogar." Er schob sie in den Laden. „Kommt endlich rein, es gibt Tee und Sandwiches."

Sie setzten sich um den Coffee-Table im Hintergrund des Galerieraums.

Goddard nahm ein Tablet zur Hand und scrollte durch eine Serie von Fotos. Eines zeigte er Poppy. „Hier, das habe ich in der Hellstone-Höhle gemacht. Nicht geblitzt, nur ein wenig mit der Fotolampe aufgehellt."

Poppy hielt den Atem an. Nicks kurze Schilderung zuvor hatte sie vorbereitet, und trotzdem war sie erschüttert: ein unterirdischer Saal, in dessen Mitte ein gelber Glutfleck lag, umgeben von milchigen Schwaden. *An den Rändern, waren das menschliche Gestalten oder nur die Schatten der Steine?* Es schockierte sie, wie nah das Bild der Erinnerung an ihren Traum kam. „Tolles Bild", sagte sie mit rauer Stimme, als das Handy der Inspektorin läutete.

An der straffen Haltung, die sie einnahm, erkannte Poppy, dass es sich um einen wichtigen Gesprächspartner handeln musste. Burleigh lauschte und sagte nach einer Minute: „Verstanden, Sir. Ja, sie ist bei mir. Um fünfzehn Uhr in der Klinik." Sie sah Poppy an. „Ich gehe davon aus, dass sie kommen wird." Die Inspektorin steckte das Handy ein. „Mrs Dayton, der Staatsanwalt sagt, dass Tornycroft Sie sprechen will. Unter vier Augen und so schnell wie möglich. Wilson gibt sein Okay dazu."

„Kaum ist er aus dem Koma erwacht, hält er schon wieder die Fäden in der Hand und lässt die Puppen nach seinem Gusto tanzen?" Poppy schüttelte den Kopf.

Goddard kam mit der Teekanne an den Tisch. „Warum nicht? Ich finde es gut, wenn er so bald wie möglich wieder der alte begeisterte Mäzen und Sammler ist."

Poppy ignorierte seine Bemerkung, hielt ihm den Becher hin und sah dabei Barney an. „Ich gehe hin, aber nur, wenn du mitkommst", sagte sie leise. „Immerhin haben wir noch eine uneingelöste Verabredung mit ihm. Doch erst bringen wir Torry nach Hause. Das Hospital ist nichts für ihn."

Die Inspektorin sah auf die Uhr. „Wenn Sie den Umweg über Hellstone Hollow nehmen, wird es knapp. Lassen Sie mich Torry nach Hause bringen. Ich fürchte, dass auch vor Almas Cottage Journalisten lauern werden. Wenn ich dort auftauche, drohe ich denen mit Platzverweis. Ich kann nicht versprechen, dass sie das auf Dauer abhält, aber zunächst wird es sie beeindrucken."

Barney knetete seine großen Hände. „Ich hoffe nur, dieser Wahnsinn hat bald ein Ende. Wenn's nach mir ginge, würde ich das ach so idyllische Cornwall fluchtartig verlassen." Er betrachtete seine Fingerspitzen. „Ehrlich gesagt vermisse ich mein London, und nicht nur, weil es dort schön anonym ist."

„Ich kann dich verstehen, Darling." Poppy seufzte tief. „Aber ich bin nicht bereit, meinen Traum aufzugeben." Sie klang trotzig. „Und ich bin hier noch nicht fertig." Sie stand auf. „Komm, Barney, wir machen einen Krankenbesuch."

Poppy nahm Torry an die Leine, holte ihren Hausschlüssel heraus und drückte beides der Inspektorin in die Hand. Burleigh streichelte den Terrier ausgiebig. „Nach deinem Einsatz im Hafen von Bristol ernenne ich dich zum Polizeihund erster Klasse." Torry schien die Bedeutung des Augenblicks zu spüren, legte die Ohren an und setzte sich in Position. „Anschließend komme ich in die Klinik und warte nach dem Gespräch auf Sie."

41

Das Krankenzimmer glich einem Blumenladen. Auch über dem Bett, auf der Funktionsleiste für die Anschlüsse von Sauerstoff und medizinischen Gasen, standen Vasen mit Sträußen, in denen Karten steckten.

In der Mitte thronte Tornycroft, angeschlossen an Pulsmonitor und Oxymeter.

Als Poppy und Barney den Raum betraten, telefonierte er, legte aber sofort auf, als er sie sah. Obwohl er für einen winzigen Augenblick irritiert zu sein schien, dass Poppy nicht allein war, fing er sich schnell und zog die Decke hoch, die bis auf seine nackten Oberschenkel heruntergerutscht waren.

Poppy fiel auf, wie vital und energiegeladen er wirkte, nur die Schatten um seine Augen deuteten auf den kritischen Zustand hin, in dem er sich bis vor kurzer Zeit befunden hatte.

Da sie keine Lust verspürte, Floskeln zum Befinden des Patienten auszutauschen, beschloss sie, gleich zur Sache zu kommen. „Richard, unser Termin liegt schon ein paar Tage zurück, aber jetzt bin ich hier. Wenn es dir recht ist, bringe ich Barney mit."

„Selbstverständlich, gerne. Obwohl das, was ich besprechen wollte, in erster Linie uns beide betrifft. Geschäftlich, gewissermaßen." Er setzte sich auf, räumte zwei Stühle frei, die neben dem Bett standen, und legte die Aktenordner auf den Boden. „Nehmt bitte Platz. Die Blumen werden hier jeden Abend rausgebracht. Am nächsten Tag tauchen sie wieder auf, und neue kommen dazu.“

Poppy konnte ein paar Namen auf den Karten erkennen, einige davon waren Bewohner von Hellstone Hollow. „Du bist ein prominenter und beliebter Mann, Richard.“

„Warum hat das einen abfälligen Klang aus deinem Mund?“, fragte Tornycroft direkt. „Nein, rechtfertige dich nicht. Das brauchst du genauso wenig, wie all die lieben Menschen, die mich mit ihren Blumen und Wünschen beehren, obwohl sie es nicht so meinen.“ Er lächelte amüsiert über Poppys irritierten Blick. „Doch darum geht's hier nicht. Wenn du gestattest, komme ich auf unser geplantes Treffen zurück. Du hattest erwähnt, es gäbe eventuell Unterlagen, die du mir zur Verfügung stellen wolltest.“

Poppy wollte etwas sagen, aber er winkte ab. „Lass mich reden. Verzeih mir, wenn ich die Initiative behalte. Das bin ich so gewohnt, und es hat einen ernsten Hintergrund.“ Der Glanz in Tornycrofts Augen bekam etwas Fiebriges. „Die Ärzte sagten, das, äh, Ereignis habe Spuren an den Herzkranzgefäßen hinterlassen. Sie wollten mit ihren Kathetern ran.“ Er blickte sie bedeutungsschwer an. „Ich könnte jederzeit einen Infarkt bekommen. Deshalb will ich meine und auch deine Zeit nicht mit Schwindeleien vergeuden, Poppy.“ Tornycroft betrachtete seine Fingernägel, die eine bläuliche Farbe hatten. „Du musst verstehen, dass ich mein ganzes Berufsleben dem Tierwohl gewidmet habe, Geld, Forschung, Zeit, einfach alles. Ich und Medimal haben viel erreicht, aber es fehlte der Durchbruch. Dann kamen dein Vater und seine brillanten Ideen, leider hat der schreckliche ... Unfall eine Realisierung verhindert." Poppy entging die Pause nicht. „Und jetzt taucht seine Formel auf", sagte er und reagierte auf Poppys überraschten Ausdruck mit erhobenen Händen. „Ja, ja, ich gebe zu, dass ich es nicht erwarten konnte. Ich selbst bin in Almas ... Pardon, natürlich in dein Haus eingedrungen und habe Fotos von der Patentschrift gemacht. Nicht nur das, ich habe mein Labor sofort angewiesen, die Formel chemisch umzusetzen."

Poppy versuchte, die Fassung zu bewahren. „Du hattest kein Recht ..."

Tornycroft legte beide Hände auf sein Herz, als ob er es schützen wollte. „Ich weiß. Deshalb war mein erster Gedanke, als ich aus dem Koma erwachte, mit dir zu sprechen. Ich will mich nicht nur für mein Fehlverhalten entschuldigen ..."

„Fehlverhalten? Deine kriminelle Energie ..."

„Jetzt übertreibst du, Poppy. Ich will dir heute ein Angebot machen, mit dem, nehme ich an, all deine Erwartungen übertroffen werden."

Obwohl es ihr immer schwerer fiel, versuchte Poppy, sich zu beherrschen, es war, als ob sie gegen einen Widerstand anatmete. Barney schien ihre Not zu bemerken und griff ein. „Richard, wir haben längst einen bekannten Patentanwalt mit der Wahrung von Poppys Interessen beauftragt."

„Einen Anwalt? EINEN?" Höhnisch betonte er das Wort. „Medimal hat Dutzende davon, das könnt ihr mir glauben." Er seufzte. „Ich habe Mist gebaut, das gebe ich zu, und ich möchte mich dafür in aller Form entschuldigen. Aber glaubt mir, auch der große Richard Tornycroft ist nur ein Rädchen im Getriebe eines sehr mächtigen Pharmakonzerns." Er räusperte sich. „Ich habe Fehler gemacht, und mir den Ärger meines Aufsichtsrats zugezogen. Ehrlich gesagt, weiß ich nicht, wie lange ich meinen Einfluss noch ausüben kann."

„Haben diese Leute versucht, dich zu beseitigen?" Poppy wusste nicht, was sie dazu bewegt hatte, die Frage platzte aus ihr heraus.

Erstaunlicherweise betrachtete Tornycroft sie lächelnd, fast freundschaftlich. „Das ist eine gute Frage, Poppy. Keine Ahnung, ich weiß nicht, wie ich in diesen Zustand geraten bin. Ich erinnere mich nur daran, dass ich auf euch wartete, dann frühstückte ich eine Kleinigkeit, und danach gibt es eine riesige Lücke." Er seufzte. „Ich hatte ein erfülltes Leben. Alles, was ich noch will, sind zwei Dinge: ein großartiges Medikament für die Tiere erschaffen, nach den Vorgaben deines Vaters, nachdem ich es selbst vergeblich versucht habe. Und dich angemessen zu vergüten."

„Du brichst bei mir ein, und jetzt erwartest du einen netten Deal?"

„Poppy, glaub mir, es ist nur zu deinem Besten. Ich hatte es eilig, dich herzubitten, weil uns die Zeit davonläuft. Vielleicht sind es nur ein paar Stunden, bis ich vom Aufsichtsrat abgesetzt werde. Dann sind andere am Ruder, die weniger Skrupel haben als ich."

Poppy schnappte nach Luft. „Noch weniger?"

„Was meinst du damit? Ich bin auf deiner Seite, glaub mir." Theatralisch rang er mit den Händen. „Allerdings ... Wenn wir beide uns nicht einigen, dann stürzt sich eine ganze Division von Anwälten auf dich, und ich kann für nichts garantieren. Sie behaupten, nachweisen zu können, dass dein Vater nicht berechtigt war, seine Formel an Medimal vorbei zum Patent anzumelden. Am Ende gehst du nicht nur leer aus, sondern hast als Rechtsnachfolgerin selbst eine Schadenersatzklage am Hals."

Poppy stand auf. Zwei Impulse kämpften in ihr. Der eine drängte sie, den Raum sofort zu verlassen. Sie folgte dem anderen.

Sie machte einen Schritt auf Tornycroft zu, packte ihn an seinem Klinikhemd und zog ihn vom schräg gestellten Kopfende hoch. „Du entkommst knapp dem Tod, Richard, und dir fällt nichts Besseres ein, als weiter herumzutaktieren?" In ihrer Wut klang sie seltsam tonlos. „Ich nehme dir den wohlmeinenden Menschen- und Tierfreund nicht ab, Richard. Ich mache keinen Deal mit dir. Du bist ein kranker, krimineller Mann, der nicht nur Tiere auf dem Gewissen hat, sondern auch Menschen. Ich werde ..."

Poppy gelang es nicht, den Satz zu vollenden. Die Tür wurde aufgerissen. Ein Arzt, eine Krankenschwester und die Inspektorin standen plötzlich im Raum. Der Arzt zog Poppy von Tornycroft weg. Die Augen des Patienten waren weit aufgerissen. Er starrte Poppy an und öffnete den Mund, aber der Arzt ließ ihn nicht zu Wort kommen.

„Schluss jetzt!" Mit ernster Miene blickte er zwischen Tornycroft und Poppy hin und her. „Was ist hier los? Mr Tornycroft verträgt keine Aufregung. Der Pulsmonitor schlug Alarm. Sie müssen Ihr Gespräch abbrechen, sofort."

Tornycroft schien sich als Erster zu beruhigen. „Dr. Jameson, halb so wild. Mrs Dayton hat viel Temperament, wir waren mitten im Gedankenaustausch, und ich will nicht ...“

„Was Sie wollen, ist nicht relevant, Sir, solange Sie in meiner Behandlung sind. Sie können Ihre“, er räusperte sich. „engagierte Diskussion gerne fortsetzten, sobald Sie stabiler sind. Für heute ist Schluss!“

Das war unmissverständlich, und die Krankenschwester schob Poppy und Barney nach draußen.

„Poppy!“, rief Tornycroft ihr hinterher. „Überleg es dir, ich stehe zu meinem Angebot, aber zu viel Zeit darfst du dir nicht lassen!“

Dann schloss sich die Tür.

Poppy lief so schnell durch die Gänge, dass Barney und die Inspektorin Schwierigkeiten hatten, ihr zu folgen. Erst als sie beim Auto ankamen, ließ die Spannung nach, und sie weinte hemmungslos. „Dieser Scheißkerl! Was bildet er sich ein? Und wieder rutscht er mir durch die Finger wie ein ekliger, schleimiger Fisch aus dem Helford River.“

Barney zog sie an sich und küsste behutsam ihre heiße Schläfe. „Beleidige die unschuldigen Bewohner unseres Heimatflusses nicht, das haben sie nicht verdient. Trotzdem kann ich deinen Frust nachempfinden. Es ist unglaublich, wie selbstgerecht dieser Mann ist. Allein die Tatsache, dass er dem Tod nur knapp von der Schippe gesprungen ist, verdrängt er erfolgreich und hält sich für unantastbar.“ Respektvoll betrachtete er Poppy. „Bis du ihn am Schlafittchen gepackt hast.“

„Das hat ihn auch nicht gerührt.“

„Äußerlich vielleicht nicht." Er schmunzelte. „Aber internistisch auf jeden Fall! Am Ende hat ihn nur der Herzalarm vor deiner Wut gerettet."

„Kann sein. Wenn die Polizei nicht mit ihm fertig wird, dann bringe ich ihn eigenhändig um. Das schwöre ich."

Am Ausdruck in seinen und Burleighs Augen konnte Poppy erkennen, dass beide sie ernst nahmen.

Die Inspektorin räusperte sich. „Mrs Dayton, bitte Schritt für Schritt. Morgen nehmen wir uns Harkoff vor. Er sitzt inzwischen in Truro in Untersuchungshaft. Ich habe ihn dorthin verlegen lassen, um den Journalisten zu entfliehen, und weil sie dort geeignete Verhörräume haben." Sie gab Poppy den Hausschlüssel zurück. „Vor Almas Cottage war niemand zu sehen."

„Ein Glück." Poppy atmete hörbar auf. „Dann brauchte sich Torry auch nicht aufzuregen."

Ihr Smartphone klingelte. Poppy schaute aufs Display, die Nummer war ihr unbekannt.

„Mrs Dayton? Hier ist die Kanzlei Armsby & Cramer, wir vertreten die Interessen von Medimal. Darf ich Sie mit Laurence Armsby verbinden?"

Bevor Poppy etwas sagen konnte, schallte eine sonore Stimme aus dem Lautsprecher. „Mrs Dayton, wunderbar, dass ich Sie so spontan erreiche. Ich hörte gerade von Ihrem Gespräch mit Mr Tornycroft."

„Er verliert keine Zeit. Gerade meinten die Ärzte noch, es gehe ihm schlecht."

„Auch wir bewundern Mr Tornycroft und seine Energie, Mrs Dayton! Ich kann Ihnen bestätigen, dass ihm sehr viel daran liegt, mit Ihnen zu einer positiven Übereinkunft zu kommen."

„Und wenn das nicht gelingt?"

„Es wäre nicht auszudenken, wenn Sie für das Versäumnis Ihres Vaters, seine Erkenntnisse mit seiner Firma zu teilen, büßen müssten. Die Schadensersatzsumme könnte astronomisch sein."

„Und das teilen Sie mir einfach so am Telefon mit?"

„Auch in Ihrem Interesse wollen wir das außergerichtlich klären, Mrs Dayton, aber die Zeit drängt. Natürlich würden wir uns gerne persönlich mit Ihnen treffen. Wann passt es Ihnen?"

„Danke für Ihre Fürsorge, Mr Armsby. Ich werde in dieser Angelegenheit von Adam Fowler vertreten. Bitte wenden Sie sich an ihn."

Die Freundlichkeit in der Stimme des Anwalts war wie weggeblasen. „Wie Sie wünschen", sagte er knapp und verabschiedete sich.

Poppy schloss die Augen und schwankte. Flankiert von Barney und der Inspektorin bekam sie die Schwindelattacke rasch in den Griff. „Ein superwichtiger Anwalt, der mir brutal droht. Das war es, was mir noch fehlte." Flehend sah sie Barney an. „Mir ist schlecht. Ich will nur noch nach Hause."

42

Die Inspektorin holte Poppy am nächsten Morgen um neun Uhr ab.

Sie kam nicht allein. Als Poppy in den dunkelblauen Polizei-Ford einstieg, sah sie das Kleinkind in dem Kindersitz im Fond.

Die Inspektorin drehte sich nach hinten. „Darf ich vorstellen: Alice Burleigh, Baby-Agent vom Dienst und sehr aktiv." Sie hob eine Decke auf, die in den Fußraum gerutscht war.

Das Mädchen lächelte Poppy an und hielt ihr ein kleines Polizeiauto hin. Poppy nahm das Modell an, musste es aber sofort zurückgeben, als das Lächeln verschwand und aus dem Schmollmündchen die Worte „Mama Polizei" kamen.

„Wie süß! Darf ich mich neben dich setzen, Alice?"

„Bestimmt. Es ist das erste Mal, dass sie sich freut, seit ich sie da hinten hin verfrachtet habe. Sie sollte zu meiner Mutter, leider hat die heute einen unvorhergesehenen Arzttermin. Deshalb nehme ich sie mit nach Truro."

„Oma krank", sagte Alice ernst.

„Du kannst schon sprechen? Wie alt ist sie?"

„Gut anderthalb", sagte die Inspektorin stolz.

Poppy stieg nach hinten um, und sie fuhren los.

Burleigh beobachtete im Rückspiegel, wie Poppy und Alice mit dem Polizeiauto spielten. „Mrs Dayton, hatten Sie einen erholsamen Abend zu zweit?"

Poppy ließ sich Zeit mit der Antwort. Nachdem das Auto langweilig geworden war, begannen Alice und sie ein Augenzwinker-Spiel.

„Das Treffen mit Tornycroft hat uns noch eine Weile beschäftigt, der Anruf von diesem Armsby auch. Die Drohung hat es in sich, und unser eigener Patentanwalt ist noch am Recherchieren. Um unsere Nerven zu beruhigen, schlug Barney vor, zu grillen, aber ich hatte keinen Appetit. Seit gut einer Woche ist mir dauernd übel. Die Situation schlägt mir auf den Magen." Burleigh musterte sie im Spiegel, ohne etwas zu sagen. „Am Ende sind wir schwimmen gegangen. Das tut uns immer gut. Die Abende am Fluss haben einen besonderen Zauber. Gestern saß ein Dutzend Silberreiher in den Erlen am Ufer und sah uns zu. Die untergehende Sonne gab ihren Federn eine Flamingo-Farbe. Doch als wir aus dem Wasser kamen, rief Edwards an und fragte, wie es mir nach unserem Kamikaze-Einsatz ging. Mir wird nur häppchenweise klar, auf was wir uns da eingelassen haben."

Poppys Augen trafen im Spiegel auf Burleighs ernsten Blick. „Absolut irre, das muss ich noch mal sagen, bei allem Respekt. So was gibt's sonst nur im Film."

„Ich weiß immer noch nicht, was mich in diesen Momenten packt. Ich muss das einfach tun. Verrückterweise habe ich keine Angst, sondern das Gefühl, dass mir nichts passieren wird."

Die Inspektorin schüttelte sich und schloss die Hände fester um das Lenkrad. „Das Fehlen von Angst ist in unserem Job kein wirklicher Vorteil."

Poppy nickte bedächtig. „Ich weiß. Deshalb wäre ich auch keine gute Polizistin."

„So meinte ich das nicht."

„Alles richtig. Ich will ja auch keine sein, auf keinen Fall. Ich habe Barney versprochen, allem Ärger aus dem Weg zu gehen." Sie schluckte. „Und was habe ich getan? Stephen und mich beinahe ins Verderben gestürzt."

„Das wird alles anders, sobald Sie eine Familie haben."

Poppy stutzte. „Wie kommen Sie jetzt darauf?"

„Nur so. Wollen Sie keine Kinder?"

Poppy räusperte sich. „Das ist eine sehr private Frage."

„Entschuldigen Sie. Ich weiß nicht, was in mich gefahren ist. Erst will ich nichts mit Ihnen zu tun haben und dann entwickeln sich die Dinge ganz anders und jetzt fühle ich mich bei Ihnen einfach wohl, als Polizistin und als Frau. Irgendwie verrückt."

Poppy legte ihr schüchtern eine Hand auf die Schulter. „Das geht mir auch so. – Frances, wenn du erlaubst."

„Gerne, Poppy."

Poppy grinste. „Dann darfst du deine Frage noch mal stellen." Sie wurde ernst. „Das ist ein empfindlicher Punkt für mich. Barney und ich sind bisher wunderbar ohne Kinder ausgekommen. Aber entweder schwirren in letzter Zeit lauter Babys um mich herum, oder es ist mir bisher nicht aufgefallen. Und seit wir in Almas Cottage gezogen sind, scheint selbst Barney schwanger zu sein." Sie kicherte. „Zumindest mit dem Gedanken."

Sie betrachtete Alice, die eingeschlafen war. „Neben deiner Tochter zu sitzen, fühlt sich jedenfalls wunderbar an."

„Das wird auch wunderbar, und ... ihr seid ja zu zweit, Barney und du."

Eine Pause trat ein. Frances hatte laut gesprochen, lauter, als es das Fahrgeräusch erfordert hätte.

„Wo ist denn der Vater von Alice?", fragte Poppy sanft.

„Der Herr Staatsanwalt wollte sich nicht von seiner Frau trennen, obwohl er das immer beteuert hatte."

„Staatsanwalt? Etwa ..."

„Nein, nicht unser Brent Wilson." Frances schmunzelte. „Meiner ist in Portsmouth. Wir sind getrennt, es gibt eine Besuchsregelung, alles ist in Ordnung, auch finanziell." Am ausgefahrenen Ellenbogen sah Poppy, dass sich Frances eine Träne aus dem Auge wischte. „Doch ehrlich gesagt ist gar nichts okay. Alice ist noch so klein. Ewan, so heißt der Vater, kann nichts mit ihr anfangen, und sie weint immer, sobald er da ist. Es hängt alles an mir. Wenn meine Mutter nicht in Falmouth wohnen würde, wüsste ich nicht, was ich tun soll."

„Weißt du was? Bring Alice gerne zu mir. Ich arbeite zu Hause, das Privileg einer Künstlerin. Sie kann auf der Wiese vor dem Atelier spielen. Ich müsste nur aufpassen, dass sie nicht den Hügel zum Fluss hinunterkullert."

„Bald geht sie in den Kinderladen. Trotzdem, danke für das Angebot. Wir kommen gerne beide mal vorbei."

Poppy versetzte die Antwort einen Stich. Sie war überrascht, wie traurig sie der Gedanke machte, die Kleine nicht bald wieder um sich zu haben.

Sie verließen die A39. Zwischen dem malerischen Tal des Truro Rivers und den südlichen Ausläufern der Stadt erreichten sie das Zentrum.

Das schmucklose Devon & Cornwall Police Enquiry Office lag in der Lemon Street, einer belebten Straße mit zahlreichen Tea-Rooms und Restaurants rund um die Lemon Quay Arcade.

Die Inspektorin parkte den Ford in der Tiefgarage. Poppy half Alice beim Aussteigen. Auf stämmigen Beinchen lief sie los und wurde von Frances eingefangen, die sie auf den Arm nahm.

Sie betraten das Police Office durch einen Hintereingang und kamen in ein Großraumbüro. Poppy sah sich um. „Das sind alles Frauen hier."

„Wer gerade Dienst hat. Aber inzwischen ist mehr als die Hälfte der Polizei in Cornwall weiblich. Dein Inspektor Edwards und sein Konstabler sind eine aussterbende Gattung. Meist triffst du sie nur noch in den kleinen Orten, den touristischen Hotspots an der Küste. Die Posten dort sind für Mütter weniger attraktiv, da es an Schulen und Sozialprogrammen fehlt. Hier in Truro gibt es beides."

Eine schmale, sehr große Frau in Uniform mit dem Rang einer Inspektorin kam ihnen entgegen, Angelica Darren, las Poppy auf dem Namensschild. „Hallo,

Frances, du kannst gleich hoch, Raum zwei steht dir zur Verfügung.“

„Danke, Angie, und Mrs Dayton darf wie besprochen ...?“

„Wenn du das so anordnest, wird das so gemacht.“ Die Inspektorin zwinkerte ihnen zu. „Ich nehme dir Alice ab. Wow, wieder ein Stück gewachsen, unglaublich, wie hübsch sie ist, ganz der Vater.“ Alice zog eine Schnute.

Frances grinste. „Pass auf, was du sagst, Angie, die kleine Lady ist sensibel und die Mutter auch.“

Sie folgten der Beamtin in den ersten Stock. Von einem hellgrau gestrichenen Gang gingen Türen in einem dunkleren Grauton ab, Darren öffnete die zweite.

„Hier nehmen wir beide Platz, Mrs Dayton.“ Poppy folgte ihr und setzte sich an den Tisch, der vor einer zwei Meter langen glänzenden Fläche platziert war.

Sie zuckte zurück, als die Fläche plötzlich aufleuchtete. Das Licht drang aus dem Nebenraum durch das halb verspiegelte Glas.

Poppy sah, wie Frances auf der anderen Seite einen Stuhl heranzog und vor dem Tisch Platz nahm. Dann ging die Tür auf und Harkoff wurde hereingeführt.

„Bitte setzen Sie sich.“ Die Inspektorin stellte ihr Smartphone auf Aufnahme, nannte Datum, ihren und Harkoffs Namen und zog einen Aktenordner zu sich heran.

„Mr Harkoff, ist es richtig, dass Sie das Gespräch heute ohne Rechtsbeistand durchführen wollen?“, fragte sie ohne weitere Vorrede.

„Das ist richtig. Ich weiß nicht, ob diese Leute für oder gegen mich sind.“

„Das sind Anwälte, die Ihnen Ihre Firma zur Seite stellt."

„Zur Seite ist gut."

„Wie Sie meinen. Wir können Ihnen das nächste Mal auch einen Pflichtverteidiger besorgen."

„Ich hoffe, es gibt kein nächstes Mal. Ich will hier so schnell wie möglich raus. Sie haben angedeutet, wir könnten ins Geschäft kommen ..."

Burleigh unterbrach ihn. „Das hängt von Ihnen ab und vom Staatsanwalt."

Wie aufs Stichwort öffnete sich auf der anderen Seite die Tür und Brent Wilson trat ein. Wortlos schüttelte er Poppy die Hand, Darrens lässiges Salutieren quittierte er mit einem Nicken.

Die Inspektorin setzte das Verhör fort.

„Mr Harkoff, Sie haben bereits ausgesagt, was den Versuch angeht, gefährliche Substanzen illegal außer Landes zu bringen und im Ausland zu veräußern. Darauf bezieht sich die bisherige Anklage sowie auf die Tatsache, dass Sie Mrs Dayton und einen ehemaligen Polizeiinspektor mit der Waffe bedrohten."

„Ich habe nur mein Eigentum verteidigt, das ist mein gutes Recht."

„Das Verfahren wird es klären. Kommen wir zu einer anderen Sache." Die Inspektorin blätterte in den Unterlagen. „Sie haben zu Protokoll gegeben, dass Sie Mr Tornycroft am Tag seines Zusammenbruchs nicht gesehen haben."

„Das ist korrekt."

„Sie bleiben bei dieser Aussage?"

„Natürlich, warum auch nicht?" Er trommelte mit den Fingern auf der Tischplatte herum.

„Mr Harkoff, offenbar gibt es jemanden, der bezeugen kann, dass Sie bei Mr Tornycroft waren, kurz bevor er bewusstlos aufgefunden wurde."

„Was für ein Zeuge? Als ich ..." Er verschluckte den Rest des Satzes und räusperte sich.

„Wollen Sie nicht doch einen Anwalt?"

Er verschränkte die Arme vor der Brust und schüttelte den Kopf.

„Der Zeuge hat mit Tornycroft telefoniert. Als Sie in sein Büro in Hellstone Hall kamen, hat Tornycroft Sie mit Namen begrüßt und erst dann das Telefonat beendet."

Harkoff ließ die Schultern hängen. „Pech." Er straffte sich wieder. „Ich habe das nur nicht erzählt, weil der Chef mich zur Verschwiegenheit verpflichtet hat."

„Ihr Chef wäre an dem Tag beinahe gestorben. Um was ging es denn bei Ihrem Treffen?"

„Kann ich offen sprechen, Frau Inspektor?"

„Ich bitte darum."

„Mr Tornycroft ist ein schwieriger Mann, richtig labil, wenn Sie mich fragen. Launisch und jähzornig. Er war oft wütend auf alle, seine Firma, die Wissenschaftler, auf mich und auch auf sich selbst. Besonders schlimm wurde es, nachdem Mrs Dayton aufgetaucht war. Keiner verstand, warum er ausgerechnet ihr das Haus seiner Mutter verkaufte. Anscheinend war es ihm ungeheuer wichtig, sie in seiner Nähe zu haben."

„Wie kommen Sie darauf?"

„Er beauftragte sogar einen Mitarbeiter, die Daytons auf ihrem Grundstück zu beobachten."

Poppy ballte die Fäuste. „Ich wusste es!"

Harkoff sprach weiter. „Mr Tornycroft stellte dazu sogar eines seiner Boote zur Verfügung. Er wurde immer nervöser und unzufriedener, schließlich sprach er von Selbstmord, weil sein Leben verpfuscht sei. Aber ich möchte betonen, dass er lebte, als ich ihn kurz darauf verließ!"

Poppy drehte sich zu Wilson um. „Selbstmord?", rief sie, „Was für ein Blödsinn!" Erschrocken hob sie die Hand zum Mund.

„Reden Sie nur, Mrs Dayton", sagte der Staatsanwalt. „Drüben kann Sie niemand hören."

„Zu Tornycrofts Charakter passt das überhaupt nicht. Sein Selbstbewusstsein, sein riesiges Ego, würde das nie zulassen. Kann ich Mrs Burleigh eine Frage zukommen lassen?"

„An Harkoff?" Der Staatsanwalt sah sie erstaunt an.

„Ja, es ist nur so eine Idee."

„Schreiben Sie's auf, Mrs Darren wird es rüberbringen."

Wilson reichte ihr Block und Kugelschreiber, hastig notierte sie etwas und riss das Blatt ab.

Inzwischen schien sich Harkoff warmgeredet zu haben und berichtete von Schwierigkeiten, die bei der Entwicklung eines neuen Medikaments auftraten.

„Medimal hatte ein wachstumsförderndes Medikament entwickelt, das äußerst wirksam war. Leider gab es Nebenwirkungen. Mr Tornycroft schien das persönlich zu nehmen. Er wies sein Labor an, immer neue Varianten zu produzieren, ohne durchschlagenden Erfolg. Irgendwann war er so verzweifelt und verbohrt, dass er die Varianten sogar an seinen eigenen Zootieren testete."

„Ohne Genehmigung?“

„Der Chef traf öfter Entscheidungen, die von seinem Team nicht nachvollzogen wurden. Am Ende wurde es sehr einsam um ihn. Wahrscheinlich hat das seine fatale Entscheidung, wie sagt man heute, getriggert?“

Mrs Darren tauchte neben Frances auf, die nach der Notiz griff, sie las und in den Aktenordner legte. Ohne ihre Miene zu verziehen, blickte sie für einen winzigen Moment in Richtung Spiegel.

„Mr Harkoff, Sie sprachen von Selbstmord. So eine Selbsttötung ist kein schöner Tod. Passt das zu Tornycroft? Und wie würde er vorgehen?“

Harkoff zuckte die Schultern. „Er nahm doch Schlaftabletten, damit geht es ganz schnell und friedlich.“

Die Inspektorin sah ihn direkt an. „Woher wissen Sie, dass er Tabletten nahm?“

„Das … Das habe ich aus den Nachrichten.“

„Mr Harkoff, in der Presse wurde über Tornycrofts Zustand zwar eine Menge spekuliert, aber zu den Hintergründen hatten wir eine Nachrichtensperre verhängt, und deshalb war diese Tatsache nicht öffentlich.“ Sie machte eine Pause und fixierte ihn. „Nur der Täter kann von den Tabletten gewusst haben, die wir bei Mr Tornycroft gefunden haben.“

„Täter? Wollen Sie etwa sagen …“ Harkoff wurde blass.

„Hiermit stehen Sie unter dem Verdacht, Mr Tornycroft vergiftet oder ihn zur Einnahme der Substanz gezwungen zu haben.“ Burleigh notierte etwas, dann verschränkte sie die Arme. „Wollen Sie ein Geständnis ablegen, Mr Harkoff? Das wird sich vor Gericht günstig für Sie auswirken."

„Jetzt verlange ich einen Anwalt." Seine Stimme war kaum zu hören.

Burleigh klappte die Akte zu. „Das ist Ihr Recht. Die Details werden die weiteren Untersuchungen klären. Und denken Sie daran, noch haben Sie es selbst in der Hand, Ihre Situation zu verbessern."

Harkoff starrte auf die Tischplatte und sagte nichts, bis ein Justizangestellter kam und ihn vom Stuhl hochzog. An der Tür drehte er sich noch mal um. „Glauben Sie mir, der Mann wollte nicht mehr. Fragen Sie ihn doch selbst."

„Das haben wir bereits. Er kann sich an nichts erinnern. Aber er wirkt alles andere als suizidgefährdet und hat große Pläne für die Zukunft. Darin hatte er Sie allerdings nicht erwähnt."

Harkoff ließ sich widerstandslos abführen.

43

Poppy, Brent Wilson, Alice und die beiden Inspektorinnen gingen zum Mittagessen ins „Lemon Tree". Das kleine Restaurant mit karibischer Küche war bis zum letzten Platz besetzt. Auf die Empfehlung von Mrs Darren bestellten sie alle den Pepper Pot.

Interessiert beobachtete Alice von ihrem Kindersitz das Treiben. Auch der Staatsanwalt sah sich um. „Hier ist es laut genug, damit wir uns ungestört unterhalten können", sagt er und zwinkerte Poppy zu. „Als Erstes möchte ich wissen, was auf Ihrem Zettel stand."

Statt zu antworten, sah sie Frances an, die den Ball aufnahm. „Mrs Dayton schrieb nur drei Worte: SELBSTMORD? WIE? EGO! Es waren die perfekten Stichworte für mich, das muss ich sagen."

Wilson strahlte. „Hatte ich nicht recht, als ich Ihnen zur Kooperation mit Mrs Dayton riet, Mrs Burleigh?" Er blickte zwischen beiden hin und her. „Obwohl ich zugeben muss, dass ich überrascht bin, wie schnell Sie zusammengefunden haben."

Poppy schmunzelte. „Das darf Stephen Edwards nicht erfahren, er wird sonst noch eifersüchtig."

Frances schüttelte den Kopf. „Er hat mich heute Morgen angerufen und mich ebenfalls dazu ermutigt." Sie griff nach Poppys Hand und sah dabei Wilson an. „Allerdings nicht nur zur Zusammenarbeit, sondern auch dazu, für die Überführung von Tornycroft als Mörder Ihrer Familie zu sorgen." Poppys Hand zuckte, aber Frances ließ sie nicht los. „Beides habe ich ihm versprochen. Meinen Sie, wir können das Versprechen halten, Sir?"

Der Staatsanwalt wiegte den Kopf. „Auch wenn es schmerzlich ist, das zuzugeben: Es ist ein ‚Cold Case', und wir werden es schwer haben. Trotzdem schließe ich mich dem Versprechen an, Mrs Dayton." Nachdenklich stützte er das Kinn in die Hand. „Und so, wie ich Sie bei dem Verhör heute erlebt habe ... Ich denke, Sie sollten noch mal mit Tornycroft sprechen. Allerdings würde ich vermeiden, ihn dabei umzubringen."

„Ihr trockener Humor in allen Ehren, das muss ich mir noch mal überlegen." Poppy war froh, als vier dampfende Schalen und ein kleiner Teller mit Nudeln und Tomatensoße an ihren Tisch gebracht wurden, und wechselte das Thema. Sie schnupperte, trotz der latenten Übelkeit verspürte sie Appetit. „Ich rieche Nelken, Zimt, und Chili steigt mir auch in die Nase."

Mrs Darren nickte. „Stimmt, doch das ist längst nicht alles! Die Basis ist Rindfleisch. Dazu kommen Schweinsfüße, brauner Zucker, Zwiebeln und Manioksirup."

„Eine deftige Mischung, schmeckt aber karibisch-leicht, finde ich. Sie kennen sich gut aus. Kochen Sie gern?", fragte Poppy.

„Mein Großvater hat in den Fünfzigerjahren Jamaika verlassen und kam auf der WINDRUSH im Londoner Hafen an. Er war Koch, und ich habe mir einiges bei ihm abgeguckt."

Dem Staatsanwalt schien es ebenfalls zu schmecken, aber sein Durst schien noch größer als der Hunger zu sein. „Bitte noch ein Bier!", rief er in Richtung Tresen. Es war sein drittes.

„Das Essen ist sehr scharf."

Poppy grinste. „Sie brauchen sich nicht zu entschuldigen. Am liebsten würde ich ein ordentliches Glas Rum trinken. Ich weiß nicht, was mich davon abhält. Vielleicht ist es der Druck, den ich mir mache, in permanentem Alarmzustand zu sein und darauf zu lauern, dass Harkoff oder Tornycroft einen Fehler machen."

„Das werden sie, verlassen Sie sich drauf. Vor allem Tornycroft. Er sieht sich weit über den Dingen, gleichzeitig ist er einsam. Beides verleitet dazu, Risiken einzugehen", sagte Wilson und bat um die Rechnung. „Das geht auf mich." Er sah Frances an. „Und was Harkoff angeht: Bitte sehen Sie noch mal die Laborbefunde durch, Mrs Burleigh. Die Fragmente von Fingerabdrücken, die auf der Tablettendose gefunden wurden. Ich brauche einen erneuten forensischen Abgleich mit Harkoffs. Ich will den Prozentsatz der Übereinstimmung wissen. Nur wenn der um die fünfzig Prozent ist, haben wir eine Chance, ihn festzunageln." Er stand auf und schüttelte Poppy die Hand. „Ich muss nach Bristol. Mrs Burleigh fährt Sie zurück. Bitte ruhen Sie sich aus, Sie werden Ihre Kraft brauchen. Ich werde mich bei Tornycrofts Ärzten dafür einsetzen, dass Sie noch mal mit dem wohlbehüteten Patienten sprechen dürfen. Natürlich nur, wenn Sie wollen", sagte er, als er ihre zweifelnde Miene registrierte. „Sie geben hier den Takt vor, das werden Sie inzwischen gemerkt haben, oder?"

Poppy lächelte. „Das weiß ich sehr zu schätzen, Sir. Besonders freue ich mich über den neuen Arbeits-Flow mit der Inspektorin", sagte sie mit einem Seitenblick auf Frances.

Wilson blieb ernst. „Ich danke Ihnen nochmals für Ihren Einsatz, Mrs Dayton, aber ..."

„Aber wir haben noch lange nicht gewonnen, ich weiß." Poppys düstere Gedanken verflogen, als sie beobachtete, wie Frances versuchte, gegen Alice' Widerstand deren tomatensoßenverschmiertes Gesicht zu säubern.

Am nächsten Morgen stieg Barney mit einem üppig bestückten Tablett in den ersten Stock hinauf. Blass und leicht verschwitzt kam ihm Poppy aus dem Bad entgegen.

„Ich wollte dir gerade das Frühstück ans Bett bringen."

Sie gab ihm einen Kuss. „Danke, Darling, das ist lieb von dir. Ich glaube, ich möchte nur etwas Tee und einen Toast mit Orangenmarmelade."

„Wie du willst." Er zog die Vorhänge auf, die Sonne flutete ins Schlafzimmer, geblendet schloss Poppy die Augen.

Barney betrachtete sie nachdenklich. „Ich finde, du siehst etwas grün um die Nase aus."

Poppy nieste. „Danke für das Kompliment. Ist das ein Wunder, nach den letzten Tagen?"

„Du musst mal raus. Weg von Hellstone Hollow, weg von deinen Polizeikohorten und ab ans Meer. Ich nehme dich und Torry mit nach St Ives, wir machen einen langen Strandspaziergang, und dann treffen wir uns mit Mrs Latour und Flexer und philosophieren über arme Künstlerinnen und ausbeuterische Galeristen."

„Claire?"

„Sie kam gestern vorbei und bat um ein Interview mit uns. Nicht der übliche Feuilleton-Schmus, sondern mit durchaus kritischen Fragen zu den Praktiken des Kunsthandels."

„Gute Idee." Poppy knabberte an ihrem Toast. „Am besten gefällt mir davon der Teil am Strand."

„Das freut mich, es wird dich auf andere Gedanken bringen. Und damit du es wirklich genießen kannst, habe ich noch eine gute Nachricht für dich. Als ich eben in der Küche das Frühstück machte, rief Adam an. Ihm rennen wegen des Patents die Medimal-Anwälte die Bude ein, ein Wechselspiel aus Angeboten und Drohungen."

„Hast du ihm von Tornycrofts Drängelei erzählt?"

„Habe ich. Auch der ehrenwerte Mr Armsby ruft täglich bei ihm an."

„Und was rät uns Adam? Mach es bitte nicht so spannend."

„Er lachte sich tot."

„Er lachte sich tot? Ist das seine Art, mit Stress umzugehen?"

„Das habe ich ihn auch gefragt. Aber der gute Adam Fowler ist eher eine No-Nonsense-Person und außerdem sein Geld wert. Er hat nämlich herausgefunden, dass der Arbeitsvertrag deines Vaters damals im Gegensatz zu den Verträgen heutzutage keinen Passus enthielt, dass er seine Patente an den Arbeitgeber abliefern muss. Offenbar lag das auch an einer Vereinbarung mit dem Royal Pharmaceutical Institute, es finanzierte einen Teil seiner Forschung."

Poppy schob das Tablett weg und fiel ihm um den Hals. „Diese Nachricht und dein Tee geben mir den Push, der mir gefehlt hat!"

Claire Latour wartete vor dem Haus, mit ihrem schwarzen Mini folgte sie dem Morris. Poppy hatte vorgeschlagen, dass sie die Landstraße nehmen. „So ein schöner, warmer Herbsttag, wir fahren mit offenem Verdeck."

Es war nur eine Dreiviertelstunde bis St Ives. Auf eher eintönige, zwischen hohen Haselnuss- und Holunder-Hecken eingeklemmte Straßen folgten freie Streckenabschnitte mit schönen Ausblicken auf grasbewachsene Hügel und weite, abgeerntete Felder.

Poppy hielt Torry auf dem Schoß. Der Terrier schien im Wettstreit mit ihr zu stehen, wer die Nase höher in den Wind halten konnte.

Poppy stieß einen Jauchzer aus, und Barney schaute belustigt zu ihr hinüber. „So fröhlich habe ich dich lange nicht erlebt."

„Du hattest so recht damit, mich aus meinem Gedankenloch herauszuholen. Eine echte Luftveränderung! Es riecht nach Heu, und schau mal, die abgeernteten Felder haben in der Sonne eine Farbe wie gebranntes Orange."

„Es ist gut, wieder die Künstlerin und nicht die Kriminalistin zu hören."

„Ich habe das Modell für meine Installation mitgenommen und brenne darauf, das Projekt mit Flexer zu besprechen.“

Es folgte noch eine Serie von Jauchzern, als sie nördlich von Lelant die Hügelkette überquerten und silbernes Flimmern die Fläche bis zum Horizont einnahm.

„Das Meer!“, rief sie. „Ich hätte den Badeanzug einpacken sollen.“

„Das habe ich für dich gemacht.“

„Danke, Barney. Kaum zu glauben, dass ich den vergessen habe, das passt gar nicht zu mir.“ Sie blinzelte in die Sonne. „Es zeigt, wie tief ich mich in diese Geschichte hab hineinziehen lassen.“

44

„Flexer & Dayton Contemporary Art" war auf der edlen, verchromten Stahlplatte zu lesen.

Das Schild, die hohen Fenster und die moderne Glastür standen im Kontrast zum uralten zweistöckigen Gebäude aus grauen Granitblöcken, das wie eine Festung gegen die anbrandende See gebaut war. An der Ecke Porthmeor Beach und The Meadow, hundert Meter von Tate St Ives, dem Ableger der berühmten Londoner Kunstsammlung, schob es sich fast bis zum Strand vor.

„Wir liegen in Sichtweite und nicht im Schatten der großen Museums-Schwester!" Fröhlich empfing Flexer sie vor dem Haus. „Die Schaufenster sind im Vergleich zu London klein, aber dafür kommt hier viel mehr Licht rein als in den Schluchten der Großstadt." Sein geflochtener Zopf flatterte im Wind, er nahm die Sonnenbrille ab und raffte das schwarze Seidenjackett. „Ein bisschen frisch hier auf der Promenade. Kommt mit!" Poppy wartete, bis Torry ein paar Duftmarken entlang des Strandwegs inspiziert hatte, dann folgte sie den anderen in den Ausstellungsraum. Drinnen schüttelte Flexer Claire die Hand.

„Mrs Latour, nehme ich an? Ich kenne Ihren Namen, allerdings eher von Skandal- und Enthüllungsstorys." Sein Lachen klang aufgesetzt. „So etwas kann ich Ihnen hier nicht bieten." Er warf Poppy einen Seitenblick zu. „Es sei denn, Mrs Dayton ist involviert, dann kann es auch mal hoch hergehen."

Poppy verzog das Gesicht. „Heute geht's nur um Kunst, hoffe ich."

„Von mir aus gerne, ich zeige euch erst mal die Räume." Flexer führte sie durch die drei ineinander übergehenden Säle. „Die hohen Decken mit den Querbalken gefielen mir gleich. Wir werden ihre mittelalterliche Wucht in Kontrast setzen zu zeitgenössischen Bildern und Installationen."

Poppy hatte ihr Modell aus dem Auto geholt und stellte es in die Mitte des vorderen Raums.

Flexer nickte anerkennend. „Eigentlich kannst du es so lassen. Erst wirkt es winzig auf der weißen Betonfläche, aber seht mal, was das Licht daraus macht!"

Die schräg einfallende Sonne griff die Facetten aus Papier auf und warf zerklüftete Schatten über Boden und Wand. Torry kauerte sich neben das Objekt, es schien ihm der einzige vertraute Gegenstand in der kahlen Umgebung zu sein.

Poppy freute sich über Flexers Bemerkung. „Warte ab, bis es fertig ist." Kritisch musterte sie ihre Arbeit. „Ich hoffe, dass ich bald wieder regelmäßig im Atelier stehe."

„Was hält dich davon ab? Deine Secret-Agent-Anwandlungen? Selbst schuld."

Bevor Poppy etwas sagen konnte, griff Claire ein. „Mr Flexer, da tun Sie Poppy Unrecht. Sie hat üble Machenschaften aufgedeckt."

Er hob die Hände. „Ich bitte hiermit um Entschuldigung, das war taktlos. Das kann sie! Poppy hat uns allen den Arsch gerettet, damals, auf Arwen Island." Er sah ehrlich zerknirscht aus. „Ich mache uns Tee, das wird die Gemüter beruhigen. Leider sind die Möbel noch nicht da, wir müssen uns in die Fenster setzen."

Die tiefen Mauern sorgten für breite Flächen unter den Fensterrahmen. Barney strich mit dem Finger über die gekalkten Steinplatten, es schien ihm nicht zu behagen, seine Tweedhose der kreidigen Oberfläche auszuliefern.

Nach dem Tee begann Claire ihr Interview. Zunächst ging es um die Sprunghaftigkeit des Kunstmarktes, um den Unterschied zwischen kurzfristigen Moden und nachhaltigen Stilrichtungen, dann kam sie konkret auf die Galerie zu sprechen. „Mr Flexer, Professor Dayton, reden wir über Ihr kuratorisches Konzept."

Barney wollte etwas sagen, aber Flexer war schneller. „Gerne. Bevor wir darauf kommen, müssen Sie wissen, dass St Ives nicht irgendein Ort ist. So archaisch und ursprünglich die Wurzeln des Fischerdorfs sind, so besonders ist seine Aura. Schon immer zog er unterschiedliche Künstler an. Dieser Vielfalt wollen wir hier Raum geben. Im Vordergrund stehen zeitgenössische Arbeiten, wie die Installationen von Mrs Dayton. Aber ich möchte besonders Professor Daytons kunsthistorische Kompetenz nutzen und seine guten Kontakte zu nicht ganz einfachen Persönlichkeiten."

„Wen meinen Sie damit?"

„In Cornwall, Devon und Wales gibt es eine Vielzahl bedeutender klassischer Kunstsammlungen. Die allermeisten sind leider nicht öffentlich zugänglich. Herausragende Werke großer Meister verbringen ihr Dasein im Halbdunkel einsamer Herrensitze. Das wollen wir ändern. Die ersten Gespräche werden geführt. Einer von ihnen ist Richard Tornycroft."

„Tornycroft?" Claire sah von ihrem Notizblock hoch und stellte ihr Aufnahmegerät auf Pause.

„Ja! Ist es nicht wundervoll, dass er wieder auf den Beinen ist? Ich habe erst gestern mit ihm telefoniert und veranlasst, dass der Miró nach Hellstone Hall geliefert wird. Er war absolut euphorisch, was unsere Pläne angeht und ist gerne bereit, uns ausgewählte Werke aus seiner Sammlung zur Verfügung zu stellen."

Poppy sah Barney fragend an, der mit den Achseln zuckte.

„Was ist, Mrs Latour, ist das Interview schon beendet?" Flexer schien sich zu wundern, dass Claire ihre Sachen packte.

„Sir, ich denke, ich habe genug Material." Sie stand auf und hielt ihm die Hand hin. „Danke für Ihre Zeit. Selbstverständlich schicke ich Ihnen den Text, bevor er veröffentlicht wird."

Sie winkte Poppy und Barney zu. „Wir sehen uns bald." Dann eilte sie aus der Galerie.

Flexer blickte ihr verdattert hinterher. „Was war das denn? Habe ich etwas Falsches gesagt?"

„Das nicht, aber mit dem Falschen gesprochen." Poppy hob ihr Modell vom Boden hoch, als ob sie es vor Schaden bewahren wollte. „Ich denke, Claire befand sich schlagartig mitten in einem Interessenkonflikt. Sie arbeitet an einer Artikelserie zu den Abgründen in der Geschichte der Tornycrofts, von den toten Kindern im Bergwerk bis zum aktuellen Pharmaskandal."

„So schlimm?" Flexer hüstelte. „Das war mir nicht klar. Dann suchen wir uns besser jemand anderen für die Eröffnungsausstellung. Die Hamilton-Sammlung in Summercourt Manor ist auch nicht schlecht, was meinst du, Barney?"

„Ich sehe mir das an."

„Gut." Er blinzelte in die Sonne. „Wolltet ihr nicht an den Strand? Darf ich mitkommen? Ich war ewig nicht im Meer."

„Das Wasser ist schon recht frisch", sagte Poppy.

„Okay, ihr wollt mich nicht dabeihaben, das verstehe ich." Er schaute aufs Meer hinaus, sodass Poppy den Ausdruck seiner Augen nicht sehen konnte. „Tornycroft – irgendwie tragisch." Er drehte sich wieder zu ihnen um und grinste. „Immerhin kam das Geld für den Miró umgehend auf dem Konto an. Da kann ich wohl froh sein, oder?"

„Wenn das deine einzige Sorge ist …?" Poppy nahm Barney an die Hand und rief nach Torry, der in Richtung Küche verschwunden war. „Ich brauche jetzt ganz viel Seeluft und Salzwasser."

Die halbmondförmige Bucht von Porthmeor Beach war im Westen und Osten von Felsen begrenzt, dazwischen lag ein breiter Streifen von makellosem Sand. Die Sonne und das ablaufende Wasser ließen die glatte Fläche wie Blattgold aussehen, die Strandläufer und Schwimmer weiter draußen spiegelten sich wie eine Fata Morgana.

Sie gingen vor bis zur Wasserlinie, nur Torry hielt wie immer respektvoll Abstand.

„Dieses Licht!" Poppy legte ihren Arm um Barney, und er presste sie dicht an sich. „Das gibt es nur im Herbst. Es ist so schön, ich könnte mich darin auflösen."

„Und verschwinden?" Barney küsste sie. „Untersteh dich."

„Auch wenn das jetzt undankbar klingen mag, aber im Moment wird mir alles zu viel. Das Traumhaus, die Traumgalerie, und unser lieber Freund Flexer, dem es egal zu sein scheint, mit wem er Geschäfte macht."

„Egal ist es ihm nicht."

„Aber nur, weil er um seinen guten Ruf fürchtet." Poppy streifte Bluse und Hose ab und zog sich den Badeanzug über. „Lass uns hinausschwimmen, so weit, wie wir können."

Nach dem Bad blieben sie auf dem warmen Sand liegen.

Erst als die Sonne hinter den Glew Hills unterging, löste sich Poppy aus Barneys Umarmung und setzte sich auf. „Es wird kühl. Lass uns nach Hause fahren."

Sie schaute nach Torry. Die Ebbe schien sein Vertrauen in die Landschaft wiederherzustellen, er jagte den Möwen hinterher, grub Krebse aus dem feuchten Sand, und Poppy brauchte einige Zeit, um ihn einzufangen.

Auf dem Weg zum Auto gingen sie an der Galerie vorbei, drinnen war es dunkel.

„Ist Flexer wieder nach London gefahren?", fragte Poppy.

„Eigentlich war geplant, dass wir heute zusammen Abendessen, aber ich könnte mir vorstellen, dass seine Stimmung nicht entsprechend war." Barney fuhr sich über die Bartstoppeln, das Geräusch rief bei Poppy eine

Gänsehaut hervor. „Du hattest mich ja bereits vorgewarnt, dass er seine Launen hat."

„Lass dich von dieser Diva nicht unterbuttern."

„Keine Angst. Er versteht viel vom Geschäft, aber bei der Kunst habe ich das letzte Wort."

Sie gab ihm einen Kuss auf die Wange. „Solange das nichts mit Tornycroft zu tun hat, ist mir alles recht."

Auf halber Strecke zurück nach Hellstone rief die Inspektorin an. „Poppy, wir haben eine Übereinstimmung der Fingerabdrücke von unter fünfzig Prozent, aber dafür wurden DNA-Spuren gefunden, die mit Harkoffs übereinstimmen."

„Dann hat er tatsächlich Tornycroft gezwungen, die Tabletten zu schlucken?"

„Die drei Tatsachen: sein Besuch bei ihm kurz vor dem Ereignis, die Erwähnung der Tabletten während des Verhörs und die DNA reichen für eine Anklage aus. Schließlich gibt er zu, bei Tornycroft gewesen zu sein, allerdings nur, um ihm bei seinem Selbsttötungsversuch behilflich zu sein. Leider behauptet der immer noch, keine Erinnerung daran zu haben. Wo bist du, Poppy? Es hört sich nach viel Wind an."

„Wir waren in St Ives."

„Wie herrlich. Habt ihr eure neue Galerie besucht?"

„Ja, und eigentlich wollte ich mir nur am Strand den Kopf frei blasen lassen, doch dann hat es Tornycroft geschafft, auch dort aufzutauchen." Sie erzählte ihr vom Interview mit Claire Latour und seinem abrupten Ende. „Ist es nicht unglaublich, wie er alles beherrscht? Er ist meine Nemesis! Ich muss ihn aus dem Kopf und aus meinem Leben bringen, sonst werde ich nicht mehr glücklich.“

„Der Staatsanwalt und ich sitzen über der alten Akte. Die Ermittlungen damals waren schludrig, die Fahndung nach dem flüchtigen Fahrer stellte man rasch ein, angeblich, weil es zu wenig Anhaltspunkte für seine Identität gab. Wilson meinte dennoch, es reiche für eine Wiederaufnahme.“

„Das ist mir alles zu zäh und zu vage. Ich habe mich entschlossen, noch ein letztes Mal mit Tornycroft sprechen. Ich muss es riskieren und ihn mit dem Mord konfrontieren. Nur dann kann ich sagen, ich habe alles getan.“

„Ich werde das für dich organisieren, die Ärzte sind zufrieden mit seinem Zustand. Die Herzkatheteruntersuchung kann zu einem späteren Zeitpunkt durchgeführt werden, und sie wollen ihn bald entlassen.“

„Ich will es hinter mir haben. Morgen Vormittag? Am besten unangekündigt.“

„Ich würde gerne dabei sein, Poppy.“

„Bitte versteh das nicht falsch, aber du würdest uns stören.“

„Wie du denkst, dann warte ich draußen.“

45

Die Inspektorin empfing Poppy in der Eingangshalle der Klinik. „Du siehst blass aus."

Poppy seufzte. „Das scheint die neue Standardbegrüßung zu sein, wenn man mich sieht. Tatsächlich bin ich nicht gut drauf, heute Morgen habe ich sogar gespuckt. Ich bin froh, wenn ich es hinter mir habe."

Frances musterte sie nachdenklich, sagte aber nichts.

Sie kamen vor Tornycrofts Tür an, und Poppy spürte das Pochen ihres Pulses bis hoch zu den Schläfen.

„Ich bleibe hier stehen." Frances schmunzelte. „Wenn du mit seinem Kopf in der Hand hier rauskommst, flüchten wir zusammen, wie Thelma und Louise."

„Danke, aber ich wünsche mir ein anderes Ende", sagte Poppy, atmete tief ein und drückte die Klinke.

„Poppy!" Tornycroft ließ die *Times* sinken und schob die Lesebrille die Stirn hinauf. „Das ist ja eine schöne Überraschung. Ich hoffe, du kannst meine Stimmung verbessern."

„Hallo, Richard." Poppy gab ihm nicht die Hand, zog nur einen Stuhl heran und setzte sich. Obwohl sie Abstand hielt, fiel ihr sofort auf, dass der Patient, von Kabeln und Sonden befreit, kerzengerade im Bett saß. „Was ist mit deiner Stimmung? Du siehst prima aus."

„Danke für das Kompliment. Die Ärzte wollen mich übermorgen rauswerfen. Es wird auch Zeit, ich habe jede Menge zu tun."

„Das sind doch prima Nachrichten. Obwohl manche sagen, du hättest keine Lust mehr."

Er winkte ab. „Ich weiß, da kommt noch was. Die Docs sind mit meinem Herz nicht zufrieden, aber das wird demnächst geklärt." Er strich die Decke glatt und musterte Poppy. „Oder meinst du das Gefasel von Harkoff? Dass ich lebensmüde sei? Der verdammte Kerl war meine rechte Hand, und jetzt behauptet er so etwas? Ich bin maßlos enttäuscht von ihm." Er seufzte. „Alles Blödsinn. Nur weiß ich in der Tat im Moment nicht mehr, wem ich noch vertrauen kann. Die Geier kreisen über Medimal! Ein Grund mehr, aus dieser Gruft herauszukommen und das Steuer wieder selbst in die Hand zu nehmen."

„Aber warum lagen dann die vielen Tabletten um dich herum, als wir dich gefunden haben?"

Tornycroft sah sie ernst an. „Poppy, du stellst die richtigen Fragen. Habe ich mich eigentlich schon bei dir bedankt, dass ihr mich gefunden habt? Ihr habt mir das Leben gerettet."

„Zum Glück war der Notarzt rasch zur Stelle. Aber das beantwortet nicht meine Frage."

„Du bist schlimmer als die Polizei!" Er grinste sie an. „Pardon, ich vergaß, dass du ja noch besser bist als die. Dass du Harkoff erwischt hast, wie er das experimentelle Zeug verschachern wollte, ganz großes Kino! Auch dafür gebührt dir Dank. Du hast mich und meine Firma vor Schaden bewahrt."

Poppy knirschte mit den Zähnen. „Gern geschehen. Aber ich bleibe dabei …“

Tornycroft starrte auf einen Punkt irgendwo hinter Poppy. „Ich streite gar nicht ab, dass ich in letzter Zeit ziemlich niedergeschlagen war. Auch wenn Harkoffs Version absurd ist, wer weiß? Je länger ich darüber nachdenke: Endlich Ruhe zu haben, alles abzustreifen wie eine Larve und darauf zu hoffen, dass die Schmetterlingsflügel einen weit davontragen? Das hat was für sich, oder?“ Er lächelte versonnen.

Poppy versuchte, ruhig zu bleiben. „Das ist kein Spiel, Richard.“

„Im Ernst, Poppy, ich war mutlos, das stimmt schon. Meine Forschung trat auf der Stelle, und das Management machte mir Druck. Meine geliebte Löwin ist gestorben, kein Wunder, wenn das Herz einen Knacks bekommt, oder? Und dann will mir das Gesundheitsamt die Tiere wegnehmen. Aber da ist das letzte Wort noch nicht gesprochen!“ Die halb geschlossenen Lider konnten das listige Blitzen seiner Augen nicht verbergen. „Jetzt bist du da, Poppy, du hast es in der Hand, mich aufzuheitern. Hast du eine Ahnung davon, was wir beide erreichen könnten, gemeinsam?“ Er straffte die Schultern.

Poppy schob den Stuhl ein Stückchen zurück, sie konnte seine Nähe nur schwer aushalten.

„Machst du dir da nichts vor, Richard?“

„Warum sollte ich, ich kenne das Potenzial …“

„Ich glaube eher, du machst dich gerade selbst zum Opfer deiner Manipulationskunst.“

„Opfer? Erinnerst du dich, dass ich dir sagte, du müsstest dich entscheiden, ob du Opfer oder Täter sein willst, Poppy? Ich war immer Täter.“

„Da gebe ich dir vollkommen recht, Richard. Du hast alles und jeden gesteuert, warst gewohnt, dass sich alle nach deinem Willen richten.“ Sie machte eine Pause. „Nur mein Vater machte da nicht mit. Nicht nur das, er überholte dich sogar karrieremäßig, die eigene Firma zog deinen Konkurrenten dir als Geschäftsführer vor. Das war zu viel für dein Ego, und du hast beschlossen, ihn umzubringen.“

„Umbringen?“ Er wurde blass. *Gut, dass er nicht mehr an den Elektroden hängt,* dachte Poppy, *jetzt bloß keine Unterbrechung.*

„Der Tod meiner Familie, das war kein Unfall. Es war aber auch keine spontane Aktion im Affekt von dir. Nein, man steigt nicht einfach so in einen Lastwagen und fährt in den Wagen des Kollegen, das bedurfte exakter Planung, auch, um anschließend deine Spuren zu verwischen.“

Tornycroft lachte. Es klang eher brutal als fröhlich, er lachte Poppy lauthals ins Gesicht.

Sie konnte es nicht ertragen. Poppy spürte, wie ihr die Sinne schwanden. *Bleib jetzt hier,* herrschte sie sich an, *du bist noch nicht fertig.* Aber der Drang, der Situation zu entkommen, war stärker. Sie lief zur Tür.

„Geh nicht, Poppy!“ Das Lachen war schlagartig verstummt.

Sie drehte sich zu ihm um, mit geballten Fäusten, das half ihr, bei sich zu bleiben. *Er hat dich am Wickel,* dachte sie, *auch jetzt noch!*

„Poppy, ich habe keine Ahnung, wie du das herausbekommen hast, schon wieder übertriffst du meine Erwartungen. An meinem Leben liegt mir nichts, aber der Ruf der Familie und der Firma geht mir über alles. Deshalb schlage ich dir einen letzten Deal vor." Kein Wimpernschlag störte den fanatischen Ausdruck seiner Augen. „Was hältst du davon: Wenn du mir das Patent überlässt, werde ich den Mord an deiner Familie gestehen!"

„Du Monster!" Poppy schrie jetzt. „Richard, wie verrückt musst du sein, wie eingebildet, deine Machenschaften endlos fortsetzen zu können?"

Seine Körperspannung ließ nach. „Auch wenn du mir nicht glaubst, ich schwöre dir, ich habe das nicht gewollt. Ich hatte keine Ahnung, dass deine Schwester im Auto saß, von der Sache mit dem Girls' Day erfuhr ich erst später." Kaum hörbar sagte er: „Niemals werde ich ihren Blick vergessen, diese Augen, die eine Ewigkeit brauchten, bis sie sich schlossen."

Poppys Knie gaben nach, ihr wurde schwarz vor Augen. Sie streckte ihre Hand aus und fand keinen Halt.

Als sie wieder zu sich kam, lag sie auf einer Krankentrage.

„Wo bin ich?" Sie fuhr hoch, aber eine Schwindelattacke ließ sie zurücksinken.

Frances war bei ihr. „Du bist in der Notaufnahme, Poppy, ein paar Minuten lang warst du bewusstlos. Sie warten noch auf den Neurologen."

Poppy schwang die Beine von der Trage. „Verdammt, mir fehlt nichts!" Schlagartig kam die Erinnerung zurück. „Richard! Er hat den Mord gestanden!"

„Tornycroft hat selbst den Alarm ausgelöst. Er meinte, du seist plötzlich ohnmächtig geworden."

„Er! Wegen ihm …"

„Klar, Poppy, beruhige dich." Die Inspektorin lächelte. „Ich habe Tornycroft mit seinem Geständnis konfrontiert."

„Woher weißt du …?"

„So etwas Ähnliches fragte er mich auch." Frances Grinsen wurde breiter. „Als ich ihm mitteilte, dass die Gegensprechanlage offenbar versehentlich eingeschaltet gewesen sei, und sie und der Staatsanwalt zufällig vom Zimmer des Bereitschaftsdienstes alles mitbekommen hätten, bekam er einen Wutanfall. Wilson hat sofort den Haftbefehl ausgesprochen und seine Verlegung ins Gefängnishospital von Bristol angeordnet."

Ein Arzt kam und stellte sich als Neurologe vor. Poppy schüttelte den Kopf. „Danke für Ihre Mühe, aber ich habe eben eine sehr gute Nachricht bekommen."

Der Doktor schmunzelte. „Spontanheilung?"

„So können Sie es nennen. Ich habe mich schon lange nicht mehr so gut gefühlt." Der Arzt brachte ihr ein Mineralwasser. „Einverstanden. Aber ich bestehe darauf, dass Sie das hier austrinken."

Obwohl die Flüssigkeit lauwarm war, leerte Poppy die Flasche zügig und rülpste leise. „Entschuldigung. Ich hatte wirklich Durst." Sie zog sich die Schuhe an. „Bringst du mich nach Hause, Frances? Ich möchte jetzt eine große Waldrunde mit Torry drehen. Auch wenn mir immer noch leicht übel ist, auf einmal hat Hellstone Hollow seinen schwefligen Beigeschmack verloren!"

Auf dem Weg zum Ausgang kamen sie in der Halle an der kleinen Apotheke vorbei. Frances bat Poppy, einen Augenblick zu warten. „Ich muss noch etwas besorgen."

Grinsend wie zwei Teenagerinnen fuhren die beiden Frauen über die Landstraße.

Poppy betrachtete die Packung, die Frances ihr in die Hand gedrückt hatte. „Meinst du wirklich, die Übelkeit kommt daher? Ich hatte es schon aufgegeben ... Es stimmt schon, meine Regel hat ausgesetzt, aber die war unregelmäßig in letzter Zeit."

„Vertrau mir, bei mir hat es genauso angefangen." Vor Almas Cottage verabschiedeten sie sich. „Sind das nicht zu viele Wunder an einem Tag?", fragte Poppy.

Frances lächelte. „Versprich nur, mich anzurufen. Natürlich erst, nachdem du es Barney gesagt hast."

„Versprochen, doch erst mache ich meinen Waldlauf, das wird mich runterbringen."

Frances nickte bewundernd. „So lange würde ich es nicht aushalten. Aber ich bin ja auch nicht Poppy Dayton."

Poppy schenkte ihr einen langen Blick. „Ich danke dir für deine Unterstützung, Frances, das bedeutet mir sehr viel."

Drinnen wurde sie von Torry sehnsüchtig erwartet. „Ist ja gut, du tanzt immer so um mich herum, als ob wir uns Jahre nicht gesehen haben. Komm, wir machen eine große Runde."

Die freundlichen Begegnungen setzten sich fort. Als Poppy und Torry am Haus von Claire Latour vorbeikamen, stellte sie den Rasenmäher ab und kam an die Hecke. „Poppy, es tut mir leid, wegen gestern.“

„Du brauchst dich nicht zu entschuldigen.“ Sie berichtete ihr von Tornycroft.

„Ist das wahr?“ Claire reckte die geballte Faust in die Höhe. „Yeah! Poppy Dayton hat wieder zugeschlagen. Bekomme ich die Exklusivrechte an deiner Geschichte?“

„Wer weiß, wie es ausgeht, noch ist er nicht verurteilt.“

Sie verabschiedeten sich, und Poppy stieg die Treppe hinauf. Sie dachte an Jim Phelps. *Seltsam, sein Haus wirkt verlassen.*

Oben auf dem Platz lief sie Mrs Ballantyne in die Arme, die die Zeitschriften im Zeitungsständer erneuerte. „Moment!“ Sie eilte in den Laden und kam mit einem Korb voller Birnen zurück. „Die sind gratis, eben geerntet, aus meinem Garten.“

„Danke, das ist aber lieb! Ich hole sie nachher ab, auf dem Rückweg.“

Vor dem Pub stand Kirk und unterhielt sich mit Archie Peachum, selbst der tippte freundlich an seine Cordmütze, als er Poppy sah.

„Kommst du zum Mittagessen, Poppy? Mona hat Fischsuppe gekocht.“

„Danke, Kirk, ich habe im Moment keinen Appetit. Aber kannst du mir später einen Topf voll vorbeibringen? Dann überrasche ich heute Abend Barney damit.“

Auch die McCabes waren im Garten, Hope wuselte zum Zaun. „Lovey, du strahlst ja so“, rief sie, „du siehst fantastisch aus!“

Poppy warf ihr eine Kusshand zu und folgte Torry, der in den Wald vorausgerannt war.

Zwei Stunden später waren sie zurück. Poppy versorgte Torry mit Futter und frischem Wasser, sich selbst gönnte sie eine ausgiebige Dusche.

Sie trocknete sich ab und holte tief Luft, dann öffnete sie die Schachtel und zog das Test-Kit heraus.

Als Barney am Abend nach Hause kam, empfing Poppy ihn mit Kerzenlicht und einem prächtig gedeckten Tisch auf der Terrasse.

„Oh, habe ich was verpasst? Ist heute ein besonderer Tag?“, fragte er, hob Poppy hoch und schwenkte sie durch die Luft.

„Langsam, Darling! Ja, wir haben etwas zu feiern. Ich hoffe, du hast Hunger. Es gibt Fischsuppe, und danach eine frisch gebackene Birnen-Tarte. Mein Appetit ist überschaubar, aber wenigstens weiß ich jetzt, warum mir dauernd übel ist.“

Sie führte ihn in den Salon. Auf der Kommode, vor der Vitrine mit dem goldenen Macaron, lag der positive Test.

Barney schaute erst verständnislos, dann fiel ihm die Kinnlade herunter und die Augen traten aus dem Kopf. „Poppy! Ist das wahr?“ Laut schrie er seine Freude heraus und wiederholte das Manöver von eben, diesmal setzte er sie deutlich sanfter ab.

Poppy weinte, aber nur kurz. Barney küsste ihr die Tränen vom Gesicht. „Ich … Poppy, ich bin der glücklichste Mensch der ganzen Welt.“

Nach dem Essen saßen sie lange draußen, nicht am Tisch, sondern auf der Bank vor Poppys Atelier, dicht aneinander gekuschelt und in Decken gehüllt.

„Was meinst du, wie soll es heißen?“, fragte Barney leise.

„Wenn es ein Junge wird, darfst du den Namen aussuchen.“

„Und wenn es ein Mädchen ist?“

„Gwen.“

Epilog

Die Terrasse vor Wythcombe Manor war gut besucht. Der wuchtige Bau im elisabethanischen Stil stand in deutlichem Kontrast zur modernen Pool-Area des Hotels, dem türkis schimmernden Becken und den stylischen Liegen und Sitzmöbeln aus Rattan. Poppy fielen die Schäden am Mauerwerk auf, besonders entlang der Regenrinnen und den massiven Köpfen der Dachbalken. Pat hatte ihren Blick bemerkt. „Seit der Trennung von Bruce bin ich froh, dass ich den Betrieb aufrechterhalten kann. Für Renovierungsarbeiten fehlen Zeit und Geld." Sie hielt kurz inne und holte tief Luft. „Es kann nur besser werden, zum Glück sind wir ausgebucht, auch über den ganzen Herbst." Sie zwinkerte Poppy zu. „Mörder und Gespenster gibt es glücklicherweise seit einer Weile nicht mehr, obwohl einige Gäste davon enttäuscht sind."

Poppy quittierte ihre Bemerkung mit einem Lächeln. Sie und Barney hatten in Wythcombe Manor ereignisreiche Zeiten erlebt, aber das war heute ohne Bedeutung.

Den Mittelpunkt der Gruppe bildete ein kleines Mädchen. Die vier Monate alte Gwen ruhte auf dem Schoß ihrer Mutter, bewacht von Torry.

Das Baby machte einen zufriedenen Eindruck. Es spielte mit seinen Händchen und grapschte damit nach Torry, der es gelegentlich schaffte, mit seiner Zunge an die winzigen Finger zu kommen. Auffällig waren Gwens große dunkle Augen, mit denen sie die Gesichter der Anwesenden erforschte und ihrer Unterhaltung zu folgen schien. Viel interessierter aber war sie an den beiden anderen kleinen Kindern, die bereits selbstständig miteinander spielen konnten: Georgina und Alice, die Töchter von Pat und Frances. Cary, der inzwischen zu Pat ins Manor gezogen war, hatte die Aufsicht übernommen und sorgte dafür, dass die Mädchen nicht in die Nähe des Poolrandes kamen.

Auch Stephen und Glenna Edwards waren gekommen, sie unterhielten sich mit Frances.

Nancy Drake brachte frischen Tee an den Tisch und füllte die Tassen. Die „Lady in Blue", wie immer in blaues Leinen gekleidet, war Autorin und gab Schreibkurse in ihrem blau gestrichenen Cottage hoch auf den Felsen über Praa Sands. Wie Poppy hatte auch Nancy ihrer Freundin Pat in Krisenzeiten beigestanden und half regelmäßig im Hotel aus.

Poppy spürte, dass sie etwas beschäftigte und bot ihr den Platz neben sich an.

Nancy zog ihr Haargummi ab, raffte die dunkeln Locken und band sie erneut zusammen.

„Ja, es gibt etwas, das ich mit dir besprechen möchte, aber es hat Zeit. Es geht um einen Nachbarn, er beschäftigt sich mit keltischer Kultur, mit magischen Gegenständen. Außerdem hat er besondere Traumbegegnungen, wie er es nennt. Da dachte ich an dich."

Poppy sah sie von der Seite an. „Traumbegegnungen? Ich habe keine mehr, seit ... Doch das ist eine andere Geschichte. Trotzdem interessiert mich das. Besuch mich mal in Almas Cottage und erzähl mir davon."

„Unbedingt, Pat hat schon davon geschwärmt." Sie stand auf und teilte weiter Tee aus.

Poppy lehnte sich in den Sessel zurück. *Nein, kein Traumbesuch mehr.* Sie seufzte leise und genoss die idyllische Atmosphäre des Schlossgartens. Am liebsten hätte sie die Augen geschlossen und den lauen Herbstnachmittag durchgedöst, bis Frances Burleigh einen Satz sagte, der Poppy zusammenzucken ließ. „Nächste Woche wird das Verfahren gegen Richard Tornycroft eröffnet."

Barneys buschige Augenbrauen zogen sich zusammen. „Erst jetzt?"

„Er hat gesundheitliche Probleme. Die Ärzte meinten zunächst, er sei wegen seines Herzens nicht verhandlungsfähig. Aber nach einer Bypass-Operation hat sich das geändert, und morgen geht es los."

Pat sah Poppy an. „Was bedeutet das für dich? Musst du aussagen?"

Poppy stöhnte. „Kein schönes Thema für eine Teestunde unter Freunden."

„Entschuldige." Frances biss sich auf die Unterlippe. „Eine Polizistin kommt nie wirklich von ihren Fällen los."

Glenna Edwards stieß ihren Mann in die Seite. „Das kann ich aus bitterer Erfahrung bestätigen."

Poppy schmunzelte. „Schon gut, mir ging es ja lange nicht anders. Das sind zwei gute Fragen, Pat. Es bedeutet mir sehr viel, dass er endlich zur Rechenschaft gezogen wird und einer gerechten Strafe nicht mehr entgehen kann. Und nein, das Erscheinen vor Gericht bleibt mir erspart."

„Poppy hat ja bereits mehrfach ausgesagt, und Tornycroft legte ein umfassendes Geständnis ab." Barney betrachte seine Frau mit unverhohlenem Stolz. „Ich bewundere Poppy, wie sie dem Druck der Medimal-Anwälte widerstand, wie sie den Verkauf des Patents über die Bühne brachte und noch zwei Ausstellungen in St Ives bestückt hat. Und das alles während der Schwangerschaft."

Sie griff nach seiner Hand. „Ohne dich und die Geborgenheit von Almas Cottage hätte ich es nicht geschafft."

„Dann habt ihr in Hellstone Hollow endgültig Wurzeln geschlagen?", fragte Pat.

„Was ist schon endgültig?" Poppy ließ Gwen auf ihrem Knie reiten, sie griente mit ihrem zahnlosen Mündchen. „Aber es war von Anfang an mein Traumhaus. Nichts hat mich davon abgebracht, und die Hellstonians sind alles liebe Nachbarn geworden. Nur einer ist verschwunden."

Frances nickte. „Jim Phelps. Er hat sich entschlossen, als Whistleblower zu agieren. Während seiner Arbeit als Haus- und Hof-Chronist für Tornycroft und Medimal bekam er einiges mit. Seine Aussage erhärtet den Verdacht, dass Harkoff den Auftrag hatte, Tornycroft zu beseitigen, es wie Selbstmord aussehen zu lassen und die gefährlichen Substanzen loszuwerden, den Profit aus dem krummen Handel durfte er behalten. Das Verfahren gegen ihn läuft noch."

„Er ist bestimmt nicht besonders hilfreich bei der Aufklärung."

„Du hast ihn ja erlebt, Poppy. Dafür ist Phelps sehr mitteilungsbedürftig. Er ist wegen einer anderen Sache vorbestraft und will unbedingt verhindern, im Skandal mit abzustürzen."

„Nur in Hellstone will ihn niemand mehr sehen", sagte Poppy. „Dafür wird Claire Latour sein Haus kaufen, ihres war ja nur gemietet. Auch sie will definitiv bleiben, sie macht aus dem Drama der verschütteten Kinder ihr Lebenswerk. Medimal ist verzweifelt um gute Presse bemüht. Der Konzern stellt einen ansehnlichen Betrag zur Verfügung, um die Katastrophe aufzuklären."

Frances nickte. „Der Berg ist inzwischen polizeilich gesichert. Die sterblichen Überreste der Kinder sollen geborgen werden. Dazu wird eine Gedenkstätte erbaut, inklusive Institut, das systematisch die Grubenunglücke während der industriellen Revolution erforschen wird. Die Leitung wird ausgeschrieben ..."

„... doch wie's aussieht, bekommt Claire Latour den Job." Barney schmunzelte. „Ich hoffe, dass damit Hellstone Hollow endgültig von seinem Fluch befreit ist."

„Das ist es jetzt schon, so gut, wie es uns geht, nicht wahr?" Poppy küsste Gwen und reichte sie an Barney weiter. „Nimm sie mal kurz. Ich hole den Kinderwagen." Sie stand auf. „Entschuldigt mich, ich will Gwen das Meer zeigen, die Wellen von Lizard Point hat sie noch nicht gesehen."

Barney folgte ihr. „Soll ich nicht mitkommen? Ist es nicht zu windig da vorne?"

„Lieb von dir, Darling, das ist doch gerade schön. Lass uns einen Moment allein.“

Poppy spürte, dass ihm das nicht gefiel, aber sie blieb dabei. „Die Unterhaltung eben hat einiges in mir aufgewühlt, da tut ein wenig Wind um die Nase gut. Und Torry begleitet uns.“

Barney legte Gwen behutsam auf die Kissen und deckte sie zu.

Poppy schob den Wagen durch den Park.

Jenseits des symmetrisch angelegten *Formal Garden* ging der geharkte Kiesweg in eine sandige Piste über, den Rosenbeeten und sorgfältig gestutzten Buchsbaumhecken folgten krumm geblasene Kiefern und Heidekraut. Hohe Bäume gab es in dieser Zone nicht mehr, der Wind, der fast das ganze Jahr hindurch über das Kap von Lizard Point fegte, hielt die Vegetation kurz.

Sie kamen am sechseckigen, weiß gestrichenen Leuchtturm vorbei und folgten dem Saumpfad in Richtung Steilküste.

Torry tobte über die Heidelandschaft, erst nach einigen energischen Pfiffen von Poppy ließ er widerwillig von der Inspektion der Kaninchenhöhlen ab.

Der Wind nahm zu, und aus dem singenden Geräusch in den Nadelgehölzen wurde ein Brausen. Gwen schien das nicht zu stören, sie brabbelte munter dagegen an.

Der Coastal Path führte direkt zur Kliffkante. Poppy folgte dem Weg ein Stück bis zu einer Bank. Dort stellte sie die Bremse des Kinderwagens fest, sodass er vom Wind nicht weggetrieben werden konnte.

Sie hob Gwen heraus und ging ein paar Schritte weiter, wobei sie die Nähe der Scharten und Einschnitte mied. Sie schienen direkt ins Wasser zu führen und die weißen und orangefarbenen Säume der Mittagsblumen, die selbst im September noch blühten, zogen Poppy magisch an.

„Das nächste Mal laufen wir bis zum Strand runter."

Gwens große Augen weiteten sich noch ein Stück, als Poppy ihr das Meer zeigte.

Unter ihnen dehnte sich eine schier unendliche Wasserlandschaft aus, an drei Seiten grenzenlos bis zum Horizont, nur in ihrem Rücken hielt Lizard Point Anschluss zum Land.

Blau war die dominierende Farbe, in allen Nuancen und Abstufungen, vom weiß marmorierten Himmel, bis zum schwarzblauen und graugrünen, ständig neu zusammengesetzten und zerfließenden Mosaik des Ozeans. Über den Sandbänken vor der Küste türmten Flut und Wind die Wellen zu weiß gezahnten Brechern auf, Reihe um Reihe rollten sie auf den Strand und brandeten an den Felsen hoch. Zwischen den aufgewirbelten Gischtflocken jagten Möwen, sie flogen so dicht an ihnen vorbei, dass Poppy den Kopf einzog. Gwen krähte begeistert und wand sich in Poppys Armen.

„Du liebst es, nicht wahr? Genauso wie meine Schwester und ich, seit wir das erste Mal hier standen und uns aneinanderklammerten, um nicht fortgeweht zu werden."

Eine Böe wirbelte Sand vom Strand hoch, Gwen blinzelte und rieb sich die Augen, aber sie weinte nicht.

„Komm, wir setzen uns auf die Bank, da ist es nicht ganz so zugig. Wir sehen den Möwen zu, wie sie Fische aus den Wellenkämmen angeln."

Torry legte sich neben sie in eine Sandkuhle, die Nase wachsam in Richtung Land ausgerichtet, es könnte ja ein Kaninchen die Ordnung der Dinge stören.

Poppy sang. „Trolle tanzen im nebligen Mondschein, die Wellen klatschen den Rhythmus dazu, Laternen aus Gold führen dich heim ..." *Ein Lullaby aus Cornwall, aus einer Zeit, als Schmuggler die wahren Könige der Küste waren.*

„Träume ich?"

Ihre Tochter kitzelte sie an der Nase, sie nieste und musste lachen.

Gwen blickte zu Poppy hoch. Sie konnte sich an diesen Augen nicht sattsehen.

Seit Gwens Geburt hatte ihre Schwester Poppy nicht mehr besucht.

„Nein, du bist da, und diesmal bleibst du."